THE
PROPERTY
OF
PEOPLE

人民的财产

周梅森　／　著

作家出版社

作者近照

周梅森　作家、编剧，中国作家协会第七、八、九届主席团委员，江苏省作协副主席。著有小说《人民的名义》《中国制造》《国家公诉》《绝对权力》等，出版有《周梅森文集》《周梅森政治小说读本》《周梅森反腐小说精品》等，改编制作电视连续剧《人民的名义》《人间正道》《忠诚》等。曾获全国优秀中篇小说奖、国家图书奖、全国"五个一工程"奖、电视飞天奖、金鹰奖、金鼎奖、澳门国际影视最佳编剧奖、互联网最具影响力影视作品奖、工匠中国影视最佳编剧奖、金数据影视大奖、华语原创小说最受欢迎作品大奖、中国数字阅读大奖等数十种。《人民的名义》《绝对权力》《中国制造》等被翻译成英、法、德、俄、日、韩、阿拉伯等多种语言在海外出版发行。

楔　子

　　一九三五年夏秋之交，京州的形势严峻起来，省委书记兼军工委书记刘必诚落入敌手，旋即判了死刑。党组织指示我紧急营救。我为筹措营救资金，被迫将自家祖屋廉价卖给了他人。

　　我忘不了那个夜晚。大雨倾盆，霹雳滚滚，连续不断，像一颗颗炸弹在头顶上炸响。买家怕我反悔，催我连夜交割。他五根金条买下我五间正屋、六间厢房，还有偌大一个院子，不到市价的一半。我急需救命钱，当即交出房契，揣上金条，匆匆告别了祖上留下的房产。

　　院门口有一株古槐，也不知多少年份了，树冠如巨伞，荫蔽半条街。当我在暴雨中回望祖屋最后一眼时，一个火球落下，竟生生地劈断了碗口粗的一根枝干！我一个激灵，急忙登上阿宝的黄包车。

　　阿宝是地下交通站成员，他拉着我一路飞奔来到李乔治家。李乔治见面就埋怨，说是执法处陈处长刚来电话，话讲得很绝，救人要趁早，过时不候，而且定金不退！我忙把五根金条从怀里掏了出来，塞到他手里，催他快走。阿宝又拉着黄包车，把李乔治送往陈处长家。

　　这五根金条是陈处长突然加价，逼着我拿出来的。原来讲好五根金条捞人，李乔治已经送给他了。可他撬开一个叛徒的嘴巴，得知刘必诚是共产党大人物，立马翻倍要十根金条，此前送上的五根金条就成了所谓定金！这就有了我夜卖祖屋的一幕。和现在年轻人的想象不同，共产党人落在国民党手中也不一定个个牺牲，其中还是有操作空间的。国民党反动派的官员腐朽没落，贪赃枉法，把空间留下了。为营救同志，我们地下党组织总是不惜代价、千方百计地筹钱捞人。这就催生了李乔治这样的政治掮客。

说起李乔治这个人，在当时的京州可是鼎鼎有名。他什么生意都做，什么人都认识。尤为令人惊叹的是他与政界、军队的关系，他虽登不了人家的大雅之堂，但总能七拐弯八抹角地从后门钻进去。他的敲门砖就是金钱。用今天的话来说，他是一个行贿高手。营救刘必诚书记，就是他和警备司令部陈处长秘密谈妥的生意。

我不放心啊，探询这陈处长怎么才能把这么一个重要的政治犯从枪口下救出来？李乔治向我透露了一些细节。原来执法处长还有一个搭档，就是行刑队长刘定国。他们拟李代桃僵，让一个关在监狱里等死的鸦片烟鬼顶替刘必诚。行刑时，把这稀里糊涂的家伙枪毙掉，刘必诚就躲在监狱买菜的货车上，混出大门。这计划听上去无懈可击。

时间一分一秒地过去，我在李乔治家一边喝茶一边等消息。刘必诚是我的领导，我们又是共事多年的好兄弟。在这关键时刻，我的心都吊在嗓子眼儿上。比预期的时间短许多，阿宝独自跑回来了，气喘吁吁地报告一个坏消息：陈处长的小楼被军警团团包围，正在抄家！李乔治没敢去送金条，顺小胡同溜走了，要我也赶快离开京州避风头。

这时我哪能离开京州啊，李乔治揣着我给他的这五根金条跑路了，刘必诚生死未卜，我一定要找到李乔治，问清情况，再想办法！

李乔治家不敢待了，我就一次一次到一个名叫"老地方"的茶楼找他——那是我往日和他接头之处。过了八天，李乔治拿了一份《扫荡报》晃晃悠悠来到我的茶桌旁坐下了。最危险的时刻过去了，他显得坦然放松。在我急促催问下，他把那夜发生的事情讲了一遍——

问题出在刘定国身上。这位行刑队长可能因分赃不均，或者他本来就是卧底的蓝衣社特务，向警备司令部告了密。陈处长被捕，被连夜抄家。刘必诚都坐着货车到监狱大门口了，功亏一篑，被等在门岗的军警抓获。黎明时分，刘必诚被执行枪决，面对初起的曙光英勇就义。

陈处长也被枪毙了。他家小楼藏着大量美钞、珠宝，警备司令部孙司令本可以捞一票大实惠，可是一幕黑色喜剧上演了。三个负责押送赃物的军警在警车里发起了一场抓宝游戏，面对邮袋里的金条、钻石、珍珠、美钞，他们垂涎欲滴，商定一人抓一把，都发点小财。可人性的贪婪怎么止得住呢？抓了一把就有第二把、第三把，最后三人一合计，得，干脆全分了吧！分完赃，三人跳下警车，分头逃了。

我问起卖祖屋的五根金条，李乔治从包里取出金条归还于我。我拿出一根金条推到他面前，这是当时说好的酬劳。李乔治竟不收，动容地对我说：我不能拿朱先生你卖祖屋的钱啊！国民党的同志们瓜分赃物雨夜奔逃，你朱先生贱卖祖屋救自己的同志，共产党了不起……

我带着失而复得的五根金条到上海向党组织报到，嗣后按照党的领导同志的指示，以这五根金条做资本，创办了党营工商业上海福记中西货贸易公司，为我党筹措经费。有关领导为福记公司规定了秘密工作原则：不和上海及各地党组织发生联系，做好生意，广交朋友。

　　公司开在租界摩斯路一个不起眼的角落。令我没想到的是，开张那天李乔治擎着一束鲜花出现在铺子里。他是如何准确地找到这个地方的呢？李乔治神秘地笑道：我上交天上神仙，下结地下小鬼，人世间的事情哪有逃得过我眼睛的？原来，他又和京州新任缉私处长勾搭在一起了，从京州海关搞了一批走俏的西药，要卖给我们福记公司。

　　开张大吉，我从李乔治手里买了一批消治龙，很快销售一空。有了这个鬼精掮客，加上我在上海本来就有小开的名声，各路关系都很好，上海福记就迅速发展起来。最终成就了今天这个大型国企集团。

　　历史总有吊诡之处。一个貌似强大的政权，最终溃败于自身的腐烂。而上海福记的诞生发展，竟是踩着国民党的腐败一步步走过来的。我卖祖屋的金条犹如一颗种子，在腐土中生长成了一棵参天大树……

　　　　　　　　　　——摘自朱昌平回忆录《上海福记公司始末》

一

　　当中福集团领导们突然中断展览审查，匆忙离去时，齐本安并不知道数千里外的京州中福有位叫田园的纪委书记，从十八层楼跃身而下，自杀身亡了！齐本安更不知道，就在那一刻，他的命运改变了……

　　那是二〇一五年九月初的一天。北京天气晴好，阳光灿烂，雾霾远遁。齐本安情绪饱满地向领导们汇报布展的准备工作。当年的上海福记从租界内的一个小铺子，成长为今天这个覆盖能源电力、金融地产、商业企业的跨国集团公司，堪称奇迹。按领导安排，展览馆展厅大堂前已经竖起了倒计时牌，提醒人们这一大型国企八十华诞的临近。

　　偏在这一天，老婆范家慧进京，让齐本安陷入窘境。老婆天生是大人物，再小的事都能办出大气魄来。给儿子的新老师送个礼，搞点小腐败，也把她张扬得不行，一下飞机就发信息让他速归。他是文宣总监，正忙着，咋归？便瞅空回复：正接待领导，等着吧！老婆便打电话，齐本安看一眼来电显示马上按掉。老婆不依不饶，一遍又一遍把电话打进来。齐本安手机揣在怀里，就像揣了一颗危险的炸弹。

董事长林满江巡视展线，独自走在前面，和齐本安及其随从人员保持着半步至一步的距离。领导兴致勃勃，指出问题，发布指示：……本安，云南战时展这部分实物不够啊，怎么连一辆四十年代的道奇车都没有？你说老同志朱道奇能答应喽？朱道奇可是生在道奇车上的！

齐本安慌忙回答：哦，林董，我已经安排云南公司的人去找了！

林满江把手指伸在空中画了个圆：给你一个建议，到缅甸去找找看吧，几年前我在仰光谈项目，在仰光街头见到过这种美国老爷车。

这时，齐本安的手机又响了，响得惊心动魄，像炸弹爆炸。

林满江拧了齐本安一眼，有些不悦：谁呀？这么不屈不挠的？

齐本安不无惭愧地苦笑：还……还能有谁？我们家老范呗！

你们家老范？林满江讥笑起来，齐本安啊齐本安，我是不是早就警告过你？找个小媳妇够你伺候的！接吧，免得回去挨骂跪搓板！

齐本安恼羞成怒：我……我偏不接，老范她……她这是故意的！

林满江驻足站下，呵呵笑着，指点着齐本安，对身边的陪同人员戏谑说：哎，谁说我们齐总监怕老婆啊？没有的事嘛！大家都要向他学习，哪怕回家挨骂跪搓板，也得全心全意做好自己的本职工作！

集团党委副书记张继英及其他随行人员全都笑了，把齐本安弄得一脸窘迫。

就在这时，张继英接到一个电话。齐本安事后才知道，这个电话来自京州中福公司，报告了京州中福纪委书记田园的死讯。不过当时齐本安并不知道。张继英和京州那边通话时，他的注意力全在大领导林满江身上，生怕再被林满江抓住什么茬子虐他。更怕口袋里面的手机再度爆响，被老婆隔空喊话。齐本安正提心吊胆、高度警惕时，张继英已经接完电话，神色凝重地合上手机，匆匆走到林满江面前耳语了几句。

林满江听后显得很吃惊的样子，一脸愕然：哦？这个，确凿吗？

张继英赔着小心低语：确凿，石红杏、陆建设现在就在现场！

林满江略一沉思，对齐本安说：好了，本安，今天就到这里吧！

齐本安不知道发生了啥变化：别呀，林董，好不容易等到你，我们文宣部还要向你和张书记汇报呢，你别理睬老范，我关机就是……

林满江摆了摆手：行了，京州出了点状况，你们以后再汇报吧！

哦，那好，那好，林董，张书记，那我就等你们领导通知了……

领导一走，齐本安就急忙回了家。进门一个跟跄，差点儿栽倒在老婆范家慧面前。范家慧大大咧咧坐在沙发上，跷着二郎腿，粉红色的底裤露出半截，明明庸俗不堪，甚或带有某种色情和挑逗，却非要显得风趣无比的样子：哎哟，老公，看把你客气的！不必跪拜了，平身吧！齐本安抹着额头上的汗水，气急败坏说：老范，我警告你，上班时间不要和我开这种无聊的玩笑！你知道今天是啥场合？啥日子？

范家慧"哼"了一声：啥日子都和你无关！你就一文宣文案，说起来是总监，实际上就吹鼓手一枚，人家有你过年，没你过节……

齐本安没好气：少讽刺我，有事说事！

范家慧从沙发上站起来，走到礼品跟前：说事！齐本安，你看看你买的这些东西，加在一起也没一千块吧？能好意思送给你儿子的老师吗？你就当真这么不求上进，要做一辈子的小气鬼子了吗？你说！

齐本安道：我说啥说？你安排我买礼品，又没让我买钻石珠宝！

再说，你是知道我的，我反对搞腐败！哪怕是小腐败我也反对搞……

范家慧气了：反对腐败也不能拿孩子的前途开玩笑！按范家慧的说法，儿子跟齐本安一个德行，完蛋分子一枚，没点小腐败，人家老师不尽心。齐本安心疼钱财，就主张崇高，要老婆相信崇高。范家慧满脸讥讽说：人家替你办了事，你还装崇高，不是故意占人家的便宜吗？！

齐本安比老婆大十三岁，老婆年轻漂亮，他自然宠爱娇惯。一来二去，老婆逐渐上位，就成了一家霸主，弄得他浑身都是软肋。老婆拿捏有方，最终把他捏成了一枚软蛋。齐本安还欲畅谈反腐，范家慧却不愿听了，柳眉倒竖，一声断喝：住嘴，我定下的事你就别啰唆了！

齐本安再次败下阵来：你……你和我们领导林满江一样霸道！

就在这时，张继英的电话过来了，竟然是有关他职务的调动！

一个悦耳的女中音久久萦绕，让齐本安好半天没回过神来——本安同志啊，你的岗位要动一动了，回你的大本营京州去吧，做京州中福公司的董事长、党委书记！齐本安惶恐起来：哎，这怎么回事？林董上午不是还要让我到缅甸找道奇车的吗？张继英说：道奇车让别人去找吧，你有新任务了！哎，你在听吗？

齐本安握着手机，神情有几分恍惚：哦，我在听，张书记你说！

张继英副书记在电话里告诉齐本安，下午三点，林满江要代表集团党组和他谈话。要求他必须在两点半钟之前赶到集团人事部等候。

齐本安连连应道：好的好的，张书记，我知道了，我准时去！

范家慧意识到了什么，悄然走过来，不无夸张地盯着齐本安看。齐本安一下子醒过神来，开始反攻：老范，你看什么看？我不是和我儿子一样，这辈子都完蛋了吗？瞧，京州中福董事长、党委书记！老范，这可不是吹鼓手，也不是啥尾巴了，这可是一方诸侯，知道不？

范家慧没有一点替他高兴的意思，他一诸侯，预定的家庭计划就完蛋了！本来儿子来北京国际学校上学，在《京州日报》做社长兼总编的范家慧也准备调过来和爷儿俩会师，都要看房买房了，这下子倒好，夫妻双双回京州。范家慧立即表示反对，要去找林满江：他搞什么搞，这不是把你架在火上烤吗？！

齐本安颇为得意：老范，我非常愿意在火上烤，火上烤着暖和！

范家慧说：你暖和了，我和儿子凉了，齐本安，你不能这么自私！

不管老婆怎么说，齐本安依然很兴奋。平日他习惯午睡，今天不睡了，站在阳台上久久凝视梧桐树。马路旁的梧桐树枝叶繁茂，树冠堆在阳台前，巴掌般的树叶可劲儿鼓荡，耳边仿佛响起了潮水似的掌声，这就让他想起了一首挺喜欢的老歌《掌声响起来》：孤独站在这舞台，听到掌声响起来，我的心中有无限感慨……

一时间，风挺大的，树冠摇曳晃动，阳光透过树叶洒向人行道，弄乱了一地花影。

夏末秋初，风里有了些凉意。但齐本安不觉得，他周身的血热着呢！他长期在文宣部工作，即便下放地方公司，也只任过二把手、三把手，从没担任过一把手，被称作"千年老二"。齐本安表面上说，老二挺好，省心。其实内心渴望当一把手，当老范所说的鸡头，哪怕一次也好。他想干事，干大事，需要一个属于自己的舞台。现在好了，舞台就在眼前，好戏即将开场，这一次掌声也该为他响起来了……

齐本安的命运犹如九曲黄河，拐了个大弯，急剧改变了方向。

二

改变齐本安命运的报丧电话是京州中福总经理石红杏打过来的。

石红杏做梦也没想到，纪委书记田园会在她和党委副书记陆建设面前表演跳楼。她和陆建设本来是去探望田园的，田园患有严重的抑郁症，正住院治疗。她主持京州中福日常工作，忙得要命，看望伤病员的事，没必要非拉上她不可。陆建设却说，田园指名道姓要向她这位实际主持工作的领导汇报，石红杏只得跟陆建设同车赶往机关医院。

在去机关医院的路上，石红杏就不无敏感地胡思乱想：抑郁症患者田园这次又要汇报什么？该不是和陆建设串通好了做她啥文章吧？京州中福这地方不简单，是中福集团起家之地，庙小妖风大啊！

想到妖风，妖风就刮起来。陆建设一脸沉重，眼镜片后的两只小眼睛忧郁而深刻：反腐倡廉任重道远，田园是纪委书记，守土有责啊！

石红杏用眼角余光扫了陆建设一眼，马上把紧绷着的脸转向了车窗外，没理睬他。入秋的京州风景挺不错哩，路边的枫叶红了一片。

树欲静而风不止。妖风习习，刮到了她家门口，矛头直指她老公牛俊杰：咱能源公司得查一查了，它违反八项规定精神，群众意见很大！

能源公司老总正是牛俊杰。陆建设想给她添堵的时候，总喜欢牵出这头老牛溜达溜达。老牛也实在是不争气，常有把柄被人家攥住。

人家要遛牛，她就不能回避了，再回避，人家没准得宰牛吃牛肉了：老陆，我正要问你呢，你们好像给张继英副书记写过举报信吧？

陆建设扶了扶塌鼻梁上的深度近视眼镜，一脸严肃地解释：那不是举报信，是向集团纪检组汇报情况，不汇报不行。汇报材料是田园写的，非让我签名支持。如果我不支持，田园就不愿住院治疗了。石红杏一脸嘲讽：这么说，你不是签名使坏，是为了治病救人？陆建设还要解释，石红杏不愿听了，表态说，她支持调查京州能源，牛俊杰虽说是她老公，她也绝不护短。但是集团八十周年庆典是大事，庆典过后再查也不晚。况且，现在京州能源日子不好过，两万多工人饭都吃不上了，整天群访，她和林满江董事长头都大了！陆建设表示理解。

石红杏这才示好说：老陆，你要多注意身体。哎，我怎么听说你也轻度抑郁了？可别弄成下一个田园啊，你看田园被抑郁症折磨的！

陆建设却很敏感：谁说我也得抑郁症了？谁？我身体好得很！前所未有地好！说这话的人没安好心！石总，不是我又发牢骚啊……

石红杏知道牢骚马上要来，而且势头不会小，立即果决阻断：那就少发牢骚！有句老话怎么说的？哦，这个，牢骚太盛，它断肠子！

陆建设抓住了卖弄的机会：石总，不是断肠子，是牢骚太盛防肠断——毛主席说的！毛主席在《七律·和柳亚子先生》里说的。石总，你真得多读点书，书籍是人类进步的阶梯，我可以向你推荐几本书……

石红杏最怕人家说她没文化，当即拉下了脸：老陆，你少卖弄！还给我推荐几本书？我要你推荐啥？我书读得不比你少，我最大的爱好就是读书！现在还是在读的工商博士呢！你，专科学历，搞什么搞？！

陆建设不无嘲讽地笑了：哎呀，石总，你还在读工商博士？现在全国人民谁不知道在读工商博士是怎么回事？真能让人笑掉大牙！

石红杏战斗精神被激起：谁的大牙笑掉了？啊？你辛苦一下，帮他把笑掉的大牙包好送来，我赔他！给他镶颗大金牙，还算他工伤！

陆建设也不示弱：石总，你可真大方，真敢假公济私！但是，现在不时兴镶大金牙了！人类医疗科学进步很大，一般都是种植牙齿！

那就种植！陆建设，我给你种一口狼牙，再安上一条毒舌……

一路斗着嘴，石红杏和陆建设来到了机关医院十八楼病区田园所住的1809病房前。嗣后回忆起来，石红杏记得很清楚，病房门当时是虚掩着的，她走在前面，陆建设影子似的紧跟在她的身后，正啰里啰唆地为毒舌和狼牙的话题和她纠缠不休。她推开门，刚问了一句：老田，你怎么又要汇报了？田园就猴子般跳起，纵身跃上了窗台。

病房不大，套着卫生间，除了一张病床，就没有多少空间了。床边放着写字桌，连接到窗台，所以田园轻轻一跳就跳到了窗口。不可思议的是，病房窗子竟然敞开着，过去一直都是紧锁的。强劲的风掀起窗帘，仿佛一面飘扬的旗帜。新刷的墙壁白亮得刺眼，恰似田园惨白的脸庞。这个抑郁症患者眼光发直，似乎还冲两个探访者咧了咧嘴。

石红杏大惊失色：哎，哎，哎，老田，你……你这是干啥？啊？

陆建设也吓坏了：下来，快下来，田书记，咱们有话好说……

生活中的变故总是迅雷不及掩耳，石红杏对眼前的场面根本无法把控！她本能地向前走了两步，伸出双手，想抓住田园——抓住一条即将消逝的生命，然而一个人的宿命是谁也抓不住的，除非她是上帝。

田园冲着石红杏和陆建设凄怆一笑，毅然决然跳下了十八楼。

石红杏傻了，呆了，大张着嘴巴，却发不出一声惊叫。这一切发生得太突然了，太匪夷所思了，让人陡生一种梦幻般的恐怖感！

风仍在劲吹，窗帘仍在飘扬，窗台上却空空荡荡，刚才蹲着的那人仿佛从没存在过。惊愕之余，石红杏发现地下有一个陈旧的笔记本，也许是田园蹦跳时碰落的。陆建设离得近，下意识地弯腰拾起笔记本。

石红杏骤然清醒过来，一把夺过笔记本：快，到楼下看看！

两人乘电梯匆忙下了楼。

这时，楼下已经围起了一堆人，田园的尸体被蒙上了白布单。水泥地上星星斑斑的血迹清晰可见，证明着刚才那一幕惨剧的真实性。

陆建设却对田园的自杀起了疑。处理完善后回来，哭丧着脸进了石红杏办公室，说是汇报工作，却没实质内容，阴一句阳一句地东拉西扯，弄得石红杏益发心烦意乱。陆建设再次提起：抑郁症都是压力大导致的，纪委书记压力大！石红杏等他往下说，他却把游移的目光投向了窗台。窗台上放着两盆菊花，是一位客户送的，一黄一白，在阳光下争芳斗艳。陆建设伸长脖子去嗅花瓣：也真是奇怪了，田园让我们过去，看他表演跳楼？石红杏环抱双臂说：是的，我也觉得怪瘆人的，可医生说抑郁病就这样！田园住院后天天失眠！陆建设啧啧称是，慢慢把长颈缩回，转向她，冷不丁又来了一句：哎，他病房的窗子怎么打开了呢？过去上锁的啊！会不会有人故意不锁窗子呢？石红杏压住火气，仍不放声。院方有解释，是保洁工打扫卫生擦玻璃忘锁了，他明明知道的！陆建设又去闻花瓣，同时抛出核心问题——还有，田园的笔记本呢？都记了些啥呀？应该有

13

某些干部的违纪线索吧？

这个升不上去的坏东西，又来找碴了！田园是在他陆建设眼皮底下自杀的，他还疑神疑鬼，甚至怀疑她。就因为那个破笔记本！石红杏不再保持沉默，把田园的笔记本找出来，往桌上一摔：好，陆副书记，想看我这就给你看！你看谁违纪违法了？该抓的抓，该杀的杀！

哎，哎，石总，你发啥子火呀？田园不在了，该查的问题咱还得查嘛！陆建设赶紧把伸出去的脑袋收回来，虚怯不安地看着石红杏。

石红杏恼火透顶：老陆，你查，好好去查，就从牛俊杰查起！

陆建设眼睛看着桌上的笔记本，似乎想去拿，终于没敢，知趣地退却了：我敢查你老公啊？谁不知道你上面有人，你政治资源丰厚啊！

说到这里，石红杏办公桌上的电话响了，竟是老公牛俊杰的电话！

牛俊杰说，在中福集团八十周年大庆的大喜日子里，他要向石总和集团领导提个宝贵建议：把庆典的钱省下来，解决京州能源两万工人的无米之炊，让基层工人沾点喜气。电话里竟然还有热烈的掌声。石红杏知道是怎么回事了，问牛俊杰在哪里打的电话。牛俊杰说，他被工人包围了，工人在怒吼！他就像老电影《燎原》里的那个资方代表……

石红杏当即失态，厉声喝止：牛俊杰，你又欺上瞒下了，是不是？

一个显得嬉皮笑脸的声音传来：哦，不是，不是，亲爱的石总……

石红杏当着陆建设的面大发脾气：牛俊杰，我警告你，你是党员干部，要讲政治纪律！这不是在家里，不是我们夫妻之间开玩笑！

牛俊杰说：是，是，这我当然知道，我这不正在做工人代表的工作嘛！我这次不多要，就向你借工人三个月的工资，一亿五千万……

石红杏气愤难抑，狠狠地挂了电话，破口大骂：混蛋，大混蛋一个！骂完，便交代陆建设说：老陆，你安排纪委，马上查牛俊杰！

陆建设很意外：石总，你……你真的假的？不保自家老公了？

石红杏站了起来，在正面墙上挂着的林满江油画像下踱步：保啥？老陆，我这人坚持原则，公事公办！我想安定团结，起码别在集团八十周年大庆期间弄出一堆麻烦事来！可他牛俊杰给脸不要脸，不讲政治纪律，欺上瞒下，矛盾上交，无底线无原则！让我忍无可忍……

陆建设来劲了：好，石总，你既然有这个话，那我就公事公办！

话虽这么说，陆建设走后，石红杏多少还是有些后悔。老公也不容易，吃吃喝喝的事是不少，违纪是肯定的，却不是为了自己。全国煤炭产能都过剩了，卖一吨煤的利润不够买瓶矿泉水，两万工人欠薪十个月，各方债主三天两头上门讨债，你敢不招待？田园和陆建设就是揪住不放。现在田园自杀了，搞不好又要扯到她老公头上。田园跟牛俊杰不和不是啥秘密，今天自杀喊她去观礼，该不是无声的抗议吧？

这一天，直到下班，石红杏脑海里仍不时地闪现着田园纵身跃上窗台，凄然一笑，毅然扑出窗外的镜头。她翻弄那个笔记本，想发现点什么秘密，却一无所获。石红杏深知，京州中福肯定会受到这一事件的影响。是什么影响一时难以预测，一切都取决于林满江的态度。

画像上的林满江在对她微笑，那么睿智，又那么迷人！京州中福的干部都说林满江是她的后台，其实林满江更是她的大师兄。她、齐本安，还有林满江，三年学徒同一个师傅。她人生每一个重要关口，身边都站着大山一般可依可靠的大师兄。现在该向大师兄做个汇报了。

石红杏努力镇定着情绪，拨通了林满江的电话，这才从林满江口中得知，京州中福要发生巨变了。一向软弱可欺的二师兄齐本安，即将空降京州！天哪，大师兄派谁不好，非派齐本安，作死的节奏啊！

三

陆建设带着激越的反腐情怀，兴奋地离开了石红杏办公室。

田园抑郁悲愤，跳楼走了，当着他面走的！实可谓壮怀激烈，慷慨悲歌！作为京州中福党委分管政治思想工作的副书记，该管的事他就得管了。再怕这怕那，瞻前顾后，不说渎职失职，也对不起倒在反腐第一线上的田园。京州能源和牛俊杰的问题，该查就得查，反腐倡廉没有禁区，石红杏不管是真的还是假的，终是同意他查了，这就好。

回到楼下办公室桌前坐下，陆建设不由得又想起了田园留下的那个笔记本，发现了自己的软弱。石红杏已经把田园的笔记本交出来了——尽管是赌气交出来的，他怎么就不敢去拿呢？他老陆怕什么？是怕石红杏，还是怕石红杏后面的所谓政治资源？石红杏的政治资源林满江当真就大到可以抗拒中央的地步了吗？结论是明确的：NO！

因此陆建设便后悔起来，心里把自己骂了个狗血喷头：陆建设，你这个胆小鬼，你这个蠢材，你哪怕把笔记本拿过来翻一翻，看几眼也好啊！现在想想，石红杏把笔记本摔给他，很可能在演空城计，他应该一鼓作气攻进城去。而他就像那个过分谨慎的司马懿，徒留千年笑柄！转念又一想，笔记本是个人遗物，最后应该交给田园家属。如果石红杏心里没鬼，按正常程序交出笔记本，那他最终还是能看到的！如果有鬼的话，石红杏就不会交，那他就得从外围去突破了……

外围突破也很容易，把牛俊杰马上规起来都不冤！京州能源两万人十个月不发工资，天天上访讨薪，牛俊杰一伙高管还大吃大喝，让群众举报。田园生前说过的，高管一餐饭，工人一月粮！不管一管怎么得了？所以他们才给林满江、张继英写信反映情况。这是十几天前的事。其实陆建设知道，管也难，京州中福是林家铺子老窝，石红杏是林满江的师妹，连京州中福董事长、党委书记靳支援都管不了她。

今天，在田园付出生命代价的情况下，强势女老总终于同意查一查自己的老公了，形势发生有利于他的转变。但陆建设总是爱疑神疑鬼，又往另一方向想：石红杏怎么就改主意了呢？牛俊杰毕竟是她现任老公，虽然风传他们感情早已破裂要离婚了，可终是没离。女老总这是想干啥呢？难道想借他的手打击牛俊杰，以达到离婚的目的吗？

正谨慎小心地琢磨着，老领导靳支援的电话打过来了。陆建设对中福集团领导层有着基本的路线分析，林家铺子是主线，自己不是林满江的人，削尖脑袋也钻不进铺子里去。靳支援呢，虽然单薄一些，可毕竟是集团的副董事长，还是京州中福的兼职董事长、党委书记，副线算得上的。于是他积极往副线靠拢，靳支援也对他和颜悦色，陆建设就自认为是靳支援的人了。他接靳支援的电话时，就像领导站在面前似的，腰哈着，头点着，脸上笑得肌肉发酸：靳董，您可来电话了！我正说要向您汇报呢，田园跳楼了，哎呀，现场惨不忍睹啊！

靳支援叹息着，表示痛心。其实是不是痛心只有鬼知道！陆建设心里清楚，靳支援不喜欢田园，主要是田园的纪检工作讨人嫌。老领导哀痛如仪后，告诉陆建设，京州中福班子要动一动了。陆建设心里突突跳，脖子好像被啥东西勒紧了。他一直期望自己再进一步，退休前当上党委书记，弄一个正厅局级。靳支援明里暗里也许过他。陆建设就结结巴巴地问老领导，他的机会是不是已经来了？自己终于有戏了？靳支援打着完美的官腔：老陆，想啥呢？官当多大才叫大啊？！

陆建设自知情况不妙，郁郁不安地问：那……那怎么个情况？

靳支援说，根据国资委的要求，他身为中福集团副董事长，不能再兼任京州中福董事长、党委书记了。加上出了田园跳楼的事，所以经集团党组研究决定，齐本安出任董事长、党委书记！石红杏继续担任副董事长、总经理，他陆建设继续担任副总经理、党委副书记……

满满一桶冰水兜头浇下，陆建设瞬间透心冰凉！他委屈极了，也难受极了，含着泪嚷道：齐本安当董事长，咋还兼了党委书记啊？这也太那个了吧？他多大的腚？一屁股下去坐两把交椅？也不怕硌腚！

靳支援和气地做起了工作，道是齐本安是接自己的班——董事长兼党委书记，这种接续也是正常的！陆建设却觉得不正常：原来不是说，我是党委书记人选吗？靳支援说，这本来是他的建议，但集团没通过。齐本安去京州中福的事，其实半个月前的党组会上就定下来了！

陆建设绝望地问：靳董，那您……您怎么直到现在才和我说？

靳支援道：谁敢说啊？党组有议事纪律的！我现在说都违纪！

陆建设呜呜咽咽：靳董，我……我可是您的人啊！您说对不对？

靳支援的官腔益发打得完美：说啥呢？你是我的人，我是谁的人？我们都是党的人，组织的人，组织做了决定，我们就得坚决执行！

陆建设痛苦地讷讷着：是，是，可我还有半年就退二线了……

靳支援真他妈不是东西，官腔依旧：所以，要站好最后一班岗！

放下话筒，陆建设破口大骂：我站你妈了个×！老子不伺候了！

反腐倡廉的事就此扔到脑后。石红杏和牛俊杰都不再是重要对手了，现在的重要对手变了，是大屁股动物齐本安！齐本安一屁股坐下去，两个一把手的交椅就坐没了，这算什么事？天理何在？良心何在？中福集团当真是林满江的独立王国吗？！

晚上回到家，陆建设借酒浇愁。半瓶京州老酒灌下去，眼圈又红了。老婆在一旁劝，让他少喝点，说这都是意料中的事。说靳支援其实很滑头，并不是他的政治资源，再说，靳支援也不敢得罪林满江。

陆建设感慨万端：是啊，朝里有人好做官，我朝里无人啊！在中福集团，不是林满江的人就别想上去！我从基层上来，这么多年没有功劳有苦劳，没有苦劳有疲劳，就算排排坐吃果果，你一颗我一颗也得轮到我了！哎，不安排我京州中福党委书记，也得安抚一下，给我弄个虚职，让我涨点实际待遇和年薪吧？也没有，真让人伤心啊！

老婆叹气说：算了，算了，咱眼看着退二线了，就别计较了！

陆建设道：我可以不计较，但我忧心京州中福的未来啊！齐本安过来了，林家铺子的气味越来越浓了！齐本安这人我知道，是林家铺子的二掌柜，和集团老董事长朱道奇关系也很好！朱道奇是什么人？那可是林满江的亲娘舅啊！一个大型国企快搞成他们的小山头了！

老婆说：老陆，别说了，咱弄不过人家，老办法，去住院吧！

借酒浇愁愁更愁，陆建设很快醉了。老婆拿走酒瓶，打开电视，让他分散注意力。可他想着大屁股动物齐本安，想着自己被剥夺的前程，哪还看得进无聊的电视剧？他镜片后面的小眼睛转来转去，打量自己的家。这是怎样寒酸的家呀，三间房改房是他当政工科科长那会儿分的，墙壁黑乎乎，天花板都爆裂了。不当一把手，没人送钱，收入有限，他也懒得装修。看看破沙发吧，他说了几次，老婆也不舍得买新的，现在眼看到手的正厅局飞了，多收八万元的梦想破灭了。根据中福集团的薪酬规定，厅局级年薪四十万，副厅局级打八折，只有三十二万，他每年少拿八万，距退休还有六年，那就是四十八万啊……

陆建设突然号啕大哭，老婆一边拍他后背，一边问怎么了。陆建设擦干泪，叹息说：想田园了，田园死得冤、死得惨啊，跳楼前还朝我笑了一笑，好像在传达神秘信息呢！该不是召唤我也往楼下跳吧？

老婆吓坏了，好言好语劝了半天，终于让陆建设消停下来了。

一消停下来，陆建设又开始忧国忧民：这样下去怎么得了？搞不好京州中福会出大问题的！还是田园聪明，走得好啊，眼一闭心一狠，往楼下一跳，眼不见心不烦。我还得烦啊！齐本安，搞宣传的，吹牛 × 是把好手，干实事就不行了！石红杏两口子干脆就是腐败分子！

老婆连忙劝阻：哎，你别瞎说，石红杏当年可是帮过你的！

陆建设阴沉着脸：那也不能不讲原则啊！田园怎么得上抑郁症的？还不是工作压力大吗？田园干的是啥工作？党风党纪的监察工作，力挺在反腐倡廉斗争的第一线，公认的大好人啊，却被逼自杀！

老婆急了：老陆，这话也不能说啊，田园毕竟得了抑郁症嘛！你也说了，田园今天是当着你和石红杏面跳下去的，你也逼他了吗？

陆建设一声叹息：这倒也是！嘿，好，不说了，不说了！我明天就到医院住着去，且看林满江和他的师弟、师妹们怎么折腾吧……

闹酒疯闹到快十二点，终于要睡了。陆建设偏又看到墙上挂着的胡琴，就要拉胡琴。老婆拉扯着他的手，求他别拉，怕吵了邻居。陆建设说不行，今天是田园的忌日，得拉一曲给田园听，为田园送行！

拉胡琴还真是陆建设的特长，儿时在少年宫培训，加入小红花艺术团登台表演，差点走上专业的路子。他拉得有板有眼，很快沉醉在自己的琴声中。他先拉了一段瞎子阿炳的《二泉映月》，还嫌悲得不够，又来了一段刘天华的《病中吟》。琴声呜咽，凄凄惨惨戚戚。最终引得对门邻居过来敲门，害得老婆赔着笑脸一再向人家道歉……

四

九月，北京的夜晚已经现出了些许凉意。集中供暖还早，林满江打开空调暖风，让办公室变得温暖起来。京州中福也是冷风习习，纪委书记田园的跳楼身亡，引得网上传言四起，说啥的都有。想想也是，抑郁症不知从啥时起成了今天这个焦虑时代的标配，抑郁自杀就像伤风感冒一样遍及域内，让人惊疑不止，似乎每一起自杀后面都有故事。

林满江站在落地窗前，看着夜首都的万家灯火陷入沉思——

田园可是京州中福的纪委书记啊，在这个节点上跳楼自杀，负面影响不小。了解情况的，知道他早在三年前就得了抑郁症，不了解情况的，就要胡乱猜测了。况且，十几天前田园和陆建设还寄了份材料过来，举报京州能源总经理牛俊杰。林满江让张继英和纪检组了解了一下，大致把情况搞清楚了：牛俊杰违纪是事实，但有客观原因：京州能源公司非常困难，债务负担很重，讨债鬼上门，不应付不行。纪检组正要就这事和田园通气，没想到田园跳楼自杀了。张继英很敏感，马上提醒林满江：鉴于京州中福目前这种状况，新董事长、党委书记要尽快到位，以免夜长梦多。二人心里都清楚，京州中福这位新董事长、党委书记就是齐本安。这个任命在上个月的党组会上就决定了。

虽说任命已成定局，林满江却留中未发。理由倒也充分：齐本安是文宣部总监，要搞集团八十周年大庆，大庆以后再调动。其实，林满江内心很纠结：他和齐本安、石红杏早年都是京州矿山机械厂劳模程端阳的徒弟，现在的京州中福总经理是他的师妹石红杏，再去个齐本安，不让人骂林家铺子吗？当然了，师弟、师妹并非亲兄妹，在干部人事上无须回避。但是人言可畏啊！再说了，对齐本安，他也不太放心，这位师弟书生气重，太较真了，到京州会不会不听他招呼？不听招呼的事过去发生过，气得他吐血，直接拎回来打屁股，坐冷板凳。

田园一跳楼，由不得林满江再拖延了。张继英是上届董事长朱道奇提起来的干部，齐本安也做过朱道奇的秘书。张继英在这个节骨眼上点出齐本安，代表了暗中一股强大势力，他得把齐本安派下去了。

当天下午，他和齐本安进行了任职谈话。说完京州中福的情况，林满江就语重心长地告诉齐本安，这次下去，别再书生气了。谁都不欠你一个完美的世界，领导者的责任，就是去解决和处理各种麻烦和问题，而不是抱怨同事、责怪别人，沧海横流方显英雄本色，等等。

齐本安恳切而安分，甚至有些卑微：林董，我知道，我谁都不抱怨！不过，我和你的关系人所共知啊，你说，我去京州中福做了董事长、党委书记，会不会让人家瞎议论呢？当然了，也许是我多虑了。

林满江叹息说：不是多虑，肯定有议论，也许现在已经满城风雨了！升不上去的人肯定会骂我开林家铺子，我能见人就解释，说你是张书记推荐的吗？不能吧？所以，决策者要有担当，要经得起误解！

齐本安心里明白着呢：可是，我也知道，你大师兄一直不太放心我！对我的这个任命，听说被你留中不发，起码有大半个月了吧？

林满江掏心掏肺地说：也不是不放心，更没什么留中不发！对你的任命研究后，我第二天就出国了，特殊情况！不过，本安啊，我也有些怕你书生意气，碰到事太较真！请你给我记住：这个世界不是非黑即白！况且我们是搞企业的，说到底在做生意，水至清则无鱼啊！

齐本安道：我知道，在你身边磨炼了几年，我也得成熟点了……

这次任职谈话亲切而愉快。齐本安还说了个情况：他家老范刚把儿子弄到北京上学，想在北京买房定居了，他一回京州，老范不是太高兴。林满江说：那你回京州还有困难啊？你要真不能去，我可以另行安排！齐本安道：别，别，你别理老范就是！林满江说：好！但你也别勉强，别闹得家里鸡飞狗跳的！齐本安道：不会，不会，我想干事啊！林满江意味深长：是啊，你想做一把手嘛，我能不知道你？没说错吧？齐本安一副生逢知己的样子：大师兄，知我者就是你了……

齐本安去京州中福做一把手，石红杏会怎么想呢？这个要强的师妹能摆正位置，配合齐本安的工作吗？林满江觉得，有必要和石红杏谈一谈，敲打一下，提个醒。正这么想着，石红杏的电话先打了过来。得知齐本安的任职信息，她连夜打飞的过来了，径直闯进了他办公室。

石红杏来到时，夜已深，整个中福大厦就他办公室还亮着灯。林满江看着风尘仆仆的小师妹一时无语，心中升起久远的温馨。石红杏还像过去一样，娇憨中带着任性，说来就来了，闯他办公室就像进自己的家门。林满江注意到，她圆润的脸庞上已刻下几道掩饰不住的皱纹，小师妹不再年轻。这次升迁没她啥事，林满江真心觉得歉疚。

石红杏进门后，往他办公桌对面的椅子上一坐就大发牢骚，说是把齐本安派到京州，肯定要让大家说闲话。林满江也就交了底，口吻亲切平和，潜含着歉意：他也不想让谁说闲话，原来倒是考虑过在京州班子里顺序安排，让她做董事长、党委书记，让陆建设做总经理，但考察不太理想。所以党组慎重研究之后，最终定了齐本安。

石红杏委屈道：什么党组研究，大师兄，还不是你一句话的事嘛！

林满江严肃地道：胡说八道！我一句话的事？我一言堂啊？不要民主集中制了？红杏，你呀，也是被我惯坏了！这么多年来党政一肩挑，强势惯了，连你建议提拔的副手陆建设都容不下，更何况是外人?

石红杏讷讷道:所以,大师兄,你才派了齐本安过来?是吧?

就是啊,齐本安毕竟是你二师兄嘛,估计你不会有大脾气吧?

石红杏哭丧着脸:在你和二师兄面前,我……我敢有脾气吗?

林满江似乎很欣慰:我知道你会听我的!一定要摆正位置啊!

石红杏一脸嘲讽:那是肯定的了,党员干部嘛,组织原则又不是不知道!我就是再不服气,也得捏着鼻子在齐本安面前装孙子了……

林满江不高兴了:你这个心态就不对!能给我省点心吧?啊?

石红杏道:好,好!给你省心。不给你省心,我都不来见你!

林满江苦笑不已:在中福集团敢这么和我说话的,也就是你了!

石红杏一昂脑袋:林董,对你这么忠心耿耿的,也就是我了……

这话没错,石红杏对他的忠诚没话说,在中福集团恐怕找不到第二个。齐本安要是也能像石红杏这么忠诚就好了,京州中福就能让他放心了。但是,既往的事实证明,齐本安不太靠得住,这位同志情商太低,和原教旨主义的朱道奇是一路货色。京州不让人省心啊……

五

齐本安满头大汗手忙脚乱地在林满江家开放式厨房里炒菜。师妹石红杏吃着瓜子,嘴里不断吐出瓜子皮,漫不经心地替他做下手。这个下手做得很讽刺,给齐本安的感觉是,仙女下凡,或者是领导视察。

石红杏说：知道吗，二哥？我昨夜就来了。

齐本安把一条鱼放进锅里：听到风声，就过来摸底了？

石红杏说：摸啥底？大师兄让我过来的，找我谈话！

齐本安翻着锅里的鱼，眼睛不看石红杏：安抚你受伤的心是吧？

石红杏嘴里飞出两片瓜子皮，其中一片飞到齐本安的脸上，一片落到灶具上：我受啥伤？一听说让你干一把手，把我兴奋得呀！真是天上掉下个林妹妹，从此以后，天塌下来有你顶着的，我就享福吧！

林妹妹个子矮，顶不住，这福你享不了！哎，把酱油递过来！

石红杏递过酱油，忍不住连讽刺加挖苦：我说齐本安，你这一把手是炒菜炒出来的吧？星期天没事了，打的，屁颠屁颠就跑到大师兄家里来炒菜了？既练了自己的一份好厨艺，又巧妙地巴结了领导？

又有一片带着崭新唾液的瓜子皮从天而降，赫然落到灶具上。齐本安叫了起来：哎，你也自觉点，到一边吃去，瓜子皮都飞锅里去了！

石红杏不理睬，继续吃着瓜子，冷嘲热讽：哎，对了，齐本安，你每次来炒菜，买菜的钱哪来的？也是在集团文宣费里报销的吧？

齐本安煞有介事说：看看，啥都知道，你怎么不来炒炒菜呢？打飞的过来也成啊，北京堵车，你时间成本并不比我高！后悔莫及了吧？

石红杏用刀背敲了敲切菜板：哎，别转移话题！买菜的钱哪来的？齐本安，就你这种小气鬼子，舍得花钱给领导买菜？我表示怀疑……

正说着，房门有响动，林满江回来了，看着满桌子的菜，对齐本安和石红杏说：哎呀，手艺不错嘛，看这几个小菜搞的，很经典啊！

石红杏迫不及待地把嘴里的瓜子吐出来，表功说：大师兄，这不是当年咱们的老三样嘛！这个你看，小葱拌豆腐，你讲究的，一清二白；这个，辣炒回锅肉——你的要求，辣得到位！哎，尝尝，尝尝！

林满江拈了片五花肉放到嘴里：嗯，不错，红杏手艺见长啊！

石红杏一脸媚态：主要是有二师兄指导，二师兄让我咋干我咋干！二师兄炒菜炒上来了，这好经验，我不得学着点？是吧，大师兄……

林满江哭笑不得：不是！石红杏，你又耍小心眼儿了吧？本安他啥时来给我炒过菜啊？你不过来，他能到我这儿炒菜？他是为你炒的！

说罢，林满江从书房里拿出了一瓶老茅台，放到桌上，说是这瓶酒收藏了二十年没舍得喝，现在想喝也喝不成了，酒精过敏了。齐本安劝大师兄还是继续收藏，这样喝掉可惜了。林满江说：可惜啥？不给你们喝，还能给谁喝？靳支援他们经常到这儿搞扫荡，尤其是中央八项规定出来后，不敢到别处乱喝了，就喝领导家的，好酒全让他们一帮家伙给造完了！说罢，林满江为齐本安、石红杏各倒了一杯酒。

石红杏虽为女辈，却乃酒中豪杰，把杯中泛黄的茅台酒一饮而尽，酒杯往桌上一放，拍案叹曰：好酒，好酒啊，大师兄，再来一杯！

林满江喝止道：少喝点，我今天是给本安送行，不是慰劳你！

石红杏娇憨地笑道：那我不得帮你陪好齐本安吗？你又不喝酒！

齐本安说：是，杏，你只管放开喝，二十年老茅台，不喝白不喝！

三兄妹边吃边喝，深情叙旧。

石红杏道是她不是因为林满江现在当上了副部级的中福集团董

事长才敬服林满江的，她这一辈子都服自己大师兄，大师兄是她人生的偶像，早年一起跟程端阳学徒时她就服大师兄了。齐本安也奉承说：谁不服大师兄啊，学徒时大师兄就是厂里的大明星！师弟师妹说着，一起敬了自己大师兄一杯酒。

石红杏却不服齐本安，给林满江敬罢酒，又说：齐本安，和大师兄比起来，你可就差远了，学徒时你又瘦又小，个头儿都没我高！

林满江补充说：还老被人欺负，包括你，也不知哪来的胆，经常拧得本安满车间乱跑！所以师傅把你介绍给本安，本安没敢要你！

齐本安心惊肉跳：哎，喝酒，喝酒！你们别编派我了，是否看不上我！一转身就领着牛俊杰参加南昌起义去了，惊得我目瞪口呆……

石红杏似乎和林满江串通好了，一唱一和揭老底：欺负本安的可不是小师妹，是锻工班那帮徒工。石红杏说，她印象最深的一次，是他们在男澡堂捉弄本安，把本安捆了个"老头看瓜"。师傅抄了一根木棍冲进男澡堂，打得那帮小兔崽子鬼哭狼嚎，虎口里救出了"看瓜人"。林满江笑道：何止锻工班那帮家伙？澡堂里一帮光屁股男人全吃了惊吓嘛！那时师傅应该也就三十几岁，真正爱徒如子的女汉子！

齐本安哭笑不得，连连作揖讨饶：哎，哎，我说师兄师妹，小时候谁没尿过炕？这些陈年旧事就别提了，好不好？算我求你们了……

接下来，林满江说起了正事，提醒齐本安，到了京州，要注意和地方党委政府搞好关系，并说京州市委书记李达康很强势。齐本安说，他熟悉京州的情况，毕竟是老家。李达康虽然强势，也是认人认事的，在棚户区改造上，李达康就不强势。矿工新村改造提上日程五年了，迄今纹丝不动。棚户区周边街上用大广告牌一围，一点不影响他们的京州美丽城市计划。李达康宁愿到荒郊野地搞大开发，也不愿改造老城棚户区。林满江似乎猜出了他想啥，指出，矿工新村拆迁的事我们要重视，不过也要理解李达康，这个时代就是造城的时代！

林满江又对石红杏说：红杏，我也再次提醒你，要摆正位置，要弄清楚谁是一把手！别再天老大，你老二，把本安也当陆建设对付！

石红杏道：大师兄，我弄得清清楚楚的！在集团您是一把手，在京州本安是一把手！放心吧，你们二位师兄指向哪里，我打向哪里！

齐本安说：没这么严重，老师妹新同事，以后好好合作就是……

就说到这里，谁也没想到，师傅程端阳的电话打过来了。程端阳竟是找林满江，让他替京州能源公司井下一线工人借款一亿五千万，补发三个月工资，说不能让工人饿着肚子下井！这让齐本安听着深感吃惊。

林满江结束通话，合上手机，思索着，把意味深长的目光投向石红杏。石红杏显得心虚，说该不是牛俊杰这无赖逼到师傅门上了吧？

齐本安心想：肯定是啊！师傅的儿子皮丹是京州能源董事长，总经理牛俊杰能自己在火上烤着，眼睁睁地变成烤牛肉，却让皮丹这盘凉拌皮蛋在一边凉快不上桌？牛俊杰必得逼着皮丹出头找钱，顺手不就把直通总部的师傅给逼出来了？齐本安知道牛俊杰的邪乎和狡猾。

林满江阴沉着脸想了想，拨通了财务公司赵总的电话。从赵总口中得知长明集团有笔四个亿的资金打过来了，就指示赵总先借给京州能源公司一亿五千万，并要求赵总一上班就把这件事办掉，不得拖延。

齐本安提醒说：重大决策要集体研究，这不会让谁提意见吧？

林满江不耐烦地挥了挥手：提啥意见？这不是重大决策，是临时借款救工人的急！哦，对了，本安，你替京州能源给我打个欠条吧！

齐本安苦笑不已：古时候新官上任带着赈银，我……我打借条！

林满江说：怎么办呢？要有担当嘛，该打的借条也得打！说罢，转过身，又对石红杏说：看看你们家这位牛魔王！牛俊杰要考虑拿下来了！逼宫竟然逼到我的头上来了！田园跳楼前还举报他呢，我刚替他抹平，他又犯毛病了！牛俊杰这么不识抬举，我劝你当断则断！

石红杏立即划清界限：林董，我明白！我和老牛已经说好办离婚手续了！回去我抽空就把这事办了，我……我早受够这个牛魔王了！

然而，三位师兄妹把酒言欢之际，齐本安再怎么也没想到，京州中福的党风廉政建设欠账这么多，干部群众的反映这么强烈！许多事情匪夷所思，远远超出了他的想象！他的到任，仿佛往深不见底的水潭里扔进了一块大石头，激起了一圈圈波澜，久久难以平息……

六

牛俊杰打着哈欠，夹着公文包走进办公室，财务总监老钱也跟进了门。牛俊杰知道老钱找他没好事，肯定是盯上他从北京总部敲诈来的工资款了，他把公文包往桌上一放，没等老钱开口，就抢先一步警告老钱说，昨夜这一亿五千万得之不易，他是顶着敲诈领导的罪名，才讨来的。因此绝对不能挪作他用，必须给井下一线工人实发到手，干部和地面工人仍然只发一千元生活费！老钱嘴上说好的，好的。一转眼就提出要求，公司高管层是不是也意思意思？牛俊杰一瞪眼：意思啥？高管过去挣得多，饿不着！上次进一笔钱，已经给他们意思过三千万了！老钱唉声叹气，谈起最近的高管离职潮：不断有人上交辞呈啊，大有泛滥迹象啊！牛俊杰立即打断：钱总，你少给我扯淡，我没看到泛滥迹象！打住，就这样办！老钱还是软缠硬磨，竟提议牛俊杰回家找石总要两个钱，给高管多少也补一点，队伍散了不好办呀！

牛俊杰眼皮一翻：什么我家石总？你不知道我要休妻了吗？！

老钱说：谁知你真的假的？休妻休妻你都说了大半年了！

牛俊杰说：快了，等我闲下来，就和这混蛋娘儿们办离婚手续！

是得办离婚了，混蛋娘儿们越老越能作了，仗着林满江的支持，在京州中福作威作福，在家里也横，把他这老公兼下级当成了一个屁。

正想着，院里一辆出租车停下，刑满出狱的记者秦小冲从车里下来。该记者是两年前借矿上事故敲诈犯罪进去的，进去后不老实，尽往外寄举报信。而且指名道姓举报他，搞得牛俊杰很苦恼。牛俊杰透过窗户看到秦小冲，就对钱总监说：他妈的，正牌诈骗犯来了，让食堂送几个包子，做个蛋汤，我早上过来还没吃饭呢，陪诈骗犯吃点。

吃饭时，真假敲诈犯斗起嘴来。牛俊杰说：秦小冲，经你长年敲诈，我们企业日子很难过，将就吃点吧！秦小冲说：牛总，你企业难过，是我敲诈的结果还是你们高管严重腐败的结果？牛俊杰讥笑：还严重腐败，你他妈懂个屁啊！秦小冲，我告诉你，当年不是我让报案抓你的，我把话说清楚，免得你记仇！秦小冲说：我不记仇，但有机会我也得送你到北山喝一回汤！牛俊杰，你干的好事你知道……

这时，牛俊杰已吃完了，抹着嘴说：行，行了，秦小冲，不和你扯淡了，说正事！你父亲秦检查做过我师傅，他把我当良医，请我治病救人，让我在你人生最绝望时刻拉你一把，给你找个吃饭的地方！

钱总监说：秦记者，你别把牛总的好心当驴肝肺！牛总知道你判刑后被《京州时报》开除了，牛总看在你爹的分上，想让你跟我们干！

秦小冲显然有些意外：什么？让我到京州能源公司坐办公室？

牛俊杰说：不是坐办公室，是搞多种经营，到菜市场管理菜贩子！

秦小冲真他妈的不知天高地厚，竟然恼怒地说：牛总，你故意羞辱我是吧？我堂堂名记者给你管菜贩子？我刚出来，没时间和你扯！

牛俊杰也火了，桌子一拍，立即翻脸骂人：混账王八蛋，你以为我愿意和你扯啊？秦小冲，你干的事别以为我不知道！你在监狱里喝着汤还不安分是吧，还往京州中福纪委田园书记那里写信告我是吧？

秦小冲根本不怕：哟，哟，牛总，你知道了？田园找你谈话了？

牛俊杰冷笑道：没来得及，田园跳楼了，你遗体告别都没赶上！

秦小冲脸色唰的一下白了，嘴巴半张着，好半天说不出话来。

牛俊杰手向门外一指：滚吧，立即滚蛋，有多远滚多远！

秦小冲恨恨地看了牛俊杰一眼，甩手向门口走。走了没几步，又回转身说：牛总，给你个友情提醒，田园书记跳楼了，但是，各级纪委不会集体跳楼！我就不信广大人民群众斗不过你们这些腐败分子！

牛俊杰气急败坏，抓起一个温热的包子砸到秦小冲身上：滚！

诈骗犯走了，讨债鬼又来了。来得还挺齐，男的女的，高的矮的，胖的瘦的，呼啦啦一大堆人，堵在他办公室门里门外不让他出门——

……牛总，既然有钱了，多少先给我们付点利息吧！

牛总，你别说没钱，今天你们到账一亿五，我们都知道……

牛俊杰左冲右突：哪来的一亿五？哪来的？你们谁给我的？不要听信谣言，现在谣言很多，我都懒得去辟谣了！

在保安的保护下，二人躲进了厕所。牛俊杰对钱总监抱怨：昨晚从程端阳家里一出来，你就对工人家属四处号叫，哎，北京给咱解决了一亿五千万！你这一号叫就泄密了，懂吗？你看，一夜之间喜讯传遍了京州金融界！钱总监觉得委屈：不是，牛总，是你先号叫的吧？当时，你走在前面，我跟在你后面，你兴奋啊，一出门就说，解决了一亿五！

牛俊杰面对严峻形势，兴奋不起来了，和钱总监各蹲一个马桶间，抽着烟，隔着一层薄木板商量对策：债主都在走廊上等着，估计各银行也有他们的人潜伏着。老钱，得动动脑筋，想想怎么保证这一亿五的安全吧，可别划到被查封的账号上！钱总监说：牛总，这我已经未雨绸缪想到了，我在京州城市银行新开了个账户，专门用来发工资！

牛俊杰仍是担心：银行间都互通信息，小心被他们盯上啊！

钱总监说：是，这我知道，我严密防范，规定了保密纪律……

外面，债主们突破保安防钱，又堵到了厕所门口。然而，老赖牛俊杰足智多谋堵不住，爬厕所窗户走了。厕所外是片苗圃，种着各种绿化树，荫掩着一座凉亭。穿过苗圃有后门，可以安全脱身。

钱总监先拉开玻璃窗，逃了出去，牛俊杰跟着也逃了出去。到底有了一大把年纪，手脚不灵便，他跳下窗台时崴了脚脖子，一瘸一拐地溜出后院。

可怜的瘸牛累了一天，下矿开了三个会，晚上好不容易躺下，京隆矿调度室又来了一个电话，说井下出现透水事故。他不敢怠慢，立即爬起来，瘸着腿再往京隆矿赶。女儿牛石艳心疼他，劝他别去了。他嘴上不说，心里却道：他犯上作乱，不但得罪了女强人石红杏，还敲诈了林满江。石总要收拾他，大领导也要收拾他，此时此刻必须加倍小心，不能被他们抓住把柄！况且京隆矿地质复杂，他也不放心。

因为下井抢险，牛俊杰忙到天亮才回家睡觉，这就没赶上齐本安到任的京州中福党政干部大会。更要命的是，董事长皮丹这混蛋东西忙着离婚炒房子，竟然也忘记了会议通知，没有到会。京州能源公司两个主要领导——董事长、总经理双双缺席会议，让齐本安恼怒异常。

七

齐本安走上主席台就敏感地注意到，台下前排正中间京州能源公司的两个主要领导的位置空着。席位卡上的两个名字在齐本安看来十分醒目——皮丹、牛俊杰。皮丹是个屁事不干的佛系董事长，在网上被股民骂得狗血喷头，连师傅程端阳都受了牵连。牛俊杰是井下一线掘进工出身，天不怕地不怕，号称"牛魔王"，上至林满江，下至他老婆石红杏，全不在此牛眼里，敲诈林满江一票就是一亿五，气势磅礴!

会场上一片肃静,空气紧张。石红杏悄声问:本安,还等吗?齐本安阴着脸说:等,京州能源的两个大人物不来怎么开会?石红杏试图缓解:回头给他们开小灶呗!过去都这样……齐本安十分恼怒,话语斩钉截铁:石红杏,我告诉你,你记住,我没这开小灶的习惯!

时间一分一秒过去,会议室鸦雀无声。干部们交流着意味深长的眼神,看这位新来的一把手怎么收场?齐本安千年老二,素有软弱教条的名声,京州中福是他起家之地,大多干部都知道他的底细。

这场面,对齐本安的确是一种考验,转而又发现,主席台上竟然也空着一个位置,便铁青着长脸问:石总,咱这台上谁又没来啊?

石红杏说:陆建设,这几天不知谁踩了他的尾巴,正闹情绪呢!齐本安益发恼火,冷笑一声:党委副书记也敢闹情绪?石总,你问问陆建设,他还想不想干了?不想干就请他赶快辞职!打电话!

石红杏应声离座:好,齐书记,你等着,我这就给他打电话!齐本安用指节敲了敲桌子:就在这儿打,我听听陆建设想啥呢!

这么一来,齐本安就在石红杏和陆建设的通话中了解到了陆建设的激烈情绪。这位党委副书记在电话里说,他身心交瘁忍无可忍,就到机关医院住院了。林家铺子的二掌柜来不来与他无关,他不是林家铺子里的人。还嚣张地说,他有工作的权利,也有及时生病休息的权利!说他就住十楼56床,都不要来看望他。

石红杏看着齐本安的脸色,对电话那头的陆建设说:老陆啊,我们都是党员干部,请你不要胡言乱语!什么林家铺子?哪来的林家铺子啊?今天齐本安同志头一天上任,公司召开中层以上领导党政干部会议宣布集团的任职决定,你作为党委副书记不出席是很不应该的!

电话里，陆建设的声音挺横的：不应该的事多着呢，该发生的不还是照样发生了吗？田园书记不是从十八楼跳下去了吗？还说啥说！

石红杏怕陆建设继续胡说八道，赶紧收兵：好，老陆，注意休息吧。保持一个好心情，有啥想不开的，及时找我或者齐书记聊一聊。

手机开着免提，对着扬声器，前排的干部都听见了。齐本安受到如此顶撞，有人吃惊，有人高兴。后排没听清的干部，纷纷打听陆建设说了些什么。有个女干部甚至笑起来，声音响亮还伴随着咳嗽，难辨究竟是笑还是咳。屋内一片嗡嗡嘤嘤，齐本安的脸色越来越难看。

就在这时，众目睽睽之下，牛俊杰一瘸一拐、跌跌撞撞地冲进了门。又过了片刻，面目英俊的佛系干部皮丹捧着保温杯，踱着方步不慌不忙地走进来。齐本安看了看手表，两个主儿整整迟到了四十八分钟！

石红杏对齐本安说：齐书记，能源公司他们都来了，开会吧？

齐本安盯着台下的牛俊杰和皮丹：牛总，皮董，本集团六十七家下属公司和部门，等你们开会等了四十八分钟！你们这种领导能带出什么样的队伍就可想而知了！这种散漫作风从今天起必须结束了！

台下沉默着，谁也不知道他们心里都想些啥。石红杏突然意识到什么，带头鼓起掌来。立即，台下掌声响成一片，透露出些许热情。

齐本安心情多少有所好转，这才对石红杏说：石总，开会吧！

石红杏主持会议。中福集团组织人事部刘部长宣读党组对齐本安的任命。接下来，齐本安讲话，情意深切，语调沉重——说是相隔十年，他又回了京州中福，心情既激动又不安，复杂得很。当年熟悉的面孔没找到几个，物是人非，京州中福早已不是以前的旧模样了！现在京州中福整体低迷不振：京州能源负债累累，仅欠薪就五个亿，面临退市风险。京州证券在前不久的股市风暴中巨亏十五亿！人民的财产在不断地流失，北京中福集团领导层十分关切，也十分焦虑……

齐本安还说了矿工新村的棚户区改造的问题。道是林满江董事长和老领导朱道奇都十分关心。他来的前一天，两位新老领导还分别向他做了交代。五年前集团就和京州市协调，划拨了五亿资金配套棚改，现在棚户区却还没动工，老劳模程端阳还住在危房里，让他不安……

石红杏小声提醒他：哎，齐书记，市里的事就别在这里说了！

齐本安却道：这不是市里的事啊，这是我们的事！棚户区里住着我们三万多低收入的矿工家属，他们几代人挤在上世纪五十年代的危房里，我们怎么能钱一掏，就不闻不问了呢？这是负责的态度吗？

石红杏的脸沉了下来，很响亮地喝水，很响亮地把水杯放在桌上。

齐本安似乎有所察觉，挺不悦地看了石红杏一眼，却也不再多说了。最后口气严峻地说道：……从今天开始，你们大家对我齐本安要有一个认识和再认识的过程，我齐本安对你们也有一个认识过程！我希望大家心里都有点数，不要再这么麻木不仁了，都好自为之吧！

这时，台下的牛俊杰竟然睡着了，头歪着，打起了呼噜。齐本安发现了，重重地敲了敲桌子。皮丹一怔，慌忙推醒牛俊杰。牛俊杰一个激灵醒了，茫然四顾：咋？散会了？皮丹指了指台上，牛俊杰一下子明白了，抹去嘴角的口水，振作精神，努力坐正了。

齐本安勃然大怒，口气严厉：在这里，我也提醒一些同志，不要打错了自己的算盘！不要以为我齐本安当真软弱，拿你们什么皮蛋混蛋坏蛋都没办法！没有金刚钻不揽瓷器活，我既然敢来，就不怯乎你们！

牛俊杰和皮丹相互看看，都呆住了。

石红杏小声提醒齐本安：行了，齐书记，会上就别说这些了！

齐本安"呼"地站了起来：散会！牛俊杰、皮丹，你们留下！

这个会开得真窝心，散会后，齐本安在走廊久久徘徊，有了一种进入敌占区的感觉。师妹石红杏明摆着不接受他，陆建设干脆一口一个林家铺子大骂不止，皮丹、牛俊杰以为他软弱好欺，根本没把他当回事。齐本安明白，自己在京州中福是一个不受欢迎的人。

尤其是石红杏，长期独当一面，京州中福控股集团在她手上起来了。他到京州来当董事长，一向厉害的师妹肯定不开心，想想也是的，放着石红杏不提拔，却派他这个千年老二当一把手，石红杏的自尊心哪受得了？更何况她一向瞧不起这位二师兄。师妹表面上还是那么热情开朗，谈笑风生，甚至改口尊称了"齐书记"，但齐本安心里有数，基于石红杏不饶人的个性和一贯作风，一场内斗也许已悄然无声地拉开了帷幕……

八

皮丹是个识时务的人，跟着牛俊杰走进齐本安的办公室，准备挨训。牛俊杰大大咧咧坐到沙发上，皮丹则垂手站立，眼望黑着脸的齐本安，做出诚惶诚恐的模样。其实，皮丹心里压根儿不怕齐本安。他和他太熟悉太亲昵，以至于没把新来的一把手当回事。程端阳和三个徒弟亲如一家，在童年皮丹的眼里，他们不是外人，都是他的哥哥姐姐。林满江最年长，早早成了一个男子汉，小皮丹敬而远之；石红杏是女的，有着性别差异。只有齐本安和他最亲近，好脾气，能够不厌其烦地满足小孩子的各种要求。他们就成了玩伴，一回家就形影不离。

皮丹最难忘的是跟齐本安学摔跤。那时，齐本安受林满江的影响重视强身健体，热衷于摔跤练拳。从老大那里批发来的武艺，齐本安悉数传授于小老弟，让皮丹也成了摔跤迷。每有空闲，二人就在后院扭作一团，满地翻滚，头上身上粘着一层泥土树叶草屑。程端阳常把他俩捆作一堆骂。直到今天，皮丹梦中还会浮现与二哥摔跤的情景。

皮丹一脸诚恳地向齐本安检讨：二哥，对不起，实在对不起！

齐本安脸拉得像紫茄子，难看极了：什么二哥？哪来的二哥？

皮丹立即改口：哦，是齐书记！齐书记，我今天会议迟到，很不应该！虽说医院会诊很难改期，可我如果坚持改期，还是可以改的！

皮丹心里确实有些后悔。早知这样，真该听老婆的，认真对待齐本安。老婆说了，领导上任，头一次开会，你给忘了，这多不好！建议他赶快到医院把针扎上，挂水——你挂着盐水袋进会场，领导就觉着愧对你了！皮丹觉着戏过了，新来的领导不是别人，是齐本安啊！他老娘三个徒弟中最软的一个，还是他少年时代的玩伴，用得着吗？

皮丹这日为了买房，正第三次和老婆离婚。工作人员一见他们俩就乐了，问他们又看上哪里的房子了？皮丹快乐地说：河西南，现在被称为宇宙中心了！今天一离婚，我又成无房户了，又具备了购房资格！正办着离婚手续，手机响了。皮丹接手机一听，是石红杏。石红杏问他是怎么回事？为啥还不来开会？皮丹这才想起开会的事……

年纪轻轻的，哪来这么多毛病啊？齐本安批评说，你妈我师傅当年一身病，却二十年保持全勤，全国有名，你就不能学学这精神？

皮丹夸夸其谈，试图缓和气氛：那个时候啊，也不是太科学，听听当时流行的口号吧——活着干，死了算，小车不倒只管推，革命加拼命，拼命干革命。可也不想一想，老命都拼没了，以后还怎么干革命呢？弗拉基米尔·伊里奇·列宁同志说过，身体是革命的本钱……

齐本安打断他：我是说精神，国有企业职工干部的创业精神！皮丹仍是嬉皮笑脸：时代毕竟不同了！我还记得呢，那时候你们和我妈一起加班，矿机厂食堂送碗红烧肉过来就把你们激动坏了。你还舍不得吃，让我妈带回家给小弟吃！现在谁还敢乱吃大肥肉？一个个差不多都三高了，血脂高、血压高、血糖高。哎，二哥，你也三高了吧？

齐本安道：皮丹，你住嘴！别扯我的三高三低，说工作，说你们京州能源的工作！另外，工作时间，你也少给我一口一个二哥的！

皮丹就说工作。京州能源现在是太困难了，这困难，那困难，牛俊杰眼皮快睁不开了，强打精神听皮丹扯淡。齐本安声色俱厉：知道这么困难，你在医院还住得下去？当真佛系啊？说着，这六亲不认的二哥竟然拨通了机关医院的电话，了解他小病大养的情况。皮丹紧张地看着齐本安打电话。牛俊杰就在一旁打盹儿，还打起了甜美的小呼噜。

机关医院实在操蛋，竟然对齐本安说：他身体挺好，经过长期精心调养，血液各项指标早已正常了。齐本安放下电话就没好气说：皮董，你就继续在医院泡吧！啊？身体是买卖本钱，你可别赔了本！

牛俊杰的呼噜声越来越高，引起了齐本安的崭新反感，也让齐本安及时地调转了矛头，齐本安敲了敲桌子：哎，醒醒，尿泡尿再睡！

牛俊杰一下子清醒了，抹掉嘴角口水：哦，齐书记，你说，你说！

齐本安气道：我不说了，听你说！牛总，你又是怎么回事？

牛俊杰打了一个忍不住的大哈欠：哎呀，困死我了！齐书记，对不起，实在对不起！不过，我这次开会迟到还真是事出有因……

齐本安又开始调查牛俊杰。当场和京隆矿矿长王子和通话，问王子和：京隆矿昨夜是不是出了状况？怎么处理的？王子和汇报说：出了透水事故，牛俊杰过来了，要不是他心细，就把两个工人扔水里了！

齐本安倒也坦诚，放下电话，立即对牛俊杰说：牛总，是我错怪你了，对不起，我向你道歉！说罢，站起来，向牛俊杰鞠了一大躬。

牛俊杰也站了起来：哎呀，道啥歉？齐书记，你别折我寿啊！

齐本安很感慨：昨夜要把两个工人淹死了，我可脱不了干系！

皮丹忙讨好道：齐书记，瞧你说的，昨天你还没正式到任呢！

齐本安不睬他，似乎没听到他的话，只对牛俊杰说：牛总，你回家休息吧，过几天陪我一起下矿！公司三个大矿全去看看，你安排吧！

皮丹凑上前去，赔着笑脸：哎，二哥，不，齐书记，还有我呢？

齐本安掐了皮丹一眼，没好气说：你一边去，等候处理！

皮丹心里一紧：处理？齐书记，你处理我啥？我就开会迟到……

这时，石红杏进来了，问牛俊杰：你们谈完了？牛俊杰对自己老婆没好气，"嗯"了一声，一瘸一拐地往门外走。齐本安叫住牛俊杰，问他腿怎么瘸了。牛俊杰摇头苦笑：不说了，一言难尽！径自走了。

皮丹又发现了机会，屋里只剩下了自己的哥哥、姐姐，他就有了点撒娇的意思。石红杏如同他的救星，他立即求援：姐呀，你看今天这事弄的，二……二哥他一上任就给我个下马威，这也太残酷了吧？

石红杏像没听见他的话，只对齐本安说：齐书记，说是你找我？

齐本安也只招呼石红杏：哦，对，我找你，石总，和你说个事！

皮丹见石红杏和齐本安都不理睬他，视他如无物，这才挺无趣地悄然走了。

九

石红杏没想到齐本安要说的事竟然直指大师兄。二师兄胆儿就是肥，一有权脸就变，难怪大师兄这么防着他，冷藏多年不用他！皮丹走后，这厮竟指着办公室林满江的画像批评她：你把大师兄的像公然挂在这里，什么影响？京州帮、林家铺子，这些年风言风语还少啊？

石红杏很委屈：怎么了？这原来是我办公室！现在给你了，你不挂就挂到我新办公室去好了，我崇拜大师兄，粉他，这是我的自由！

齐本安绷着脸说：在这里，在中福的办公场所，你没这个自由！起码从今天开始，从我主持京州中福工作开始，没这个自由了！

石红杏怔住了，也真被吓着了，像是一下子不认识二师兄了。

齐本安觉察到她的震惊，又挺真诚地解释：京州中福是大型国企，不是谁的独立王国。挂林满江的个人肖像，其实是给大师兄添乱啊！你要是不服气，可以打电话问一问大师兄，看他支持不支持这个做法！石红杏强作笑容：问啥？不说了，在京州听你的，我表过态的！齐本安也就和气起来：师妹，别生气啊，以后这种磕磕碰碰的事不会少了。石红杏心里很生气，嘴上却说：生啥气，舌头和牙齿还磕碰呢！

宽大的办公桌后面，林满江的油画肖像挂在墙上。一缕阳光透过窗户，正射在他脸上，高冷的表情顿时有了暖意。石红杏想，大师兄今日目睹他们师弟师妹为他起争执，心里一定不太高兴吧？这么多年了，她能不知道大师兄？！大师兄是神，只可惜她的神要回家了。是的，就在那一时刻，石红杏就决定了，把大师兄的这幅油画像请回家。

这幅作品技艺不凡，是石红杏花大价钱请名家画的，人物性格的复杂性能从细节中表现出来。比如，忧郁的眼神透出一股狠劲，嘴角的笑意蕴含着疑心。大师兄仿佛在问这个世界：我所看见的一切，都真实吗？今天大权在握的齐本安还能老实本分做他兄弟吗？不知道。

正胡思乱想着，齐本安又问起了去看望师傅的安排。石红杏回过神来，道是已经跟程端阳约好了，师傅很高兴，她有事就不去了，前几天她刚去过。齐本安笑道：也好，我和师傅正好说点私房话，别让你老欺负我！石红杏嗔道：现在我敢啊？活腻味了我？但你也别恶霸呀。齐本安又笑：我还恶霸呢？你看看他们，有几个把我当回事了？

石红杏心里冷笑：齐本安，是你太把你自己当回事了！你老几啊你？一朝权到手，就把令来行，连提拔你的大师兄都不在你眼里了！还独立王国呢，是你想在京州搞独立王国吧？脸面上却努力做出一副娇憨之态：不急不急，慢慢来，齐书记，权威是一步步建立起来的！

其实，她的不满是掩饰不住的。和程端阳通话时就发了牢骚，说她努力摆正位置，把自己可以鸟瞰光明湖的大办公室主动让给齐本安，齐本安竟然连句推辞的话都没说，公司中高层领导大会开完，就昂首挺胸进驻了，就像鬼子进了村，气死她了。师傅说：你们师兄妹之间还客气啊？小心眼儿又想偏了吧！石红杏说：没偏！师傅，我现在心里空落落的，我的办公室还就不让了，我又不欠他的！师傅说：不让就不让呗，本安又没叫你让。不过，杏啊，在工作上你可得支持本安啊！

师傅这么关心齐本安，齐本安新官上任，头把火却要烧皮丹。石红杏问齐本安：哎，你还当真要处理皮丹啊？不就是开会迟个到吗！

齐本安说：皮丹不是迟到的事！我来之前就知道皮丹不像话，但没想到这么不像话！京州能源的解困保壳、压缩产能，都是马上要做的事，咱们能指望这位佛系董事长？你到网上看看，都怎么说他的！说罢，打开手机让石红杏看，网民称皮丹是史上最荒唐的上市公司董事长！京州能源公司王小二过年一年不如一年，已经ST了，皮丹倒好，大半年没开过一次董事会，这种不懂事的董事长，还留着他干啥？！

石红杏表示，把皮丹从京州能源董事长的位置上拿下她不反对，其实她也早想把皮丹拿下来了，问题是怎么安排？皮丹是师傅唯一的儿子，得对师傅有个交代。齐本安说：那咱们就好好想一想，看看怎么做才好呢？原则是，既要解决问题，也别伤了师傅的心！

石红杏说：就是，你新来乍到，怎么着也不能拿皮丹开刀呀！又问齐本安：对了，还有我家那位牛俊杰呢？你打算怎么处理啊？

齐本安一声长叹：再看吧，林董可能对牛俊杰有些误解。石红杏意味深长地提醒：大师兄可是有明确指示要处理牛俊杰的。这老牛对总部逼宫，手段恶劣！对我搞这一手倒罢了，和北京总部他也敢搞！

齐本安对牛俊杰心倒挺善的，苦笑说：现在是用人之际，皮丹不干事，一定要拿下来，再把牛俊杰也拿下了，京州能源这个烂摊子谁收拾啊？况且，牛俊杰又是你老公，怎么也要考虑一下影响吧？不知道的人还以为我要怎么样呢，人家绝不会说是你石红杏要大义灭亲！

石红杏说：倒也是！好，不说了，反正你定！我有言在先啊，齐本安，你别以为牛俊杰是我老公，就对他网开一面！你得坚持原则！

当晚回到家，石红杏忍不住和林满江通了个电话，说是本来不想打这个电话，可前思后想，还是打了，她总觉得哪里不对头。林满江问她哪里不对头了。道是齐本安过来这才一天啊！石红杏便感慨，这一天等于几十年，齐本安再不是当年被她欺负的小瘦猴了，整个人变了个样。林满江马上批评她，说她心态有问题，让她消停点。还发出了严厉的指示：对本安的工作，只准补台，不准拆台！

石红杏心里不服气，嘴上讷讷应道：我记住了，可……可是……

林满江说：可是什么？权力改变人也没啥错！这么多年来，齐本安一直在二三把手辅助岗位上工作，职级虽说一直在上，但从没做过一把手，现在做了一把手，是封疆大吏了，感觉当然就不一样了，这我是有体会的！本来我还怕他软弱，现在他这一变，我反而放心了！

石红杏斗胆问了句：大师兄，你就不怕为自己选了个掘墓人？

林满江火了：啥掘墓人？掘谁的墓？红杏，又胡说八道了吧！

石红杏放下电话，站在阳台上发怔。秋天雨水多，看这阴沉沉的天空，又要下雨了。风也挺大的，小区花园里一排柳树，在风中摇摆挣扎，细长的柳枝如疯女人的头发狂舞，碎叶打着旋儿在昏黄的路灯下飞扬。石红杏黯然神伤，觉得自己就像那排柳树，硬是被逼得要发疯了！而二师兄齐本安，就是一阵阵劲风，扰乱了她平静的生活……

未来会怎样呢？自己该如何应对呢？石红杏真不知道！

十

齐本安到矿工新村去看师傅。这是一片破旧的棚户区，名为新村，其实是年代久远的老房子，住着能源公司八千户矿工家属。巷子里路灯昏暗，墙上贴满小广告，流浪狗乱窜。外面却是京州市的主干线迎宾大道，霓虹灯闪烁，大厦林立，一派繁华景象。一块块高耸的广告牌把这片棚户区团团围住，形成隔离带，仿佛膏药将癫癣遮掩了起来。

齐本安在迎宾大道下了车，提着礼品，走在破败的小巷里。看着熟悉的场景，他仿佛回到了童年时光。哦，童年！一阵童年时代小伙伴们的欢笑声浮响在他耳际，让他心中涌上一股悲凉。这里曾经是那样的生机勃勃，是他和林满江、石红杏光荣和梦想开始的地方，现在变得如此破败，与咫尺外的繁华是那么格格不入，仿佛天上人间……

齐本安边走边看，目光游移。这时，从身后突然冲过来两辆破旧的自行车，没等他弄明白，手上的礼品袋已被那两个骑车的孩子抢走。这一来，齐本安只得两手空空，不无狼狈地走进师傅程端阳的家门。

程端阳说：算了，算了，本安，你的礼物，师傅就当收到了！齐本安担忧地问：这里治安这么差，您住这儿安全吗？程端阳说：没这么严重，这些孩子也是欺生，生活困难嘛！后道房的刘师傅啊，前两天她待岗的儿子把她家里的酱油鸡蛋粮食全偷走了。气得她跑我这儿又哭又骂，唉，也真是的！齐本安连连摇头叹气：咋这么啃老啊？！

程端阳说：他们不啃老怎么办？矿工嘛，除了下井干力气活，都会啥呀？！田大聪明你还记得不？就是京丰矿掘进工区的田大聪明！

哦，师傅，您说田劳模，是吧？后来还做过几天省革委会副主任？

程端阳说：可不是他嘛！为徒弟斟着茶，师傅讲起往昔的掌故。一群劳模带着五天的干粮到北京开劳模会，出了火车站，把个后来要做省革委会领导的田大聪明弄丢了，领队怎么找也找不到。三天的劳模大会开完了，大家又到北京火车站上火车返程回家。老田突然冒出来了。他还挺得意呢：我就知道你们开完劳模会还得坐火车回家，我就天天在这儿等着你们——瞧我聪明吧？从此田劳模有了个外号，田大聪明。坐在回程火车上，田大聪明听说毛主席接见了全体劳模，还和程端阳握了手，他两只长满老茧的大手，就一直握着程端阳的手不放。田大聪明聪明啊，说是这也就相当于自己和毛主席握过手了……

齐本安感慨不已：师傅，你们那代劳模里，大多数人都是田大聪明，文化水平低，只知道出力干活。田大聪明虽然被捧到了省革委会副主任的高位，也只会举举手。只有师傅您上过高中，是工人政治家！

程端阳忙摆手：啥工人政治家？是你们聪明能干，都干出来了！师傅幸运啊，得了你们三个有出息的徒弟！据说，还弄出了个京州帮！

齐本安笑道：在北京，人家说京州帮，在京州就是林家铺子了！

对，对，林满江就是从这里起家的嘛，本安啊，你回老铺子了！

吃饭时，程端阳又呷着酒叹息：岁月无情，师傅说老就老了，不是当年了，喝不动喽！想当年和你们在一起，师傅喝酒也不怵的！

齐本安道：那是！师傅您是女汉子嘛！前天在满江家，红杏还说起您当年的英勇无畏呢！为救我，您抄着一根木棍冲进男澡堂……

程端阳笑了起来：我都忘了，会有这种事吗？师傅当年这么泼辣吗？本安，不许乱编派师傅啊！不过呢，你老被人家欺负倒是真的！

齐本安说：最会欺负我的是石红杏，经常拧得我满车间乱躲！

程端阳强调：但外边人一欺负你，红杏她就挺身而出护着你了！

齐本安说：这我也有些印象。不过记着最多的，还是被她欺负！当时，在矿机厂的车钳锻铆焊几个班组里，就咱们车工班几个徒工年龄小，所以，师傅您总是让我们抱团，要我们别打内战，一致对外！

程端阳给齐本安夹菜：当时让你们抱团，是怕你们受大孩子们的欺负，后来让你们抱团是想你们互相帮助，共同进步，前进路上自己的兄妹一个别落下！你看现在多好啊？满江到北京做了副部级国企的一把手，你和红杏也都是厅局级国企干部了，我这想想都像做梦啊！

齐本安感叹：一个了不起的梦啊，师傅，您改变了三个人的命运！

程端阳感慨万端，呷着酒，说起了往事：本安啊，满江有今天也真是不容易！有个事，你和红杏是知道的，当年满江内定下来的省劳模被人顶了，那时风气就不好，走后门。满江知道后要去拼命……

齐本安说：是，他弄把三角刮刀揣在怀里要去捅局党委张书记嘛！

程端阳摇头叹息：我的天哪，满江他这一刀要是真捅下去，那不得弄出两条人命吗?！我吓得搂着他，让他冷静，答应替他讨回公道！

齐本安说：为了给大师兄公道，您把自己的劳模名额让了出来！

程端阳道：是啊，我找到了张书记，吵了一架。张书记认为用我的全国劳模名额换一个省劳模太吃亏，他不知道自己差点吃了刀子！

齐本安说：师傅，您呀，也是偏心眼儿，总说我和红杏整天调皮不省心，大师兄才真是不省心呢，一闯祸就是大祸，能把天捅个窟窿！

程端阳笑了：也是，也是啊，现在省心了，师傅享福了！

……

这日离开师傅家，已经是夜里十一点多了。晚风吹拂，空气湿漉漉的，像是要下雨了。齐本安透过路灯昏黄的光晕，还能隐约看见天空中一弯月亮，在云团间忽隐忽现。他凝视弯月，胸间升起一团怀旧的情愫，特意走到一座三层旧楼跟前站住了脚。那是过去的青工宿舍楼，他和林满江、石红杏在这座楼里度过了自己的青春岁月。不知什么原因，这座楼里现在已经没人住了，寂静黑暗，仿佛一座空坟。齐本安闭上眼睛，阵阵年轻的声浪、组组鲜活的镜头就扑面而来……

漂亮的师妹石红杏，经常支使齐本安打水、拖地，甚至要他给自己洗衣服。齐本安只能乖乖听话。最悲催的是石红杏有一种刑罚，捏着齐本安臂弯一小块皮，使劲儿一搓，那尖锐的疼痛直刺心窝！说来也怪，齐本安偏偏喜欢石红杏，那是他少年时代的梦中情人！可石红杏呢，不把他放在眼里，暗恋着大师兄林满江。大师兄不冷不热，谁也看不出他对小师妹有没有意思。结果，师兄妹三人一对也没成——林满江娶了现在的妻子童格华。石红杏嫁给了小她三岁的刺儿头牛俊杰，两人成了一辈子冤家。他呢，结婚虽晚，倒也有艳福，娶了小他十三岁、现任《京州时报》社长兼总编的范家慧。虽然没能结成亲，他们师兄妹之间却情同手足，在师傅程端阳的引导下，一步一步地走上各自的仕途。

十一

秦小冲是一个很有意思的家伙，从监狱一出来就想翻案。京州人把犯事入狱称作"上山喝汤"，别人喝了两年汤，精气神全无。秦小冲却不，精神头好着呢，一脚跨出北山监狱的铁门槛，脑子里就掀起了疯狂的复仇风暴——他要揪出陷害他的幕后黑手，让真相大白于天下。

京州中福的腐败问题相当严重，纪委书记田园竟然跳楼了！竟然在他出狱前一天跳楼了，多么惊心动魄！他在狱中给田园书记写过信的，虽没敢说详细，但点了牛俊杰的名。腐败分子们实在猖狂，像牛俊杰和他老婆石红杏，肯定是那"们"中的一员！他们的女儿牛石艳大学一毕业就进《京州时报》做记者，干了没两年，就提记者部副主任了，待得一脚把他踹进监狱，立马提了主任！我操，神节奏啊！

两年前，秦小冲接到一个神秘的电话，打电话的人说有贪官的猛料要爆，作为《京州时报》的大牌记者，秦小冲就挺身而出去反腐败了。他没想到这里有阴谋，自己会被套牢。他是一枚记者，很优秀的记者，只因为居京州大不易，就对金钱有了份理所当然的热爱，这就构成了他的致命伤。现在社会风气不是太好，发红包很普遍，他就经常面临人性考验。他是讲原则的，大钱不敢拿，红包没少收，个人品质打了点小折扣，就为被坏人陷害、上山喝汤打下了坚实的事实基础。

秦小冲接到神秘电话，约好接头的时间地点，准备去接受反腐举报。不料，京州能源京隆矿发生事故。千不该万不该，他那天不该喝高了，喝高了就糊涂，就钻进了矿外柳树林里。他没见到爆料人，却见了京隆矿的一个家伙，给了他十万元，他本能地就接了，还放进了包里！接下就是电影里常见的镜头，几位便衣警察及时出现，熟练地将他按倒在草地上，用脚踩着他，把他两只胳膊拧到身后，铐上了手铐。罪名唤作敲诈勒索。十万赃款就在他包里，他说什么也没用了。案子办得迅速麻利，人证物证俱在啊，他很快被检察院起诉，被法院判刑，送进了北山监狱去喝汤。汤不让白喝，得劳动。强度不大但不是好活——竟然是和一帮女犯一起做女性内衣，做各式胸罩。做了大半年，他开始给监狱《新生报》投稿，这才重操旧业做了编辑……

他就这么被人暗算了，比窦娥女士还冤！他接到爆料电话去接头，是要揭黑幕反贪腐的，有人就害怕了，就设计把他关进了北山大牢，让他为女性同胞做内衣、做胸罩去了。出来后，秦小冲认定，这是无耻阴谋的一部分！让他一个青年男性在无法和女性自由接触的情况下，天天做女性的性感内衣和胸罩，是故意折磨他，意在让他阳痿！

接爆料电话的过程，秦小冲记得很清楚。那日晚上，他喝多了，在报社办公室刚泡好一壶茶，电话铃声响了起来。喂，我是深喉。秦小冲想笑，还他妈的深喉，你倒也配？接下来，电话里一个低沉的男声告诉他——京州能源高管勾结奸商，制造了一起国有资产的巨大流失，流失金额高达三十亿以上，涉及重大腐败！这可是重磅炸弹，三十个亿，还以上，胆子也太肥了吧？！他脱口叫出了声。这时，在他对面隔断办公的牛石艳突然站了起来，瞥了他一眼，匆匆离去。秦小冲茶都没顾得喝，也走了。那是一壶金骏眉，作为记者部主任，经常有人给他送点好茶。他想，回来再慢慢喝金骏眉吧，这壶茶丢不了……

可惜，他注定要喝汤，而不是喝茶。在监狱里他天天琢磨，是谁害怕泄露天机？作为资深记者，秦小冲明白背后有黑手，他绝对不会放过这只黑手！三十个亿以上，他掌握着一颗大炸弹，一旦引爆，京州中福必得人仰马翻！什么牛俊杰、石红杏，通通都得进去！所以牛俊杰今天一早才把他叫到能源公司，向他解释，和他和解，甚至还要给他安排工作。这个事实证明，腐败分子们已经惶惶不可终日了……

现实很骨感。秦小冲出狱后处境十分悲惨，老婆和他离婚了，带走了女儿，他净身出户，只能跟退休的老父亲住。秦小冲出狱后最想见的就是女儿，前妻不让见，说是怕在女儿幼小的心灵蒙上阴影，谎称他在美国留学。前妻给了他一只 U 盘，让他看女儿的录像，录像看得秦小冲泪流满面。秦小冲拒绝了牛俊杰赏赐的菜市场管理员职位，急于找到其他工作。仇要报，案要破，但也得填饱肚子，抚养女儿。

他回到原先的单位京州时报社，恳求社长范家慧收留。范家慧对他的职业道德十分不屑，但对他的能力挺欣赏，总算收留了他。她让他去现任记者部主任牛石艳手下工作。牛石艳原先是他的兵，现在范社长明确了他的身份：报社编外聘用人员，牛石艳自然是他的领导了。

再见牛石艳，秦小冲心底产生了一种仇人相见分外眼红的复仇冲动。他在狱中失眠时，一遍又一遍地回忆当年打电话时的情景——牛石艳忽然从对面的隔断站了起来，高跟鞋嘚嘚响着往外走。她应该是早就潜伏在他身边的。他和爆料人深喉的通话肯定被她偷听了去。她当时泪光闪闪的，好像哭了。她为啥要哭？紧张？害怕？她要拯救自己的父母啊，就慌忙报信去了，石总、牛总就联手把他扭进了北山监狱。

现在他编外了，归牛石艳领导了。牛石艳把他领进熟悉的办公室，指着堆满一堵墙的白酒说：这都是你的活儿，三个月之内卖完，必须要结回账来。秦小冲吃惊地瞪大眼睛：咱报社啥时候开始卖酒了？牛石艳说：你在北山喝汤日子清闲，我们报社经营可是举步维艰。不但卖酒，内衣胸罩都得卖。还有肉联厂拉来猪肉顶广告费，下一步得卖肉！秦小冲叹息：看来，当记者和管菜市场，也是五十步笑百步了。又敏感地想到：自己在北山喝汤的遭遇也许也和牛石艳有关——她提到了内衣胸罩！而事实上他并没在办公室货源里发现有内衣胸罩可卖。

干什么工作秦小冲不在意，重要的是他又重新踏入《京州时报》的大门。他很清楚，要赌赢人生的后半场，当记者占着天时地利。更何况守着牛石艳，看她如何表演，一层层剥去她的伪装和画皮，也有利于为自己的冤案平反昭雪。从出狱开始，秦小冲多了个身份：福尔摩斯。

这晚，秦福尔摩斯小冲在矿工新村老父亲家里开始办案。墙壁上的挂板贴满纸条和硬纸板，构成一个网状关系图。关系图上有中福集团、京州中福及下属的京州能源、京福房产、京州电业，以及田园、石红杏、牛俊杰、皮丹等人的名字。互相之间又有条条杠杠连接起来，看上去极其复杂。自家社长兼总编范家慧名下也拉出了一根虚线，添上了一个人：齐本安，此人是石红杏二师兄，新到任的京州中福董事长。觉得要突出这个新加入人物的重要性，他又在齐本安名下重重画了两道杠。然后，把所有人物关系集中到一个名字下面：林满江。

都说中福集团是林家铺子，大掌柜林满江自然不应该忽略，况且流失了三十个亿以上的巨额交易，北京的中福集团不会不知道……

父亲秦检查抱臂看着不明白，问：小冲，你这是在整啥啊？

秦小冲说：我得自证清白，得找到陷害我的家伙藏在哪里！

秦检查挺疑惑的：怎么和人家整个中福集团公司都较上劲了？

秦小冲沉思道：先排查线索啊，我得大胆假设，小心求证！

秦检查关切地问：今年孩子的抚养费有着落吗？

秦小冲说：有着落，煤老板黄清源那儿有我三十万，月息二分呢！

秦检查马上提醒：哎呀，听说黄清源日子不好过了，负债累累呢！你得赶快去要钱，你坐牢这二年，京州民营企业差不多全垮了……

说来也巧，就在这时，电话响了。秦小冲拿起话筒一问，对方说是天使公司。他就说打错了，这里可不是天堂！对方却又把电话打了过来，说他们是天使商务公司，要向他爆料，而且是林家铺子……

天使公司那个老板显然知道他是谁，干啥的：秦记者，世界很精彩，生活很无奈！你在北山蛰伏的这二年，啥都过剩了，一家家企业倒闭破产，这就带动了一个新兴文化产业——债务催讨产业的兴旺发达。本公司呢，就应运而生了，去年业绩出现了百分之三百的增长啊。

秦小冲肩负反腐重任，对此等事体很不耐烦：给我打住吧！你天使增长多少关我屁事？增长再多也没我的份！说正事，说林家铺子！

电话里的人说：林家铺子你别碰，听说你对林家铺子感兴趣，我就为你担心了！秦记者，你也算有过教训的人，有些东西是不能碰的！

秦小冲很疑惑：你怎么知道我对林家铺子感兴趣？谁告诉你的？

电话里的人说：哎，你同学黄清源啊，这让我灰常（非常）为你担心！

哎，哎，你……你到底是谁？哪路神仙？

李顺东啊！没听说过吗？打电话那个人笑了，这二年你在北山待着，有首动人的歌谣可能没听到。我给你唱——……京州出了个李顺东，他为我们去讨债……

这无耻的家伙，歌声居然挺好听。秦小冲明白了：你们黑社会吧？

李顺东说：啥黑社会？我们是提供天使服务的！没准你哪天也需

要我们的服务。事情是这样的，你同学黄清源，欠了八千万啊，你是他要好的同学，他比较信任你，所以我们天使就得和你见一见了！

秦小冲有点慌：你们见我干啥？我忙着呢，没工夫理睬你们！

李顺东又嘿嘿笑：不能辜负朋友的信任啊！尤其是朋友面对生死的时候！我不信你会见死不救！你就不怕黄总绝望自杀？如果他自杀了，你的灵魂将安放何处？想想吧，想清楚了，咱们天使公司见！

秦小冲放下电话，久久地愣着，一时有些蒙。

老父亲在一旁说：你看看，我说的吧，黄清源的麻烦不小吧？！

秦小冲说：他怎么会欠下八千万呢？他公司看起来很正常啊！

老父亲说：正常？今天正常开张，明天卷款跑路，这种事多了！

秦小冲双目无神，痴迷地絮叨：完了，完了，这回真完了！那三十万连本加息得四十五六万了！这可是我活到今天的全部积蓄啊，按照离婚协议书规定，还有周洁玲一半，昨天她还冲我要呢……

老父亲急了：那你赶快去问问天使，黄清源是不是跑路了？

秦小冲喃喃道：他没跑了，被天使们逮住了，还要我去见面……

这晚，因为大天使李顺东的这个报丧电话，因为一生的积蓄面临极端风险，秦小冲的反腐斗争被迫中止，紧急转入了一场讨债斗争。

他的三十万血汗钱啊，冒着几上北山的风险苦来的钱啊，这说没就没了，而且竟然是在最靠得住的老同学手上没的，这算什么事？！

秦小冲失眠了，怎么也睡不着，他起来抽了支烟，站在窗前发呆。夜已深，秋虫哀鸣，细雨迷蒙，不远处高楼上霓虹灯闪烁，光晕在他脸上跳跃，让他一阵眩晕。这世界到底是怎么了？真搞不懂了……

十二

　　齐本安从矿工新村程端阳家回来，冒雨下了出租车，刚顶着外衣冲进小区门，京州证券老总王平安就从湿淋淋的黑暗中闪身迎了过来。雨挺大的，时有闪电，苍白的电光把王平安的脸映照得像鬼。齐本安吓了一跳，抹了把脸上的雨水，好歹认了出来。王平安喝了不少，走路摇摇晃晃，口齿也不太清楚：本安，可……可……可等到您了！

　　齐本安脚步不停：等我干啥？在哪喝的？看你，快站不住了！

　　王平安说：在皮丹点儿上喝的，一家堡垒户，比……比较安全！

　　进了家门，齐本安细问，王平安才告诉他，那是皮丹联系的私人会所，很隐蔽，菜肴也高档，集团经常在那儿请客。齐本安调侃道：进出有暗号吗？比如——天王盖地虎？宝塔镇河妖！王平安说：不是这个，是敲门三重一轻！不过，今天我们可是为了给你接风！齐本安听着就来气，他说了不吃请，可这帮高管还是借他的由头狠撮了一顿。

　　齐本安问王平安：你酒醒了吗？没醒就明天来，免得酒后失言，过后后悔！王平安说：醒了，本安，咱们谁跟谁？你还不了解我？齐本安累了，往沙发上一倒：我当然了解你，你干得不错嘛，京州证券在你手上硬是亏损十五亿！林董很为你自豪啊！在集团会上说了，他要是有枪，就一枪把你给毙了！王平安说：哎呀，这不是碰到股灾了嘛！国家都出面救市了，所以，咱们也得为国接盘啊，是不是？

齐本安苦笑摇头：王平安，我现在真看不懂你了，你还有脸说啊？

王平安及时地将一张银行卡放在他面前，道是他啥也不说了，他还是他的人，一直都是，永远都是！王平安自称懂规矩，告诉他卡里有八万八千八，表示个意思。齐本安不收，让王平安把卡拿回去。王平安也不知是喝多了，还是太麻木，以为他嫌少，说是要再往卡里打十万！齐本安这才拉下了脸，严厉地说：现在从中央到地方，反腐倡廉如此高压，你还敢搞这一手？！好自为之，别自找没趣害人害己！

王平安拿起银行卡，惶惶退出没多久，京州电业公司董事长李功权又来按门铃了。齐本安开门见了李功权有些意外：哎，功权，你怎么也来了？李功权一脸笑容：平安走了吧？我不来可就不懂规矩啦！

哦，李功权，你也懂规矩？好，好！进来，进来吧！

齐本安问李功权今晚是不是和王平安一起喝酒了？李功权说给你接风嘛，老弟兄都来了，偏你没来！齐本安戏谑道：我来了，没进去，暗号不对，敲不开门！李功权当了真：你敲门应该三重一轻……

齐本安一声叹息：功权啊，你们这叫顶风违纪知道吗？还什么堡垒户，还规定暗号，程端阳师傅退休这么多年了，都知道中央的八项规定精神，你们这些在职的国企干部就不知道啊？咱当真管不住这张嘴了？现在是反腐高压，中央提出的口号是壮士断腕，刮骨疗毒啊！

李功权忙说：是，是！本安，今天本来是给你接风，你没来我们就自费了，石总要求的，谁也不敢违纪！说罢，拿出两条中华烟：接风你不方便来，我呢，该意思的也得意思到啊，送两条烟给你抽！

齐本安把烟推开：我戒烟了。李功权说：抽完我这两条再戒。齐本安点题问：光是烟吗？里面没别的？李功权笑了笑：有张卡，规矩嘛！齐本安拉下了脸：这是什么规矩？咱国企啥时候有了给新任领导送钱的规矩？李功权谄媚的笑容僵在脸上：我以为你会上说要重新认识我们是暗示，我……我们可能是以小人之心度君子之腹了！对不起！

齐本安说：好吧，我就算你误会了，下不为例！功权，我建议你电业公司党委尽快开一次民主生活会，提醒大家都记住自己的身份！

好，好，齐书记，你不说，我……我都忘了自己是党委书记了！

李功权走后，齐本安独自沉思了良久。雨越下越大，雨点打在玻璃窗上发出清晰的响声。他犹豫着思索，是否要给林满江通个气，汇报一下？暗号、堡垒户、银行卡——一晚上两个手下干部来送卡……京州中福干部队伍的状况实在不容乐观，让他甚是吃惊。他觉得应该及时把这些信息反馈给林满江。想了半天，终于拨了林满江的电话。

响铃的瞬间，齐本安却又后悔了，忙又挂死。这点事他自己能处理。刚上任就汇报，大师兄又要怪他软弱了，再则也得给王平安、李功权二人留点脸面的，这二位毕竟是他过去的老同事、老朋友，而且这里面也许还有点误会。可是过了一会儿，林满江却主动把电话挂了过来，问他有啥事。齐本安连说没有，道是按错键了。林满江也没再问，只道：那就好，放手干，注意和红杏的团结，要给红杏一个适应过程，换位思考一下，突然来个领导压在头上，谁接受得了？齐本安连连称是。

合上手机，齐本安站在窗前，看路灯下密集的雨丝，不禁陷入深思：石红杏显然向林满江汇报了什么，否则，林满江怎么会谈到团结和适应问题呢？师妹当年就惯用小伎俩搬弄是非，估计今天又来这一套了。这真不是适应上的事，京州中福槽点多多，腐败盛行，政治生态环境污染严重，石红杏负有不可推卸的责任，她是欲盖弥彰吧？

还有那位陆建设，胆子太大，情绪闹得也太离谱了！就因为没能顺序上位官升一级，当上党委书记，就及时生病住院去了。他上任的党政干部大会，陆副书记不来，他让石红杏电话去请也没请动。这是不能容忍的，容忍了陆建设，他这个董事长、党委书记就没法干了。

窗外，四周漆黑的背景中，雨点打在水泥路面上，溅起朵朵的水花，晶莹明亮，活泼佻俶，格外醒目。雨夜茫茫，凸显一幅别致小景……

十三

陆建设焦虑地等待着齐本安和石红杏来医院探望他。开党政干部大会那天他就在电话里和石红杏说了，让石红杏转告齐二掌柜，说他就住十楼 56 床，都不要来看望他。这话很艺术，说是不让来探望，其实是明示要齐本安和石红杏过来探望——他连楼层床号都报了，他们过来探望一下很方便的。毕竟是一个班子的同志嘛，他又是一个排排坐排到了跟前，却没能吃上果果的倒霉的同志，能不安慰一下吗？！

然而，大屁股动物齐本安坏得很，偏就不来探望安慰伤病员。石红杏也不是好东西，在自己二师兄面前肯定不会说他好话，甚至故意使坏，对他落井下石。这就是陆建设今天必须面对的残酷现实：齐本安一屁股坐下两把大交椅，对他没有一点愧疚；石红杏幸灾乐祸，连个姿态都不做，连一个表示慰问的电话都没给他打，实在有违官场潜规则。更可气的是，今天一早，齐本安还让办公室主任吴斯泰打了个电话给他，命令他去汇报工作。去，还是不去？这让陆建设很纠结。

陆建设最终决定去探一探虚实——不入虎穴，焉得虎子？走进虎穴时，大屁股动物正在看文件，好像是一份财务报告。齐本安明明知道他来了，却仍是一副聚精会神的样子。陆建设心里骂：齐本安，你就装×吧！嘴上却恭敬地说：齐书记，吴斯泰说……说是你找我啊？

齐本安这才放下手上的文件，语含讥讽说：对，我找你！党政干部大会你不来，田园的遗体告别仪式你也不来，据说病得不轻，还不让我们去探望你，哎，怎么个情况啊？没啥生命危险吧？坐，坐吧！

陆建设在沙发上坐下了：齐书记，你刚刚到任，工作那么忙，哪能让你来看我？我算哪棵葱，是吧？令人欣慰的是，我没生命危险。

齐本安端了杯水放在陆建设面前，很不客气地说：没生命危险就好！老陆，那就先说说，这个京州中福党委副书记你还能不能干了？

陆建设说：齐书记，我没说不能干，主要是这阵子疲劳过度……

是疲劳过度，还是闹情绪？老陆，你这个同志要注意了！

齐书记，你别听石红杏煽风点火，你师妹不是一个好人……

石红杏是好人坏人用不着你说！老陆，咱们今天只说你！

我有什么可说的？齐书记，你知道的，我就一吃瓜群众！

齐本安火了，拉着脸训斥说：陆建设同志，你是主管京州中福党

61

务纪检的副书记啊，也去吃瓜了？你去吃瓜了，京州中福的党风廉政建设谁负责？你责任负得怎么样？说说吧！我今天就听你这个汇报！

陆建设早做了准备，打开笔记本，汇报起来，道是本来纪检工作应由田园来汇报，但田园跳楼走了，他作为分管党务的副书记也只能勉为其难了。二〇一五年国资委纪委和中福集团纪检组就党风廉政建设一共下发了六个文件，他都及时传达，并组织了认真学习。第一个文件下发于二〇一五年一月七日，主要是讲春节期间的请客送礼，规定了六个不准、四个注意。第二个文件下发于二〇一五年二月十六日，讲廉政自律问题，主要阐述了三大要点……

齐本安听得不耐烦了，先是站起来踱步，后来就摆手阻止他，让他别汇报学习文件，说落实。落实得怎么样？这些年来处理了多少起违纪？是否实现了党风基本好转？

大屁股动物很狡猾，问题提得也刁钻。陆建设很警觉，看看发问者，看看笔记本，不予正面回答：齐书记，我再强调一下，纪检工作你得问田园！齐本安说：田园去世了，纪检这摊子就没人管了？石红杏告诉我，说是田园得病后，纪检就由你兼管了，我不问你问谁？

陆建设只得试探说：还是好转了吧？所以呢，也没立案查处谁。

齐本安冷冷看着他：老陆，你的意思是说，咱京州公司能做全国各公司的廉政建设楷模喽？我是不是要向林满江和总部纪检组汇报一下？让领导表扬一下咱们？陆建设自知有诈，忙道：齐书记，我可没这么说！实际上咱们京州中福反腐倡廉任重道远，比如，吃喝风就挺严重的，可石红杏不让查，说集团八十周年大庆快到了，要维稳，就搁置了。要我说，她是故意包庇她老公牛俊杰！齐本安问：牛俊杰有什么问题？陆建设便不无发泄地控诉起来——牛俊杰违反中央八项规定精神，几次公款大吃大喝，被底下工人举报了。田园生前很重视，把牛俊杰找到纪检组一问，牛俊杰就老实承认了，说请的都是债权人，不招待不行！工人欠薪十个月，他们还大吃大喝，影响极坏！

对牛俊杰，齐本安轻松一句话就带过了：哦，这个事我知道，集团纪检组查过了，牛俊杰是为了应付债权人，其他同志吃喝呢？

陆建设做出一脸懵懂：什么其他同志？林家铺子的人我敢管吗？

齐本安茶杯一蹾，火了：为啥不敢管？陆建设，你失职了！

陆建设也火了：我失啥职？那我再说一遍，我不是纪委书记！

齐本安口气缓和了一些：可是，你分管啊，田园生前能不向你汇报？比如除了牛俊杰，对证券公司的总经理王平安有没有举报啊？

陆建设说：有举报！京州证券管理混乱，一亏就是十五个亿！

齐本安道：就是嘛，我过来后，也听到一些对王平安的反映！

陆建设"哼"了一声：对王平安的反映不是今天才有的，早就有了，不过没法查！王平安是林家铺子的老人，石红杏的表弟，我找死查他？齐书记，你看，我就是这么小心谨慎，不还是照样被排挤了吗？这党委副书记得干到死了，年薪只是你和石红杏的百分之八十，你们一年都四十万，我一年三十二万，这辈子也就这样了，还说啥说！

齐本安明说了：老陆，你是不是觉得这个党委书记该让你来当？

陆建设冷笑一声：该让我当，我就当得上吗？我既不是林满江的师弟和红人，又不是老领导朱道奇手下的得力干将，我朝里无人啊！

齐本安脸一拉：老陆，你发什么飙？我提醒你一下，你不要有船到码头车到站的消极思想！你是党员干部，而且是负有重要领导责任的专职党务干部，如果继续这么玩忽职守，恐怕不会平安着陆的！

陆建设怔了一下，冷冷看着齐本安，一时语塞，不敢放肆了。

齐本安开始以党委书记的口气布置工作，道是思想上的病得用积极的工作来治。要他把现有的举报线索整理一下，不管是对王平安，还是对其他什么人，都要认真对待！让纪委的同志把眼睛睁大，京州中福反腐倡廉，从今天开始要动真格的了，不管涉及谁，涉及哪一级！陆建设眼皮一翻，立即挑衅问：如果涉及朱道奇、林满江呢？

齐本安桌子一拍：你将我的军啊？好办，查呀，一查到底！

陆建设又苦笑起来：查啥？我们也没权限，那得中央查……

齐本安"哼"了一声：你知道就好！

陆建设却又来了一句：但有一件事可以查！

齐本安警惕地看着他：什么事？你说！

陆建设问：谁拍板花四十七亿买来的京丰、京盛两只烂桃啊？

齐本安马上反问：京丰、京盛怎么是烂桃呢？有问题吗？

陆建设说：有没有问题不敢说，但群众有反映，包括牛俊杰！

齐本安说：如果真有违纪线索，你就安排人查去，我不反对！

陆建设却觉得不对，又往回缩了：算了，我还想多活几年呢！现在石红杏就四处放风，说我得了抑郁症，我要是哪天一命呜呼了，正好抑郁症发作，只怕公安机关都不会管，广大群众也不会怀疑……

哎，老陆，石红杏这是和你开玩笑吧？她也常和我开玩笑！

开玩笑？齐书记，田园不就得了抑郁症从楼上跳下去了吗？！哦，对了，有个情况我还真得向你汇报一下呢，田园跳楼后，留下了一个笔记本，因为我分管纪检，本想拿回去看看，但是被石红杏一把抢去了，也不知这笔记本里都记了些什么，我觉得应该有不少违纪线索。

齐本安重视了：老陆，说说看，这是怎么一个笔记本啊？

陆建设说：就是中福集团印发的工作日记，很旧，用了许久！

哦？齐本安看着窗外的秋色，怔了半天，一副若有所思的样子。

陆建设把脑袋凑上去，再次强调：这笔记本估计有文章哩……

齐本安没再多说，只道：好，哪天有机会，我问问石总吧！

……

这日的谈话结束后，陆建设就老实回来上班了。不上班不行，大屁股动物不好对付，屁股大，根子深，目前撼不动，他不能自找麻烦——甚至自己找死。再说，事实证明，靳支援不是他的政治资源，他得寻找新资源，林家铺子是主线资源，这是他不能忽略的。万一让齐本安看上了呢？齐本安要是在林满江面前说点好话，松松屁股，让出一把交椅，他弄个正局待遇也不是完全没希望的。一般地方大公司的正局配置都是三个，一个董事长，一个党委书记，一个总经理……

十四

牛俊杰是在京丰矿调度室和齐本安见的面。见面时，齐本安身着工作服，不像个领导，倒像工区的带班区长，也没带一个随从。牛俊杰觉得这不是啥好兆头，领导不把京州中福的随从——比如，财务公司老总带过来，就没有解决能源公司困难的诚意，也就是做一做访贫问苦的官样文章罢了。因此，陪着齐本安一起在京丰矿转悠时，牛俊杰满脸堆笑，心里不以为然，只希望领导早点视察完，自己忙正事。

京丰矿是一座已经停产的煤矿，一派衰败景象。卖不出去的劣质煤堆成了一座山，山脚下竟生出了一丛丛狗尾巴草，在秋风中瑟瑟颤抖。昨夜下雨积了好大一汪水，煤灰漂浮在水面，脏兮兮不堪入目。

齐本安皱着眉头问他：这就是咱当年花了四十七亿买来的矿？

牛俊杰点头说：是，还有一座京盛矿，两座矿打包一起买下的！

齐本安让牛俊杰说说具体情况，牛俊杰就毫不犹豫地说了，道是二〇〇九年六月至二〇一〇年二月间，京州市政府主导煤矿企业兼并重组，许多煤老板把矿卖给了国有企业。当时煤炭行情好，京州中福就花四十七亿高价从民企长明集团买下了这两座矿，是总部拍的板。二〇一三年牛俊杰到任总经理后了解了一下才知道，这两个矿岩台矿业公司十五亿都没要，京州能源却花四十七亿买，太不合算。皮丹就向他解释，说当时煤炭行情好，国家政策让民营企业退出，民营企业能轻易就退了？还不狮子大开口？！工人们不理解，乱骂娘！

齐本安指示：要多作解释，要疏导群众情绪。市场变了，经济大环境变了，骂娘有什么用呢？要学会适应，在适应中求生存，谋发展。

牛俊杰苦笑：齐书记，您官高嘴大不是一般人，就是有水平！现今适应是适应了，可生存不下去啊，发展就更别想了，有点像梦幻……

齐本安侧脸看着煤山，根本不看他：牛总，你讥讽我，是吗？

牛俊杰忙赔笑脸：没，没，我哪敢啊！您一上任就到我们能源公司，对两万矿工那叫一个温暖！我的心热乎乎的，不信你摸一摸……

齐本安转过脸来：行，别贫了，我能不知道你？诈了总部一亿五，燃眉之急解决了吧？起码井下一线工人三个月内不会找你要钱了！

牛俊杰一听，来劲了，他最想谈的就是这个话题，于是，开始诉苦：银行和机构债权人天天逼债，他被浦发银行赵行长一举俘获，被迫写下了八百万利息的还款条子。被一帮债主堵在厕所里，他跳窗越狱，崴了脚。现在他已经比较熟练地掌握了跳窗子上下班的技巧……

说到债务，齐本安问起京州能源发行的两期公司债，是不是有逾期风险？牛俊杰满脸痛苦：岂止风险，肯定逾期。第一期十个亿，距兑付日只有九十七天了，但本息在哪里？恐怕只有皮丹清楚！几个小股东在香港把京州能源告了，说大股东搞欺诈，严重侵犯了中小股东权益——你大股东——京州中福，花四十七亿买来两座谁都不要的破煤矿，以增发的形式卖给上市公司京州能源了，起码不是太厚道吧？

齐本安眼眉都蹙到一起去了：皮丹和董事会都有什么对策？

牛俊杰苦笑不已：对策？皮丹说了，他还不知干到哪一天呢！

齐本安"哼"了一声：这样的董事长，也真该撤职罢官了……

二人在矿区转了半天，转到了苗圃，在破败的凉亭坐下歇脚。菊花开得正盛，黄色花瓣最显眼，在阳光照射下金灿灿一片。有一种小朵的紫色菊花更显雅致，密匝匝挤成一片，默默地飘出幽香……

牛俊杰粗中有细，领导难得下凡，他的描述一定要使齐本安形成清晰概念，京州能源的困境主要是四十七亿的历史包袱造成的。这个包袱犹如一块磨盘石，坠着公司往无底深渊不停地下沉。现在两万矿工欠薪近五亿，八千工人下岗，谈何适应、生存、发展？

齐本安好像上钩了，看着菊花，或许考虑发放赈银救苦救难了？

牛俊杰抡起竹竿开始打枣——管它有没有枣，抢两竿子再说！对付领导，你就不能太客气了，你客气他就当福气了，比如石红杏。现在齐本安第一次下凡，他不能培养领导的坏毛病。于是便说：大约五年前，也就是京丰、京盛刚兼并过来没多久，京州中福给了市里五亿棚户区协改专项资金，市里却至今没有启动棚改，硬是让这五亿在财政账户上睡大觉呢，要是这笔资金能要回来，京州能源就能缓口气了。

齐本安说：这个事我知道，但要回来的可能性微乎其微吧？李达康书记是什么人啊？你想从他那儿反攻倒算，恐怕是找错了对象。

牛俊杰急急道：哎，哎，齐书记，我这不是穷疯了嘛！你别一口回绝我呀，别让我一点信心都没有了！李达康他再霸道，也会讲道理的——暂时借用一下嘛，等到棚户区改造启动，我立马还给市里！

齐本安笑道：这话别说李达康和市里不相信，连我都不信你！老牛，想别的招吧，只要有能把京州能源带出困境的主意，你大胆说！

牛俊杰眼睛亮了：哎哟，齐书记，你真是好领导，你敢听，我就敢说！我有个解困方案——让京州中福把京丰、京盛两个矿买回去！

齐本安说：这个事总部已经想到了，战略委员会也在考虑甩包袱。

牛俊杰心想，包袱可没这么好甩，四十七亿买来的两座矿，现在债权机构的评估价是十四亿九千万，五年多时间，三十二个亿就搞没了，谁敢拍这个板？去年评估值二十五亿时，他向皮丹提出，孩子哭了抱给娘，皮丹不敢向总部报！现在估值又跌了一大块，资产减值算谁的？好在新领导齐本安来了，不必对历史问题负责，也许有机会了。

齐本安也不知是真糊涂，还是在装糊涂，听了他的设想，没提出任何异议，竟让他辛苦一下，先把这个重组方案做出来。还要他别有什么顾虑，也别怕得罪任何人，实事求是谈问题，找根源，出主意。

牛俊杰双眼放光：行，齐书记，有你这话，我就做重组方案了！

从京丰矿出来，牛俊杰开车，二人赶往京盛矿。破吉普车在土路上颠簸，田野上庄稼已收割，泥土露出残存的苞米茬子。路边的白杨树依然茂盛，但树叶边缘开始发黄，被秋风撕裂的老叶，片片飘落……

牛俊杰心里浮出了暖意，觉得齐本安比自己老婆石红杏强，就感慨起来，骂起了石红杏，道是齐书记要是早几年来就好了。齐本安却劝他不要意气用事，也别把夫妻之间的矛盾带到工作中来，这不好。

这日和齐本安初步接触以后，牛俊杰总体感觉不错，新领导虽说有些书生气，不太接地气，但好像想干事。况且，齐本安是林家铺子二掌柜，和大掌柜林满江关系密切，手眼通天，也有这个能力帮他们京州能源解困！现在新领导让他拿出一个方案，解困机会来了。这么一想，又想到了京州财政账上的那五亿棚改资金，这五个亿要是能借出来，两万工人的欠薪就全解决了，瞅着机会还得和齐本安说说……

十五

盯着这五亿资金的不仅一个牛俊杰，还有京州纪委书记易学习。

易学习因为矿工新村棚户区群众的强烈反映，找原区长孙连城谈话。孙连城懒政不作为，被市委书记李达康抓了典型，连降三级下放到青少年活动中心做了科员级辅导员，情绪很大，四处大骂李达康。不想升了就无所谓了，被撤了职，又没啥受贿行为，就更无所谓了。不过对纪委还是怕的。易学习让办公室打电话一招呼，孙连城老实来了，以为是诫勉谈话，一听不是，孙连城态度变了，有了昂扬的意思。

易学习问起了矿工新村棚改的事。那片棚户区五年前就列入改造规划，京州中福还出了部分资金，怎么一直扔在那里没人管呢？孙连城的回答是：李达康不想动。李达康要分期分批大量卖地，就得在荒郊野外制造繁荣。这几年京州造城很成功。GDP增长了四倍，财政收入增长了五倍，今年卖地收入高达六百亿。易学习说：GDP上去了，城市变新变大了，可棚户区还是棚户区，老百姓就不满意了，老百姓追求美好生活的愿望落空了嘛！前天的述职述廉会上，这事受到了一些人大代表、政协委员——尤其是棚户区代表、委员的质疑。孙连城说：其实矿工新村的改造没那么简单，除了李达康不想干，其他矛盾也不少。棚户区在古城保护范围，建筑限高，不能建高层，现在的居住群体又是低收入的退休矿工，也都不具备重置房产的能力。易学习说：所以，人家中福集团才给了咱五个亿协改资金降房价嘛！

这时，孙连城脱口而出：易书记，那五个亿又被他们拿回去了！

易学习很意外，也很敏感，忙问：哎，拿回去了？这是谁批准的？

孙连城想都没想就说：丁义珍！去年二月，丁义珍拿了个京州市老城改造指挥部的批文让我签字划款。批文上说，因为棚户区改造年内仍无法启动，五亿资金暂还京州中福公司，以解他们的燃眉之急。

易学习问：这么大个国企，而且是央企，它能有啥燃眉之急？

孙连城道：说是给京州能源公司矿工发工资，煤矿那时不行了嘛。

易学习苦笑：好嘛，你们是根本不想改造这片棚户区了吧？五个亿竟然退给了中福公司，简直是奇闻！这事李达康书记知道吗？孙连城认为，李达康肯定知道，老城改造指挥部的总指挥是丁义珍，总政委是李达康。总政委不批准，总指挥敢乱指挥吗？易学习不太相信孙连城的判断，觉得这里有鬼。孙连城讪笑，道是有鬼也抓不住了，丁义珍已经见鬼去了，这个腐败分子逃到非洲，死在了那里……

孙连城走后，易学习越想越不对劲。五亿元啊，这么一大笔资金被一个腐败分子批准退回去了，竟然没人能说清具体情况，太不正常了！易学习便去找李达康问：光明区财政账上京州中福五亿棚户区协改资金怎么让他们要回去了？是不是你同意的？李达康说：我怎么会同意这种事？京州中福是中福集团下属国企，让他们出血不容易！这五亿是我通过北京总部，找到林满江才力争到手的！棚户区改造说起来是市里的事，但中福历史上利税都交中央了，地方不能光赔本吧？

易学习说：达康书记，但是这五个亿确实已经被划走了，前任副市长、区委书记丁义珍以老城改造指挥部的名义拟了一个批文，让孙连城签字划走的，时间是去年二月或者三月。孙连城说是你的指示！

李达康脸拉了下来，大怒道：这懒政后面可能有腐败啊！你和纪委给我查，把这五个亿弄清楚。追回来，这是棚改专项，不能动的！

易学习忙道：好的好的，达康书记，你别急，丁义珍虽然死了，中福的那些人还在，区财政局的经办人也还在，我们会弄清楚的！

还有那个孙连城，是不是渎职了？丁义珍说转就转了？混蛋！

易学习苦笑：丁义珍是总指挥嘛，有这个权限……好，不说了！

从李达康办公室出来，易学习浑身燥热：李达康和孙连城都不是饶人的碴！不过，他判断，这件事肯定是丁义珍打着李达康的旗号乱来，李达康不可能批转这五个亿的，而孙连城照章办事也没啥大错。

问题出在哪里？这笔巨款现在又到哪里了？得赶快查一查……

十六

李顺东自称天使，他的讨债公司所在地就是天堂了。秦小冲按李顺东的电话指引，好不容易找到了天堂——城外一座人烟稀少的荒山，爬山爬出了一身热汗，才踏入了天堂大门。

天堂风水不错。遥遥眺望光明湖，波光粼粼，阳光灿烂，仿佛上帝撒了一湖金子。秦小冲被两个保安仔细盘查后，进入黑色铁门。面前立着两栋主体建筑完成，但尚未装修的别墅，水泥墙体裸露，没穿衣服似的。偌大个院子，长长的红砖墙围裹起来，到处野花杂草，既美丽又荒凉，应该是一个烂了尾的高档别墅区吧？秦小冲就想，这么好的一个地方，开发老板和房主都是谁呀？都是哪路富豪啊？欠了他三十万的老同学黄清源该不会也在这里有份房产吧？回头得问问。

回首一望，秦小冲吃了一惊！北墙根底摆着一排狗笼子，铁栅栏里关着几只巨大的藏獒，长相触目惊心，像牛、像熊，目光阴沉，死死地盯着他叫。秦小冲不由腿软了。天堂光环褪去，露出地狱本相。

李顺东从右边一栋别墅出来，热情地欢迎他到来。主人从客人的眼中看出恐惧，就做工作打消顾虑：狗，人类忠诚的朋友，尤其在我们这种高风险行业特需要这种朋友。夜里狗笼子打开了，几只藏獒在院子里游荡，巡察，万一有歹徒敢闯进来，大狗咬住他的裤脚，准把他吓得魂飞魄散！秦小冲频频点头：是，是，李总，你的保镖威武！

李顺东领他进入别墅，一路上滔滔不绝地介绍公司情况：这是一家讨债公司，专门处理各种疑难债务。人民群众非常欢迎！当今社会到处是金融乱象，讨债难，难于上青天！找法院告状吗？没用。你先要交上一大笔诉讼费，官司就算打赢了，也是执行难。我们这儿好啊，帮你讨债时一分钱不收，钱要回来了，我们再提成。李顺东摊开双手，一脸的悲催：不容易啊，讨不到债就白干了，我们经常面对失败啊！

秦小冲对钱财的损失有着切肤之痛。黄清源欠他三十万啊，一生的积蓄啊，天使如果真的好使，他也想委托他们向黄清源讨债了。

秦小冲暗中观察李顺东，有些好奇。作为资深记者，他头一次接触此类公司，传说中这些讨债鬼如凶神恶煞，几近黑社会。可眼前这位李顺东，戴着一副眼镜，文质彬彬的模样，倒比自己更像记者。他是怎样强迫那些老赖还债的呢？那天，同学兼老赖黄清源在电话里直喊救命，说自己被绑架了，眼前这位斯文青年竟会做出这等恶事？

李顺东似乎看穿秦小冲的心思，领着他穿过走廊，请他参观挂在墙壁上的各种照片。相框里的人物个个气宇轩昂，颇有领袖风范。他们和李顺东合影照相，满面春风，笑容可掬。这都是天使商务公司的客人，都曾在天堂小住。有人污蔑我们绑架，你看他们谁像被绑架的样子？他们是进了天堂！在我司天使们的感化下，提高觉悟，转变思想，洗心革面，痛改前非！他们立地成佛了，吐出了不应该侵吞的财物。可以这样说，他们进来时是鬼，离开时是人——灵魂得救了！

无须一一指点，照片上的人秦小冲大多认识。服装大王蔡成功因大风厂的一把火，目前正在北山监狱喝汤。钢铁大王钱荣成虽然尚有自由，但已被天使盯上，连座驾都被缴获了，是一台劳斯莱斯，很贵的，京州仅有三台。食品大王李美丽不久前奇迹般逃离天堂，主动自首进了监狱，终于过上了幸福的囚徒生活，正喝着汤深刻反思……

李顺东承认，也有一些冥顽不化分子。比如这位孙不周，号称油气大王，也是天堂的常客，可偏偏连上帝也感化不了他。那天，他假装回公司取账本，在天使们的严密监视下，竟然跳上办公桌，从窗口飞身而下！八层楼啊，人跌到地面上就死了，竟然没淌一滴血！你说邪门吧？死也不肯出点血，绝吧？遇见这等客户，我们只能认栽。

秦小冲听着有些毛骨悚然。这家公司的主营业务及经营手段怪吓人的，心里咯噔一下，想起了黄清源，老同学的光辉形象不久也要挂在走廊上了吧？便问：黄清源黄总现在情况怎么样？李顺东立即打了个手势：哎，田副总，你马上去招待所，把黄总请来！——一直有一个粗壮汉子，在他们旁边周全侍候着。此人五大三粗，铁柱一般，貌似谦卑，却流露出藏獒一样的眼神。听得李顺东命令，他一溜小跑离开走廊。秦小冲猜测，旁边一栋未完工的别墅，想必是天堂招待所吧？

秦小冲顺口一问：哎，李总，这些别墅也是你客户的吧？

当然。楼王张燕来肯定熟悉吧？你们《京州时报》整版整版给他做广告，你还给他做过专访，恕我直言，写得实在肉麻。这位牛人资金链紧张时，也做过我司客人，拿出几栋别墅抵了债。这家伙，也不把别墅装修好就跑了，实在不够意思。下次他再进来，让他装修抵债！

正说着，黄清源被两个黑衣天使带到面前。几天没见，老同学变了个人似的，虽然还能勉强挤出一点儿破烂无耻的笑容，但一张大扁脸透出大病未愈的土黄色。秦小冲注意到，他的两条腿在微微颤抖。

李顺东从抽屉里拿出档案袋，向秦小冲介绍客人的情况。客人都有编号，这点与监狱很相似。黄清源系三号客户。案由：倒卖煤炭陷入困境，向社会非法集资八千万元，如今加上利息已经两亿多。

秦小冲直奔主题：哎，我的钱呢？那三十万，还有两年利息！

黄清源拖着哭腔说：小冲，你把我救出去，钱我加倍还你！你还记得煤港我的货位吧，那里压着几千吨煤，你去帮我处理一下，只要找到买家，再便宜也卖。有了这笔诚意金，我就能离开天堂了……

秦小冲想不起什么煤港货位，不过，他知道黄清源必有用意，先答应下来再说吧。便道：行，你只要有煤，我就想法给你卖出去！

李顺东甚是高兴：秦老师，只要能收回钱来，你也能得一笔提成。

田副总和两名天使又把黄清源押回贵宾室休息。李顺东却没让秦小冲走，热情地斟茶倒水，邀他入伙，道是由于社会需求不断扩大，讨债业务日益兴隆，公司发展遇到人才瓶颈。他像当年的刘备一样求贤若渴。像他秦小冲这样的复合型人才可遇不可求！待遇十分可观，提成率最高可达公司所得款的百分之二十，年薪百万起！

秦小冲眼睛亮了，有些想入非非。但马上又告诫自己，千万别堕落到黑社会去！李顺东眼光犀利，即刻看出了他的活思想，从档案柜抽出几份文件袋，向他介绍情况和经典案例：公司完全在法律范围内运作，只做法律线上的善意补充，绝不做法律线下的黑色业务。每一单生意都经得起推敲。委托人与公司签合同，合同条款都经过法务部律师们的研究论证。比如钱某，比如李某，比如 A 公司、B 公司……

秦小冲忽然发现王平安的名字，觉得眼熟，就请李总分析这个案例。李顺东立马兴奋起来：中福集团的人，京州市最大的央企！它下面有一个证券公司，京州证券，总经理就是王平安！这家伙有大把的钱，到处拆借，借出去就要不回来了，就得找我们天使了！他的情况比较复杂，好像是财富神话基金委托过来的，投资给武总的……

秦小冲立即想起了自己的冤案，及时记起了福尔摩斯的身份：王平安是中福公司的人，还是证券老总，和黑社会打交道，有料！秦小冲便趁李顺东埋头看合同时，掏出手机要拍照。李顺东到底是干黑社会的，很警觉，伸手挡住摄像头：不准照相，这是商业机密！秦小冲掩饰道：我不拍机密，是拍你李总伏案工作，我都有点崇拜你了！

离开大院之前，秦小冲提出一个要求，为了全面了解情况，想参观一下天堂招待所。李顺东犹豫片刻，还是同意了——看得出这个李顺东是真心想拉他入伙的。走进左边那栋未完工别墅，隐约闻到一阵恶臭，秦小冲不由捂住鼻子。李顺东有点不好意思了，解释说：招待所尚未装修完毕，下水道有点小毛病。但公司业务蒸蒸日上，客人实在太多了，卫生条件一时跟不上啊……

秦小冲说：难免，难免。

穿过走廊，秦小冲看见客厅摆着一排排长条桌，地下散乱地放着一些木凳，估计是客人吃饭的地方。顺着楼梯上到二楼，秦小冲看见了客房——这才是真正使他吃惊的地方！就像院子里一样，每个房间沿墙根摆着狗笼子。透过铁栅栏，他看见的是人，而不是藏獒！那些平日趾高气扬的脸庞，都变成一张张绝望的苦瓜脸。他们在狗笼子里站不起，坐不直，只能做狗趴状。其中就有黄清源。黄清源在狗笼子里俯身撅腚，吠声凄切：小冲，救救我，帮我卖了炭，交诚意金！

李顺东急忙拐着秦小冲胳膊下楼，解释说：为了让这些没良心的老板早日醒悟，不得不采取特别措施。其实，关狗笼子也是为他们的安全着想，那个油气大王，如果看管得紧些，也不至于跳楼身亡……

秦小冲心中怦然一动，产生了灵感：我何不写一篇调查新闻，反映一下民间金融乱象呢？《京州时报》不正需要这种深度调查吗?！当即与李顺东成交，说是想好了，愿意加入贵司，做一名人民的天使！

李顺东相当高兴，要用缴获来的钢铁大王钱荣成的劳斯莱斯送他回报社。李顺东见车生情，语重心长说：钱荣成项目组已成立了，讨回钱荣成所欠的三亿元债务是场难打的硬仗，你这时加入正好大显身手。

劳斯莱斯开到《京州时报》大门前，正赶上牛石艳从报社出来。

牛石艳瞪大眼睛，看看他，看看劳斯莱斯，惊讶得张开嘴巴却说不出话来。

秦小冲踌躇满志地走进社长办公室。他向范家慧诉说了天使讨债公司的内幕，表示要到天堂卧底，卧薪尝胆，写一篇深度调查。范社长，京州证券公司的王平安听说过吧？和黑社会勾结！秦小冲神秘兮兮地凑近范家慧耳语。范社长也兴奋起来，亮着眼睛往前靠：你有证据吗？说！秦小冲说：我看见了他的委托合同！京州证券有问题！一家国企的巨额资金，怎么用得着民间讨债公司去讨呢？王平安钱哪来的？联系到深喉昔日的爆料，岂不发人深省吗？范社长，有猛料啊！

范社长太需要猛料了，《京州时报》和新媒体竞争，靠的就是深度调查。社长同志在办公室小踱了两圈步，经过短暂的思索，决定拿他的生命冒一次险，批准了他的卧底计划，并发了一笔预支稿费给他。

这日夜晚，秦小冲在他凌乱的卧室里，久久地伫立在福尔摩斯破案图跟前。图上的人名中又增加一名新成员：天使委托人王平安。错综复杂的关系线，加多了几条杠杠，一张蜘蛛网更加繁乱复杂……

然而，就在他面对蜘蛛网深入思考时，突然一声巨响，声浪把玻璃窗都震碎了！一场突如其来的大爆炸，就在不远处的迎宾大道发生了。秦小冲起先以为是地震，推醒了床上的父亲，拉着父亲冲出了门。

这时，远处火光冲天，烟雾弥漫，近前的街上一片混乱。一辆辆警车呼啸而来，警笛声声迫近这里！左右邻居也都逃离屋子，女人披头散发，男人惊慌失措，孩子哭声尖厉，仿佛灾难片的镜头再现……

这一天，是二〇一五年的九月二十八日。这场大爆炸嗣后被称之为"九二八事故"。

十七

迎宾大道从机场直达市内繁华中心地段，是京州的门面。李达康很重视这个门面，常把一句话挂在嘴边：外地来宾朋友只要踏上迎宾大道，就得叫他把精气神一下子提起来！省城发展日新月异，过去的设计已经落伍，迎宾大道嫌窄了。于是，年初启动的迎宾大道拓宽工程成为京州的头等大事，市长吴雄飞亲自挂帅任总指挥，市委书记李达康幕后督军出任总政委，争分夺秒、追星赶月地改造这条中心大道。

然而，修建到少年宫路段时，因为工人操作不当，挖断了燃气管道，遇到明火，引起大爆炸，七人死亡，三百余人受伤。这起重大事故史所罕见，全国震动。重灾区正是京州中福的老住宅区——矿工新村。矿工新村在迎宾大道旁边，距爆炸点只有十六米。因为周边被华丽的广告牌紧紧包裹着，谁也没注意里面大片癞疥似的危房旧房。一声爆炸，造成了上百间危房倒塌，无数人家的玻璃窗震裂崩飞……

对李达康来说，大爆炸还不可避免地炸出了一个政治窟窿——这片棚户区为何久不拆迁？长年用高大美丽的广告牌围挡起来，究竟是糊弄谁？另外，京州中福早就交给市里五亿协改资金，专项用于矿工新村的动迁，现在也没了——纪委书记易学习前天刚汇报过的，是原副市长丁义珍作祟！这个腐败分子把这笔钱又拨回了京州中福……

李达康整个人被架在火上烤，明里暗里，各种矛头都指向他。爆炸现场离市少年宫不远，事故发生时已被他免职的区长孙连城，正带领孩子们看天文望远镜。事故中孙连城连续救出几名孩子，自己负伤住了院，成了京州的大英雄。李达康亲自慰问，带着花篮去看他，孙连城不理不睬。吴雄飞市长去看望，孙连城殷勤客气，受宠若惊，还说了他不少坏话。那次懒政学习班后，被李达康降职免职的一批干部都成了李达康的死敌。大爆炸后，这些人都活跃起来了，据说，孙连城的病房已经成了第二纪委，凡是对李达康有意见的人都往那儿跑。

市长吴雄飞表面上唯唯诺诺，暗地里把黑锅往李达康身上甩：若不是强势书记催命鬼似的催，怎么会出现这种野蛮施工呢？不就是赶工期吗？吴市长被逼得晕头转向了，事故责任怎么能记在他的账上？

纪委书记易学习也不是省油灯，出事后就打电话给李达康，说要深挖根子。挖什么挖？该不是挖墙脚吧？李达康和易学习早年曾在县上搭过班子，易学习任县委书记，算是李达康的老班长。调到京州任职后，地位变了，老班长成了李达康的下级，下级多次批评上级搞一言堂，权力不愿接受监督，现在出了这么大事，易学习怎能轻易放过？

然而，四面楚歌中的李达康并不气馁，依然保持着强硬作风，在市委常委扩大会议上，发表了措辞严厉的讲话。他首先做了检讨，声明：京州发生这么大的灾难事故，他负有不可推卸的责任，不论中央和省委给什么处分，他都毫无怨言。接下来，就是指责和批评——

……但是，同志们，你们有没有责任？矿工新村棚户区改造五年前就提上了日程，二〇一〇年京州市要干的三十件大事中，第十件就是矿工新村改造。在我记忆中，为这个事，我和吴市长还有过讨论。吴市长当时是常务副市长。吴市长说，国务院的棚户区改造资金和省里的配套资金太少了，建议我找中福林满江要五个亿。林满江是咱京州人，从小在京州长大，对京州有感情。五个亿人家愣都没打，从三个矿筹了三个亿，又从京州中福划了两个亿！可现在五个亿没了，据易学习书记初步了解，竟被丁义珍还给京州中福了，这真是滑天下之大稽！同志们，懒政后面有腐败啊！懒政，大家不负责任，四处都是漏洞，怎么能不出问题呢？五个亿丢了，连个责任人都找不到，混账！

易学习有些按捺不住，举手发言，说是中央领导同志的批示和省委、省政府的要求，是让我们开会分析事故原因，应该请大家把各方面的原因都说一说，比如，这些年来，市委、市政府的城建思路……

李达康手一挥，立即打断：事故和城建思路有什么关系啊？！

易学习说：达康书记，关系还是有的吧？这正是我想说的！

李达康意识到这个对手是挡不住的：好，老易，那你说吧！

易学习显然做了精心准备，打开笔记本，条理清晰地发言。"九二八事故"损失惨重，社会影响极其恶劣。达康书记着重讲了懒政和懒政造成的腐败，懒政不负责任必然漏洞百出，甚至五个亿丢了都不知道！但是这不是这场灾难的唯一原因，甚至不是主要原因……

尽管已有思想准备，李达康仍有些意外，注意地看着易学习。

易学习看着笔记本，从三个方面提出了问题：首先，市委、市政府近年来的城建思路是否有需要反思的地方？年复一年的造城运动中是否忽略了老城改造，尤其是棚户区的改造工作？眼里有没有人民群众？心里是否装着人民群众？对这座特大城市的弱势群体到底上心了没有？与会者们被易学习的发言吸引住了，都盯着易学习看，微微颔首。第二，迎宾大道拓宽工程为什么会出现野蛮施工？是什么原因造成了施工单位的野蛮施工？如果不是野蛮施工挖断了燃气管道，就不会发生爆炸事故，也就不会出现棚户区的这场灾难……

吴雄飞苦着脸说：易书记，对这个问题，我想做一个解释……

易学习厉害啊，连吴雄飞都不放眼里：吴市长，让我把话说完！

李达康冷峻地逼视着易学习：吴市长，你就让易学习同志说完！

易学习在一片压抑气氛中，时不时看一看笔记本，继续发言：第三，用人失当，比如，原副市长兼光明区书记丁义珍，据说工作能力很强，但他马屁功夫更深啊，四处宣称是咱们达康书记的化身……

到底攻上来了！李达康脸色难看，手上的铅笔不经意间被折断了。

易学习攻势不减：丁义珍的下场大家都知道，去年我省的反腐风暴就是从此人的外逃拉开的序幕。后来此人在非洲死于非命，让很多秘密成了永远的秘密。我呢，出于自己的工作职责，对丁义珍的晋升史进行了一次解剖式的调查研究，这调查研究的结果令我极为震惊！

李达康终于忍不住了：老易，你是调查丁义珍，还是调查我？

易学习立即否认：哎，达康书记，你别误会，我不是调查你，也无权调查你！你是中共汉东省委常委，调查你得中央授权……

李达康冷冷地说：这就是说，中央目前还没授权你调查我吧？

易学习梗着脖子道：你能不能让我把话说完啊？这是什么会？是"九二八"灾难性事故的分析会，你一言堂的作风也该结束了吧？！

会场气氛一时间紧张得几乎要爆炸。

易学习镇定着，继续发言，还时不时用指节敲着桌子，让李达康觉得这位纪委书记极为张狂，话也说得不无恶毒：丁义珍政治品质恶劣，完全丧失了共产党人应有的信仰，长期以来对组织搞欺骗，却一路绿灯得到了京州市委、市政府的重用。尤其是近六年，丁义珍从郊县的副县长提为县长，三年后调任光明区区委书记，任区委书记不到两年又兼任了副市长，如果没有去年那场反腐风暴，也许就进常委了！

李达康强力忍耐着：老易，你剖析丁义珍想说明什么呢？

易学习迎接他的目光，毫不退缩：我想说明京州政治生态的病态！这种病态一直没得到我们这届市委班子的重视！最后，我还是要着重强调一下，我今天对这种不健康的政治生态的批评，并不是为懒政找借口！我完全赞成达康书记的说法：懒政不负责任必然会漏洞百出！

李达康努力镇定着，冷冷问：老易，你说完了吗？

易学习合上笔记本：达康书记，我先说这么多吧！

李达康愣都没打，立即站了起来：那好，同志们，散会！说罢，再不多看易学习和任何与会者一眼，收拾起桌上的会议文件，往公文包里一放，夹着公文包风一般快步走出了会议室，弄得大家目瞪口呆。

十八

京州市委常委扩大会召开的同时，京州中福也在开会——齐本安主持召开的党委扩大会议。他这位新上任的党委书记点儿太背，上任才十二天，竟然就碰上了这么一场大爆炸，炸得矿工新村狼烟四起。

林满江率领一众人马紧急赶来了，在中福宾馆安营扎寨，看那架势一时半会儿走不了。大师兄心情恶劣，师傅程端阳在爆炸中受了伤，正在急救室抢救。齐本安和石红杏小心翼翼，陪同林满江视察灾后的棚户区，慰问死难矿工家属。二人亦步亦趋，生怕再出什么差错。京州中福召开公司党委扩大会议，齐本安请林满江出席讲个话。林满江说是要陪师傅，不愿来，只向他强调：把五个亿查清楚！谁借的？钱在哪里？

凝重的气氛压抑得众人透不出气来。齐本安沉痛的声音在会议室回荡——京州市政工程建设中的一场意外燃气爆炸，造成了矿工新村棚户区危房大面积倒塌，死伤惨重。这些死伤人员都是中福的退休职工，其中一位遇难矿工退休二十多年，一辈子在井下采煤，没牺牲在井下，却死在这次意外爆炸事故中！让齐本安难过，觉得十分亏心。

会议室里鸦雀无声，气氛压抑，到会的干部们大气不敢喘。

齐本安谈到了他的大师兄兼领导林满江，道是林满江就是从京州走出去的。五年前，林满江亲自干预，为棚户区筹措了五个亿的协改基金，目的是为了降低房价，让老工人可以不掏什么钱就能换住上棚改后的新楼房。石红杏证实说，是她陪林满江和李达康协商的！为这事，还引起了集团其他领导同志的误解。有位领导同志问林满江：京州棚户区改造掏钱协改了，其他地区类似情况给不给钱，协不协？林满江表态说：在力所能及的情况下，能协就协，能助就助，因为我们是中福公司！我们手中掌握的是人民的财产，是一代又一代中福人的创造和积累，我们没有理由在中福群众的困难面前装聋作哑……

齐本安就这个话题说了下去：奇怪的是，五个亿现在不见了！昨晚，市里有关领导向我通报情况说，据原光明区区长孙连城反映，和市纪委初步了解，这五个亿被我们京州中福拿回来了。谁拿的？又是谁批准拿的？石总，你知道这个事吗？这笔款子现在在哪里啊？

石红杏很意外，慌忙回答：齐书记，我不知道这件事！没有这种事，绝对没有这种事！这五年都是我主持京州公司工作，我清楚！

齐本安眼睛流露出怀疑的神情：这种事情，京州市的领导同志会信口开河胡说吗？会以这个借口来推卸责任吗？应该不太可能吧？

石红杏郑重地说：我以人格党性保证，我不知道这笔钱的去向！

齐本安把目光转向与会众人，扫视着一个个愕然的脸孔：你们谁知道啊？声明一下，我会密切配合京州市纪委彻查此事，一查到底！

散会后，齐本安步履沉重地回到家，又从范家慧那里得知了一个情况：《京州时报》记者秦小冲到民间讨债公司卧底，发现京州证券总经理王平安的名字出现在讨债公司的委托讨债合同上！王平安放债的钱从哪来的？证券公司怎么可以往社会放款呢？怎么回事？！齐本安敏感地想起了下午开会的一个细节：就在他说起五亿拆迁资金时，王平安忽然头晕倒地，要去医院就诊。当时王平安的神情明显紧张……

齐本安当即赶往机关医院，没见到王平安，只看到一张空床。小护士说，王总有严重的糖尿病，下午过来就办了入院手续，本来要输液的，可王总转眼之间人就没影了，可能是回家了。齐本安脑子里及时闪现出他到任的那个晚上，王平安送银行卡的情景，断定王平安是逃跑了。此人估计有严重问题，一切环环相扣，似有预谋。他和王平安、李功权在上海中福共事时是同事、朋友，这次到京州中福主持工作，他们俩都给他行贿，该不是给他设局吧？齐本安惊出了一身冷汗。

陆建设也闻讯赶来了，看见王平安人去床空，也觉得不妙，迟疑着提醒说：王平安胆大包天，因为是石红杏的表弟，啥都敢干啊！《京州时报》有个叫秦小冲的记者，曾经给田园写信举报过石红杏……

果不其然，线索开始向他师妹石红杏身上延展，问题复杂了。

十九

黄清源的煤没卖成。老赖同学又撒谎了，清源矿业的煤早在一年前就被另一位债主卖掉了。黄清源的诚意金泡汤，秦小冲的三十万连同近二十万利息也泡汤了。秦小冲很绝望，一举认同了李顺东和天使公司的暴力经营方针：对付此等无赖无耻的骗子，就得使用霹雳手段。

秦小冲入伙天使，李顺东任命他为项目专务。这官职有多大，掌握什么权限，秦小冲不甚明白。但周围人"秦专务""秦专务"地叫，让秦小冲自尊心得到了满足，挺受用的。项目是钱荣成项目，据说是很肥，田副总梦寐以求未能抢到手。价值三亿啊，如果成功，专务个人提成一百五十万。想到这个天文数字，秦小冲在梦中也会打哆嗦。秦小冲不经意间竟爱上了这份讨债事业，讨债和卧底的界限开始模糊。

讨债工作有其特殊性。秦小冲觉得干这行就像吸毒似的上瘾。带领一帮穿黑衣的天使，开着劳斯莱斯满街游行，控诉钢铁大王钱荣成的赖账罪行，有行为艺术的意味。讨债鬼讨债鬼，但凡被称了鬼的人身上自有一股鬼的煞气。秦小冲注意到，不论他们出现在哪儿，老百姓围着他们看热闹，都表现出怯怯的意思。秦小冲更觉得扬眉吐气，就挺起胸膛做人，那爽劲儿就从未有过！特别是有一次堵住钱荣成，他谴责、声讨、厉声呵斥，简直就像电影里斗地主！哎呀，这是革命，这是传说中的运动啊！秦小冲恍惚间变成了领袖人物，飘飘欲仙……

秦小冲穷孩子出身，遭白眼、受坎坷，在他记忆中难以磨灭。当上了记者，表面风光，狐假虎威，其实还是怀揣一颗屈辱的心。想想吧，现在这年头，都手机看新闻了，谁还看破报纸啊？《京州时报》奄奄一息，靠化缘生存，当记者的还有啥尊严呢？渐渐地把人格丢尽了，他甚至因此被人陷害，上北山喝了两年的汤，实在耻辱啊……

这一切化作一种动力，使秦小冲以超乎寻常的激情，投入到了为京州人民服务的讨债事业之中。他喊口号把嗓子喊哑了，他踢老赖的门，把脚指头都踢疼了。记者擅长耍笔杆子，秦小冲在这方面更不含糊。他编写的羞辱钱荣成的广告，传遍了京州大街小巷，"防火防盗防荣成"，成了一句挂在人们嘴边的问候语，钱荣成耳朵都要起茧了。

李顺东得了这么一员干将，自然乐得合不拢嘴。讨债没工资，先干活后拿钱，做老板的只能把好话当补药，一罐子一罐子地往秦小冲耳眼里灌。天才啊，圣人呀，讨债行业的新秀啦……秦小冲脸皮那么厚，都被李顺东吹嘘得不好意思了。他即时自编口号，回应老板的褒奖：努力努力再努力，学习学习再学习！虽然文字直白如斯，李顺东却找了书法家写成条幅，令众天使当作座右铭来读。李顺东和秦小冲两人年龄相仿，二人为了讨债事业惺惺相惜，竟有了几分兄弟情义。

秦小冲越来越佩服李顺东，从这位精通法律的老板身上学到许多东西。李顺东给天使们划下了不少红线：不可与治安人员冲突，不得在公开场合打骂债主，提倡阳光讨债、文明讨债……在漂亮口号掩护下，天使公司左躲右闪，避开公安的打击，像一条狡猾的蛇游走在法律灰色地带。吃这碗饭不容易啊，得有聪明的脑瓜！秦小冲自叹不如。

但是，秦小冲聪明才智也非同一般，层出不穷的点子给讨债事业锦上添花。比如，他提议招募钱荣成钢铁集团的下岗职工做特聘讨债天使，或者荣誉讨债天使，专门对付钱荣成。秦小冲深谙受压迫者的心理：想一想吧，哪个下岗工人不对让他下岗的老板怀有仇恨？用他们来对付老板，就像用狼对付羊，不用煽动，他们就本能地把羊吃了。

李顺东非常欣赏秦专务的主意，让一小队来自荣成集团的下岗工人，整天站在荣成大厦门前讨债。警察不容许荣誉天使们大声喧哗妨碍交通，秦小冲就领着天使进驻大厦。李顺东在电话里特别嘱咐：你们不要怕，如果你们被他们保安打了，有一两人负伤，就中大彩了！

领导的这一指示非常狡猾，秦小冲觉得，有引蛇出洞的意思。

钱荣成也是老狐狸，怎肯轻易出洞？命令保安逐次后撤，一直撤到二楼，一楼就让给了他们这帮天使，尽他们去闹。钱荣成无耻至极啊，甚至派人下楼给他们送去矿泉水，说是让天使们喊得口干舌燥时喝点水润润嗓子。秦小冲也就高尚起来，遵行文明讨债原则，把天使们喝空的矿泉水瓶子收集起来，装在一只麻袋里送到垃圾站，还教导天使们说：咱们和他们比的就是素质，比的就是谁的心理更强大！

僵持三天之后，钱荣成主动敲开了天堂之门，以讨要劳斯莱斯为题，和李顺东展开了富有戏剧性的谈判。项目专务秦小冲也是谈判代表，李顺东略带吹嘘地介绍：秦小冲，《京州时报》资深记者！不料，钱荣成却冷笑说：认识，认识。三年前我们公司出事，这位秦记者来做采访，敲了我一笔竹杠。钱不多，好像万把块吧？秦小冲立时脸色绯红：钱不是我一人拿的，还有几家媒体记者，大家一起分⋯⋯就给了这么一点车马费，你还好意思提！秦小冲倒也理直气壮。

李顺东笑笑说：就是，钱总，你一个坐劳斯莱斯的主，也太小气了吧？说罢就问：哎，秦专务，咱钱总的劳斯莱斯现在在哪儿卧着啊？

秦小冲会意道：游行去了，这会儿不知哪家银行门口转悠哩。

李顺东善意提醒：钱总，银行行长们看见讨债车还敢贷款给你？

算你狠，李顺东！我过来就是想和你商量，能不能找个办法和解？比方说给你一笔钱，让你先把利润放在口袋里。你呢，就别管这笔债务了，好不好？钱老板放下身段，低声下气地说。

李顺东不无快乐，呵呵笑了：想收买我？说说，打算出多少钱？

这部劳斯莱斯折旧后也就值个五六百万吧？我给你三百万！

哈哈哈！李顺东笑得开心，这种情景比较少见。钱总，你是钢铁大王，我是讨债大王，王者相遇，岂是两个小钱能打发的？你说呢？

李总，那你开价吧，你要多少钱，才肯放弃这笔受人委托的债务？

李顺东显出一身正气：天使公司信誉无价，你出多少钱也收买不了我！客户委托的债务都得收回。我不怕威胁，不受利诱，还不嫌麻烦——这是我李顺东的三不主义！讨债鬼也是有骨头的，知道吗？！

这一刻，李顺东英姿勃发，正气凛然，让秦小冲很崇拜。

李顺东又对钱荣成说，财富神话基金武总来了电话，王平安跑到她那儿去了，死乞白赖不肯走，一定要讨回挪用的巨额公款。王平安挪用的公款中，有一亿五千万让武总以二分息放给了钱荣成。王平安如不能及时归还公款，很可能卷入"九二八"爆炸案里去，那是要挨枪毙的。李顺东告诫钱荣成：王平安现在急疯了！荣成集团财大气粗就当救人一命，也先把王平安这一亿五千万还了吧！钱荣成却是一脸无奈，道是他心有余而力不足，没法还，银行不贷款了！天使又捣乱……

两个大王进行心理较量时，秦小冲卧底的意识醒了一回：他在《京州时报》预支过稿费，现在有了珍贵的第一手资料，得向范家慧社长汇报，得让老范觉得他物有所值。于是，任两位大王在那里唇枪舌剑练着，他悄然而去，钻进厕所，把一条信息发送给了范家慧：王平安神秘面纱揭开！此人挪用一亿五千万公款给财富神话理财，财富神话以二分息放债给荣成集团。为讨回公款，王平安昨夜在财富基金经理武总家中纠缠一宿，天亮前逃窜——这条信息有故事，有悬念，秦小冲觉得，自己有点编剧天才。范家慧很快回应：继续侦察，再立新功！

新功没立上，倒霉的事却发生了——黄清源逃跑了，就在钱荣成到访那夜发生的！这个混蛋老同学，永远不会给他秦小冲带来正能量。

可是，这也太不可思议了！黄清源怎么跑得了呢？藏獒们在看守大门啊，一到夜里，这些目光阴沉的家伙就满院子溜达，鬼神难近！秦小冲到处打听，有资深天使告诉他：藏獒虽凶，智商却不够——只要穿着天使工作服，藏獒就会视其为主人，不叫不咬。那晚，黄清源正是得到了这么一套天使服，才得以混出大门。更匪夷所思的是，竟然是他换洗下来的工作服不翼而飞，让出来放风的黄清源给穿走了！

天堂有些骚乱，天使们个个神情紧张。招待所的客人迅速转移他处，老板李顺东亲自带领员工大扫除。狗笼子全抬走了，换上一张张单人床，招待所改头换面成了员工宿舍。秦小冲惭愧地跟着忙活，心中忐忑。收拾完毕，主动到李顺东办公室进行友好推测：黄清源未必会找公安局报案，因为他自己有案底在身，八千万非法集资啊。李顺东却变了脸，让秦小冲别操心了，道是从明天起，别来上班！秦小冲委屈极了，就怕被怀疑偏被怀疑上了。他怎么可能帮黄清源逃跑呢？黄清源也欠他的钱！三十万本金加两年多的利息，近五十万，他就是再善良也不会做这种对不起自己的内奸！他恨不得啃这个老赖同学的肉，于是便对李顺东说，要不他到狗笼子里蹲着顶替黄清源？

李顺东不知是脑门被驴踢了，还是吃错了药，对他的怀疑极其深刻，不听他解释，要他离开天使公司，另谋高就——你们俩毕竟是同学嘛，你不能适应天使公司的讨债文化嘛！还是回报社做记者吧！不过，这里的事不要和人说！这几天也不让你白干，给你五千辛苦费吧！

秦小冲不接李顺东递到面前的钱：李总，我还是想跟你干……

李顺东一声叹息：你别跟我干了，回吧！你很有才，工作热情很高。我欣赏你，真心把你当兄弟待。可是，你不适应啊！不说了……

一个肥差就这么弄丢了。秦小冲昏昏沉沉地回到了矿工新村。多么残酷的事实啊，他被情同兄弟的老板炒了鱿鱼，讨债事业戛然而止！

爆炸后的废墟正在清理，卡车来回穿梭奔忙，卷起的尘土四处飞扬。废墟上支起许多帐篷，还有一些简易房，房屋受损的家庭暂且在此栖息避难。夜已深了，仍有一群来路不明的官员在帐篷间行走，逮着人就嘘寒问暖，也不知是京州市的领导，还是中福集团的高管？秦小冲也被一个领导捉住手慰问了几句。他很麻木，领导就很惭愧，就让他坚定对政府和组织的信心。他哪来的信心啊，心灰意冷回了家。

家在小区尽头，距离迎宾大道很远，房屋有幸得以保存。他走进家门，老父亲跟他说话他也没理，一头钻进小卧室，从床底下拖出一箱京州大曲。雁过拔毛，既然替报社卖酒，他就不缺酒喝。这种地方酒六块五一瓶，喝了上头，京州人都管它叫"晕头大曲"。秦小冲倒挺喜欢喝，有劲，过瘾。茅台、五粮液虽然好，可太贵，喝上一瓶都不上头，多少人喝得起？他盘腿坐在床上，独自饮酒。墙上福尔摩斯破案图已经引不起他的兴趣了，谁贪污了京州中福公司的巨款也不再关心，秦小冲现在只想着一件事：梦一般美好的天堂他还能不能回得去？

果然是晕头大曲，半瓶下去就喝醉了，晕晕乎乎和衣倒下时，秦小冲还提醒自己：明天得给李总写一份检讨，论证自己和讨债文化的契合度，检讨要写出深刻性来，要让李总看得热泪盈眶不能自已……

无论如何，他都要争取重回天堂，将能挣钱的讨债业务做下去。

二十

石红杏到能源公司找牛俊杰，恳请丈夫回家。丈夫自打抱上齐本安的粗腿，就不把她当回事了，经常吃住在单位，一副公而忘私的样子。她催他回家，他爱搭不理，都不正眼瞧她，大大咧咧地靠在沙发上说：赶上饭时了，还回家干吗？你就凑合在我们食堂吃一顿，有啥事边吃边说。说完了，我还要下井。石红杏无奈，只得跟老公去食堂。

京州能源是整个京州中福最大的实体单位，两万工人散布在方

93

圆几十里矿区，所以公司食堂就格外大，还二十四小时开门。员工干部川流不息地排队就餐，嗡嗡嘤嘤仿佛一个大蜂巢。食堂后面有几间小餐厅，是领导招待客人用的，牛俊杰把石红杏领进一号包间坐下，指着炊事员端上来的饭菜：石总多包涵，基层单位粗茶淡饭，吃饱就好。

女老总和她的牛下级吃着饭，刚要说事，京隆矿矿长王子和端着食盘走进了包间，和牛俊杰商谈工资的事，也不知是不是故意的。石红杏怀疑是故意的，他们知道她在这里，就演叫花子哭穷！王子和眼角嘴角往下弯，用筷子夹着食盘中的豆粒一粒粒往嘴里送，不停地唉声叹气。王子和看她的眼神，就像乞丐满怀希望地看着施主，弄得石红杏十分扫兴。石红杏皱起眉头问：你们不是从北京总部打劫来了一亿五吗？怎么又要断炊了？牛俊杰没好气地说：我们欠了两万工人十个月工资，五个亿呢，一亿五也就刚打湿地皮，田里还旱得很呢！

石红杏一肚子心思，顾不得考察能源公司的旱情，只埋头吃饭。直到菜盘饭盒空空，吃饱喝足，苦情戏结束，王子和离去。她才说出此行的目的：老牛，和你商量一下，我想请林满江到家里做客。牛俊杰讥笑道：我还以为你来找我办离婚哩！她郁闷说：看把你急的，你心里怎么老惦记这点破事！牛俊杰脸色阴沉下来：我不急不行啊，你的船眼看快翻了吧？都把林家铺子大掌柜请到家来了，情况不妙吧？

石红杏半天没有说话。牛俊杰起身走出食堂包间，石红杏紧随其后。她神情萎靡，真有大难临头的样子。食堂后面是一片开阔地，有个小花园，夫妻俩走了进去。此时虽是秋日，花开得倒好，姹紫嫣红，五彩缤纷。在一丛柏树后面，牛俊杰站住脚，转过身，久久地盯着妻子问——现在没人了，石红杏，你给我说实话吧，究竟出了什么事情？

石红杏突然哭了，哭得肩膀都抽搐起来。牛俊杰有点发慌，按住她肩头连声道：你怎么了？哭啥呀？有话好好说……这到底怎么了？

石红杏抹干眼中泪水，直视丈夫：好，牛俊杰，我就和你摊开谈——你知道失踪的那五个亿怎么回事吗？是我批给王平安做国债的！

牛俊杰十分震惊，眼睛瞪得老大：我的天哪！你可真有胆！京州能源两万矿工发不上工资，我求你借点钱，你不给。给王平安抬手就是五个亿！石红杏，你就算作死，也没这种死法，这得遗臭万年的！

石红杏抹泪说：我遗臭万年，你也香不了，你就别耍牛脾气了！

牛俊杰气得不行，不依不饶：石红杏，你们不能朱门酒肉臭，路有冻死骨啊！你说你和林满江算什么东西？你们是不是太无耻了……

牛俊杰，你别在这儿胡说八道！什么你们你们的？没林满江的事！

好，好，没林满江的事，那全是你的事，你能，你就自己扛着吧！

石红杏又流泪，眼神透出恐惧：老牛，这次我真说不清了。过去没有齐本安，京州中福我说了算，这事还好办。现在可真不好办了……

牛俊杰沉默着，看着不远处的花丛，不知在想什么。石红杏真急眼了：牛俊杰，你说话呀？啊？就不怕我贪污这五个亿挨枪子儿吗？牛俊杰说：你挨不了枪子儿，也不会贪污这五个亿！石红杏说：

就是，我很注意廉洁自律！牛俊杰说：可你欺上压下，溜须拍马，尤其是对领导！王平安现在跑了，你说不清楚了！谁不知道王平安是你表弟？是你手下大将？哎，石红杏，我早就提醒过你吧？王平安不是个东西！

行，别提他了，反正我认倒霉！石红杏说，所以我就想，把大师兄林满江请到咱家里来吃个饭，在饭桌上我把这事和他说了。他批也好，骂也罢，过后总得给我解决了，是吧？老牛，现在我难啊，齐本安不是过去了，他一有权脸就变，恨不能把我当腐败分子干掉啊……

牛俊杰歪头瞅着妻子：你说清楚，当真没收王平安什么好处？

石红杏忙道：没有，没有！让我签字划款时，王平安倒是给了张卡，有一百万！我没要，真的！老牛，你知道我的，我不是贪财的人。

你不贪财，贪权！牛俊杰摇头叹息，石红杏，我就从没见过像你这么恋权的女人！人家一个个女的，当老婆当母亲，视权力如粪土……

石红杏不服：那是她们没得到权力！得到权力的个个恋权！你看齐本安的老婆范家慧，一个快垮台的破报纸的小小鸡头，她都当得有滋有味。布置这个去卧底，安排那个去调查，把咱闺女牛石艳摆布得服服帖帖！我虽然有缺点有不少毛病，但林满江对我工作评价很高！

牛俊杰不屑地说：你们一个铺子里的大小掌柜，互相吹捧呗！

吵归吵，骂归骂，老公总算不错，在关键时刻原谅了她，不但同意她请林满江来家做次客，还破例同意让林满江的像在家里挂一回。

自从齐本安提出异议，那幅油画肖像办公室挂不得了，石红杏便把大师兄请回了家，请大师兄上了客厅的侧墙。牛俊杰一见，火冒三丈，不管不顾地和她大吵了一架，吵得楼下陆建设都听见了。陆建设这坏东西就从窗前伸出半截身子往楼上看，差点没像田园似的摔下楼去。牛俊杰苦大仇深，容不下大师兄，大师兄只好栖身阳台，和一堆过时的破烂为伍。女儿牛石艳也支持她老爸，说是祖宗牌位也只是过年才祭奠一下，哪有把领导画像整天挂在家里的？石红杏心里有气，却也无言以对。女儿是牛俊杰一手拉扯大的，她在外面风风火火当领导，把家摞下了。人家孩子遇到事哭闹找妈妈，女儿总是哭着找爸爸。一旦战火燃烧，女儿自然站在老爸一边。

现在，石红杏又把大师兄请上了墙，而后出门买菜，筹备家宴。不料，买菜回来一看，墙上的大师兄不见了，女儿的领导、齐本安的老婆、她二嫂子范家慧在墙上朝她微笑。石红杏顿时傻了。她知道女儿是在向她抗议，事情麻烦了！她若执意把林满江的肖像再换上，万一让女儿撞上，当面和她闹起来，岂不是更下不来台？可让大师兄看见家中挂着二师兄老婆的画像，这算怎么回事？她怎么解释得清楚呢？算了算了，谁的肖像也不挂了，在这家里哪个都不是省油的灯！

于是，石红杏把范家慧取下来，让她与林满江一起在阳台做了伴。

二十一

林满江嗅到了危险的气息。这场爆炸不简单，可以说是一场政治爆炸。京州市委书记李达康和市长吴雄飞在劫难逃，京州中福也不会平静了，五个亿的协改资金被王平安勾结市里的腐败分子搞走了，石红杏他们会没有责任？更要命的是，现在主持工作的是齐本安，齐本安太较真，石红杏他们的日子不会好过了。因此，在听取关于五亿资金相关汇报时，林满江就阴沉着脸交了底：现在很敏感，要就事论事，别一查一大串，弄得满城风雨！中福是大型国有企业，不是纪检委，抓腐败分子不是咱们的主要工作，咱们的主要工作是多出利润，是让国有资产保值增值！他还特别提醒：和京州市干部，尤其是纪委打交道，一定要谨慎小心，凡是涉及京州干部之间的矛盾，都不要介入。

齐本安连连应着，貌似很听话的样子。但是不是真听话？不敢说啊！这位同志到京州中福才十几天，据说就发现了京州中福政治生态的严重问题，就跑到张继英面前去瞎嘀咕，甚至怀疑石红杏有问题。

石红杏提出请他到家里吃饭，林满江马上想到，这饭不好吃，石红杏肯定有什么事要私下里汇报！尽管忙得很，林满江还是答应了。

果然如他所料，牛俊杰不在家，只石红杏一人。石红杏穿了件他无意中夸奖过的时装，脸上堆满了怯笑——那是一望可知的掩饰内心恐惧的笑容。林满江心中顿时升起怜惜之情，许多往事涌上心头。于是，在酒桌前一坐下就和气地说：你呀，没事不会请我，有啥事说吧！

石红杏一开口又露了怯：哥，你……你让我先喝点酒壮壮胆！

林满江叹了口气：也给我倒上一杯壮壮胆吧，别让你吓着！

石红杏看着他说：哥，你……你不是酒精过敏了吗？

林满江递上酒盅：过敏也比让你吓死好啊！就一小杯吧！

石红杏连忙给他酒杯倒满酒。林满江小口呷着酒说：行了，有酒壮胆了，你说吧！石红杏却一口一杯地喝着：你再让我喝两杯，我……我这次的祸闯大了！林满江把一瓶五粮液往石红杏面前一放：你抱着瓶子灌吧！石红杏当真抱着酒瓶灌了一气，放下酒瓶，呜呜地哭了。

林满江自顾自地吃着，眼睛也不去看石红杏：杏，王平安那五个亿，和你有关系吧？石红杏点头承认了：是，齐本安在会上冷不丁说起这事，我的脑袋一下子就炸了！就矢口否认，不自觉地撒了个谎。

这全在林满江意料之中，这个师妹就是不省心！上次在北京，他向她和齐本安透露过，自己可能会到汉东做省长，希望他们稳住京州中福局面。遂放下筷子数落起来：杏啊，你能不能给我点正能量？你知道我在中福可能待不长了，离开中福集团是一定的，可能到汉东任职，也可能到别的省区任职！这种时候怎么能出这种要命的事呢？

石红杏从椅子上滑下来，就势跪到地上：哥，我对不起你，我……

林满江冲着跪在面前的石红杏一声怒喝：给我站起来，别这么软骨头！事情既然出了，就想办法弥补处理，赖在地上哭就能解决了？！

石红杏抹着泪站了起来，重新坐到他对面，神情倒显得有些轻松了。或许她知道，他骂完她，总会帮她解决难题。在石红杏看来，中福集团就没有他解决不了的难题。师妹用崇敬的眼神看着他，让他又一次感到了沉重的责任。他是她的依靠，所以她才会痴迷地敬爱他。

他让石红杏把事情说清楚，这一切都是怎么发生的？石红杏说了起来，去年京州能源就欠薪了，牛俊杰整天盯着要钱。她就想起了五个亿的协改资金——这五个亿本来就是京州中福的，如果市里有关系，弄出来对解决京州能源的困难是有帮助的！她就去找关系，就找到了主管副市长丁义珍。这中间，电业公司董事长李功权起了大作用，李功权和丁义珍是大学同学。李功权就拉着她和王平安，和丁义珍吃了一次饭，定下了这事！当时，她喜出望外，都不敢相信这是真的。

是啊，划出去的钱还能轻松收回来？这里面大有文章嘛！这又冒出了一个李功权！李功权帮你们牵线，组织饭局，做好人好事吗？我请问你：李功权和王平安是否有利益关系啊？有多大的利益关系啊？

石红杏说：这我就不清楚了，反正后来找丁义珍协商都是他们俩去的，他们两人过去就熟悉，和齐本安三个当年号称"上海铁三角"。

林满江思索着：没错，这我也有印象，我在上海主持工作时，他们都是我手下的干部嘛！我觉得李功权十有八九是腐败掉了，为了搞出这五个亿，他既有可能向丁义珍行贿，也有可能从王平安那里受贿！

石红杏立即回应：我也这样想，李功权可能是有问题！这一来，我可就更说不清了！哥，你知道的，齐本安可不是你，他……他……

林满江说：只要你本身干净，就不要怕，就要勇敢去面对这些人和事！腐败问题是当今社会的一个普遍存在的问题，哪个地方、哪个单位都不敢打包票说它那里就没有腐败！有了腐败我们就去反嘛！

石红杏马上拿着笔记本做记录，像个用功的小学生。这是小师妹长年来养成的一个好习惯，只要是他的指示，她都会一字不漏记下来。

林满江这才点题：王平安逃掉了，李功权必须控制起来，不能再放跑了。他将自己的手机递给石红杏，让石红杏打电话找陆建设，安排控制李功权。石红杏胸大无脑，大事糊涂，问为啥不安排齐本安去控制李功权。林满江没解释，再次明确强调：就找陆建设，让陆建设控制李功权！石红杏尽管不理解，可因为闯了祸，也不敢多问，遵命打手机。手机通了，石红杏简单和陆建设说了几句，就把手机交给他。

林满江和陆建设说了起来，道是据群众举报，电业公司的李功权涉嫌腐败，此人为了帮王平安搞出五亿协改资金，伙同王平安向丁义珍行贿，也有可能还从王平安那里受贿。陆建设说是马上向齐本安汇报，准备采取必要措施。林满江却说，这事不必向齐本安汇报了，向他汇报就行了，还特别强调了一下：对李功权调查工作要注意保密！

陆建设是个明白人，官场油条，不像石红杏：林董，我明白！不过，李功权和王平安、齐本安关系密切，如果涉及了齐书记呢？

林满江当即表态：不论涉及谁，都要一查到底，绝不姑息！

陆建设口气里明显有了兴奋：是！林董，我坚决按您的指示办！

结束通话，林满江冲着石红杏笑了，似乎把李功权、王平安，还有那五个亿的麻烦全忘掉了，再次夸起她身上的时装，道是这身时装衬出了小师妹中年成熟的美，石红杏被他夸奖得竟有些不好意思。

然而，这日林满江心里却不无忧虑。他知道，眼下的京州中福已是风雨前夜了。现在主持工作的是师弟齐本安，不是胸大无脑对他言听计从的石红杏。齐本安太较真了，一直追着兼职董事长靳支援搞审计交接，靳支援是中福集团副董事长，不但兼京州中福董事长，还兼了其他七个地方公司和合资公司的董事长，身挂八国相印，哪有时间理睬齐本安？齐本安不依不饶，一直追到靳支援兼职的云南公司搞交接。现在又冒出了这五个亿的腐败案子，别把他可能的上升之路给闹没了！所以，他必须一招制胜，制衡齐本安。如果没看错的话，陆建设应该可用，此人像一块臭豆腐，闻着很臭，吃起来也许很香……

二十二

陆建设有一种拔地而起，飘浮在半空中跟着得道高人鸡犬升天的感觉。面前的世界一下子变得不太真实了，有点像梦境。他掐了掐自己的大腿，哎哟，疼！这么说来，林满江和他的通话是真实的？中福集团的大领导看上他了？李功权那可是齐本安的哥们儿兄弟，让他去控制李功权，还不许他向齐本安汇报，这里面大有文章！大领导林满江在想啥呢？莫不是要抛弃齐本安了？这世界变化也太快了一点吧？

齐本安估计是死在石红杏手上了。林满江是在石红杏家里打的电话啊。也许是双双依在床头打的电话，而且用的不是石红杏的手机，是林满江的手机。他当时没注意，过后一查才发现的！陆建设坚信林满江和石红杏有一腿。没一腿，石红杏能在自己家用林满江的手机打电话？敢在京州中福一手遮天？京州中福的干部群众谁不知道林满江是她的政治资源！林满江在这种时候在石红杏家里的床上打这种电话意味深长，发人深省。官场险恶啊，荆棘丛生，四处是坑，一着不慎，就会满盘皆输。齐本安就输了嘛，可惜了，一个正派的好干部要完蛋。

王平安失踪后，公安部门发了通缉令，市纪委书记易学习当天找到齐本安谈话，要求京州中福配合办案，应该是谈到了石红杏。石红杏明明知晓五亿协改资金的内情，却当着齐本安和大家的面撒谎，还拿什么党性人格做保证。那天从市纪委回来，齐本安心事重重，他就提醒说，石红杏可能涉嫌和王平安联手作案，最好向林董汇报一下！

齐本安当时的表情很痛苦，眉头皱着，嘴抿着，眼里流露出掩饰不住的无奈与怨愤：老陆，石红杏的事敢随便汇报啊？没那么简单！

陆建设明白着呢：是啊，石红杏是你和林董的师妹，不是一般的小猴子、野猴子，那可是花果山上的神猴子……齐书记，你谨慎一点也没错！哎，对了，田园那个笔记本是什么情况？你找石红杏要了吗？

要来了，也仔细看过了，上面记的全是防治抑郁症的经验啥的！

陆建设有点意外：那我还猜错了？那当时石红杏她猴急个啥？

齐本安狐疑不安：她是不是心中有鬼啊？怕田园盯上她了？

陆建设立即深刻指出：齐书记，这完全有可能，总是做贼心虚嘛。

齐本安还是挺有原则性，也挺有责任心的，交代他说：所以要注意，只要发现石红杏往机场、高铁站跑，立即拦住她，就说班子开会！

好的，齐书记，我都听你的！说罢，陆建设又补充了一句：没想到你能对石红杏大义灭亲，人家都说你和石红杏历史关系不一般！

齐本安一声叹息：关系再不一般也得坚持原则，守住底线啊！

这道理谁都懂，就怕事到临头守不住、做不到。瞧瞧，他陆建设就没守住底线：明知石红杏可能有问题，明知大领导林满江包庇石红杏，他还是投怀送抱了。而且还考虑，是否把齐本安让他控制石红杏的指示作为见面礼献给大领导呢？当然，最终自我否决了，怕石红杏腐败严重，林满江最后保不了，自己也会弄得一身腥，这就犯不上了。

从自己实际利益出发，应该干掉齐本安！这和正义无关，只和利益有关——毕竟是齐本安而不是石红杏一人占着两个一把手位置。大屁股动物招人恨啊，给你两个一把手，你就敢当？就不考虑别人了？

当天下午，陆建设就对李功权下手了，找李功权到纪委谈话，开门见山要李功权交代失踪的王平安和失踪的那五个亿。李功权一脸无辜，极力抵赖：王平安和那五个亿关我啥事？要问，你找石总问去！

陆建设才不问石总呢，石总是上面要保的人，他问她干什么？林满江要拿下齐本安！于是，陆建设便阴一句阳一句地敲打李功权，让他不要心存幻想，尤其不要对齐本安心存幻想。齐本安再想包庇也没办法。这个案子是林满江董事长亲自抓的，齐本安根本就管不了……

偏在这时，齐本安的电话打过来了，问李功权在哪里。陆建设也不隐瞒，立即告诉齐本安，人在他这里谈话呢！是林董亲自安排的，要求保密，所以就没请示汇报——齐书记，你可别误会啊……

就说了这么几句，估计齐本安心里有数，屁都没放就挂了机。

陆建设也挂上电话，在不无诡秘的气氛中，和李功权继续谈：李功权，你看齐本安多关心你！怎么听说你和齐本安书记非常要好啊？

李功权说：我们在中福上海公司有过一段共同的工作经历！

陆建设说：有这段共同工作经历的人，还有一个吧？王平安？

李功权说：对，王平安！唉，也不知这家伙现在是死是活！

陆建设不管王平安，紧抓主题：齐本安过来，你和王平安都特别高兴是吧？当天晚上就跑去看望齐本安书记，献了忠心，献礼金。

李功权很惊疑的样子：这是谁造谣啊？造谣的家伙想干啥？他这是想坑我呢，还是想坑咱齐书记？陆书记，你……你可千万别上当！

陆建设说：哎，我说有齐书记啥事了吗？老李，我是说你的事！

李功权说：我能有什么事？陆书记，我就不明白你是什么意思？

陆建设说：什么意思？老李啊，今天我是代表组织和你谈话！希望你对组织忠诚老实，实事求是地交代自己的问题，争取有个好结果！

偏在这时，齐本安的电话又过来了！陆建设看了一眼来电显示，故意没去接。心想，该不是大屁股动物惶惶不可终日了吧？齐本安知道李功权落到他手上，坐不住了？估计也有问题吧？问题怕还不小吧？想想也是，有权能捞的，谁不捞？将心比心说，他也想捞，只是位置不好，一个管政治思想的党委副书记，谁理你？谁给你送钱？现在好了，田园一死，纪检书记兼上了，利用反腐收点好处倒也有希望。

电话又一次响了起来，经久不息，大屁股政治动物肯定万般焦虑。

接了电话才知道，齐本安没焦虑，起码没在电话里显出焦虑，只说是传达林满江的指示，让他把李功权带到贵宾楼来开民主生活会。

陆建设没对李功权说实情，既没提民主，也不谈生活，合上手机后，阴沉脸，一副很严重的样子对李功权说：走吧！老李，你这回造大了，咱林满江董事长百忙之中亲自和你谈，是不是无比温暖啊你？

李功权说：别讥讽我！我为人不做亏心事，不怕半夜鬼叫门！

陆建设说：行，走吧，是人是鬼，你和咱们集团大领导说去！

李功权苦着脸：王平安闯的祸，你们就应该去找王平安啊……

陆建设信口开河：哎，王平安不交代你，我们会找你吗？啊？

李功权一怔，在门前站下了：怎么？王……王平安被抓住了吗？

陆建设拍了拍李功权的肩头，煞有介事地说：老李啊，法网恢恢疏而不漏，你说我们公安机关能让王平安逃了吗？抓住了，喷了！

李功权怔了一下，身子一下子瘫软下来……

二十三

齐本安心里清楚，麻烦事来了。林满江亲自指示控制李功权，事先竟然没给他打个招呼，这于公于私都说不过去。于公他是京州中福主持工作的董事长、党委书记，于私他是林满江的师弟，而且，李功权又是他在上海共事时的朋友，这就难免让上上下下惊疑猜测。

林满江提议召开京州中福公司党委成员的民主生活会，把地点定在宾馆贵宾楼的会议室。可开会时间过了半个小时，依然不见林满江的身影。办公室主任吴斯泰小心翼翼地去问了几次，看见的都是他忙碌的手下，回答也只一句话：领导在处理重大事情，你们先等着。

齐本安的心一点一点往下沉。领导正对他们施以无形的惩罚。京州中福出了那么多事，哪个领导能不火？虽说不是他惹的事，祸端却在他手上爆发，他在劫难逃。他下意识地瞟了一眼石红杏，往日盛气凌人的师妹呆若木鸡，面容一下苍老许多，想必心情也很恶劣。五亿资金的来龙去脉现在已经基本查清楚了，是石红杏批准让王平安去做国债回购，从而失控的。石红杏有问题，负有不可推卸的领导责任。

齐本安把目光转向陆建设。党委副书记环抱双臂，表面平静，却掩饰不住踌躇满志的神情。他的镜片一圈圈旋转，怎么看都像一条眼镜蛇。昨晚，齐本安接到李功权家属的电话，说是陆书记将李功权带走了。齐本安惊疑不已——他让陆建设监视石红杏，陆建设怎么对李功权采取措施了？谁给他的权力？交代任务时，陆建设对他还是有所敬畏的，一再保证绝不让石红杏再生意外，一副服从的模样。可是现在，陆建设完全换了姿态，好像看清了底牌，又好像得到一把尚方宝剑，齐本安感到自己不在他眼中了！一夜之间，究竟发生了什么？

李功权也来参加会议了，低垂着脑袋像蔫了的瓜秧。陆建设紧挨李功权坐着，仿佛怕他逃跑，在桌子下面很夸张地握着他的手腕。李功权不看石红杏，也不看齐本安，畏怯地看着面前地板……

时间过去快一小时了，林满江仍没出现在大家面前，会议室气氛变得骚动不安。牛俊杰嘀嘀咕咕发牢骚，许多人低声附和。这叫什么民主生活会，分明是摆官威，给我们大家一个下马威嘛！齐本安也觉得不能再等下去，阴沉着脸站起来，准备亲自去对面房间敲门。

偏在这时，林满江带着一众部下进来了，一挥大手：开会吧！

林满江目光威严地扫视着众人。他说，这个民主生活会是他提议召开的，地点是他定的！让大家等这么长时间，是想请大家仔细看看会议室四面墙上的珍贵历史照片，看看中福公司是怎么从上海的一间小铺子起家，在战争的炮火中，在一代代人的流血奋斗中成长壮大的！

齐本安、石红杏、牛俊杰和与会众人全被这番话说怔住了。他们不约而同地环视周围老照片，沉浸在凝重的历史氛围之中……

林满江永远理直气壮：我特意留给了你们一个小时时间，谁认真看这些照片了？啊？哪位同志能告诉我，一九三九年在我们中福公司的历史上发生了什么？我们的第一家运输企业——福记西南运输公司是怎么成立的，在什么情况下成立的？最初资本是如何形成的？

齐本安熟知公司历史，举起手：林董，这个，我来说一说吧！

林满江手一摆，阻止了他：本安同志，你先不要说！你一直是集团的文宣总监，这一阵子又在搞公司史，筹备八十周年庆典，熟悉历史情况，我今天问的不是你，是他们！

李功权似乎想举手。林满江敏锐地捕捉到了这一细节：李功权同志，你好像有话要说？李功权却又怯怯地缩了回去：林董，我们听您指示……林满江立即训斥：听我指示？我的指示你们当回事了吗？！

说罢，林满江站了起来，走到一幅历史照片前。图片上是一排美国道奇卡车，来自马来西亚。是一位李姓华侨为了支援抗战，毁家纾难，用三代人打拼积累下来的财富换来的。十二辆美国道奇卡车是李家捐给八路军的，经滇缅公路开到国内，成就了红色的西南福记运输公司。这段历史在中福公司创始人朱昌平的回忆录《上海福记公司始末》里有记载，朱昌平的儿子朱道奇正是生在道奇车上的。

李功权坐不住了，讷讷说：李姓华侨是……是我爷爷……

怀旧的感人场景陡然转化，林满江一拍桌子，怒斥李功权：你还记得你爷爷？他们毁家纾难，视金钱如粪土，你今天干了些什么啊？

李功权脸白了，冷汗直冒，牙齿磕碰着说：林董，我……我……我腐败啊！我对不起党，对不起组织，我……我……我坦白交代……

林满江看了李功权一眼，颇有意味地冲着陆建设点了点头。

陆建设站了起来，威严地扫视着众人说：同志们，下面我来宣布一项组织决定！李功权同志涉嫌违反党纪国法，现经林满江董事长批准，并经中福集团党组研究决定，对李功权采取立案调查措施！

陆建设手下的两个纪检干部当着众人面，将李功权带走。

齐本安、石红杏、牛俊杰和一屋子人都被这一幕搞怔住了。

这时，林满江手一挥，宣布散会，只把齐本安、石红杏留下了。

等待那么久，一场忆苦思甜，带走一个人，会议就散了，实在出人意料。齐本安心想，这叫什么民主生活会？既无民主，也无生活，整个就是掌柜训伙计，杀鸡儆猴。李功权是只鸡，要儆的猴怕是他。

林满江却一副亲切的样子：本安，红杏，我马上要回去了。这一次在京州多待了几天，北京总部那边撂下好多事，商务部明天还有个会，领导希望我到会介绍一下咱们中福应对欧盟反倾销诉讼的经验！

齐本安憋着满肚子的话：林董，有些事我还想向你汇报一下！

林满江手一摆：有啥汇报的？本安，放开手脚好好干！我实话告诉你们，我在中福任职的日子不说按日计，也是按月计了，你们京州一定不要再给我捅出什么娄子，闹出什么腐败的窝案串案！明白吗？

石红杏抢着表态：林董，我明白，我和齐书记，我们都明白！

齐本安却不明白：可这李功权的问题，也不知道会怎么样？

林满江胸有成竹：李功权不要你操心！刚才不是宣布了吗？让他在总部指定地点交代问题，我已经安排给集团纪检组了，陆建设配合！

齐本安倒吸了一口冷气：林董，可……可这……这……

林满江瞅他一眼：吸啥气？你牙疼啊？我这是给你们擦屁股！

齐本安在大师兄面前总是软弱，好几次想汇报都被堵了回去。现在大师兄要走了，关键问题还没讲清楚，齐本安决心坚持一下：林董，李功权是京州这边的高管，涉嫌案件发生地也在京州，而且涉及棚户区协改的五亿资金，还牵扯到市里，人应该留在京州审查为宜！

石红杏插上来说：是啊，林董，李功权到北京，不给你添乱吗？

林满江叹息道：这个乱子你们已经捅出来了，我就得正视，就不能授人以柄！本安，你和红杏怎么都卷进去了呢？你说说你们俩！

齐本安怔了一下：林董，王平安和我有啥关系？我刚过来啊！

林满江目光严峻：刚过来？你和王平安，还有李功权是不是当年上海公司铁三角啊？你上任第一天，他们是不是都跑来给你送礼了？

齐本安的心像被针刺了一下：林董，王平安送礼的事，我向你汇报过的，已经准备让陆建设找他谈话了，可没料到他意外逃跑了……

那李功权呢？你没汇报吧？人家群众就告上门了嘛！三拨人找我告你！本安啊，你和李功权的亲密关系在中福集团不是秘密。你、王平安、李功权，你们三人在上海共事期间插香头，拜过把兄弟吧？

齐本安苦笑解释：林董，那时大家都年轻，也就是经常在一起喝酒，酒喝高了，说说桃园三结义啥的，插香头、拜把兄弟真没有！

林满江摇头叹气：这种事你说不清啊！李功权你一定要避嫌的！

齐本安暗暗叫苦，只得打掉牙往肚里咽：好，林董，我明白了！

这时，车已经到了，林满江跟师弟师妹握手告别，还特意对齐本安说了一句：本安啊，你别想偏了啊，我这完全是为你们好！

回家路上，齐本安反复思索：今天到底发生了什么？为什么会发生？明明一场与他毫无关系的腐败案，却和他扯上了关系？石红杏究竟做了什么手脚，让林满江突然对他产生了如此警觉？这太奇怪了！

他没让司机送，自己沿着小巷步行回家。天上飘着牛毛细雨，石板街面湿漉漉的，泛出久远的历史气息。齐本安不避雨水，他渴望清凉的感觉。大师兄果然厉害，不服不行啊！瞧他今天干的事，一巴掌就把他打回了原形。什么董事长、党委书记，人家大掌柜不用你，你就是一个屁！齐本安不由得苦笑。这且不说，那五个亿你也脱不了干系了嘛，让大师兄一把套牢了——上海铁三角，插香头的把兄弟，这等陈年八卦都让人家端到桌面上来了，真是欲加之罪，何患无辞啊！

林满江为什么这样做？是为了保护石红杏吗？齐本安两次到贵宾楼，想谈谈石红杏的问题，两次都没张开口。他怕的就是大师兄袒护小师妹！感觉越来越清晰，大师兄是有意压制自己。现在，李功权被带去北京，仿佛带走了一个人质，他如果不听话，就有他好果子吃！

唯一值得欣慰的是，林满江除了带走李功权，还带走了皮丹。皮丹必须撤职，却又不好安排，现在让大师兄带到北京去了，让他少了一个麻烦：一个烫手的山芋扔出去了，他不必直面师傅程端阳了……

二十四

李顺东白白净净，戴一副眼镜，文艺青年范儿。这对他的职业很重要，谁能想到这文青是个难缠的讨债鬼呢？更让人意外的是，他还毕业于汉东大学政法系，反贪局长侯亮平、出了事的高育良、祁同伟都是他老师、学长。提起这些名人，李顺东很自豪。天使公司办了两年，应该说颇有成果，至少已让他过上了小康生活，比如天堂这两栋别墅，就是楼王被逼无奈留下的抵债品。但这个行业风险也不小，黄清源逃跑后，李顺东一直提心吊胆，预感到一场暴风骤雨即将来临。

暴风骤雨终于来了，逃犯黄清源带着一队警察来敲天堂之门了。

警察们把两栋别墅篦头发似的搜寻几遍，没找到可疑迹象。办公室文件柜都是债主们声泪俱下的委托书，招待所员工铺位收拾得整洁干净，犹如军营。狗笼子里关着的藏獒不显凶猛，甚至还有几分温柔。李顺东信誓旦旦地向警察保证：天使公司只在法律框架内文明清债。

黄清源傻眼了，人间地狱消失得无影无踪，这地洗得真干净啊！这老赖就冲警察喊：我有证人！把我同学秦小冲叫来，他能证明！

李顺东的心一下子悬了起来：被他开掉的秦小冲如果出现，肯定是个不利因素。黄清源拨通秦小冲的电话，哇啦哇啦喊了几句，又把手机交给带队的警察。李顺东希望秦小冲被啥事绊住，或者不愿蹚浑水，总之别到天堂来就行。不料，秦小冲答应协助调查，打的过来了。

秦小冲到了，站在他面前，一脸感慨万千的神情。前专务显得莫测高深了，进门后不说话，歪着脑袋，时不时地打量他这个前老板。

黄清源即时引导前专务：秦小冲，告诉警察，他们非法拘禁我！

李顺东也忙为秦专务定调子，话却是冲着黄清源说的：黄总，你怎么胡说八道啊？是，我请你来谈债务，谈晚了，让你在这儿休息过!

黄清源指着狗笼子,一声冷笑:怎么休息的?关狗笼子里休息?

真是无耻造谣!我们是养了几条狗,看家护院的!你就是想住狗笼子,我也不会允许的!你抢占了狗笼子,我们的狗狗住哪里?李顺东从田副总手上接过狗证,递给警察:瞧,我们的狗狗都办了证、打了针的,白天关在笼子里,晚上大家下班后,放到院子里看门……

这时,秦小冲就成了关键人物,警察们把目光聚焦到前专务身上。

非法拘禁?关狗笼子?前专务终于开腔了,一脸的惊愕:哎,我怎么不知道有这些事?闻所未闻啊!别墅没装修,条件是差了些。可一直是员工宿舍呀,我也在里面住过的,黄总,不能算非法拘禁吧?

黄清源怔住了:秦小冲,你……你也睁着眼说瞎话?啊?

秦小冲眼一瞪:我说瞎话?我说的都是大实话!快把欠我的钱还我!说罢,一把揪住黄清源的衣领,要揍黄清源。黄清源报案找证人落了空,也变得很激进,一只手把着秦小冲的手腕,另一只手努力去揪秦小冲的衣领,两个昔日的老同学犹如一对斗鸡,进入格斗状态。

警察同志岂能容忍如此斗殴?及时制止,一声断喝,分开了他们。

搜查无结果,一众干警带着黄清源离开天堂。他们刚走,李顺东立刻过去握住秦小冲的手,连声道谢说:哎呀,秦记者,今天可真得谢谢你啊,你看你,还专门打的赶过来,实事求是地替我们说话!

秦小冲说:啥实事求是?扯淡!我是满嘴荒唐言,一把辛酸泪!

因着这一把辛酸泪,秦专务又被他请回了天使公司,并由专务升任副总。李顺东那时就看出来了,秦小冲这厮不愧是干过敲诈勒索的好汉,人才难得,是共谋大业的好伙伴。他要想把天使的讨债事业做大做强，就得大胆用人，哪怕是诈骗犯，哪怕是曾经背叛过他的诈骗犯。而且，为了让诈骗犯安心工作，后顾之忧必须解决——你总不能让一个被前妻纠缠不休的倒霉蛋去兢兢业业干事业吧？他就大方了一次，一举借给了秦小冲二十万，让秦小冲还给了他前妻。这可真把秦小冲给感动坏了，秦小冲抹着泪发誓：生是天使的人，死做天使的鬼！定当为天使的讨债事业奋斗终生，不讨尽天下债务，誓不为人！

天下债务根本讨不完，黄清源的事还没了呢，钱荣成又作妖了。

就在秦小冲升任副总第三天，荣成项目组的三个男性天使和那部劳斯莱斯车，在德安路口陷入重围，要求总部派精干力量救援。李顺东先以为是荣成集团弄来的黑社会抢车，就指示天使们武力护车。结果双方发生了肢体冲突，人家电话报警，三位天使被抓进局子。后来才知道，和天使冲突的不是黑社会，而是吕州市法院执行局法官，是钱荣成的关系！他和秦小冲赶到治安大队时，劳斯莱斯讨债车已被吕州法院执行局的法警开走了，三位被俘天使一个个抱头蹲在墙根前。

李顺东上前向两位执行法官道歉，说是我们的人搞错了，把你们二位误认为黑社会了。两个法官益发恼火：请你仔细看清楚了，我们哪个像黑社会？李顺东知道又说错话了，当机立断，狠狠给了自己两耳光。秦小冲挺够意思，对领导极端负责任，也给了自己一个响彻云霄的大耳光，慷慨地说：是我分管荣成集团债务清理，责任在我，我自罚！二位法官，你们就权当被一群疯狗咬了，扁我揍我出口气吧！

这时，公安局的朋友做起了和事老：你们认识错误的态度还是好的，回去后要加强对员工的普法教育！王法官，赵法官，你们看呢？

两位法官也是明白人，毕竟是异地执行，车弄走了，作案单位的两位领导又自打了耳光，也该收场了，便说：好吧，看在你们真诚悔悟的分上，我们就不追究了，但是这几个暴力抗法的家伙要处理！

李顺东说：处理，我们一定处理！说罢，还递上了一张名片。

回天堂的路上，秦小冲感叹不已：李总，我可知道干讨债这行的难了，"京州出了个李顺东"真不是随便唱的！一不留神就鸡飞蛋打啊！

李顺东说：可不是嘛！你今天配合得不错，我真没想到——你曾经是一名记者啊，怎么也能像我这样不要脸呢？而且下手比我还狠！

秦小冲苦笑道：生活不就这样吗？你非去要脸，就可能饿肚皮。

李顺东说：这倒也是！所以，我就抓住机会和这俩法官交朋友！

秦小冲道：我看到了，你自打耳光，还赔着笑脸给人发名片！又叹息说：这些年我算看明白了，生活对一些人来说，是诗与远方；对另一些人来说，就是一场又一场的战斗啊，能活着就算是胜利了……

回到天堂，李顺东拨通了钱荣成的手机，祝贺钱荣成的胜利，道是承认钱荣成赢了天使一局。钱荣成说：我赢啥了？李顺东说：你赢了一辆劳斯莱斯啊！钱荣成真会装逼：哦，你把我的劳斯莱斯给我送回来了？谢谢啊！李顺东愤愤然说：钱总，你就装吧，劳斯莱斯去了哪儿，你不清楚吗？钱荣成说：我清楚呀，不是被你们秦专务牵着在各银行门口专门游街吗？李顺东说：钱总，别这么谦虚行吗？你的毒辣手段我真的领教了。钱荣成说：哪来的啥毒辣呀？都是被你们黑社会逼的嘛！李总啊，你的心态不要总是这么阴暗！告诉我，到底出啥事了？李顺东说：咱们的劳斯莱斯今天被吕州法院给执行走了……

李顺东故意重点地强调了一个词：咱们——咱们的劳斯莱斯。

钱荣成一听"咱们"这词，口气明显亲切起来，也"咱们"起来：李总，你说啥？咱们的劳斯莱斯车给执行走了？哎哟，怎么个事？

李顺东讥讽说：钱总，我实在是弄不过你呀，你能在一周之内立案裁决封车，并异地执行，已经创造了法治中国的一个法治纪录啊。

钱荣成的声音益发亲切和气：所以李总，你就不要老是抱怨，老是用阴暗的目光来看世界，这对你们天使公司的发展很不利。哎，有一首诗知道吗？黑夜给了我黑色的眼睛，我却用它寻找光明……

李顺东终于忍不住了，对着电话破口大骂起来：钱荣成，我光明你妈了个 ×！老子和你血拼到底了！我倒要看看谁能黑过谁……

钱荣成那边倒冷静：哎，哎，李顺东，你虽然是黑社会，可也算是一个文化人啊，咋能开口就骂人呢？你要再骂人，我就挂电话了。

李顺东一下子清醒了，马上道歉：对不起，钱总，我失态了！

钱荣成相当大度：没关系，李总，可以理解嘛，毕竟是你弄丢了咱们的劳斯莱斯。说起来这事也真怪你，你牵着咱这台车四处遛，让吕州的债主也知道了我和荣成集团负债累累，人家就跑来封车了嘛。

李顺东说：看来是我考虑不周！钱总，你看咱们之间的债务？

钱荣成口气轻松：我不说了吗？给你三百万茶水钱，咱还做朋友！

李顺东一听又火了，义正词严道：钱荣成，你听着，京州既然出了个李顺东，就容不得你们这帮老赖无法无天，你荣成的债我讨定了！

钱荣成满不在乎：那好那好，李总，那我钱某就祝你好运了！

二十五

所谓的富人，很多只是表面上风光，真实的日子非常难过。像钱荣成就是这样，一群讨债鬼在屁股后面追赶，睡觉都不踏实，面子和尊严遭到百般蹂躏，一颗心早被踏烂了！劳斯莱斯讨债车虽然从京州各银行门前消失了，一些穿着天使讨债T恤衫的中国大妈又及时跳起了广场舞，他走到哪里都躲不掉。大妈们厉害啊，且歌且舞，舞曲一停，就插播广告：防火防盗防荣成——钱荣成欠债不还是老赖……

悲催。窝囊。压力山大。一个人处于这样的环境，真不知该怎么生存下去。虽说他使了个小计谋，掏十万元好处费收买了吕州法院执行局的两位执行法官，顺利弄走了劳斯莱斯，但并不像李顺东想象的那样，有赢了一局的高兴和欣喜。他现在哪里有这好心情啊？！到这个月底，他必须搞到五亿元贷款，否则，资金链就会彻底断裂，他价值百亿的荣成集团就会像一座强震中的大厦，呼啦啦倒塌下来……

朝阳从光明湖面缓缓升起，别墅花园里的草叶湿漉漉的，昨夜的雨珠还挂在月季花瓣上，反射出晶亮的阳光。湖苑别墅是钱荣成的自豪。此刻他站在池塘边喂鱼。绿色池水涟漪微兴，硕大的锦鲤扭动着斑斓身躯，聚集到他眼前，翕动嘴巴吞食鱼食。他总是惊异鱼儿们吞食时嘴巴张得如此之大，竟如一头头小老虎！他喜欢这些养了多年的锦鲤，喜欢当年不惜重金买下的这座有大花园的湖苑楼王，这才配得上钢铁大王的身份和荣耀！可惜，今天这些都不属于他了，就如同其他经营性资产一样，别墅也已经抵押给银行。如果他借新还旧的滚滚车轮戛然而止，所有这一切都将被银行拍卖，他将会变得一无所有。

百足之虫死而不僵。钱荣成喂完鱼食，拍拍手掌，仰望太阳。转机还是有的。他必须咬牙坚持，把五亿元资金搞到手，使他庞大而虚弱的公司生存下去。他联合了一批困难企业集体上书市委，李达康作了重要批示，昨天，市长吴雄飞主持召开了一个银企协调会。会上吴市长充分肯定荣成集团对京州经济发展的贡献，让钱荣成受宠若惊。

吴市长请到会的行长们不要忘记，正是这些企业家撑起了金融业的天空。如今他们遇到了资金困难，银行是不是要帮一下？煮豆燃豆萁，相煎何太急？企业一个个垮台，银行还办得下去吗？希望银行界的朋友高抬贵手，对民营企业不要轻易收贷断贷，给企业留一条生路活路，也给自己留一条退路。做人嘛，在任何时候都别把路走绝了！

钱荣成和企业家们对吴市长的讲话热烈鼓掌，一派真诚的感动。

吴市长痛心疾首，说是市政协前不久做了一个调研，许多民营企业家现在都成了两院院士，哪两院呢？法院和医院！企业家们不是进了法院，就是进了医院，处境极其艰难。钱荣成等在座的民营企业家们唏嘘不已，交头接耳，有人甚至当场抹起了眼泪。但京州城市银行胡子霖和被迫过来开会的各大银行行长及金融机构负责人则无动于衷。

吴雄飞市长是个明白人，拿大银行没什么办法，对京州自家的地方银行还是有办法的，便把矛头指向了胡子霖，拍着桌子发脾气——

有没有人想把路走绝啊？这种人还是有的，在座就有一位，是谁我不点名，大家都知道！为荣成钢铁集团的十亿多负债，他竟然一口气查封了这家企业及其担保链上的五十八亿资产。我看他是鳄鱼，是金融瘟疫，谁只要借了他的钱、沾了他的边，就死定了⋯⋯

胡子霖没想到会出现这种事，看着发作中的市长，一下子怔住了。

吴雄飞继续发作：你一家地方商业银行，没有政府支持，能有今天吗？你从信用社改制时，烂账有多少？市政府为了帮你清偿陈年旧债，完成改制付出了多少财力？给你背了多少骂名？你现在口口声声要依法办事，当年咋不依法办事啊？不想干这行长了，就辞职走人！

胡子霖当场抹起了汗。钱荣成想鼓掌，瞅瞅胡子霖，又没敢。

散会后，钱荣成追上走在前面的胡子霖，故意夸赞吴市长讲话深刻。胡子霖皮笑肉不笑应付：是啊，好久没听到这么深刻的讲话了！钱荣成趁势提起：那我们集团的贷款展期？胡子霖支支吾吾：再说，再说吧！其实，胡子霖是他多年的朋友，为保持良好的借贷关系，钱荣成没少出血。被吴市长骂了，他还再说？吴市长的话就算是个屁，喷到他身上也是一场风暴，他就不怕行长乌纱帽丢了吗？

看来胡子霖还是怕的。第二天上午，电话过来了，行长同志变了个人似的，语调充满了热情，主动请他吃饭。估计有人指点，劝他别忽视市长的警告。钱荣成很高兴，飞快赶往胡行长指定的海鲜酒楼。

海鲜酒楼是京州高大上的精品食府，有帝王蟹、澳洲龙虾。钱荣成常在那儿请胡子霖，这些年被胡子霖吃掉的帝王蟹、澳洲龙虾不可计数。可这次胡子霖请他，却既无帝王蟹，也无澳洲龙虾，桌上唯一的海鲜是炒花蛤，还有几盘简单的家常菜和一瓶京州大曲。胡子霖解释说，现在反腐倡廉，他身为行长得以身作则，不能再随便吃客户的饭了，再吃就是违纪。所以今天他请客，酒是他从家里拿的，虽说不上档次，还是挺好喝的！钱荣成赞成：对，晕头大曲嘛，两杯就上头！

钱荣成感谢胡子霖，道是在这种情况下还请他喝酒，够意思。胡子霖则一再称兄道弟，回想当年荣成集团是如何在城市银行扶持下成长壮大的。钱荣成感慨道：市政协的人来调研，我就说了，荣成钢铁集团若真的垮台，除了我钱荣成外，在京州市恐怕没有谁比胡子霖行长更伤心更痛心的了！胡子霖与他碰杯：哎呀，兄弟，哥想说的话都让你说了，那哥啥都不说了！你还没垮台，哥得救你！

胡子霖表示，将对钱荣成的债务链进行一次清理。在城市银行债权得到保证的前提下，解封部分担保类资产，尤其是经营性资产，并且续贷五个亿，坚决落实吴市长指示！钱荣成一时间觉得像做梦，一盘棋就这么走活了！可就在他兴奋得几乎晕眩时，胡子霖却提出一个要求，这五亿元贷款要有担保，还替他出了主意，让他找傅长明试一试。傅长明是长明集团老板，京州地面的大神，顶天立地的经济巨人。

钱荣成与傅长明的交情非同一般。当年他和傅长明、黄清源起步创业，情同手足，还学刘关张搞过桃园三结义。不过结拜地点不是在桃园，而是在岩台市郊外的杏园饭店。钱荣成倒卖煤炭最先发财，没少提携傅长明。后来傅长明信佛，他也跟着信了，二人见面全都满嘴的"阿弥陀佛"。钱荣成认为，贿赂神仙对买卖有利，傅长明贿赂他不贿赂他就有可能吃亏。可贿赂没用，他还是走了下坡路，钢材过剩，连连跌价，荣成集团的日子难过。傅长明与中福集团建立了战略合作关系，在保险业、资本运作各方面都取得巨大成功。商界人情比纸薄，资产上有了巨大差距，关系就比普通百姓更疏远。他找过傅长明，但大哥只和他谈佛，不再谈钱。求傅长明担保，难啊！可也只有找他了！

约了几次，傅长明终于给了个准信，道是他刚从米国回来——傅长明从来不说美国，只说米国。人家在米国有公司，有别墅。大哥顾不得倒时差，可以先见老弟。钱荣成怀揣激动而忐忑的心直奔长明宫。

长明宫高六十八层，是京州市标志性建筑，号称汉东大地的天际线。牛嘛，干啥事都不一样。傅长明的办公室在顶层，高速电梯可以直达。傅长明不像大老板，倒像个老和尚，宽阔明亮的办公室没有大班台沙发，尽是佛像香炉，像一间仙气习习的佛堂。傅长明席地坐在蒲团上，穿着和服似的居士装，手捻佛珠，从容祥和地和钱荣成打招呼。钱荣成连忙双手合十，虔诚而恭敬地在大哥对面蒲团上盘腿坐下。

钱荣成夸赞大哥的事业伟大。听说大哥拒绝上财富排行榜，但业内对他身家的估值已在千亿以上。老和尚笑笑，打断钱荣成的话——我佛仁慈，假我之手普度众生，几百亿几千亿不过是个数字！有意义吗？没有！这些物质财富属于众生者也，我只是代管而已。

是的，是的，大哥，您修炼到家了，把世事人生全看透了！我现在追求的就是您的这一境界，可凡心难以沉静，真是不好意思！

心中有佛，心就会自然平静下来，就不会有那么多怨恨，好像这个世界上谁都欠你的！傅长明的声音昂扬起来。要懂得感恩，我每天都在感恩。爹妈生我是大恩，活过困难时期没饿死是大恩，生逢如此盛世是大恩，认识你和黄清源也是大恩啊，我傅长明何德何能认识你们呀?！不是你和黄清源最早点拨了我，哪会有我的今天？我感恩啊！

钱荣成深感窘迫，傅长明把好话说尽，让他不知道该如何应答。

傅长明倒不是光讲空话，很快切入正题，手捻佛珠说：我知道你遇到了一些困难，我和你一样着急啊！你我都是心中有佛的人，我能不伸手拉你一把吗？一个不知道感恩的人能做大做强吗？不能的嘛！

钱荣成激动起来：傅总，您说得太好了！我就知道您会帮我……

所以，我和雄飞——就是你们吴市长一起去苏黎世开会时，就在飞机上和他说了，要保护钱荣成的荣成钢铁集团，要敲打一下断贷的坏银行，尤其是第一个断贷的京州城市银行，我说胡子霖是条毒蛇！

钱荣成这才明白，市里银企会竟是得益于老和尚的功力，他原还以为是市委书记李达康的力道呢！怪不得胡子霖转变了态度，还主动提起，让他担保找傅长明，哎呀，有背景啊，胡子霖莫不是听到什么风声了？便说：傅总，您给吴市长一打招呼，吴市长就给我帮大忙了，胡子霖被骂得狗血喷头，像变了个人似的，主动请我吃饭，主动解封了我的部分经营性资产，还答应给我贷款五个亿，但是……但是……

傅长明点燃了一炷香，插入香炉：但是要担保，是吧？

钱荣成点头如鸡啄米：就是，就是！胡行长让我找您……

傅长明立即变脸：荣成，这你就错了！在这个世界上，你可以找任何人，唯独不可找我！你我都是信佛的人，你问问佛，能同意我长明集团给你荣成担保吗？你荣成现在还有信誉吗？一群天使你没摆平，市民广场天天载歌载舞，京州大人小孩都知道，防火防盗防荣成！

钱荣成恳切而凄哀地看着傅长明：傅总，您不是黄清源，您是汉东省首屈一指的大富豪啊，您拔下一根汗毛都能立在我荣成集团门口当旗杆！您去年一年的捐款就是五个亿，我也只求您五个亿担保……

傅长明不接他的话，双手合十，念了一声：阿弥陀佛！

钱荣成眼里汪上了泪水：傅总，别管真假，咱们也算是杏园三结义的兄弟啊，还都是信佛的人，您又是知恩图报的大善人，难道就不能救我和荣成钢铁集团一命吗？胡子霖行长说了，不要您长明集团拿出任何担保资产，就您傅长明三个字，就您的信用，他敢贷五十亿！

傅长明垂目捻着佛珠：我佛保佑，让我一进市场就明白了信用的珍贵，所以我才不敢乱施信用，尤其是施与你失去诚信的荣成集团！

可是，傅总，您是知恩图报的啊，当年要不是我带您做煤炭……

傅长明截断他话头：荣成，难道我还没报吗？我没报会有银企协调会吗？胡子霖会解封你经营性资产吗？会同意贷你五个亿吗？！

可……可是傅总，这五个亿没您和长明集团的担保我拿不到啊！

傅长明叹息：荣成啊，你也是信佛的人，不知道因果皆有缘吗？

钱荣成仍不死心，继续纠缠，试探着问：傅总，您不替我担保，

123

那能不能找一下石红杏，让京州中福替我担保呢？他们国企不信佛！

傅长明脸拉了下来：他们不信佛，你就可以去坑他们吗？荣成啊，你别问我，去问一问你心中的佛吧，看佛会不会答应？阿弥陀佛！

钱荣成也火了：傅总，您现在是立地成佛了，可过去你也有过我这样的日子，也有过被债务压身的时候，你也是这样一步步走过来的！

傅长明从容一笑：但我从来没有赖过任何人的账！不管是银行机构、企业单位，还是个人高利贷，我傅长明和我的长明集团信用记录，在全世界任何地方都是最高等级，这是一笔伟大的财富，你明白吗？

钱荣成不顾一切了：我当然明白啊，你对贪官们也是十分讲信誉的！我知道你的一些交易内幕，你胆大呀，天价费用你都敢给……

傅长明的眼中现出了难得一见的凶光：阿弥陀佛！钱荣成，佛家不打诳言，你现在满嘴诳言，我们不必再谈了，你怕是在劫难逃了！

钱荣成这才突然意识到自己的失言，立即换了副笑脸：傅总，大哥，我瞎说！您大人不见小人怪，我……我现在真是急了眼了！

傅长明竖起手掌：荣成，我还当你是一个礼佛的人，最后送你一句话：六界轮回皆因果，种什么因就一定会有什么果！善哉，善哉！

从长明宫回来后，钱荣成身披夕阳，又站在自家池塘边喂鱼，细思面临的处境。傅长明是不能指望了，这老和尚是吃人不吐骨头的东西！表面道貌岸然，实则黑白通吃。他还信佛？还报恩？还种什么因就结什么果？王八蛋！那么，让眼前的一切消失？金鱼、池塘、大花园全部丢失？不，不，他决定让自己变成毒药，和沾他的人一起死！

他不得不亮出杀手锏了——下一个要见的人，就是石红杏！

二十六

石红杏早晨起来心情不好，冥冥中觉得要出事，似有凶兆呈现。

人到中年，体形发胖，石红杏每天早上都要在湖边跑一圈，再回家吃饭上班，很规律。湖是光明湖，湖边晨练的人不少。今天她穿着一身淡蓝色运动服，顺湖边迎着朝阳慢跑。穿过草坪，绕过柳树林，身心舒畅。可是跑着跑着，就产生一种异样的感觉。她扭头张望，发现一只中等个头的黑色流浪狗，不紧不慢地跟着她。她停下脚步，盯着狗看。狗也站住，半蹲身体瞅着她。狗的目光使石红杏悚然，仿佛有点与她过不去的意思。石红杏继续跑，那只黑狗仍在后面跟着追。

天空阴霾重重，太阳隐蔽。柳林里呼啦啦飞出一群乌鸦，在她头顶盘旋飞舞，哇啦哇啦发出粗粝难听的叫声。凶兆！石红杏汗毛孔张开，心口怦怦跳，她加快脚步奔回自己的小区。黑色流浪狗也一路狂奔，到了小区门岗前，它一个急刹车，站住，远远目送她回到楼里。

石红杏安慰自己，这都是巧合。生活中有些事看起来蹊跷，其实是偶然性在起作用。可就在这时，手机突然响了，石红杏一接，真是凶信：公安局来电，王平安死了，尸体停放在太平间。她既是王平安单位领导，又是表亲，须去辨认尸首。石红杏的心一下子揪紧了。

据公安局的人说，王平安吃了不少苦头。东躲西藏，打过各种小工，最后到乡下帮农民挖藕，双脚陷进淤泥被淹死了。农民怕事，把他的尸体抬到路旁的河沟中，弃尸离去。这结局谁也没料到，挺惨的。

石红杏来到太平间，面对表弟的尸体，充满伤感。二人从小一起长大，王平安又是她下属，她不可能无动于衷。其实王平安不逃跑就不会死，五亿资金的下落现已找到，都在财富基金账户上，被有关部门查封了，将来大部追回，甚至全部追回，问题不大。王平安拿了好处，挪用公款犯了罪，但罪不至死，老实交代不会落得今天这个下场。

石红杏确认了王平安的身份，留下笔录，快步离开了太平间。

坏事接踵而来。仿佛到了人生某个关口，有的劫数就是想躲也躲不掉。只是她万万没想到，凶兆会应验在一个人身上——钱荣成！

石红杏到单位上班，刚踏上京福大厦的台阶，钱荣成就像幽灵一样飘了出来，拦住她的去路，恳求耽误她几分钟，汇报点事。石红杏和钱荣成打过几次交道，看了看手表，说马上要开会，让他有事快说。

讨厌什么来什么，钱荣成竟然要求京州中福为他担保贷款。石红杏惊讶地扬起眉毛：我的天哪，钱总，你也真敢想？让我们国企替你民营企业做担保？别说咱们从来就没有过这种互保关系，就算有，我今天也不敢替你们担保啊！你荣成集团欠债太多了，地球人都知道！

钱荣成哭丧着脸说：石总，我真是走投无路了，连儿子都被人家扣押了，但凡还有一条地缝可钻我都得钻！我把丑话说在前头，你别骂我无耻，我就是无耻了，我是无耻小人，我不是东西，我王八蛋！

石红杏听得怔住了，麻烦真的来了。她问钱荣成到底是想怎么样。钱荣成逼视着石红杏：替我们荣成集团做五亿担保，必须的！

石红杏不知他哪里来的底气：五亿担保？必须的？你疯了吧？

钱荣成四处看看，凑到她耳旁，急促地说：石总，我会死，但不会疯！不过，我要死就不是一人死，会有不少人陪我死！比如说你！

石红杏更加吃惊：我怎么了？钱荣成，你……你威胁我，是吗？

钱荣成亮出杀手锏：我不威胁你，只和你说点事实！石总，五年前京丰矿、京盛矿的产权交易是你一手经办的吧？四十七个亿的交易额里竟然有十个亿的所谓交易费用啊！这不是一件小事吧，你说呢？

石红杏心惊肉跳：钱荣成，你……你的意思是说，我受贿十个亿？

我没这么说，我只说事实：在这笔交易的账目上出现了十个亿的交易费用！石总，如果你记性不好的话，我可以提醒你一下。这笔交易我们荣成和黄清源的清源矿业可都有份！虽然我们两家的股权加在一起只有百分之十，但账目我们是要看的，和你们做交易的傅长明也是讲规矩的，交易完成后，账目清单全给我们了，现在就在我手上……

石红杏明白了：钱总，你这么一提，我想起来了，这笔矿产交易的甲方的确是由三名股东购成的，但交易期间你和黄清源都没露面。

没错，我和黄清源是小股东，交易关系又是傅长明的，不会管那么多——这我也得凭良心，这笔交易我投资六千万净赚了三个亿……

石红杏已经完全镇静下来：钱总，这就是说，不论是我们京州中福，还是傅长明先生的长明集团都没亏待过你和黄清源，是不是？

钱荣成一脸的谦卑：是的，所以石总，我一上来就把丑话说在前面了嘛，是我混蛋，我不是玩意儿，我无耻之徒，我他妈的不要脸……

石红杏冷冷说：你对自己定义太准确了，像你这种人世上少有！

钱荣成的回答颇有深意：像我这种人过去比较少有，现在呢，不少了！经济脚步太快，灵魂没跟上，无耻之徒就多了起来！说罢，凝视着她，威胁道：我脑子一短路，就可能把账单寄给有关部门，让专业人士查一查这笔可疑的交易，和这十个亿的去向！石总，这不好吧？

石红杏想发火，想骂人，却不敢，只道：钱荣成，滚，给我滚！

钱荣成滚走了，鬼魂一样消失了。石红杏仿佛掉入冰窟，浑身血液都冻结了。她想呼救，找人拉她一把，却不知道找谁好？大师兄林满江和二师兄齐本安都不是求救的好对象。更何况两位师兄已摽上劲了，结果如何还不知道。林满江带走李功权，意在齐本安；齐本安暗查靳支援，剑指林满江。齐本安坚持交接班审计，至今还在查账呢……

石红杏拖着沉重的脚步，走进了自己的总经理办公室。

最后想到的还是丈夫牛俊杰，她在电话里一召唤，牛俊杰就答应回来了，石红杏心中荡起温暖的涟漪——人生总有惊涛骇浪，能喘口气的安全岛是家，能给你安全感的也只有亲人。石红杏从一结婚就对牛俊杰不满意，老把离婚挂在嘴上。可到头来能依靠的还是丈夫。因为心生愧疚，中午特意买了条大鲤鱼，给丈夫做了爱吃的糖醋鲤鱼。

牛俊杰回家，没顾得品尝妻子的厨艺，就火急火燎催问石红杏又出了什么事。石红杏让老公别急，先坐下喝点酒，压压惊，一边还往老公碗里搛菜。这温柔体贴的姿态，让牛俊杰很不习惯，他酒不喝，菜不吃，只问到底怎么了。她这才把钱荣成要求担保的事讲了一遍。

牛俊杰对钱荣成的敲诈一点不意外，甚至说这在他意料之中。京丰、京盛两个矿的产权交易确实有问题，岩台矿业集团十五亿都不要的标的，京州中福怎么四十七亿接下来了？现在钱荣成来揭老底了：交易费用高达十个亿！你石总没拿这十个亿，敢保证林满江也没拿吗？

石红杏惊愕地瞪着丈夫：你怀疑林满江？林满江是什么人？一身正气的兄长，两袖清风的领导，老牛，林满江不会这么贪，绝不会！

牛俊杰耐心分析：谁也不愿意相信林满江会腐败，但这四十七亿的可疑交易是事实吧？盯着这个事实质疑的可不是一个两个人！去年就有小股民在香港状告中福能源，说的就是这件事，《京州时报》也有记者在调查。所以，这事非常严重，钱荣成的揭秘不可能是讹诈！

石红杏不相信：钱荣成负债累累，狗急跳墙，我看就是讹诈！

牛俊杰说：好，那你现在就报案，让咱们公安机关依法办事！

石红杏却又犹豫了，握着手机，不敢报案：这……这……

牛俊杰盯着石红杏：怎么？对那位一身正气的兄长，两袖清风的领导，没信心了？你不报案，这个十亿大案只要存在，就一定会有人报！没准儿钱荣成就会去报！在钱荣成眼里，你和林满江都有问题！

让牛俊杰这么一说，石红杏突然觉得不该把钱荣成赶走。先要稳住他，把情况搞搞清楚再说！钱荣成现在是条疯狗，搞不到钱，逮谁咬谁。真让钱荣成把事情闹大了，自己会更被动。这是迫在眉睫的危险，不化解不行。牛俊杰赞同她的判断，让她马上给钱荣成打电话。

石红杏很快拨通电话，镇定自如地对钱荣成说，她在他走后仔细想了一下，觉得担保的事也不是一定不能办。只是齐本安过来了，担保不经过齐本安和董事会肯定不行，她必须给齐本安汇报后再定。

钱荣成正在胡子霖家纠缠贷款，接到石红杏的电话喜出望外，连声道谢，还说胡行长就在跟前，求她就担保的事和胡子霖说一声。她难以推脱，只好跟胡子霖寒暄了几句，为钱荣成做了一次背书。挂上电话，石红杏冲着牛俊杰苦笑不止：但愿我别把京州城市银行给坑了。

牛俊杰说：你坑不了人家，胡行长比猴都精！见不到担保书，一分钱也不会贷给钱荣成。只是，你这个电话一打，稳住了钱荣成，也带来了麻烦，钱荣成会认为你心虚了，和十亿交易费用有关！这事你一点好处都没得吗？除了现金转账，还有别的，比如股份，傅长明或者和傅长明有联系的第三者公司有没有给你和林满江送过股份呢？

石红杏说：真的没有，具体皮丹谈的，林满江让签字我就签字了！

牛俊杰皱起了眉头：那应该是皮丹签字啊，怎么是你签字呢？

石红杏说：当时皮丹还不是董事长呢，我兼京州能源董事长。后来皮丹做了董事长，签字的就是皮丹了，京丰、京盛的事我就不管了。

牛俊杰脱口而出：我就没见过你这么蠢的娘儿们！这种字林满江让你签你就签？你还有脑子吗？难怪钱荣成找你，你被林满江套牢了!

事到如今，下一步怎么办？牛俊杰成了她的主心骨，丈夫主张向齐本安汇报。作为京州中福的一把手，齐本安必须了解真相！石红杏觉得也是，尽管齐本安来任职让她不满，但这种事不和齐本安说，还能和谁说呢？遂把手机递给丈夫，让他打电话。牛俊杰拨手机时，她却又犹豫了：李功权不明不白被林满江带走了，齐本安正暗中和林满江较劲呢，她这不是火上浇油吗？算了，还是别打了，都再想想吧。

夫妻俩盯着桌上的鱼，谁也不动筷子。沉默良久，牛俊杰说了一句话：知道啥叫白手套吗？石红杏点点头，又摇摇头。牛俊杰道：你就是林满江的白手套。林满江偷东西怕弄脏自己的手，就戴上你这副白手套。白手套弄脏了怎么办？扔掉！你现在面临的危险就在这里！

石红杏两眼迷茫，心里害怕，嘴上却硬：说啥呢？我没危险！

牛俊杰意味深长，自顾自地说：齐本安也有危险，李功权和陆建设现在可都在北京啊！你们这位大师兄莫测高深，你得长点心眼儿了！

石红杏长了心眼儿：要不，我打个电话给陆建设？问问北京情况？

牛俊杰一口否决：别打了，陆建设是什么东西，你不清楚啊？！

二十七

中福集团总部的长廊一共八十一步，九九八十一。陆建设常在走廊上来回踱步，已经丈量得清清楚楚。走廊尽头是一个阳台，他喜欢站在阳台上观望熙熙攘攘的马路。这是一栋七十年代的老楼，虽不显时髦，却占着黄金地段。看着二环路堵车，各色汽车排成扭曲的长蛇阵，他心底就会涌起幸灾乐祸的窃喜——别人倒霉总会多多少少给他带来快乐。看一会儿街景，他又背着手回到长廊，慢慢踱那八十一步。

他的目光在走廊两旁办公室的铜牌上睃来睃去——陈副总办公室，陆副总办公室，靳副总办公室，还有张继英副书记办公室……走廊尽头那扇最宽大最堂皇的橡木门，贴着董事长办公室的铜牌，这才是陆建设向往的目标。走廊两侧每间办公室门前都有长条椅，来自全国各地各分公司的干部们就坐在椅子上等候接见。人数最多挤得最满的长椅，要数林满江办公室门口的那一排。陆建设走累了，就找个空隙坐下，眼巴巴地期待橡木门打开，林董伟岸的身影喷薄而出……

陆建设明白跑官的重要性，把这次来北京办差看作天赐良机。但跑官也不容易，要有合适的借口，要领导有时间、有兴趣接见你。可惜，伟大的董事长林满江同志日理万机，每天要处理国内国外大堆的事情，似乎把他给忘了。对于副部级的董事长来说，小小的京州中福党委副书记，实在难入眼目。这么渺小的人物，林董凭什么要把你记挂在心上？陆建设不敢发牢骚，可心底也难免像怨妇一样，生出一阵阵悲切——林董怎么能把我给忘了呢？是他打电话让我办案的啊，我来北京的这些日子，天天审问李功权，他怎么不找我听次汇报呢？所以，陆建设每天都会抽一点时间，在走廊逛来逛去，期望恰巧碰到林董，让大老板想起他的存在，想起曾经交代给一个小伙计的大任务。

陆建设把审查李功权的事情看作一桩秘密。这是他和林董之间的私人秘密。他自我感觉完成得不错！来北京的路上，在依维柯面包车里，他就把李功权给整喷了——李功权、王平安、丁义珍都腐败！为了把棚改的这五个亿弄出来，李功权出面活动丁义珍。丁义珍胃口忒大，张口就要五百万，李功权没敢做主拍板。过后问王平安，不想王平安气魄更大，不仅答应丁义珍的五百万，还奖给李功权二百万……

陆建设听到这些款项的数额，惊讶得眼镜都滑到鼻尖上：钱这么好赚啊，肥肉就这么被他们咽下肚子去了？搞政工就是不如当老总！

但这一切都不是陆建设想要的东西，他对另外一个没出场的角色更感兴趣。领导感兴趣的，他必须感兴趣，哪怕没兴趣，也得培养自己的兴趣。他绕着弯让李功权交代与齐本安的关系，对上海铁三角共同生活、共同工作的每一个信息每一个细节都不放过。甚至问：你们铁三角两个都出事了，那一个角就一点没问题？就站得那么稳？陆建设就让李功权 N 次交代给齐本安行贿细节，李功权就 N 次交代，全是老套子话：他去行贿，齐本安拒贿，没有任何新内容。陆建设暗示李功权，道是如果能拿出齐本安的重磅材料，他自己的问题就会从宽处理。但李功权脑袋就像他妈榆木疙瘩，再也喷不出什么新东西……

陆建设对纪委的差事没多少兴趣，觉得纪委就好比一把刀，平时削削水果皮，用完扔在抽屉里，主人就忘了。但特殊时刻，比方来了盗贼，主人拿刀自卫，这把刀就大放光芒了。陆建设知道，林满江绕过齐本安整李功权，就是拿刀防贼的时刻！只是不理解，林满江为何不向他面授机宜呢？领导在等什么？在想什么？该不是考验他吧?

陆建设把焦灼的目光投向了皮丹。皮丹从京州调到北京,竟然一举做了林满江的办公室主任,成了林满江身边的红人。这让陆建设目瞪口呆,林满江拉帮结派,肆无忌惮啊,一个屁事不干只会炒房的佛系干部就这么上来了,说你行你就行不行也行,说你不行就不行不服不行!陆建设服了,再不敢小瞧皮丹,见了皮丹,脸上的笑渐渐有了媚态。皮丹刚调来,一份乡情在所难免,在走廊上见了他,也和他打招呼,朝他微笑。这让陆建设心头泛起温暖的涟漪,也升起希望。陆建设知道秘书的重要,见不着领导,能靠近领导的秘书就是一条捷径。

这天中午,皮丹吃过午饭回来,陆建设跟着皮丹进入办公室。皮丹热情地给他泡茶,陆建设就挖空心思地找话题,套近乎。皮丹在领导身边工作,消息灵通,说起了王平安的死亡:王平安死得惨,淹死在藕塘还被抛尸,不过,这一来石红杏也解脱了,调查证明石红杏没啥大事。陆建设骤然想起了齐本安对他的指示——这个指示领导应该感兴趣!遂把脸凑近皮丹,神神秘秘地说:皮主任,你知道吗?齐本安还让我监视石红杏呢!皮丹一怔:怎么个情况?陆建设绘声绘色说起来,齐本安交代他,只要发现石红杏往机场、高铁站跑,立即拦住……齐本安是林董的师弟,石红杏的师兄,他怎么这么干啊?皮丹沉吟道:老陆,这事别再说了。领导心里有数了,领导很重视他们三兄妹的关系啊!陆建设说:就是,他们都是你母亲的高徒啊!哦,对了,皮主任,林董家在哪儿,你能告诉我吗?我想去拜访汇报一下!皮丹迟疑了一下,把地址给了他,反复叮嘱:可别说我告诉你的啊!

当天晚上，陆建设夹着公文包，兴冲冲找到林满江的家。小区新建，格局颇为现代，花园里小河喷泉、九曲凉亭让人迷醉。最惊艳的是，竟然有几只孔雀在草坪漫步，陆建设不由想象阳光下孔雀开屏的情景。据说，林满江坚决不肯入住这里，拖了很久，在众多干部的劝说下，才搬入新居。陆建设拿着皮丹给的地址，找到房门号，按响门铃。林满江夫人隔着半开的门和他说话，根本没让进屋。夫人说老林不在家，接待海外客人去了。还警惕地问：谁告诉你这个地址的？陆建设谎称是林董告诉的，人家夫人根本不信，砰的一声关上房门。

陆建设不肯放弃，在小区健身广场等待，灯光下，手里提着公文包，在摇摆器上晃荡。他咕噜着对自己说，精诚所至，金石为开。只要功夫深，铁棒磨成针。刘备见诸葛亮三顾茅庐哩，我一个小人物想见大领导，等上一宿又何妨？心里还一遍遍唱红歌，不禁唱出声：我们有多少贴心的话儿要对您讲，我们有多少热情的歌儿要对您唱……

两个保安在黑暗中观察许久。先以为他要偷孔雀，似乎又觉得不太像，最终得出结论——小区里混进一个神经病！这可了不得，这里是高档住宅区，便跑过去不由分说，连拖带拽，把他赶出了花园。

在花园门口，陆建设挣扎着，顽强地扭回头，往大领导住的楼上瞄了最后一眼。这时，窗前出现一个伟岸身影，那身影应该是大领导的，大领导目光如炬凝视窗外，是在思索着一个伟大企业的未来吧？

一瞬间，陆建设被伟岸的领导和渺小的自己感动得泪流满面。

二十八

林满江和傅长明坐私人飞机从香港飞回北京，飞行途中闲聊起一件事："九二八事故"后，他去京州处理善后，抽空到大佛寺为程端阳请了一炷香，祈求佛祖保佑师傅平安。可香刚点上火突然断了，便又请住持另上了一炷香。过后，他心里老琢磨，断头香不是好兆头吧？

傅长明双手合十，微微一笑，很有高僧范儿：这是吉兆，叫断掉孽障，意思是了结过去的烦恼，一切重新开始。林满江望着舷窗外的浮云问：这孽障出自何方，北京还是京州？傅长明没有直接回答。他拿出叠得方正的红纸递给林满江：昨夜我为你摆了一卦，得到这么一个签。林满江展开红纸一看，上面用毛笔写着几个漂亮小楷字：三足鼎立。傅长明不仅信佛，早年钻研《周易》，摆卦看相也是高手，人称"傅半仙"。林满江收起纸条，没说什么，"长明号"私人飞机也在机场降落了。

夜晚，林满江躺在床上，迷迷糊糊刚要入睡，张继英来电话，汇报陆建设的问题。京州来的这位纪委陆书记干劲太大，集团纪检组有了不良反映，说陆建设搞违规审查，有套供诱供嫌疑。还不让其他同志共同办案，口口声声说是奉了他大老板的指示，弄得大家没法工作。

林满江这才想起了来自京州的那块臭豆腐，臭豆腐的臭味散发出来了。他的判断看来不错，这个想进一步的家伙可以成为他的势，权势权势，有权力也要有势力，没有陆建设之类，他当什么一把手？！

对张继英，林满江有点恼火，这点小事也要找他，便说：我从来没给陆建设特别指示，他是妄加揣测！你分管集团纪检工作，酌情处理就是。张继英也不客气，紧追了一句：那我就让他回京州吧？

行。停一下，林满江又说，明早上班你到我办公室来一下，有事和你商量。

挂上电话，林满江睡意全无。他又想到了断头香，三足鼎立。

齐本安不让他省心，虽说在他的劝说下，结束审计和靳支援办了交接手续，但审计是不是真的结束了？会不会阳奉阴违，暗中继续做手脚？很难说！齐本安是个六亲不认的主，当年他在上海中福主持工作时，有位投资经理受贿几万块，他亲自和齐本安打了招呼，要求他内部处理。齐本安嘴上答应着，后来还是把人移送法办了。这个经理当时正跑电厂项目，很能干的，齐本安不是不知道！到了北京，他是董事长、党组书记，整个集团谁对他不唯唯诺诺？就齐本安有主张，所以他从不敢放手重用齐本安。这次情急之下用了齐本安，偏又碰上了"九二八事故"，弄出了王平安和那五个亿的腐败，真是悔之莫及！

思路清晰起来，必须果断调整京州班子，加入第三股势力。齐本安如此不识时务，党委书记不能再兼了，应该派个新人过去，形成三足鼎立，他有信心把一手烂牌打好！明天就和张继英通气谈话……

次日一早，林满江来到办公室，刚坐下，皮丹就汇报了一桩令他不爽的事：京州检察院来人拘传李功权，已经在酒店住下。林满江眼前立即浮现出齐本安的面容。果然，皮丹说：为李功权的事，齐本安找到京州纪委易学习做了一次汇报，然后，京州检察院的人就过来了。

他这位二师弟真不是吃素的，你拿直拳捣他，他用勾拳反击呢！

一阵病痛袭来，林满江额上冒出细汗，脸色一下子变得苍白。皮丹熟知领导的病情，迅速拉开墙角小冰箱，取出从香港带回来的药，拿出一次性注射器，为林满江打针。进口药就是灵，病痛很快缓解了。

片刻，张继英来了，皮丹退出办公室。林满江与这位副书记关系有点复杂，他欣赏张继英的睿智干练，却头疼她过于耿直，有时候如鲠在喉。另外还有一层关系：张继英是朱道奇提拔的，算老董事长线上的人。她与他总隔着那么一层，就像两块不同颜色的橡皮泥，怎么揉也成不了一色。他常通过张继英的言行，琢磨朱道奇的心思。他这位离休的老舅在集团有深厚根基；他可以一生不叫朱道奇舅，但不能在政治上忽略或轻视这位老人。因此，他和张继英打交道就格外小心。

张继英一坐下就汇报李功权案子，有些细节不可忽略：陆建设不知出于啥心态，逼供诱供，把问题往齐本安身上引。还强调，此案是大案要案，您亲自抓的！这些话很讽刺，京州检察院都来要人了，齐本安一记漂亮勾拳已经打到他老脸上了，她还在将他的军！但他听着不动声色。张继英最后说：满江书记，我不相信这会是您的本意！

他开腔说话了：我们有些同志呀，总爱揣摩领导意图！针对李功权的审查，我讲过一个原则，这个腐败案不管涉及谁，涉及什么山头帮派，都要一查到底！陆建设不是一直大骂林家铺子吗？不是反映有人举报齐本安索贿了吗？我就对陆建设说，你们该查照查嘛！

看看，满江书记，您就这么原则性的几句话，就让陆建设同志上了发条似的，不顾日夜，忙活了十好几天啊，人都忙瘦了一大圈！

林满江笑笑：也是好事，起码让人知道，中福集团没林家铺子！

张继英说：这倒也是，坏事变好事了，也还了齐本安清白！

林满江呵呵笑着，居高临下，指点江山：所以啊，还是要讲点唯物辩证法，你看这一次，陆建设忙瘦了一圈，可没白忙活嘛！既还了齐本安清白，也让我们发现了一位坚持原则、不怕碰硬的好干部！

张继英脸上显露出茫然神色：哪个好干部？齐本安？

林满江一脸严肃：不，我是说陆建设，这位同志不简单啊！

张继英被他的话惊住了，怔怔地看着他，不知该做何反应。

林满江却亲切而温和：哎，怎么了，继英书记，你这么看着我？

张继英这才窘迫地说：林董，就算坚持原则，也不能违反审查纪律嘛！您看看，我不知道您对陆建设评价这么高，那我还批评错了？

林满江摆了摆手：继英书记，别误会啊，你没批错，回头我还要严肃批评陆建设呢！说到这里啊，我想起了一个人，就是京州纪委书记易学习同志，搞起同级监督，连京州市委书记李达康都怕他啊！

哦，对了，满江书记，您不提那个易学习书记我还忘了呢！易书记昨天亲自打了个电话过来，您不在家，我接的，向咱们要人呢！

林满江心里又涌出厌恶：要李功权，是不是？

是，京州检察院的几个人已经到北京了，就在咱们招待所住着！

林满江看了看张继英，故意问：你的意思呢？张继英挺谨慎：您是书记，我听您的！林满江说：易学习出面了，我们能不交人吗？张继英：那就交人？林满江说：好，将李功权移交给京州检察院吧！

张继英说完要走，林满江阻止了她：哎，继英书记，你的事谈完了，我的事还没谈呢！张继英在门口停住脚步，疑惑道：林董，您开玩笑吧，您的事还要和我谈？林满江说：怎么不要和你谈啊？你协助我管干部人事，我不和你商量和谁商量？不要民主了？当一霸手啊？

张继英重回沙发坐下，捧着茶杯喝水。林满江背着手，踱着步，说：继英同志啊，在物理结构中，三角形是一种稳固结构，你说对吧？

张继英赔着小心：林董，我不太懂物理，我是学政治经济学的。

我就是在讲政治经济学嘛，讲京州中福现在面临的严峻的政治经济学！"九二八事故"轰隆一声，咱矿工新村危房倒了一片，炸出了个五亿资金的贪腐案，王平安死了，李功权倒了，京州中福党风廉政建设欠债太多，我们必须提高认识，加强组织建设和政治思想工作啊！

张继英猜测他的意思：不让齐本安以董事长兼党委书记了？

林满江的语言风格特殊而犀利，指鹿为马，强加于人，还让人无话可说。他手向张继英一指：哎，继英书记啊，我赞成你这个意见！

张继英连忙否认：哎，哎呀，林董，这可不是我的意见……

林满江这才呵呵笑道：也是我的意见嘛！瞧，我们俩又想到一起去了！继而，以严肃而又不容置疑的口吻对张继英说：张副书记，既然咱们有共同的认识，那就这么定了，陆建设任京州中福党委代书记！

张继英说：陆建设任代书记合适吗？您是否再慎重想想？

林满江道：继英，我们两人研究了这么半天，还不够慎重吗？

张继英努力坚持：不过，上次对陆建设的考察结果您也知道……

林满江说：所以是代书记嘛，代着看吧，好就转正，不好拿下！

张继英没办法了：好吧，林董，您既然决定了，我就不说了！

林满江雷厉风行：那你通知一下，马上走个程序，党组碰下头，研究对陆建设的任命，让陆建设尽快到京州中福去上任！

张继英想拖延：林董，不必这么急吧，大家手上都有不少事呢。

林满江显露出君王本相，不容置疑地说：谁手上有事都放一放！

接下来，命皮丹找陆建设过来谈话。当皮丹引着陆建设走进他董事长办公室那扇宽阔的橡木门时，林满江坐在自己办公桌后批文件，头都不抬一下，他知道应该怎么对待一个委身投靠者。皮丹走到他身边轻声道：林董，老陆到了！他这才用下巴指了指对面的椅子，示意陆建设坐下。陆建设小心地搭着半个屁股，坐了下来，怯怯地看着他。

林满江把批好的文件给皮丹，皮丹把文件夹入文件夹，转身离去。

皮丹走后，林满江离开办公桌，走到沙发坐下，陆建设也小心地跟了过去。追随者赔着笑脸，蚊子般哼着：林部长，我是来向您告别的。林满江道：我知道了，京州事情那么多，你也该回去了！陆建设惭愧地低下了头：林部长，张副书记批了我，我辜负了您的期望啊！

林满江仍然不看追随者：我对你有什么期望啊？又胡说八道！

陆建设不明领导意图，不敢再说下去了，紧张地看着林满江。

这时，林满江理了理自己的衣襟和裤脚，也没正眼瞧陆建设，只漫不经心地说了一句：老陆，回吧，回去做京州中福的党委书记吧！

他的话音很轻很小，只在嗓子眼儿里滚了一下，连他自己都听不清楚，可陆建设却听清了，这话在陆建设耳边变成了一个惊天霹雳。

林……林……林部长……陆建设讷讷着，像一根面条似的从沙发上滑落下来，就势跪到了地板上：林部长，我一切听您安排，您指向哪儿，我打向哪儿！像石总那样，把您的指示当最高指示、行动指南……

二十九

齐本安怎么也想不到，京丰、京盛四十七亿的矿权交易竟然产生了十亿元的交易费用，竟然让钱荣成明火执仗地逼上了门，简直匪夷所思！石红杏怕得要命，还不让牛俊杰和他说，可牛俊杰怎能不找他说呢？牛俊杰是京州能源公司老总，两个高价买来的煤矿烂在他手上了，害得他屁股着火，日夜不得安宁，牛俊杰就逼着石红杏和他接头。

接头地点是牛俊杰选的，在京隆矿公园的凉亭。这里地势高，可以鸟瞰周边。牛俊杰神秘兮兮，像做地下工作。石红杏讥讽牛俊杰打游击战，牛俊杰说：不是游击战，是遭遇战，躲不掉！齐本安说：既然躲不掉，早打总比晚打要好。牛俊杰说：就是嘛，钱荣成都敲诈到石红杏头上来了，谁还躲得过去？三人心头都沉甸甸的，一时无语。

秋风吹过，枯枝败叶在地面打滚。菊花开得倒好，丝瓣昂然，一派傲霜斗雪的样子。亭子显露颓败，顶上破了个窟窿，下雨淋雨，晴天时倒可以仰视天光。当年煤炭行情红火，能源公司牛得很，建造了这座公园，可建到半截没钱了，煤炭产能过剩，工人发工资都成了问题，公园就成了泡影。凉亭是往日的标志，象征着曾经有过的好梦。

牛俊杰说不能干坐着，他去弄点茶水来，独自离开了凉亭。

齐本安想，牛俊杰也许是想给他们两个领导留下说话的机会。这十个亿又是石红杏主持工作时留下的陈年旧账，真不知让他说啥好。牛俊杰在电话里报警时就说了，他老婆成了林满江的白手套了，是不是白手套呢？可能是！林满江是什么人？小师妹哪是大师兄的对手？！

二人四目相对好半天，石红杏才说了句：是老牛自作主张给你打的电话，我没有叫你来接头。齐本安一声叹息：这真是一波未平，一波又起。石红杏貌似轻松：那一波平了，王平安和五个亿清楚了，和咱俩都没关系！这个小师妹，还嘴硬，五个亿和他无关，和她还是有关系的！她同意王平安用这五个亿做国债才失控的嘛，他没戳穿她。

他和石红杏心里都清楚，今天他们一起坐到了这座破凉亭里，关系就出现了转机。就他而言，面对居心叵测的大师兄林满江，他需要石红杏这个同盟的师妹；就石红杏而言，能不能洗白，关键就在他这位董事长、党委书记，他信任她是一回事，怀疑她就是另一回事了。

为了打破沉寂，他似乎无意地谈起了学徒时代的往事。当年评劳模，矿上把林满江作为劳模候选人推荐上去，不料被人做了手脚，局党委书记让自己侄子顶了林满江的名额。林满江红了眼，握着三角刮刀要去捅局党委书记。师傅程端阳吓坏了，找到局里，让出了自己的劳模名额，才让林满江如愿当上了劳模，迈出了通向仕途的第一步。

石红杏试探问：你是说，大师兄心狠手辣？齐本安对小师妹还是有所防备的，回道：我可没这么说，其实，当年我挺佩服大师兄，觉得他是条汉子。后来想想觉得不对了，大师兄真是要去拼命吗？也许是为了吓唬师傅吧？只有师傅让出劳模名额，他才能进步，才有机会！

石红杏怔怔地听着，凝视着凉亭旁的一片白菊花，不知在想啥。

齐本安继续说：所以，我一直觉得咱们大师兄是个云雾中人，真面目不容易被人看清楚。就像当年他心中对你究竟有没有感情，始终是一个谜！齐本安明白，让师妹石红杏认清林满江是目前关键的一步棋。当年，林满江一直吊着石红杏，直到要和美女广播员童格华十一结婚了，才把话给石红杏说透，石红杏一气之下，硬赶在八月一号和牛俊杰先结了婚。所以，齐本安总说师妹拉着牛俊杰参加南昌起义。

本安，毕竟十个亿，我真的很为大师兄担心啊！我就不敢想象他会有问题，这么多年了，我从不敢怀疑他！石红杏深深叹气，低声说。

所以，老牛说，你已经丧失了对大师兄的判断和怀疑能力！你可以怀疑我齐本安，怀疑你家老牛，就是不会怀疑林满江，他成神了！

这时，牛俊杰捧着茶具过来：来，喝茶，天气凉，喝口热茶！

齐本安拿起一杯热茶喝了起来：好，老牛来了，咱们说正事！

牛俊杰来劲了：对，对，说正事！林满江是大奸臣一个啊！什么叫大奸似忠？就林满江这样的！所以钱荣成揭出这十个亿我不吃惊！

齐本安说：你吃惊不吃惊并不重要，重要的是要有事实根据！

牛俊杰道：哎，钱荣成威胁石红杏担保贷款，不就是事实吗？还有，评估不到十五亿的资产，和傅长明以四十七亿成交也是事实吧？

齐本安说：这的确是事实，但这一事实到底能证明什么呢？

石红杏发现哪里不对劲了：哎，老牛说这证明有利益输送啊！

牛俊杰道：没错，就是有利益输送！否则没法解释！

齐本安说：我就能解释！高买低卖在市场上经常有。比如股市，在六千点以上买入股票，跌到两千点斩仓，这样的股民还少吗？

牛俊杰道：股市上会有十亿元的交易费用吗？钱荣成找上门了！

齐本安说：钱荣成说的话实不实啊？有证据证明这笔巨额费用的存在吗？是不是傅长明向钱荣成、黄清源虚报了这十亿费用呢？另外，这会不会是交易过程中产生的资金费用呢？比如高利贷的利息？

石红杏几乎要鼓掌了：有道理！二师兄头脑冷静，分析透彻！

牛俊杰瞪了他老婆一眼：石总，你别高兴得太早！林满江要是真没问题，那就是你的问题了！钱荣成不会放过你的，还要来找你的！

石红杏怕了：哎，哎，小声点，你老牛叫得三里地都能听见！

三人又沉闷了。喝了一会儿茶，齐本安问：老牛，那你的意思怎么办？牛俊杰头一拧说：报案，马上去检察院！齐本安摇头：怎么报这案？谁行贿了？谁受贿了？证据又在哪里？牛俊杰梗着脖子：我们要是啥都知道，还要他们检察院干啥？让他们去查！齐本安又问：查不出来咋办？别说是对林满江，就是对一般同志也不能不负责任啊！

石红杏赞成齐本安的意见，在没有基本事实的情况下，不能报案。她心里也有自己的担忧，问齐本安：要是钱荣成咬住不放，一趟一趟来找怎么办？当真给他贷款做担保？齐本安说：那是不可能的！你让钱荣成来找我好了。他抓不到我什么把柄！说这话时，齐本安心里就想，这对京丰、京盛的重组也许是个机会——林满江和战略委员会不知怎么想的，对他们报上去由大股东收回两矿的重组方案不理睬，却硬让他们把京丰、京盛两矿再低价转让，还给傅长明的长明集团。现在钱荣成盯上来了，林满江和战略委员会应该有所顾忌了吧?!

谈话结束后，牛俊杰回公司开调度会，石红杏心神恍惚，似乎还有话要说，主动提出请齐本安喝咖啡。二人便去了一家颇有情调的咖啡馆。

咖啡馆白天人少，灯光暗淡的火车座包厢里，一对学生模样的男女紧紧依偎，仿佛睡着了。他们找了个靠窗位置坐下，点了咖啡。这里环境不错，背景音乐若隐若现，渲染着异国情调。墙壁挂着缤纷的风景画像，趣味不俗。石红杏位置背后的墙上，一幅照片尤其令齐本安注目——那高高耸立的赭红色石壁上，两只岩羊站在一条狭窄的石缝间，身体紧紧贴着岩壁，好像黏上去似的。真不知道它们怎么爬上去的! 齐本安就想，这个摄影家不简单哩，抓住了动物精彩的瞬间。

石红杏嗔怪道：本安，你怎么老盯着墙，也不看我? 齐本安把目光从墙上移开：早想问你一个问题了，又不太敢。石红杏把糖和奶兑在咖啡里：说吧，今天畅所欲言。齐本安笑了：那我真就问啦! 当年林满江娶了广播站的美女童格华，你也死心了，为什么就不肯考虑我呢? 我暗恋你你是知道的! 石红杏一声叹息：伤心伤透了，就不想在我们师兄妹圈子里谈恋爱了。说实话，当时我都想一辈子不再看见你们! 齐本安双手一摊：瞧，我又沾了大师兄的光，他可没少挡我的道!

石红杏凝视齐本安，神情变得严肃起来：本安，我也想问你，希望你实话实说。齐本安挺直身子：洗耳恭听。

你来京州中福有一段日子了，好像发现了不少问题？没错，问题在那里，谁都捂不住！比如协改那五个亿，比如京丰、京盛矿的交易！今天咱师兄妹说话，能不能透个底儿，你对我有没有怀疑？怀疑我也像王平安一样腐败掉了？

齐本安低头搅动咖啡：要说对你没怀疑那是假的，王平安一跑，我就让陆建设暗中盯着你了。如今社会太复杂，我不得不多一分戒备心！石红杏单刀直入：齐本安，那你就直说吧，我石红杏会不会贪污受贿？

齐本安沉吟片刻，抬眼望着石红杏：我虽然不敢替你打包票，但红杏，我对你的秉性还是了解的。你表面上精明，实际上很傻；表面上强势，内心脆弱——办公室挂林满江的画像，拉大旗作虎皮，炫耀你和大师兄的关系！看起来你天不怕地不怕，实际上胆子很小。说实话吧，京州中福出现的问题越多越大，我就越为你担心，真的……

石红杏眼睛红了，眼眶里汪满泪。她揉揉眼睛，强作笑容：二师兄，你对我评价不高啊……不过，我得说，这么多年，还是你懂我。

二人正说着大师兄呢，大师兄林满江就来了电话。一个让齐本安既意外又吃惊的电话。大师兄在电话里打官腔说：为了进一步加强京州中福班子党的建设，集团党组研究，拟任命陆建设为党委书记！

这也太荒唐了吧？齐本安觉得，这简直是笑话！便本能地反抗抵制：林董，你这是征求我的意见，还是已经决定了？要是征求我的意见，那我明确说，陆建设完全不具备做京州中福党委书记的基本条件！任用陆建设不是加强，而是会削弱和损害京州中福公司党的建设!

林满江的口气严厉而决绝：这是集团党组决定，不是和你商量！

齐本安沉默片刻，压抑着怒气，低声道：是，我……我明白了！

林满江的口气多少缓和了一些：本安，给我一些理解好不？你非要让人家骂林家铺子啊？京州中福当真成了谁的独立王国了？陆建设同志有缺点，所以现在是代书记嘛！排名也在你和石红杏之后！

齐本安看着面前的石红杏：是，林董，你说得对！人无完人，谁没缺点毛病？我齐本安毛病更大！到京州中福上任迄今二十八天，没做出啥成绩，问题倒闹出了一大堆，我干脆向您和集团党组辞职吧！

林满江做得真绝，揪住他辞职的话不松口：齐本安，你当真要辞职吗？将我军是不是？真要辞职就打报告！我和党组立即批准！没容他再解释，林满江那边已经挂断电话，手机里变成了一片"嘟嘟"声。

齐本安也来气了，合上手机，破口大骂：混账王八蛋……

石红杏四处看看：别骂人，注意影响！本安，你气糊涂了吧？大师兄现在巴不得你辞职呢！你辞职不是将他的军，是将你自己的军！

齐本安一怔，清醒起来，冲动是魔鬼，他咋就改不了这冲动的毛病呢？这下子又上林老大的当了！人家看你不顺眼，嫌你不可靠，就是要逼你辞职的！你倒好，还没等人家正式逼，一听说拿掉你党委书记，就主动提出辞职，人家林老大这乐得呀，怕是嘴都笑成兔子了！

齐本安懊恼起来：是，大师兄一摔电话，我就知道犯错误了！

石红杏说：大师兄厉害啊，他知道你最不能接受的就是陆建设这种无耻小人，可他却偏把陆建设提成主管政治组织的党委书记……

齐本安说：没错，陆建设要提个总经理总监啥的，我不会反对！

148

石红杏笑了：你反对有用吗？大师兄就没打算征求你的意见！

齐本安自嘲：是，是，这倒也是，林老大有权就任性啊……

这是齐本安来京州之后，第一次与石红杏交心。师兄妹的三国演义发生了微妙转变，钱荣成和十亿交易费用的出现，加上牛俊杰的作用和京州能源的处境，使得石红杏暗中和他结盟了。二人嘴上虽然不说，心里都在嘀咕：林满江主导的京丰、京盛矿这四十七亿产权交易当真没问题吗？而在这时候把陆建设提成党委书记，是不是要制约他们两个？下一步该不会把他们赶下台，让陆建设主持工作吧？这在外人看来完全不可能的事，但齐本安认为有可能，林满江不按牌理出牌，总会出人意料……

三十

陆建设抽着烟，坐在电脑前通宵敲字，写出了一篇颇为得意的就职演说。他本是文科出身，又当过几年秘书，文字基本功了得，年轻时一度有"京州中福一支笔"的称号。如今，他要上任厅局级的党委书记了，为自己写演说，那可不能马虎，得在一篇稿子里尽展毕生才华。

完稿，打印出来，陆建设来到阳台，伸展双臂，深深呼吸秋天早上清凉新鲜的空气。东方已冒出艳丽的红色，浸染飘摇的云霞，西方一弯月亮尚未落下，晶莹莹地挂在暗蓝的天空。陆建设感慨良多，想不到自己人生也有如此美景，虽已接近了晚年，却又冒出青春的颜色。

妻子也起来了，问他为什么不睡觉。陆建设把一沓打印稿拍放在桌上：写发言稿呢！我的就职演说，那是要开辟京州中福新纪元滴！

匆匆忙忙吃罢早饭，陆建设昂首阔步走进了京州中福会场——也走进了他的新纪元。中福公司中层以上的干部都出席会议，黑压压地坐了一大片。不过京州能源的座席空着，牛俊杰这家伙没来！主席台上坐着北京总部的组织人事部刘部长和齐本安、石红杏。陆建设屏息静气，抑制住磅礴激情，稳步踏上主席台，在石红杏身边的空位上坐下了。齐本安呷着茶水，朝他点了点头，他也报以微笑，都挺友好的。

齐本安宣布开会。刘部长代表集团宣布任命。陆建设心脏咚咚地跳，一字不漏地将刘部长宣读的文件吸进耳朵里，如吮吸甜美的琼浆玉液：为了进一步加强京州中福投资集团公司领导班子建设，经中共中福集团党组研究决定，任命陆建设同志为京州中福党委代书记，括号正局级，排名在齐本安、石红杏之后。中共中福集团党组，宣布完毕。

陆建设关注台下干部们的反应，不少人脸上浮出讥讽的笑容。有人习惯性鼓掌，掌声稀稀落落，很快就止住了。陆建设有点失望，但他也有思想准备，自己群众基础不好，想台下掌声雷动是不太可能的。

然而，让陆建设万万没想到的是，齐本安出格的态度——刘部长宣读完文件，齐本安客套了一句：刘部长还有什么指示吗？部长摇了摇头。齐本安马上粗暴地宣布：散会！说罢，捧起自己的大茶杯扬长而去。石红杏犹豫了一下，也跟了过去。其他干部嘻嘻哈哈涌出会场。陆建设慌忙起身，想阻止又不能，不小心将演讲稿撒了一地，从台上撒到台下，天女散花一般。台下有一个年轻干部也许不小心，也许是故意的，在几页打印稿上踩了好几脚——就没想过帮他捡起来。

陆建设弯下腰，把台上散落的稿纸一张一张捡起来。他心疼，气愤，泪水涌满眼眶。欺负人，太欺负人了！他咕咕囔囔说。但没人听到他微弱的抗议。刘部长帮他捡稿纸，他声音颤抖地说：部长，您都看见了吧？部长安慰道：也要多加理解，让大家有个适应过程……

如此奇耻大辱，让他怎么适应？！陆建设给皮丹打电话。在公司说话不方便，怕别人偷听，是在外面打的。马路上熙熙攘攘，车流轰鸣，手机声音听不清楚，陆建设就拐进一条小胡同里打。小胡同秋风穿堂，无比强劲，一个不自觉的老头儿正躲在电线杆后面尿尿，还朝他龇牙咧嘴地笑。陆建设转过身，背对着劲风与老头儿，提高嗓门和皮丹通话，气愤让他变得语无伦次：就这么散会了！我连就职演说都没来得及发表！我这个党委书记还没说一句话呢，齐本安他竟然就宣布散会！他们组织性、纪律性、党性都到哪去了？你给林满江董事长汇报一下，京州中福变天了！不是共产党的天下，不是咱林董的天下了！

现在，陆建设已把皮丹视为自己的心腹朋友，二人交往的时间虽然不长，但已牢牢建立起了战略合作伙伴关系。离开北京时，皮丹给他送行，两人喝了场酒。其间，他拿出一张银行卡交给皮丹，说里面有二十万元，请他转交林董。皮丹把银行卡推回去，正色道：咱们领导是那样的人吗？领导一身正气，两袖清风！他又按自己的逻辑，把银行卡推到皮丹面前：皮主任，这次来北京，你帮了我不少忙，我有一种他乡遇亲人的感觉！要不，你收下吧。钱不多，是我的心意……

皮丹又把银行卡推回去，坚决不收：今后就是兄弟了，用不着送钱送礼！接着，皮丹就感叹起来，说京州中福班子有你这只角，从此就不稳了。我估计你的日子不会好过，你从人家齐本安屁股下抽走一把交椅，齐本安必然要挤对你。陆建设说：如果你回来就好了！京州中福理想的班子应该是你的董事长，我的党委书记，石红杏还当总经理，让齐本安滚蛋！这样的三角形才稳固，才真正是林董的天下！那晚，二人连连碰杯，一人喝了一瓶年份茅台，晕乎乎的脑袋里旋转着各种非凡的画面，尽是一起搭班子主宰京州中福公司的良辰美景。

残酷的现实粉碎了梦想，陆建设在电话里向皮丹呼唤：你赶快过来吧，这里的日子我一天都没法过！皮丹安慰他：忍耐忍耐，时机成熟一切都会好转的。我加把劲，你烧把火，林董会下决心的！我给你交个底，齐本安已经不是林董的人了，石红杏也完了，咱们两个一对老K，都是领导的人，前途无量！陆建设像打了一针鸡血，又信心满满了，走出胡同，小眼睛在镜片后面闪闪发光，仿佛刚充过电的灯泡。

在其位就要谋其政。陆建设开始履行党委书记的职责。

公司中高层领导干部大会一散，陆建设就找牛俊杰来谈话。牛俊杰没来开会，还送来了辞职报告。这老牛想啥呢？是不是见他当了党委书记，心灰意懒？躺倒不干了？是不是怕他搞打击报复啊？老牛要这么想，倒也在情理之中。他的确是想打击报复的。他和牛俊杰结过梁子，是因为一次公司内部的福利分发。能源公司的矿山公园没建成，牛俊杰就安排下岗工人养了不少猪。黑猪肉就成了中福能源的名牌产品。范家慧的《京州时报》讨赞助，也经常拉两片黑猪肉回去。

那年过年分猪肉，公司人人有份，陆建设也不例外。他这个人做事比较认真，尤其对关系到自己利益的事就更认真了。见领到的黑猪肉上有许多毛，不满意，要换。偏巧牛俊杰亲自发肉，硬不给换，说有肉吃就行了，还挑拣啥？你要好意思，把我那份也拿去得了！陆建设遭到粗暴抢白，心里很不是滋味，就把牛俊杰列入了反腐关注名单。

牛俊杰过去腐败不腐败他才不管呢，他这人心善，看不得别人作难。现在上了关注名单，那就得管一管了。陆建设就让纪委书记田园到公司食堂转悠，打听食堂包间的消费情况。这一打听，不得了，腐败得很啊，牛俊杰经常以招待债权人为名大吃大喝！董事长皮丹都饿得炒房子去了，他牛俊杰还大吃大喝！他坚持原则，决定办案。不承想，老牛有个好老婆，而且主持工作，他办个屁！直到田园从楼上跳下来，牛俊杰腐败案也没能立下来。现在想立案，能立下来了，但他偏不立了，他上来了，得大度了，得团结同志了！林董和他谈话时说了，一定要和大家搞好团结，要有个党委书记的样子。再说了，牛俊杰真被搞掉了，京州能源这烂摊子就没人管了，谁愿拿一千元生活费替你陆书记当这狗屁老总？京州能源离了这头老牛还真是不行。这真是不当家不知家难当。齐本安也向他交代了，要劝牛俊杰收回辞呈。

牛俊杰来了，大大咧咧往沙发上一坐，口口声声称他"陆老代"。陆建设心中的旧恨又被激起，可因着要大度，要团结同志，脸上就堆出一团笑，口气还透着亲切：老牛，不太像话吧？我不来你不辞职，我一来，你就辞职，几个意思啊？给我难堪？让我下不了台？说吧！

牛俊杰一本正经：老代，我辞职和你来不来没关系，真的。就是这么多年伤了心，干不下去了！本来还想报个工伤——伤心也是受伤啊，估计你们也不会给我批，算了，我滚蛋走人，你轻装上阵吧！

陆建设痛惜不已，掏心掏肺地说：老牛，你都正处了，辞职就啥都没了！他把声音压低了，鼻音浓重，打起了官腔：老牛，组织上还是要用你的，我准备提议你兼任京州能源董事长，带个括号：副局级！

牛俊杰一脸讥讽：陆老代，你以为我是你？不要官嫌官小？我真是不能干了！过去石红杏主持工作，我忍气吞声，那是没办法，现在你上来了，都管京州中福的党组织了，真吓我一跳，我就不敢掺和了！

陆建设再想团结同志，也忍不住了，该同志不要你团结他，铁了心要和你、要和组织作对，你能怎么办？陆建设厌恶地挥手：行，牛俊杰，我不和你扯了！这些话你去和齐本安说吧，是老齐让我找你的！

牛俊杰起身就走，走到门口，又指着牌子说：陆代书记，你得在这牌上加个"代"字啊，免得让人家误以为你是正式书记了！你还不是！

陆建设恨恨地看了牛俊杰一眼，抓起桌上的文具盒砸了过去。文具盒砸到门框上，文具四散，落了一地。牛俊杰头都没回，扬长而去。

让陆建设抓狂的事情不止一件，全是套路全是坑啊！他那针尖般的小心脏不断受到伤害。上任第一天，他在齐本安、石红杏走后，拉着办公室主任吴斯泰，怀揣卷尺，丈量了两位同级领导的办公室。丈量结果触目惊心：齐本安的办公室刚装修过，面积竟然超过规定标准一点五五平方米。石红杏的办公室面积也比规定多出了零点零一二平方米。就他的办公室最小，仍然是那间原办公室，整整缺少了一点八三六平方米！吴主任赔着笑脸解释：这真没注意，不到两个平方，这点差别谁能发现呢？陆建设扶了扶眼镜：我就发现了！你这个办公室主任不称职——这不是一点八三六平方米的问题，这是政治待遇在工作环境上的反映，你怎么不懂呢？吴主任嘴上赔不是，心里仍不服，道是企业毕竟和政府不一样，现在都没级别了。陆建设火了：没级别？不讲级别，我这书记让你当？我们是国企，与政府没啥区别！干部配备都有严格规定，我和齐本安、石红杏都属于厅局级，吴斯泰，你要搞搞清楚，要按厅局级标准给我调整办公室，少一个平方也不行……

三十一

陆建设砸在门框上的文具盒，没砸中牛俊杰，却砸恼了石红杏。石红杏的办公室在陆建设办公室斜对面，听到动静，开门一看，这才发现，自己门前也散落了不少回形针、大头针。就想，陆建设简直是个疯子，这样的疯子竟然被提成了党委书记，林满江莫不是瞎了眼？

偏在这时，皮丹来了电话。问她怎么连就职演说的机会也不给陆建设。她正一肚子火呢，就让皮丹去问齐本安。话刚说完，林满江就接过了话筒，开口就是一番责备：石红杏，你和齐本安非要让人家骂林家铺子？就不能让我省点心？咱先不谈原则，能不能凭点良心啊？

石红杏辩解道：不就是没让陆建设讲个话吗？算啥大事吗？

林满江说：怎么不是大事？这关系到你们对组织、对我林满江的态度，你们不认我了嘛！还有牛俊杰，也上蹿下跳搞事情，一直以来就没起过好作用！难怪皮丹那么好脾气的人都没法和他合作下去了！

石红杏忍不住了，不管不顾地顶撞道：林董，话不能这么说！皮丹在京州能源公司干得怎么样，你也下来听听大家的反映，不能是非不分！中福集团的一把手是你，在你领导下，不能尽出这种反常的干部逆淘汰现象啊！陆建设副书记没干好，现在反而提书记了；皮丹是个只知炒房的官混子，竟然也混到了你身边，得到了你的重用……

林满江没等她说完就把电话挂了。电话里传出的忙音，表现出昔日大师兄的恼怒和决绝的态度。石红杏默默放下话筒，怅然若失。

这日，一直到晚上下班，走在回家的路上，石红杏还在想，她和大师兄之间有一种很珍贵的东西受到了伤害，就像一只瓷瓶掉在地上。她生气、伤心，又恐惧，捡起瓷瓶，反复摩挲，检查破损之处。她不明白自己怎么会向林满江发火？这股火气是从哪里来的？啥时积攒在心底的？天空飘起雨丝，行人纷纷撑起雨伞。其中一个打黑伞的男人径直朝她走来，竟是林满江！她怔住了，呆呆地立在原地如一尊雕像，任秋雨将她浑身打湿。男人与她擦肩而过，哦，她认错人了。

同样的一幕情景，发生在二十多年前。也是这样一个秋雨绵绵的日子，师傅冒雨送她到发电厂。林满江打着一把黑雨伞来迎接。他擎着伞罩住师傅和她，自己整个身子淋在雨中。林满江当时是发电厂党委书记，一颗正在升起的政治新星。她呢，还在跟着程端阳干车工。进了办公室，师傅拿出一本书送给林满江，是苏联的小说《永不掉队》。又把她推到林满江面前说：满江，你是大师兄，你进步了，也得带着你师妹一起进步啊，我把红杏交给你了，要让她永不掉队啊！

林满江对师傅言听计从，让她到在职大专班学习。她一看书就犯困，头一学期四门功课三门不及格，不想再学了。她和林满江说，她不当干部了，就在办公室给大师兄端茶倒水打扫卫生吧。林满江把她一顿臭骂，让刚分来的一位大学生干部给她当辅导员。等她拿到大专文凭后，又安排她在电厂办公室做了副主任。师傅无心的一句话，不停在她耳边重复：我把红杏交给你了，我把红杏交给你了……少女的心如一湖春水，荡漾起阵阵涟漪。嗣后，正是在林满江的照应下，她一步步走到了今天。今天她心中却充满了惶惑，真的不敢认这个男人了。

回到家，石红杏见牛俊杰在厨房做饭，就换了衣服接手炒菜。丈夫自嘲说：你领导就别下厨了，我辞职以后，做你的专职厨师。她这才想起问：你这倔牛，咋突然想起辞职？你看今天闹的这一出。丈夫却道：这一出闹得好，得和他们划清界限了，别等出事以后跟着一起倒霉！她知道丈夫说的是谁，却还是想证实一下：你说谁呢？丈夫直言不讳：还能有谁？就是你心中的那个伟人——你大师兄林满江啊！

石红杏把菜刀往砧板上一摔，发起火来：老牛，你瞎说啥？你怎么这么想让林满江出事啊？他出事你就幸福了？少给我幸灾乐祸！

牛俊杰被她一呛，也火了：你还护着他？他把陆建设提起来，就是对付齐本安和你的！如果没有重大问题，他干吗急着要把水搅浑？

石红杏烦躁至极，心里像长了一团毛，说不出的难受。她只想发泄，把心里说不清道不明的情绪一股脑儿倾泻出来！就和牛俊杰吵闹起来，从厨房闹到阳台，把放在阳台上的林满江的油画像碰倒了。牛俊杰没看见，一脚踩了上去，正踩在伟人的脸上。石红杏更火：你干吗？快把你牛蹄子拿开！牛俊杰索性跺脚：我就踩，踩死他！这是我的家，有他没我，有我没他！石红杏双手猛地一推，竟把牛俊杰推了个趔趄，差点儿倒下……

夜里，石红杏躺在床上辗转反侧，无法入眠。她与丈夫的战争毫无道理，过后心里说不出的难受。牛俊杰其实是对的，如果林满江真有重大问题，是时候划清界限了！心底深处的不安，就像黑水潭冒泡泡，越翻腾越厉害。她主持工作六年，林满江每年都批条子，要她处理一些经济上的事。到了年底，林满江就把条子收回去。如今她两手空空，什么凭证也拿不出来，这使她心惊，大师兄为什么把批过的条子都抽回去呢？不信任她？提防她？也许，林满江早就给自己留了后手，那就更可怕了。一旦出事，她浑身是嘴也说不清，真就成了林满江的白手套。齐本安也不省心，到任后非要审计，得罪了原董事长、党委书记靳支援，也激化了他和林满江的矛盾。现在看来，还得捎上她，京州中福十一年三届班子交接都没搞过审计，肯定有不少问题。

清晨，石红杏照例穿上自己的运动衣出门跑步。年龄大了，无论多晚睡觉，到时候就醒，没办法。昨夜下了一场雨，空气新鲜湿润，仿佛被水洗过了似的。她深深呼吸，肺也好像给洗了。光明湖深邃宁静，一层薄雾贴着水面，似纱似棉。路旁花草虽已枯黄，亮晶晶的露水却使它们焕发了生机。她跑着步，心情好了一些，阴霾消散，脑子里冒出一个念头，去医院看看师傅吧，把心里想的事告诉师傅。师傅不但是师傅，也是她妈，是林满江和齐本安的妈，啥话都能和她说。

石红杏的少年时代不同寻常，十五岁那年，一场矿难改变了她的生活。是一个秋天，马上要过中秋节了，京隆煤矿发生瓦斯爆炸，死了一百零三个人。那是一个禁言的年代，报喜不报忧，报纸、电台对灾难新闻从不报道！全国没几个人知道他们取暖发电的煤炭，渗透了多少矿工的鲜血！在那场矿难中失去父亲的，还有林满江和齐本安。

三个孤儿被送到程端阳面前，组织上让这位劳模收下三个遗孤做徒弟。石红杏最小，也最不幸，母亲改嫁去了遥远的东北。小弟被带走了，丫头没人要。程端阳收留了她，让她住在家里，当女儿一样养着。她背着皮丹玩耍，帮程端阳做饭洗衣裳。程端阳像妈妈一样，过年过节给她扯花布、做新衣服。一个苹果切成一样大小的两块，分给她和皮丹吃。星期天，林满江、齐本安都回家吃饭，她就愉快地在厨房忙碌，给程端阳打下手，做那老四样小菜。那时候人都穷，但欢乐十分易得。一个师傅，三个男女徒弟，还有一个小弟弟，多么欢乐的家庭聚会啊！石红杏永远忘不了一大家子围着方桌狼吞虎咽的情景……

到了医院，石红杏见师傅正在看报纸。程端阳已经好多了，面色泛出红润。石红杏拿一把梳子为师傅梳头，那是老人家最为享受的事情。年轻时石红杏讨好师傅，就爱为她梳头挠痒。那时的师傅一头乌发，恰如文人描绘的青丝。现在师傅人老了，青丝变银丝。石红杏精心梳理着师傅一缕缕银白色的头发，仿佛那就是自己亲娘的头发。这种时刻，娘儿俩的心融在一起，就像窗外射进的秋阳一般暖意融融。

石红杏细言慢语说起中福公司近来的反常情况，陆建设不正常的上位，钱荣成奇怪的敲诈，牛俊杰对矿产交易的疑惑，还有两个师兄暗中的较劲。石红杏希望师傅劝劝自己位高权重的大徒弟，让他别由着性子来，弄伤底下干部的心，搞坏京州中福的政治生态。师傅挺为难的，道是老人不能干政哩。石红杏说：哪门子老人干政啊？你有权威，老大服你，你得点一点老大，让他小心。师傅仍是顾左右而言他。

石红杏在师傅身边长大，和师傅很亲，只要和师兄闹了矛盾，总爱找师傅。前阵子和齐本安不和，就找师傅说过。师傅强调团结，在齐本安面前强调，在她面前也强调，现在，又要她和林满江搞好团结，很公平的样子。师傅老了，不是当年敢冲男澡堂的女汉子了，碰到矛盾绕道走。她就提起了当年，说：师傅，当年你怕我掉队，把我送给林满江去培养，现在我们也怕林满江掉队啊！程端阳说：林满江掉啥队呀？他是排头兵，领导，你们都是他的下级干部，要顾大局！石红杏再要说什么，程端阳就捂起了头：哎哟哟，不行了，头又疼了……

石红杏见惯了师傅的伎俩，知道师傅偏着有权的大徒弟，便气道：疼吧疼吧，以后让你头疼的日子多了！师傅，你歇着，我走了……

女徒弟走后，程端阳头不疼了，睁大眼睛看着天花板，心里一

160

阵不安。石红杏的话有道理，京州中福许多事都不正常，田大聪明和她说起过。田园为啥死了？京州中福问题多，压力大，所以抑郁，所以跳楼。这么一想，就决定大胆干一次政，给大徒弟打个电话，提个醒。

林满江接了电话显得挺高兴，说正想把电话打过去和师傅说说话呢！大徒弟主动说起和齐本安、石红杏的矛盾，挺感慨的：师傅，只怕你想不到吧？你老人家当年一手带出的三个徒弟啊，现在也许要分道扬镳了！我今天就说石红杏，不说对我和党组织的忠诚了，做人起码得凭良心吧？师傅，石红杏可是你让我培养的！是你硬把石红杏派给我当了办公室副主任。程端阳说：是，当年你进步最快最早，也只能奔你去了！林满江说：师傅，我知道你，你是不愿意看着我们仨任何一个人掉队！对了，我记得你还让我们看过一本书《永不掉队》！

程端阳找到谈话点：可不是嘛，满江，你还记得这本书啊？那你给我说说！

林满江说了起来。这本书是苏联作家冈察尔写的，她从矿图书馆借出来让他们师兄妹三人传看。书中讲一位连长在卫国战争中如何不让一个参军的教授掉队，战争胜利后，教授又如何不让这位年轻连长掉队。

程端阳听罢说：红杏、本安现在是怕你掉队！满江，你是中福集团一把手，位高权重，说话做事得小心，尤其是用人，不能由着自己性子来！像陆建设，干部群众反映这么大，不是啥好东西！

林满江说：我知道陆建设不是好东西，但该用就得用！师傅，这和掉不掉队没啥关系，你就放心吧！程端阳不放心，却也不敢再说下去了，只得违心地结束了通话：那就好！满江，咱永不掉队，啊?!

这一夜，程端阳睡睡醒醒，甚是不安。现在世风不古，腐败分子经常出现，下一个会不会是她哪个徒弟？三兄妹能经得起权力和金钱的考验吗？尤其是林满江，位高权重，坏人能不打他主意？阴云笼罩在徒弟们的头上了，接下来是云开雾散还是大雨倾盆，真不好说哩！

三十二

秦小冲从荣成集团讨债现场回到公司，天已黑透了。李顺东在办公室开了一瓶晕头大曲，弄了几个菜，招呼他有福同享。秦小冲是主管业务的副总了，四下里指导讨债，又吵又骂的，累了一天，也不客气，坐下就喝。喝了几杯，秦小冲又开骂钱荣成，道是城市银行都答应给他贷款五个亿了，这厮仍不思还债，还请了两个黑社会来当保镖。

李顺东很警觉：什么黑社会？你们见了？秦小冲说：见了，一个叫毛六，一个叫毛七，刚从北山监狱出来，都配了放血器，哦，就是匕首！李顺东挺吃惊：钱荣成这意思，要在法律线之下较量了？除非五亿贷款是假的！秦小冲挺纳闷：会是假的吗？吴市长都过问了！李顺东想了想：估计是假的！是真的，这厮就用不着保镖和放血器了。

秦小冲有些害怕，独自灌了一杯酒，努力镇定说：李总，这么看来风险不小，尤其是在黑社会势力公然介入的情况下，你说这……

李顺东笑了：瞧你吓得，百无一用是书生！啥黑社会？如今扫黑打黑一场连一场的，哪来这么多黑社会？还有人污蔑我们天使公司是黑社会呢！我们是吗？无非是钱荣成请了两个坐过牢的保镖罢了。

秦小冲说：李总，据我观察，这俩保镖很凶恶，怕是敢玩儿命的！

李顺东酒杯一蹾：别怕！这种时候我们就更得守住法律底线。无底线的把戏，咱们就不玩儿了！哎，我一直强调的原则，你没忘吧？

没忘，没忘！以事实为根据，以法律为准绳，依法处理账务债务，文明清欠！不过，李总，我觉得你也得提醒一下钱荣成，让钱荣成也和我们一样在法律底线之上活动，不要顶风作案去违法乱纪！

李顺东略一沉思，也好！便拨通了钱荣成的手机，打开了免提功能：钱总，别来无恙乎？钱荣成熟悉的声音传了出来：有恙啊，李总，我可让你们吓着。李顺东口气极是和蔼：所以，你就准备了两个杀手和一堆放血器？手机里传出钱荣成的笑声：李总啊，您既然知道了，那我就给您通报一下吧：我这俩保镖兄弟一个叫毛六，一个叫毛七，您应该都听说过吧？全是杀人惯犯啊！一个防卫过当，干掉了一个黑社会，另一个呢，他正当防卫啊，哎，也干掉了一个黑社会！

李顺东看了秦小冲一眼：钱荣成，你就编故事，给我开故事会吧！

钱荣成的声音十分豪放：李总，您爱信不信！他们哥儿俩干掉的虽说是黑社会，可刑满出狱后揣着放血器在街上乱逛，太瘆人了吧？我呢，就做了点好人好事，把他们招到我这儿干保安了。我也是跟您学的啊，是您先学雷锋，把我的十几个下岗工人安置了，都进了荣成项目组，专找我讨债，还跑到我门上，冲着我载歌载舞，让我好感动哦！

163

李顺东也努力豪放：钱总，你也别感动，我安置你的职工，是为了给社会做贡献。也别一口一个黑社会威胁我们，哦，你是不是想杀我李顺东，想杀我的副总秦小冲啊？钱总，我可警告你啊，京州是法治的京州，我们都得在法律线上活动，违法的事谁都不要去做……

钱荣成在电话里乐了：哎呀，哎呀，李总，听您这么说，我可太高兴了！所以啊，咱们的债务，请你们依法起诉！我们法庭见吧！

李顺东放下话筒不禁有些发愣：他妈的，这个狡诈的钱荣成！说罢，喝了一杯酒：不过，街头枪战打架的年代毕竟结束了，所以，秦副总，我最近就有了一个比较好的构想，你是秀才，帮我参谋参谋？

秦小冲和李顺东碰了碰杯：好，李总，你说吧，我洗耳恭听！

李顺东呷着酒，慢条斯理地说了起来，现在网上到处都是所谓平台，天使商务公司何不也办一个债务平台呢？把客户委托的债权组合起来，把欠债人的资产整理打包，放在网络平台上寻找合适的买家接手，既把债权债务全面盘活，又维护了安定团结，岂不一举几得？秦小冲大加赞赏，并建设性地补充：债务平台应该包装上市，即使境内不能上，也能到境外上市，可以到开曼群岛注册一个离岸公司，拿到澳洲上市。澳洲好啊，市场自由度大，连妓院都能上市，讨债公司分分钟上市。李顺东眼睛立即发亮，大夸秦小冲有国际眼光。两人越说越起劲，互相吹捧，展望未来，兴奋得不断干杯，一会儿头就晕了。

李顺东一喝晕就爱哭一鼻子，就爱想当年。今天看到了可能出现的债务平台和将来到澳洲上市的美好前景，心里便发酸，便对具有国际眼光的创业伙伴秦小冲含泪述说当年，说自己是岩台山里跑出的一个野种，四年大学的学费全是自己挣的，一直办班辅导小学生数学。

听李顺东这么一说，秦小冲鼻子也酸了：我和你一样，也艰难奋斗呢！穷人家孩子，记忆最深的全是赤裸裸的贫困。李顺东说，大学期间，他把家教小广告贴遍了汉东大学附近的大街小巷，有一次被城管抓住了，硬做了一天城市美容师，提着小桶刷墙洗地，上课都耽误了。秦小冲说：你清除的小广告就有我的——初级围棋辅导！李顺东说，最困难的时候，他连吃饭的钱都没有了，就到建筑工地上搬砖，他姐给他背了一包煎饼过来，和他说，不行就回家，怎么不是一辈子？他就说：不！我不回，穷死饿死，也得做个京州人！秦小冲说：以后得有理想，有抱负，得做澳洲人了！李顺东说：不！就做京州人，得爱国！我不爱国，艳就不爱我了！秦小冲问：哪个艳？李顺东说：牛石艳，你们报社的！秦小冲挺意外：你认识牛石艳？李顺东说：我无证办学那阵子，她找到辅导班采访过我，我被她的才华美貌吸引了……

虽然头晕着，秦小冲仍没忘记自己的冤案，仍没忘记陷害他的嫌疑人，便打断李顺东：她有啥才华？她爹妈不在中福当官，报社才不要她呢！你不知道，牛石艳她妈石红杏，每年给报社一百万广告费！

我怎么不知道？我啥都知道！秦副总，你别嫉妒人家，牛石艳的采访水平和才华都不在你之下！她本来要报道辅导乱象的，结果写出了一篇《一个大学生的奋斗》！哎呀，好文章啊，看得我热泪盈眶！

哎，当年我是她的领导，在我印象中，没发表过这篇好文章啊！

嘿，被你们总编范家慧枪毙了，否则，我和牛石艳就成事了！

老范竟然扼杀了你们的爱情？不应该啊，老范她最喜欢当红娘！

不，不，扼杀爱情的刽子手是她妈石红杏！石总认为，一个来自岩台山里的无业游民，配不上她的宝贝女儿，好花不能插在牛粪上！

石红杏就把户口本藏起来，不让你们俩去登记？说说，细说说！

李顺东借着酒意说了起来，道是石总亲切友好地约见他。和他大谈了一通恋爱的冲动与婚姻的不同，让一位学法律的大学生无话可说。然后，激动人心的时刻来到了，石总拿出了十万元现金，一沓又一沓地砸了出来，砸得大学生心惊肉跳！最后，石总把堆放在桌上的钱，一下子全推到大学生面前，让大学生去创业，去寻找真正的爱情！

李顺东说：我当时惊讶得都喘不过气来了，天哪，我长这么大第一次看到这么多钱，十万块钱啊！我心旌摇曳，顶不住诱惑，就拜倒在一堆钞票面前了，就把天使商务公司办了起来，可却永失我爱！牛石艳得知我收了她妈十万块，答应和她断绝关系，差点儿没自杀。有一阵子，她天天待在报社办公室里很晚才回去，甚至一夜不回去！

秦小冲突然想了起来：李总，等等，这是啥时候的事啊？

让我想想，哦，应该是两年零三个月之前的事，那个痛心的时刻！

秦小冲骤然想到，他这个福尔摩斯也许搞错了？两年零三个月之前，牛石艳经常待在办公室不回家，竟然是患上了失恋后遗症？如果陷害他的不是牛石艳，那又会是谁呢？谁会知道他去和深喉接头？又是谁能在这么短暂的时间里布局，让他准确地落入公安机关的罗网？

李顺东痛心后悔，醉得狠，哭得就凶，泪水鼻涕直往秦小冲身上甩：我……我不是玩意儿！可我太……太需要这十万元创业了，我当时对自己说：艳，你……你就是天使，天使公司将来是你……你的！秦小冲这才知道，天使公司竟然是因为牛石艳而得名，牛石艳竟是李顺东心中的天使，这也太扯了吧？牛石艳距离天使起码隔着条银河系！

偏在这时，钱荣成的电话过来了，说是要和李顺东谈判。李顺东哪还谈得了？晕头大曲起作用了，加之悲伤过度，站都站不住了，秦小冲接电话的当儿，就出溜到桌子底下去了。秦小冲让钱荣成和他谈。

钱荣成说，他急着找担保拿贷款，希望有个良好的舆论环境，企盼市民广场的大妈们停播三五天的插播广告，待他贷下了款，可以考虑优先还天使公司五千万。秦小冲一口答应下来，还代表天使公司狠狠地表扬了钱荣成一番，鼓励钱荣成和荣成集团不要拿杀人犯和放血器炫技说事，要坚定不移地走和平发展、和气生财的道路。钱荣成表示赞同，建议天使公司先带头裁军，把天堂院里的藏獒全换成二哈……

三十三

齐本安终于等到了他预料中的好戏。周六上午，他和石红杏约好谈事，就放弃休息，到公司正常上班。车在办公楼前一停稳，旁边一辆轿车的车门打开了，敲诈嫌疑人钱荣成及时钻了出来，冲着他献媚地笑：齐书记，终于见到您了！说着，伸出一双手要和他握手。齐本安对敲诈嫌疑人伸出的手视而不见，明知故问：你是谁？找我干啥？

钱荣成说：我是荣成钢铁集团的钱荣成啊，石总让我找您的！

齐本安装作恍然大悟：你是钱荣成啊？来，到我办公室说吧！

钱荣成跟着他进了办公室，又跟前跟后地在他身边转，直到他泡好茶，坐在沙发上了，钱荣成才在他对面的沙发上坐下。敲诈嫌疑人一副诚惶诚恐的样子，怯怯地看着他，苦着脸说：齐书记，我实在是没办法了，城市银行那边等着担保呢！这情况，石总和您说了吧？

齐本安吹着浮茶喝水：说了，为你们贷款担保五个亿，是吧？

是，是！哎呀，齐书记，感谢你们京州中福及时伸出援手啊！

齐本安放下茶杯：钱总，你别急着谢！石总和你说啥都没用，这事得上会研究。我问你，为什么不找别人，非要找我们担保啊？历史上我们两家没什么合作，而且你们荣成集团现在资信也不好，谁不知道防火防盗防荣成啊？石总支支吾吾说不清楚，你能和我说清楚吗？

钱荣成说了起来——往来还是有的，京丰矿、京盛矿的矿权转受让，虽然是和长明集团做的交易，但荣成也有股权，算是有过往来吧？

齐本安端详着面前这个败走麦城的民营企业家，突然感到一种无形的压力——钱荣成这么镇定自若，这么直截了当，手头应该有点把柄，便和气地说：你不提这笔交易我还不好说，你既然提了，那我也直说吧，这个交易京州能源反映很大呀，大家都说是不值那么多钱！你看，岩台矿业集团十五亿都不要的标的，怎么四十七亿成交了呢？

168

钱荣成笑了笑：这我就不知道了，我们这边是傅长明谈的，你们那边拍板的领导是林满江！齐书记，这事您得去问傅长明和林满江！

齐本安说：钱总，你啥意思，是暗示我什么吧？让我问林满江？

钱荣成很诡秘：是啊，问问林满江为什么要用这个价买下来啊？

齐本安故意沉默了片刻：有意思，你好像也觉得交易不公平？

钱荣成终是做贼心虚，不敢正视他的眼光了，转移话题说：我可没这么说啊，双方当年做成了交易嘛！齐书记，咱们还是说担保吧！

齐本安一口回绝：担保是不可能的！石总过去和你说过什么都没用，毕竟涉及五亿的风险啊，我多大的胆，敢和你这失信的企业玩儿？

钱荣成急了：我这也不是失信，是被天使一帮讨债鬼盯上了！现在好了，我和天使达成了和解协议，大妈天使都已经停止歌舞了！

齐本安心里有数得很：但你糟糕的银行信用记录摆在那里呢！

钱荣成眼光开始变得凶恶起来：齐书记，您当真见死不救吗？

齐本安口气冷淡：我为啥要救？你怎么赖上我了？不应该啊！

钱荣成说：应该！据我所知，您和石红杏都是林满江董事长的部下兼亲友，你们三人同一个师傅，你们的师傅叫程端阳，我都知道！

齐本安讥讽：你知道得还真不少啊！想说啥直说，别绕我！

钱荣成出手了：那你说，我是不是直接去北京找林满江呢？

齐本安说：好啊，只要林满江董事长能给你写个条子，给我们京州中福下个指示，别说五个亿的担保，五十亿的担保我都给你做！停顿一下，却又意味深长地说：但是，钱总，我劝你别这么胡来⋯⋯

钱荣成图穷匕见，恶毒地说：齐书记，你就一点不替你们领导担心吗？你说，我要是直接去中央纪委呢？真的，我现在急眼了！

齐本安离开沙发，到办公桌前坐下：想去你就去，和我说啥？

钱荣成跟着他走到办公桌前，双手按着办公桌的桌面，额上暴着青筋，明目张胆威胁说：齐书记，我现在急眼了，我破罐子破摔了！

齐本安收拾着桌上的文件，故意不看钱荣成：你随便摔，我可不怕你破罐子的碎片溅到我身上！请你记住了，我不是被谁吓唬大的！

钱荣成手指手掌都在颤抖：你这个人没良心！明明可以帮领导和同志一把，就是不帮！碎片是溅不到你身上，但能溅到林满江、石红杏、皮丹身上！你现在别把话说得那么死，别真的逼我走上不归路！

齐本安抬起头，冷冷说：你已经在不归路上了，我劝你自重！

钱荣成实在无计可施了，恨恨地看了他一眼，快步出了门。

钱荣成走后，齐本安却不安起来：钱荣成比想象中强硬，看来手里有牌，也许是王炸。那十个亿的交易费应该不是空穴来风，否则他没有胆气找林满江，甚至直接去找中纪委！找中纪委估计一时还不至于，此人要找担保，不是要反腐败。找林满江也不怕，大师兄敢做敢当，做事滴水不漏，应该能自圆其说。不过，事情闹到这个地步，盖子是捂不住了，钱荣成若是先找了林满江，他和石红杏就被动了，于公于私都说不过去，他们应该尽快主动去趟北京向林满江做个汇报。

找到楼下石红杏办公室，和石红杏一说，石红杏也表示赞同。

石红杏说：无论作为上级领导，还是师兄妹之间，不去一趟都是说不过去的。还说，过去大师兄怕她掉队，跟不上形势，逼着她去拿文凭；现在她也怕大师兄掉队，在经济上犯错误，或是被钱荣成狗急跳墙栽赃诬陷，说是她这几天一直在对过去的工作进行总结回顾。

齐本安这才注意到，石红杏办公桌上堆满了笔记本。这些笔记本都有些年头了，式样老旧，发硬的塑料封面装帧上带着各个时代的显著特点。办公桌后面摆着一排书橱，上面格子排放着马列著作、企业管理书籍。下面橱门打开，暗格里一摞一摞放着全是同样的笔记本。

看到他吃惊的模样，石红杏解释说，这都是她记录的林满江的指示。从当办公室副主任开始，林满江开会、作指示说的话，她都记在笔记本上。这已经成了她的一种本能了，想改也改不了。直到现在，林满江只要说话，她就做记录，一句不漏。齐本安笑道：怪不得你家老牛说，你是天字第一号林粉！

石红杏有些不好意思：习惯了，没办法。

石红杏主动说起，她对当年京盛、京丰煤矿交易进行了复盘，还指着笔记本让齐本安看，齐本安注意到，其中有两段明确的记录——

二〇〇九年十一月十日，林满江董事长电话指示：要用市场经济的眼光看问题，紧紧抓住京州地方政府整合煤炭资源的历史时机，吃进长明集团旗下的京丰和京盛二矿，注入京州能源，把蛋糕做大……

二〇〇九年十二月二十五日，林满江董事长在北京中福集团总部办公室指示：上市公司京州能源申请停牌，发布资产重组公告，对大股东京州中福控股集团公司增发股份，购入大股东京州中福控股集团公司京丰、京盛二矿资产，本次交易对价为人民币四十七亿元……

齐本安想，事实很清楚，这是林满江直接指示进行的交易。两个矿由京州中福四十七亿买来，又以增发的名义，以四十七亿的价格注入到上市公司京州能源了。所以，牛俊杰做的重组方案才要以四十七亿的原价还给京州中福，但中福集团战略委员会却要十四亿卖掉，而且仍然卖给傅长明的长明集团，这就难免让牛俊杰他们浮想联翩了。

　　齐本安合上笔记本，目光凝视石红杏：这些资料很重要，不该随便放在办公室。石红杏说：我正打算过几天把重要的笔记本拿回家去。

　　和石红杏商量后，齐本安决定就以汇报京州能源资产重组方案为由去趟北京，钱荣成的敲诈，也正好为重组方案的必要性做了注解。

　　可让齐本安没想到的是，林满江不接他的电话。石红杏用自己手机打，领导仍然不接。领导在生气，情况不乐观。齐本安只好让石红杏给大太监皮丹打电话，让皮丹转告董事长，他们有事要汇报。皮丹打官腔，说林董很忙，来了也不一定能见上。非洲公司正闹罢工，人家总统天天找领导。石红杏让皮丹只管汇报，见上见不上得领导说！

　　过了很久皮丹才回电，说领导让他们打飞的，晚上六点赶到林家共进晚餐。齐本安不敢怠慢，和石红杏立刻订票赶往机场。去机场的路上，石红杏还不敢相信这是真的：领导真的赏饭？不踹我们就万幸了。齐本安笑道：大师兄大人大量，不至于踹我们。不过，这顿饭恐怕也不好吃，十有八九是一场鸿门宴。石红杏睁圆那双大眼睛：大师兄埋伏刀斧手杀我们？不会吧？齐本安说：不会杀人，但会摊牌……

　　石红杏似乎明白了什么，深深叹了口气，没再说下去……

三十四

　　林满江准备了不少菜，都是妻子童格华和皮丹做的。只有一道辣炒回锅肉非要亲自下厨，这是当年老三样的一道主菜，也是林满江昔日聚餐的炫技项目，吃到过林满江的辣炒回锅肉，相当于一种政治荣誉。齐本安和石红杏进门前，童格华和皮丹就走了。林满江戴上围裙，在厨房乒乒乓乓炒起辣椒来，一时间辣味四溢，呛得刚进门的齐本安和石红杏咳嗽起来。

　　窗外一片银辉，十五的月亮十六圆，今天还真是一个聚会的好日子。师兄妹三人喝酒赏月，当年的亲情又在心间真切地弥漫开来。齐本安和石红杏都吃得很香，一唱一和，夸赞大师兄手艺不减当年，回锅肉辣得到位！兄妹三人互相敬着酒，说着学徒时的笑话，不约而同地回想起三十多年前的那场矿难：也是临近中秋节了，家人团聚的时刻，三个人在同一天失去了父亲，塌了天。林满江庄重地端起酒杯，提议敬父亲们一杯酒。三人走到阳台，遥望圆月，将酒洒在地上……

　　重回酒桌，林满江主动破题：听说你们要反我的腐败了？嗯？

　　哪是反腐败，大师兄，你别误会！二师兄，你说吧，我心慌！

　　林满江笑了笑：本安，那就你来吧，你胆大心细，遇事不慌！

　　齐本安坦诚地说起京丰、京盛的交易，道是有人打上门来，以这笔交易为把柄，要京州中福为一家失信的民营企业做五个亿的担保。

　　林满江问：是不是京州奸商钱荣成，那个荣成钢铁集团啊？

石红杏很意外：大师兄，你啥都知道啊？钱荣成也找过你了？

林满江说：他没找我，找了皮丹，今天打了个电话过来。哦，说情况吧，钱荣成都和你们俩说了啥，拿出了我们什么腐败证据啊？

齐本安看了看石红杏，显然是希望石红杏说，石红杏不知是没注意到齐本安的暗示，还是不敢说不想说，只顾低头吃菜。齐本安只得正视着他，艰难开了口：钱荣成说，这四十七亿的交易额中有十亿交易费用，并且再三暗示我们，这交易费用是长明集团的行贿费用。

石红杏这才跟着补充：他很强硬，先找的我，后找的本安，还扬言要到北京举报！所以，我和本安怕你出事，就跑来向你汇报了！

齐本安叹了口气：如果你不是我们的大师兄，我们本可以不管！

林满江心道：还可以不管？你齐本安太想管了！嘴上却道：好，我知道了，你们做得对，中福集团任何单位都不得替荣成集团担保！

齐本安说：是的，我们已经拒绝了钱荣成。不过，林董，还有个事，就是我们报给集团的那个重组方案，集团一直没给我们答复呢！

林满江不吃了，放下筷子：哦，这事我正要说！本安，你怎么搞了这么个方案？四十七亿把京丰、京盛矿收回京州中福？我问你，由此产生的三十个亿的资产减值损失责任谁负啊？根据集团规定，那是要追责的，当然，主要责任是石红杏和靳支援的，但你齐本安安心吗？

石红杏和齐本安看着他，一时间怔住了。屋子里气氛沉郁起来。

石红杏先退却了，看了看他，又看了看齐本安：这么大的事，又是这种场合，是不是先别定？本安，我……我们先回去再研究一下吧！

齐本安被迫退让：好吧，这个重组方案，我们回去再想想吧！

林满江脸色缓和了一些：这就对了嘛，不要意气用事嘛，来，喝酒，本安，你满上，我要罚你！别以为你翅膀硬了，能展翅高飞了！

齐本安苦笑：我往哪儿飞？这还没飞起来呢，就让你一枪撂倒了！

林满江说：我是和你讲道理！改革开放这么多年，怎么还没学会用市场的眼光看问题？京丰、京盛的交易，你们是不是怀疑它有问题？

石红杏道：大师兄，这不是怀疑不怀疑，是钱荣成找上门了！

林满江茶杯一蹾：石红杏，你没脑子啊？找上门你们就信了？

齐本安说：可我们确实无法理解这笔交易啊，请大师兄释疑！

林满江胸有成竹，说了个案例：法国有家著名的化妆品公司，曾以二十五亿法郎的对价卖给了一家日本公司，五年后日本公司经营不下去了，又一亿法郎把公司卖给了原来的法国公司。这是不是很荒唐？二十五亿买来一亿卖回去，二十四亿损失了，但这是市场的选择！

齐本安表示赞成，还举了一个类似的案例：日本软银的孙正义曾耗资十五亿美元买下U盘制造企业金士顿百分之八十的股权，结果三年后却恳求对方四亿美元买回去。林满江认为，这种市场行为和有些人臆测的腐败毫无关系。齐本安却提出，他们的交易里没有高额的秘密交易费用。林满江不禁怒火中烧，让齐本安先去把交易费用搞清楚，不要放过一个受贿高达十亿的坏人，哪怕是石红杏，是林满江、程端阳……

齐本安怕了：哎，哎，林董，你扯远了，都扯到了师傅身上……

石红杏也跟着两边劝：本安，你冷静点！大师兄，你别误会，千万别误会了，我……我和本安真是为你好！来，我们喝酒，喝酒！

林满江一声叹息：有个作家说过，没有一种感情背后不是千疮百孔！真让他说对了！说罢，呵呵笑了起来，笑出了满眼伤感的泪水。

石红杏有些吃惊：哎，大师兄，你……你这是怎……怎么了？

林满江抹去脸上的泪水，一声沉重的叹息：杏啊，你，你……你和齐本安，你们俩对不起我，对不起我这个大师兄啊……

齐本安也动了感情：即便千疮百孔的感情后面依然还有温情！

林满江叹道：理论上说是这样，但前提是不涉及自己的利益。

齐本安这才说：大师兄，我承认我和红杏在这件事上有自保的成分，但把事情搞清楚有什么不好？你也不能用道德绑架我们嘛！

林满江道：本安，我早就和你说过，这个世界不是非黑即白，有大量的灰色地带，尤其是在经济领域，都像你这样僵化就啥也别干了！

齐本安郁郁地反问：那就不按规则行事，让潜规则大行其道？

林满江真是痛心疾首：本安，你要知道，这是一个狂奔的时代，它以胜负论英雄！不管你狂奔的姿势好不好，你都要争取不被这个时代抛弃！否则，没有人会记住你的高尚，因为世人不知道你存在过！

齐本安不服，本能地抗拒：怪不得现在有人呼吁要等等灵魂！

林满江不屑地说：你等灵魂的时候，先驱者们早已呼啸而去，成了资本巨人，成了新规则的制造者！我可以骄傲地说，中福集团在我任上七年，增值三倍多，没被这个时代抛弃，齐本安，你能做到吗？

齐本安只得承认：你的贡献谁也不能抹杀，在这一点上我们都服你。但这并不等于说你就当然获得了法纪的豁免，就可以自行其是！

你怎么知道我自行其是了？我只是适应了市场！齐本安，你也要学会适应市场，因为市场永远是对的！牛俊杰矿工出身，以小农的计划经济的眼光看世界，他提出这个质疑我能原谅，但你不可原谅！

石红杏说：大师兄，其实二师兄也可以原谅，他不是为自己……

林满江怒道：我是为自己吗？我长年带病坚持工作，不惜榨干自己，却落得了这么个下场，我最亲密的兄弟部下算起了我的黑账！

齐本安说：我不是算黑账，真不是！我是为大师兄你担心！记得上次在这里吃饭，也是咱们三兄妹，你给我送行，谈得多愉快啊！

但是，齐本安，你却让我大失所望啊！集团战略委员会定下的事，你不老老实实去执行，却因为牛俊杰等人的牢骚怪话，就一下子找不到北了，就开始怀疑战略委员会的决策，甚至怀疑到了我的头上！

齐本安低着头：林董，我不是怀疑，是向你汇报嘛，请你解惑。

林满江一声叹息：本安，要不，你还是回来吧，回集团来吧！

齐本安缓缓抬起头，问他：林董，你是不是想把我拿下来了？

林满江目光冷峻，口气强硬：这取决于你是否能履行集团的战略决策！关于京州能源的重组，你一直在疑虑拖延，直到今天没有任何动作！

齐本安申辩：我们有动作，我和牛俊杰拟定的重组方案早就报到集团了，你和集团一直没给我们答复！哦，今天你终于答复了，但却要追究石红杏他们的资产减值责任！

林满江冷笑说：国有资产发生人为减值，当然要追究责任，集团有明文规定！真稀罕啊，齐本安，你还知道保护自己的小师妹了？！

齐本安仍不服气：那么，按战略委员会的方案，把京丰、京盛以十五亿的价格转让给长明集团，不也同样造成了国有资产损失吗？而且是不可挽回的损失！由我京州中福原价收回，将来还有回旋余地。

石红杏也说：是的，林董，我们想不通，四十七亿从长明集团买来的东西，五年过后，十五亿又卖给了长明集团，我们没法交代啊！

林满江看看齐本安，又看看石红杏：那我就试着解释一下，看看能否说服你们二位高明的企业家！京州能源是上市公司，当年受让京丰、京盛是市场行为，现在转让京丰、京盛也是市场行为，这没错吧？

齐本安是聪明人，一点就透：就像买卖股票？亏赢买者自负？

是啊！证券交易所进门就是这句话：投资有风险，入市要慎重！市场波动造成的损失没人会追究，就像王平安，在这次股灾中一亏就是十五亿，我在会上发狠要枪毙了他，实际上别说毙，都无法追责！

齐本安到底听明白了：林董，你是说，京州能源将京丰、京盛二矿以十五亿转让给长明集团是市场行为，谁都没有责任，反之，大股东若以四十七亿收回了，就是非市场行为了，就要追责了，是吗？

林满江不无讥讽：本安，你到底听明白了？我的天，真不容易！

齐本安却叫了起来：但是，林董，京州能源社会股东的投资能这么玩儿吗？中小股东的钱也是人民的财产啊！我们凭借大股东的控股优势，四十七亿把矿买进来，十五亿卖出去，虽然是随行就市，不会被集团层面追责，但中小社会股东的损失就大了，他们不会答应的！

林满江觉得齐本安太可笑：他们不答应又能怎么样？嗯？

齐本安慷慨激昂起来：不客气地说，中国的股票市场就是这样被玩儿惨了玩儿残了，玩儿到不如赌场了！这个市场和我们泱泱大国的形象已经很不般配了！林董，我们国企作为国之重器，不能自毁形象啊！

林满江不耐烦了：形象，形象，市场从来不讲形象，只讲输赢！

齐本安说：问题是，就算不讲形象，最终我们仍然赢不了！这个市场垮掉了，大家都别玩儿了！大家就都是输家！真的实行战略委员会的方案，我们还是最大的输家！毕竟是京州中福控股京州能源啊！

石红杏补充道：另外，还要应对一堆诉讼，小股东会告我们。

齐本安热切地说：所以，林董，请你和战略委员会研究一下，是不是非要十五亿转让这两矿的矿权？是不是一定转让给长明集团？

这回，轮到林满江沉默了。齐本安不是石红杏和皮丹，京州中福也不再是那个唯他马首是瞻的京州中福了。思索片刻，他作出了决定：战略委员会的决策是有权威性的，必须执行，转让对象可以不是傅长明的长明集团，转让价格也可以不是十五亿，只要不低于十五亿就行。

齐本安脸上现出笑容：林董，这趟北京没白来，你还是听进我们的意见了！我们这也是为你好，十五亿转让给长明集团，你说不清！

石红杏说：是啊，大师兄，京州一直有议论，传你和傅长明的事！

林满江叹息道：有人传，就退缩吗？决策者就是要不畏人言！

齐本安说：可是大师兄，你也真不能无视悠悠之口啊，你不反思一下为什么钱荣成一说长明集团的交易费，我和石红杏就疑惑了呢？

石红杏道：是啊，大师兄，你刚才很伤感，我们也很伤感啊！你现在位高权重，肆意用权，都听不得逆耳之言了，像那个陆建设，群众反映这么大，你说用就用，影响你的威信啊，我建议你拿下来！

林满江听得心烦，看了石红杏一眼，没理睬。

齐本安说话了：红杏，你真是想简单了，大师兄这是在下一盘政治大棋，你这个建议可是在将我们大师兄的军啊！咱大师兄从不悔棋的！

林满江看了齐本安一眼：没错，我一生都没有悔棋的习惯……

齐本安和石红杏走后，林满江的心情糟透了，站在阳台上看着中秋之夜的明月发呆。这些年来，没有谁能阻挡他天马行空的棋局，就连背靠朱道奇、对他敌意满满的党组副书记、副董事长张继英都阻挡不了，今天竟让自己师弟、师妹联手阻止了，这可不是个好兆头。

三十五

秘书喜欢栽养植物，会根据季节的变化、李达康的喜好，更换一下品种。办公室的墙角窗台摆放着许多绿植，龟背竹、巴西木、凤尾竹、转运竹……一片春意盎然，与窗外劲风萧瑟的秋季恰成鲜明对比。

与秘书摆放花草一样，李达康办公室北墙根底下的沙盘也经常变化。京州市每一个重大项目，从酝酿到实现总要在这个沙盘上逗留相当长的时间，比如科技城、湖边新城、国际展览中心，等等。每一个新项目在李达康脑际徘徊时，沙盘内容就出现改变；现在，沙盘上呈现的是矿工新村棚户区。"九二八"爆炸以后，李达康决心铲除这片躲在市中心的癫痫，为工人们建设一片新家园。他时常双手扶着沙盘的边沿，久久凝视想象中的新房……

常委扩大会上，易学习不顾大局，摆不正位置，当场顶撞他，让他极为恼火。可冷静下来想想，易学习的话虽说刺耳难听，却也不无道理。灾难性事故毕竟发生了，矿工新村棚户区的老百姓付出了沉重代价，他这个市委书记的确应该好好反省了。这期间，女儿佳佳和准女婿林小伟从美国回来了。两个孩子的归来，给了他不少精神慰藉。

林小伟是林满江的独生子，和佳佳是在美国校园结识的。李达康打心眼儿里喜欢这个准女婿，甚至超过自己的女儿李佳佳。佳佳回来就知道和同学聚会，倒是林小伟对准丈人面对的难题有兴趣，经常和他一起到矿工新村去明察暗访，为棚户区的改造出谋划策。这孩子挺怪的，渴望为弱者服务，在美国经常做义工，毕业后准备到非洲做一年义工，然后考公务员。李达康问：佳佳同意吗？林小伟说：佳佳同意和我一起去非洲，不同意我回国考公务员。李达康问：为啥？林小伟说：到非洲做义工是临时的，一年结束。做公务员，她坚决反对。李达康没有再问下去，怕牵出佳佳生母欧阳菁的话题，欧阳菁因经济问题被判了刑，他没能保护好她，这是他和女儿心中永恒的痛。

倒是林小伟主动说起，他老爸林满江也反对他做公务员，希望他留在海外就业。为此父子俩已进入了冷战。李达康不便支持准女婿和林满江作对，却也不阻止这孩子对京州棚户区改造的关注，甚至给两个孩子派了任务：搞个弱势群体的社会调查，深入了解中国国情……

重建矿工新村那片废墟成了李达康的心结，家里客厅的城区规划图上，矿工新村也被他贴上了一颗五星，那是李达康心中必上的项目标志。过去他想上的项目几乎就没有干不成的，现在却让林小伟质疑：事故调查还没结束，他很可能受处分，被撤职罢官，项目还干得了吗？

李达康说：有难处，但现在还没撤职，在其位还得谋其政啊！

林小伟苦笑说：李书记，像你这样的干部，中国现在真不太多了！

李达康说：也不少，中国的改革开放成就辉煌，震惊世界，从贫穷落后到大国崛起，没有一支开拓进取的干部队伍是不可想象的！

林小伟说：但是，你们这些官员不是老百姓选的，老百姓没机会说话，你们碰上事，老百姓就觉得说话的机会来了，某种程度上就形成了一种落井下石的局面！比如现在对你，你就不得不警惕，难道不是吗？

李达康一声叹息：没错，有时候就像身陷十面埋伏！但是，怎么办呢？你不能忘掉自己的根本啊！你从哪里来？要到哪里去？"九二八"一声爆炸，把我炸醒了，我这才发现，这么多年来，我们高速发展的同时还是欠了一些债的！比如京州，就欠了这些棚户区群众的债……

棚户区群众就启动棚户区改造发起了签名请愿活动，京州中福劳动模范程端阳带头签了名。前几天夜间暗访，李达康目睹了请愿群众的强烈情绪。当时，《京州时报》一位叫牛石艳的女记者在采访，一眼认出了他，当场把群众的请愿书送到他面前，要李书记谈谈看法。

李达康在路灯下粗略翻看了一下请愿书，就表了态，挺感慨的：这不看不知道，看了吓一跳！大家对拆迁的愿望原来这么强烈啊？！

这话一落音，围在身边的群众呼声四起——

李书记，我们盼拆迁盼了三十年了，我们也有中国梦啊！

都说改革开放成就辉煌，咋我们这里还是老样子，没见辉煌？！

就是，就是！李书记，你别嫌我们说话难听，"九二八"后，大家都在骂，只有懒政的不作为的政府才会搞出一个阻止拆迁的24号文件！

……

这时，女记者牛石艳开始采访他：李书记，群众对京州市政府二〇一一年24号文件的批评，您听到了，请问李书记，国家层面的过时文件都能撤销，我市这个制定于五年前的一个阻碍拆迁改造的文件难道就不能撤销吗？

李达康微笑着解释说：当然可以撤销啊，不过呢，要经过调查研究，要有一定的程序，还要选择一个相关利益方能够接受的时机……

其实，李达康心里有数，这个文件是不合理的，规定拆迁必须得到百分之九十五以上居民同意，这很荒唐，大多数人被极少数人绑架了。刚做过的最新统计就没达到规定，因此才引起了棚户区群众的激烈反应。

牛石艳尖锐反问：那么，政府考虑没考虑绝大多数棚户区居民对美好生活的期望？这种貌似合理的拆迁规定当真合理吗？政府是被少数人挟持了，还是不愿干事混日子？这难道是负责任的做法吗？！

李达康在干部面前霸道，在群众中并不霸道，仍在微笑，完全是一副朋友谈心的姿势：牛记者，你要知道，这个24号文件也并非一无是处，曾经起到过积极作用，当年也得到过社会各阶层的肯定！

牛石艳争辩：现在情况发生了变化，随着房价上涨，老百姓也从普遍抗拒拆迁到积极欢迎拆迁！我们在采访中，听到许多群众反映，棚户区居民也该享受到一座城市房价上涨的好处，获得房产的增值！

对此，李达康并不清楚，便问：咱这里的房价也涨了一些吧？

没涨多少，几乎可以忽略不计！李书记，我还有几个问题……

李达康却不愿再说了，政府24号文件摆在那里，市长吴雄飞和市政府根本不愿在这种倒霉时候再冒乱作为的风险搞拆迁，于是便推辞说：今天不谈了，再约时间吧——我估计你这采访也发不出来！

牛石艳却说：李书记，只要您和市委支持，我就能发出来！

他心中一动，临时做了个决定：告诉你们范总编，就说我支持！

女记者很厉害，紧追不放：李书记，您再说一遍，我得录音为证！

这时，路灯下的人越聚越多，秘书和林小伟保护着他往外走。

李达康边走边对着女记者的手机说：好，那我就再说一遍。范家慧同志，我和市委支持你们牛记者报道矿工新村……

第二天，牛石艳的文章《棚户区里的中国梦》在《京州时报》登出，整整两版，还有一幅占了半版的新闻照片。说李达康夜访矿工新村，和底层困难群众促膝谈心，共谋大美京州的未来。最重要的是，文章说，李达康表态，要尽快启动棚户区改造，让群众有获得感。

市长吴雄飞见报后就炸了，一个电话打到宣传部，把分管报纸期刊的王副部长臭骂了一通：捕风捉影！谁说矿工新村改造要启动？拆迁征信刚搞完，根本就没达标，怎么启动？明摆着是假新闻！吴雄飞让王副部长查，到底是李达康信口开河，还是记者瞎编乱写？王副部长不敢查李达康，就查报社，马上打电话到京州时报社，把社长兼总编范家慧训了一顿，命她到市委宣传部作出深刻检讨。范家慧也不是吃干饭的，手下记者掌握着李达康的录音，就把录音放给王副部长听。王副部长不敢轻信，又把电话打到李达康秘书那里，得到李达康秘书证实后，才饶了《京州时报》一命。但这样一来，领导矛盾就公开了。

吴雄飞虽然是市长，却是市委副书记，党内位置决定了在京州谁是主帅。市长同志过去比较听话，把位置摆得很正。即使"九二八"爆炸后，在常委扩大会议上，易学习发难，吴雄飞都没敢跟着应和。现在因为李达康执意要启动棚户区改造，吴雄飞一帮干部终于反了！其实，围绕棚户区改造，李达康和吴雄飞交过心，恳谈过几次，就是没法说服吴雄飞。吴雄飞有个担心，"九二八事故"还没处理，这时启动棚改很可能给大家增加罪责：你们早干啥去了？早拆迁不就没这场灾难了？！主管副市长和常务副市长也都支持吴雄飞，弄得李达康有苦难言。

李达康决定召开一次常委班子的民主生活会，结束混乱，统一思想。会前，他特意让办公室打印了十三份棚户区调查，在每个与会常委桌上摆一份。吴雄飞很敏感，进了常委会议室，看到面前桌上的《我市棚户区现状调查》，没和其他领导打声招呼，就匆忙翻看起来……

三十六

易学习一进常委会议室就注意到，这个会有些异样，每个常委面前摆着一份材料，不像开民主生活会，倒像开书记办公会。李达康主持会议，偏说是开民主生活会，而且酝酿已久。"九二八事故"之前就想开，因为大家忙，一直没开成。今天开成了，局面和情况也变了。

吴雄飞脸色难看，举手要求发言：达康同志，我先提个问题！

李达康貌似轻松，笑容可掬：吴市长很迫切嘛，好，你说吧！

吴雄飞抓起桌上的棚户区调查扬了扬：这个报告和今天的民主生活会有关吗？李达康还是那么霸道，脸一拉，马上做出了本能的反应：当然有关！雄飞同志，还有别的问题吗？如果没有的话……

让易学习想不到的是，昔日顺从的吴雄飞毫不退让：当然有！说着，从公文包里掏出一份《京州时报》，展示着：我不知道达康书记前几天夜访棚户区心里是怎么想的？是否考虑过"九二八"之后的大局？是否考虑过依法依规行政？是否考虑过我们政府这边的困难？

会场上一片静默，显然，谁也没想到吴雄飞如此公开批评李达康。

吴雄飞扫视着众人，最终目光落到李达康身上。二人对视着，易学习注意到，双方的目光都很复杂，都没有退让的余地。李达康尽量压抑着自己的愤怒，问吴雄飞说完了没有，吴雄飞表示还没说完。

李达康隐忍着说：好，好，雄飞同志，说，你继续说！继续！

吴雄飞情绪激动，语音高亢：同志们，今天我是忍无可忍，被迫和达康书记较一回真！这些年和达康书记一起搭班子，我努力摆正位置，时刻提醒自己：吴雄飞，你不但是京州市的市长，还是市委副书记，达康书记和市委的指示就得坚决执行，以至于社会上有些人把我贬作达康书记的马仔！但这种马仔我不会再做下去了……

易学习觉得吴雄飞有些过，连马仔这种话都在会上公开说出来了，这不是太妥当，便举手要求发言，李达康让他讲，他便说：雄飞同志啊，这是党内民主生活会，达康同志没说几句话呢，你就把他打断了！这不好吧？我们能不能让达康同志先作完自我批评，你再开始批评？

吴雄飞挺给他面子的，暂时打住，让李达康讲。

李达康阴沉着脸，打开面前笔记本电脑：好，我带个头，按照党内民主生活准则，进行批评与自我批评！但是，同志们，在进行批评与自我批评之前，我要先回答一下雄飞同志的问题！我们雄飞同志今天一反常态，气势磅礴，大有炸平庐山、停止地球转动之势啊……

易学习觉得情况不妙，看这架势，李达康要反击，忙又微笑着插话：达康书记，你是班长，可否先作自我批评，然后再谈庐山呢？庐山就在江西，这个季节游人如织，雄飞市长想要炸平庐山，怕也没那么容易吧？别说全国人民不答应，首先江西旅游局就不会答应！

众人笑了起来，连李达康都笑了，会议气氛多少有所缓和。

好，易学习同志，下面只谈我自己！李达康扫视众人，开始进行自我批评。道是在二十六天前总结"九二八事故"教训的会上，他作过检讨，表过态，他是市委书记，京州出了这么大的灾难性事故，他有不可推卸的责任，中央和省委不论给啥处分，他都没怨言。今天他仍然是这个态度。但有一点和那时不同，二十六天前有怨气，表态勉强。表过态后，就开始追究大家和相关部门的责任，没意识到自己有多大的责任，只谈王平安和那五亿协改资金，不及其余，最终把会开炸了。

这倒让易学习觉得意外，这个李达康，到底认账了，不容易！这么看来，今天真的不是书记办公会，还是有点民主和生活气息的。

李达康态度诚恳，主动说到了他：同志们，我的确霸道，是一霸手，易学习发言被我几次打断，后来还把他将在会场上了。这种不让同志们说话的作风，伤害了班子共事的同志，我要向同志们道歉！

说到这里，李达康郑重站起来，向会议桌两侧常委各鞠了一躬。

这一幕把大家搞怔住了。片刻，还是易学习带头鼓起掌来，大家也都跟着鼓起了掌。吴雄飞鼓掌不无夸张，脸上挂着明显的讥讽。

掌声平息后，李达康继续检讨自己，说是今天他表态对京州发生的一切负责，完全发自内心。联合调查组两次找他谈了话，新来的省委高书记代表省委严肃地批评了他，使他认识到了问题的严重性："九二八事故"对京州人民群众——尤其是矿工新村棚户区的弱势群众造成的伤害，是无法弥补的。他经常失眠，夜里睡不着，就到老城区四处转，到矿工新村棚户区走访，就碰上了报社记者采访，就有了前几天《京州时报》上的报道和今天发给大家的《我市棚户区现状调查》。他认为《京州时报》做了一件好事，没在人民群众和弱势群体的困难面前闭上眼睛，真切地反映了群众的心声……

易学习听着，时不时地做记录。这时他已悟出来了：今天这个民主生活会是李达康精心经营的，李达康检讨自己，痛悔过去应该是真实的。经过这段时间的反省和总结，李达康听进了他的意见，知道自己作为一个经济发达的省会市的市委书记，犯了一个大错误——没在追求 GDP 高速增长的同时，关注扶助弱势群体，没有给这部分群众获得感、幸福感。李达康几乎是哽咽着，说出了棚户区居民对市委和政府的尖锐、刺耳的评价：你们政府的 GDP 增长和我们没啥关系！

李达康眼中泪光闪动：同志们，如果我们的工作和奋斗与我们为之服务的广大人民群众没关系了，那我们工作和奋斗的价值又在哪里呢？GDP 增长的价值又在哪里？从某种意义上说，我们是不是失了职啊？我就痛悔自己失了职！如果五年前我能坚决一些，不把 GDP 看得那么重，对弱势群体多一些关心和扶助，及早采取果断措施废除那个阻碍棚户区拆迁的 24 号文件，也许就不会有"九二八事故"了……

说到这里，李达康再次提到了他：上次会上，易学习质疑我，眼里到底有没有人民群众？心里是否真正装着人民群众？我们对这座特大城市的弱势群体到底上心了没有？责问得好啊，易学习同志，你的质疑责问促使我反省反思，才让我有了今天的认识。好了，先说这么多吧，下面请同志们批评指正吧！雄飞市长，是不是从你开始啊？

没有预料中的冷场，吴雄飞毫不客气，对李达康展开批评。说是党的民主生活会不能再走过场了，今天得较次真了。李达康能进行一定程度自我批评令人欣慰。李达康对自己的评价：作风霸道，是一霸手，不让大家说话，实事求是，令人信服！李达康就是这么一种人！

易学习愕然看着吴雄飞，十分惊异。这位市长变化也太大了吧？他注意到，李达康的眼光中，那原本的警觉已经变成了明显的讥讽。

吴雄飞侃侃而谈：然而，李达康同志这个自我批评当真发自内心吗？是不是言不由衷啊？我们这位班长同志当真不做一霸手了吗？恐怕靠不住！达康同志不过是借题发挥罢了！众所周知，迎宾大道拓宽工程出现野蛮施工就是李达康同志的强迫命令造成的，而野蛮施工挖断了燃气管道，才引发了爆炸事故，才导致了棚户区的这场大灾难！这不是我的结论，这是"九二八事故"联合调查组的结论……

易学习忍不住提醒说：哎，吴市长，我插一句，联合调查组的结论上并没说是李达康的强迫命令，只是说到了强迫命令这件事情……

李达康却认了账：但事实上是我的强迫命令，这个错误我认领！

吴雄飞看着笔记本，继续说：我认为，达康同志今天是在试探我们！试探我们的底线，试图继续乱作为，这很有可能再次给党和人民的事业造成损害、损失和被动，这也是让我今天忍无可忍的地方！说到这里，吴雄飞先拿起《京州时报》和《我市棚户区现状调查》扬了扬，又拿起一份政府文件扬了扬：同志们，李达康同志提议召开这次民主生活会的主要目的我认为是这个——废止我们市政府二〇一一年的24号文件，这个文件规定，棚户区拆迁须得到百分之九十五以上居民的同意，达康同志认为这个数字太高，私底下和我谈了几次，希望废止。但是，同志们啊，正因为"九二八"后倒了这么多房子，我们才提前做了一次拆迁征信统计，遗憾的是，统计仍没达到文件规定！达康同志这就火了，就要再出一个新文件，降低标准，让它达标，这是不是乱作为？

易学习明白了：那我提个问题，吴市长，这次差多少才达标啊？

吴雄飞说：还差百分之三吧，最后的统计数据是百分之九十一点九八……

易学习苦笑起来：这关键少数是不是太强势了？竟然让百分之九十一点九八的绝大多数陪他们在危房里苦熬岁月。中央过时文件废止了不少，我市一个制定于五年前的明显过时的文件难道就不能废止撤销吗？

吴雄飞说：可以废止撤销！但要有合法的程序，绝对不是哪一个人大手一挥就能办的事情！今天，我也把话摆在桌面上，政府这边不会为任何借口的违规拆迁开绿灯，谁的手再大，也不能一手遮天！

说罢，吴雄飞把手上的签字笔拍放在桌上，签字笔飞落到地上。

李达康把玩着手上的笔，冷冷来了一句：如果中共京州市委常委会做了决议废止24号文件呢？吴雄飞市长，你和市政府也不执行？

吴雄飞说：好啊，达康同志，那你可以考虑在这场民主生活会散会后，连夜召开常委会，看看这个决议是否能形成？是否能通过？！

……

这个民主生活会开得风生水起，悬念重重，在京州党的历史上十分少见。李达康遭遇阻击，吴雄飞给了这位强悍的一把手兜头一桶冷水。然而，易学习却被李达康敢于担当的勇气征服了……

三十七

一个戴着深度近视眼镜的中年人紧一阵慢一阵地敲秦检查家的房门。秦检查出门打水，当时不在家里，拎着水桶回来时，就问那人找谁？中年人对照着手上的一封举报信，疑惑地看着秦检查：老同志，是你举报的牛俊杰吗？这封寄自北山监狱的信是你写的吗？秦检查放下手上的水桶道：哦，不是，这是我儿子秦小冲写的！中年人推了推鼻梁上的眼镜，笑了：我说嘛，你老同志一点不像劳改释放犯嘛！

这时，秦检查仍不知道中年人是哪路好汉，只觉得有点面熟。他让中年人进了门，一边泡茶一边问：同志，您是法院的，还是检察院的？中年人往椅子上一坐：哦，都不是，我是京州中福的陆建设啊！

陆建设？！秦检查一怔，怪不得眼熟，原来是眼镜蛇啊！这位领导他知道，是京州中福党委副书记，管纪检的，名声不是太好，官气大，尽让人骂。可人家今天毕竟是冲着他儿子秦小冲来的，也许是帮着儿子平反昭雪的，他得重视！于是秦检查很热情：哎呀，陆书记，您可来了，快请用茶！又絮絮叨叨说：早就知道陆副书记管纪检了……

陆建设喝起了茶，不时地吹着水面上的浮沫：老同志啊，我现在不仅管纪检，京州中福的事全管了——我是新任党委书记，秦小冲这事我很重视！不能放过一个坏人，也不能冤枉一个好人嘛，是不是？

是，是！秦检查赔着笑脸，连连应着，忙不迭给儿子打电话，让儿子赶快回来，向陆书记汇报工作。儿子得知京州中福党委书记亲自登门，激动坏了，要老父亲千万留住陆书记。为了留住客人，秦检查甚至把客人请进了儿子的卧室看那幅福尔摩斯破案图。破案图神秘而丰富，上至林满江，下至牛俊杰，看得陆书记一头雾水、满脸凝重。

秦检查注意到，陆书记注视着破案图，手捏尖细的下巴，深刻思索了好久，就像电影里一个伟大的将军面对作战地图准备下战役决心似的。秦检查介绍说：这幅图是儿子精心制作的。儿子说了，陷害他的家伙就在这张图里，而且可能不止一个人。陆书记却说：也不能怀疑一切，更不能怀疑党的领导！党的领导是指的谁，陆书记没明说。

秦小冲回家时，秦检查和陆建设重回桌前喝起了茶。这时，秦检查已经发现气味不对了，哪里不对，却又说不出来。秦检查抱怨儿子回来晚了，让人家陆书记等了半天。秦小冲忙向陆建设道歉，道是自己正和前妻谈女儿的抚养问题，谈得比较艰难。陆建设一脸的悲悯：看看，让人害得妻离子散啊！秦小冲激动不已：陆书记，您啥都知道啊？！

陆建设告诉秦小冲，他从监狱寄给京州中福纪检委的举报信，组织上早就收到了。本来已经准备派人到监狱面见他，进行彻底的调查，没想到，出现了一个意外情况，主持此事的纪委书记田园同志自杀身亡了。秦小冲质疑：田园书记是自杀的吗？会不会是坏人——牛俊杰他们暗害的呢？陆建设煞有介事：也不是没这个可能，坏人当道，好人遭殃嘛！说到这里，顿了一下：现在可以说了，牛俊杰是个坏人！

秦检查听不下去了：陆书记，牛俊杰不能说是坏人吧？田园自杀又是被谁暗害的？不能乱说呢，谁不知道田园书记得抑郁病住的院！

儿子赶他走，让他出去遛弯。秦检查这时已看出来了，今天登门的陆书记不安好心，他怕儿子乱说，毁了自己徒弟牛俊杰，收拾着屋子就不出门：你们说你们的，说话要有根据，小冲，没根据的话别说！

知道，知道，人家陆书记又不是吃干饭的，我骗不了他！秦小冲赶不走父亲，只得当着父亲的面对陆建设说：陆书记，我一直怀疑牛俊杰和石红杏对我使坏！两年多之前，他们因为一个神秘的举报，故意陷害了我！陆建设听着，记录着：什么神秘举报？说说具体情况！

秦小冲从头述说事情经过。有一位举报人自称深喉，说是中福集团内部腐败严重，其腐败的主要根据地并不在他们北京集团总部，而在京州中福！陆建设不无兴奋，问秦小冲举报人有什么证据，具体说了哪件事。秦小冲直言不讳，矛头指向北京最高层：林满江通过石红杏、皮丹高买低卖国有资产，给国家造成了三十亿以上的损失……

陆建设明显怕了，打断秦小冲：哎，停，停，别提林满江和皮丹，只说牛俊杰！秦小冲不得不顺从：那我就说牛俊杰！深喉透露，京州能源买的京丰、京盛矿是问题矿，交易储量和实际储量相差巨大，整个就是一场骗局。陆建设怀疑道：石红杏和中福公司这么好骗啊？秦小冲说：所以我怀疑他们联手作案。陆建设推理说：牛俊杰和石红杏联手？老公代表京州能源，老婆代表京州中福？秦小冲说：不，情况应该更复杂！当初这两个矿十五亿卖给岩台煤业集团人家都没要，结果两个月后竟然以四十七亿卖给了京州能源！石红杏、牛俊杰、皮丹胆子没这么大，也办不成这么大的事，后面肯定有林满江插手操纵……

陆建设又急眼了：哎，哎，秦小冲，叫你别提林满江和皮丹嘛……

秦小冲坚持道：陆书记，如果林满江、皮丹也参加了联手作案呢？

陆建设脸一拉：那也别给我提！我能查得了林满江、皮丹吗？我的权限只能查牛俊杰！连石红杏都查不了！你还是重点说牛俊杰吧！

秦检查这会儿看清楚了，陆建设根本不想帮着儿子平反昭雪解决问题，是一心要拖徒弟牛俊杰下水。这个坏家伙，怪不得工人们私底下叫他"眼镜蛇"，这人真像条眼镜蛇，没准和腐败分子是一伙的！秦检查就拿抹布擦桌子，嘴里咕噜着：还当来了一真神，结果是假货。

儿子没听清他咕噜啥，一厢情愿地按自己的思路分析：牛俊杰没啥好说的，可能是一个坏人，但顶多系同案犯！牛俊杰、皮丹、林满江这帮坏人为了掩盖自己的秘密，才陷害他的！甚至是林满江下的令！

陆建设不以为然：这不可能！他们真为了掩盖秘密陷害你，就杀人灭口了。好了，秦小冲，请你不要再跑题，你就集中说一说牛俊杰的问题吧！秦小冲却不愿说了：陆书记，这可是大案要案啊，你不能这样办案！陆建设说：谁告诉你这是办案了？办案是公检法的事，不是我的事，我要处理的是牛俊杰同志违反中央八项规定精神的事……

秦检查实在听不下去了，擦桌子时，抹布故意一拐，把陆建设面前的茶杯碰翻了，热水将陆建设裤子洇湿了一大片。陆建设弹簧一样跳起来：老同志，你干啥呀？！

对不起，陆书记，我不是故意的。秦检查道着歉，用脏抹布在陆建设裤子上一阵乱擦，让陆建设坐不住了。

送走陆建设，秦检查又唠唠叨叨教训儿子，怪儿子不该和陆建设说这么多。事实明摆着，人家根本就不是为平反冤案来的，就是来给牛俊杰挖坑的。儿子说是也看出来了，不能指望这位书记平反。还在破案图上把陆建设添加上。按儿子的判断，陆建设属于林满江线上的新晋红人，在这时候被提拔成京州中福党委书记意味深长……

三十八

陆建设本想调查牛俊杰的腐败问题，无意中发现，有问题的不是牛俊杰，倒可能是集团领导。京丰、京盛两个矿十五亿卖给岩台矿业集团人家不要，京州中福却在集团的指令下，四十七亿买了。林满江有和傅长明勾结的嫌疑。这事可不得了，得赶快报告领导知道。陆建设及时报警，给皮丹打了电话。不料，人家皮丹早就知道了，说这是齐本安和石红杏手上要打的牌，领导已经和他们摊牌了！希望他们这次把领导搞毛了，弄得个双双下台，他就能来和他一起搭班子共事了。

陆建设心里挺迷糊的：京丰、京盛的交易怎么成齐本安和石红杏手上的牌了？难道齐本安也抓住这个线索刁难领导了？石红杏又是怎么回事？和领导一个床上睡着的相好，也反对领导了？而且已经摊牌了？该不是分赃不均，反目成仇了吧？陆建设却也不敢多问。这潭水太深了，他这个林家铺子新伙计目前还不具备分赃资格，还是在岸上站着安全。于是，不再提涉及领导的那笔可疑交易，只谈搭班子的事。

皮丹认为，他们俩搭班子已经不是梦想了，应该就在眼前。这时候要快走两步了，得和齐本安、石红杏折腾起来。齐本安、石红杏不折腾，他们且折腾！大领导都和齐本安、石红杏摊牌了，只要他们热火朝天折腾起来，就天翻地覆慨而慷了。领导就有了把齐本安和石红杏拿下来的借口。还特别提示说：像办公室面积的事，千万别让步！

放下电话，陆建设摩拳擦掌，在屋里踱着步，兴奋地对自己老婆说：看，皮丹比我还急呢，想让我挑起事端，早日赶走齐本安和石红杏！这家伙号称佛系干部，说是与世无争，实际上是正事干不了，邪门歪道鬼点子倒不少，今天这一聊，哎呀，很受启发，很受启发呀！

老婆说：老陆，我劝你别听皮丹的！皮丹有劳模老娘，有铁心护着他的大哥林满江，你有啥？到时候闹出了麻烦，你吃不了兜着走！

陆建设心里委屈：但是，齐本安、石红杏他们不团结我啊……

老婆说：那你去团结他们啊，你再有几年就退休了，别争了！

陆建设想想也是，这样斗下去，将来退休都不安生。可不斗下去呢，现在就不得安生。上任连个话都不让他讲，一个多星期了，也没请他碰头研究工作，齐本安、石红杏都没把他这豆包当干粮！再说，他好不容易在北京朝里有了人，有了林满江这极其宝贵甚至昂贵的政治资源，弄上了一"代"字，总不能把个"代"字代到退休吧？得折腾！

其实，就算皮丹不提示，陆建设也没放过办公室的事。同级别的干部，齐本安超标一个平方，他少近两个平方，齐本安超出的面积得扣除，他少了的面积得补上。齐本安阴坏，说可以和他换一下办公室，以为他不敢换，他本着折腾原则，偏要换。换办公室的事，就交给办公室主任吴斯泰了，吴斯泰答应了。答应后却再没影子了，让陆建设很恼火。这晚，有了皮丹的提示，陆建设一个电话把吴斯泰招到了自己家里。吴斯泰心里明白着呢，进门后怯怯不安地看着他，故意装糊涂：陆书记，这么晚了把我叫过来，是不是有啥急事？请您指示！

陆建设心里厌恶，却一脸亲切：老吴，我办公室的事怎么说啊？

吴斯泰支吾着：这个……这个，陆书记，我……我正想办法！

陆建设逼了上去：老齐说了，和我对调办公室。你怎么不办呢？

吴斯泰呻吟着：是，是，说过的，但……但是，我看是句气话……

陆建设亲切而又和气：你怎么知道是气话啊？吴斯泰，你呀，小瞧老齐的高风亮节了！人家老齐是从北京总部下来的，在京州过渡一下镀层金，说走就走了，占这么好办公室干啥？给我们对调一下吧！

吴斯泰推辞说：今天是周末，等上班后，和齐书记说了再办吧？

陆建设手一摆：不必了吧？你有钥匙，让办公室的同志辛苦一下，把我的东西搬到老齐办公室，把老齐的东西搬到我办公室就完了！

吴斯泰怔住了，光秃的脑袋上现出一层细密丰满的小汗珠。

陆建设眼光独到，观察细致，体贴入微地递给吴斯泰一张纸巾。

吴斯泰接了纸巾，擦着汗说：这事总得和齐本安打个招呼吧？

陆建设说：好啊，招呼你打！现在就给齐本安打个电话吧！

吴斯泰结结巴巴：陆书记，这……这个电话得您打呀，只……只要齐本安发话，我……我连夜给您搬，您……您千万体谅我的难处！

这可恶的东西，都不知道他已经在开辟京州中福的新纪元了！

陆建设思索着，想起了一件事：齐本安到任后搞交接，追原董事长靳支援追到云南，吴斯泰陪同去的。吴斯泰自谓作家，名儿都是奔着文豪路线走的，人家托尔斯泰，他吴尔斯泰。吴斯泰在石红杏时代用公款出了一本游记，这次就想趁机旅游也写点儿游记。不料，让齐本安拦着，云南的好地方都没去成。吴斯泰就抄宾馆的旅游指南，抄写了两篇所谓的游记，晒了机票和P出的照片，发了朋友圈。还把齐本安也挂扯上了，说他是和齐书记一起游的。齐本安在大会上说过这事。

陆建设开始敲打：是，吴斯泰，你也不容易！既怕得罪我，又怕得罪齐本安！但是怎么办呢？干事就难免得罪人啊！有时候你不想得罪那个人，可实际上还是得罪了他！比如齐本安，齐本安恨死你了！

吴斯泰可怜巴巴看着他，赔着十分的小心：不……不会吧？

陆建设笑了：吴斯泰，你揭发过齐本安吧？齐本安到云南找靳支援搞交接，趁机公款旅游，玩儿了石林，逛了西双版纳，有图有真相！

吴斯泰忙解释：哎，陆书记，这……这是我瞎说，吹牛上的税！

陆建设讥讽：哟，哟，吴斯泰，你还是光荣的纳税人啊？！

吴斯泰苦笑着自嘲：不光荣，很可耻，齐书记已经批评过我了！

陆建设鼻音浓重：怎么还一口一个齐书记啊？哪来的齐书记啊？

吴斯泰立即改口：哦，是齐董事长！哦，不，不，是齐本安！

陆建设语重心长：吴斯泰啊，你别以为齐本安看不出你肚子里的那点坏水！齐本安会上一说，我都看出来了，你故意给齐本安使坏！

吴斯泰苦笑：我……我怎么敢啊，陆书记，我对领导个个忠诚！

陆建设眼睛看着天花板：个个忠诚，就是都不忠诚！你对齐本安就不忠诚！齐本安来了，不像石总那样宠着你这个破秀才了，不让你公款出书了，你和大猫出版社谈定的第二本破书没法出了，你生气啊，那好，齐本安，你他妈不仁，就别怪我不义，我举报你公款旅游……

吴斯泰几乎要哭了：陆书记，我……我没这么想，真的……

陆建设在屋里踱着步，威胁吴斯泰：老吴啊，跟什么人，走什么路，这可是个大问题啊！跟对了人，没有枪可以有枪，没有炮可以有炮。跟错了人，就是有了枪也会被人收缴，有了炮也会被人毁掉！

吴斯泰应付说：是，是，陆书记，您说得对，经验之谈啊！

陆建设故意说：和你挑明了说吧，我和齐本安是天敌，死仇！

吴斯泰吓得直往后缩：陆书记，您夸张了吧？您开玩笑是吧？

陆建设说：不是！我不开玩笑，京州中福有他没我，有我没他！

吴斯泰被他收拾得狼狈不堪，脸上却仍然挂着职业性的笑容，抹着汗说：陆书记，您就是有水平，真是听君一席话，胜读十年书……

陆建设不耐烦了：别捧我！我就问你，换办公室的事怎么说？

吴斯泰仍是推辞：这个，陆书记，您领导们定，我只管具体办！

陆建设翻着眼皮：吴斯泰，我和你说了一个晚上，你也没去办啊！

吴斯泰汗流得更急：这不是还涉及齐本安董事长嘛，您……您得和齐本安打招呼说定了，让齐本安通知我！陆书记，我……我也不怕您生气，我……我得把话说明白，您说万一搬家以后齐本安说，他办公桌里有……有一笔巨款丢了，少了，我……我怎么赔他，是吧？

陆建设煞有介事：啊？齐本安办公桌里竟然有一笔巨款？好，吴斯泰，我接受你的举报！说，多少钱？是现金，还是银行卡？嗯？

吴斯泰几乎要哭了：哎呀，我……我这就是举个例子……

陆建设立即教训：这种例子你少举！有诬陷领导的嫌疑！

吴斯泰说：是，是，不说了，陆书记，您忙，我……我走了！

陆建设才不忙呢，也不许自己面前的猎物溜走。此刻他就像一只娱乐心很强的猫，正耍着手上的老鼠，哪能让老鼠就这么溜了：你往哪里走，我的朋友？吴斯泰啊，你得认清形势，认清自己啊！

吴斯泰连连点头：是，是！汗珠随着低下的脑袋一滴滴落到地上。

陆建设很人道地递了几张纸巾过去，让吴斯泰去擦汗，自己又说了起来：心虚了吧？害怕了吧？是不是？齐本安没公款旅游，你公款旅游了啊，有图有真相啊，我就得处理啊！老吴，把你公款旅游的事实经过老老实实写一份，送到我这里来，我根据你的态度作出处理！

吴斯泰哭丧着脸：陆书记，这……这事齐本安已经处理过了！

陆建设说：老齐怎么处理的啊？也没听说给你什么处分啊？

吴斯泰说：齐本安在大会上严厉地批评了我……

陆建设说：有多严厉？我怎么没听出来？再写份材料交上来！

吴斯泰逃命似的退到门口：是，是，陆书记，那……那我走了！

然而，让陆建设万万没有想到的是，该死的吴斯泰竟然以卑劣的手段反击他，趁着星期天，把他办公室旁边的一个不到三平方米的小便池作为扩充面积补给了他。这一补，他办公室面积不但够了，还多了一点八七八平方米。但是毕竟做了多年的小便池，办公室的尿臊味大，吴斯泰就买了瓶劣质花露水喷了喷！还说，终于给了陆代书记一个温馨而干净的大办公室！陆建设认定是齐本安使坏，问吴斯泰，吴斯泰不承认，说是他想出来的主意。他不信，吴斯泰没这么大的胆！

真是代书记了！办公室门前换了块新木牌：党委（代）书记办公室，吴斯泰也不承认是他干的，道是京州能源牛俊杰亲自派人拿着新牌子、小锤钉上的。吴斯泰承认借了张椅子给牛俊杰的人，让牛俊杰的人站在他提供的椅子上，把新牌子钉上去的，为此向陆建设作了检讨。

陆建设气愤难抑，冲到齐本安办公室，极其愤怒地说：老齐，我提醒你，我是林满江和集团党组任命的京州中福党委书记，不是你用卑劣手段可以赶走的！你对上级的决定哪怕再不乐意，也得悠着点！

齐本安似乎很意外，问他：哎，老陆，出啥事了，有事说事！

陆建设说：老齐，你演戏是吧？你戏精啊！你说把你的办公室换给我，为啥一直迟迟不换？不换也就罢了，为啥把一间男厕所作为补充面积套进我的办公室了？连牌子都换成代书记！往泥里踩我是吧？

齐本安还装傻呢：老陆，这事我不知道，我了解一下再说吧！

陆建设不依不饶，眼光凶悍起来：老齐，你他妈别给我装 ×！

齐本安的口气冷硬无比：老陆，请你文明一点，不要把自己变成疯子，把这里弄成疯人院！坦率地说，在我一生的工作经历中，还真没见到过像你这样没有水平的国企干部，更何况还是党委代书记！

陆建设说：老齐，你的意思是不是说，林满江董事长和集团党组用错人了？用了一个没水平的疯子？你难道在和一个疯子共事吗？

齐本安说：你难道不是疯子吗？为了一点八平方米办公面积，逼得吴斯泰恨不能上吊！你说他把厕所套给你是污辱，可他没法办！你办公室是顶头一间，除了厕所可套改，没有套改余地。我说清楚了吗？

陆建设说：老齐，这么说，把厕所套进我的房间是你的主意了？

齐本安说：是啊，吴斯泰一请示，我就同意了，这样就达标了嘛！

这个不要脸的大屁股动物，终于认账了！可这一认账却让陆建设心惊肉跳：这么说，吴斯泰被他逼到大屁股动物那边去了？糟糕，他是不是犯错误了？领导一再强调要团结同志，他又没注意团结……

在电话里和皮丹一说，皮丹说：现在要的不是团结，是斗争！齐本安、石红杏、牛俊杰他们搅和在一起，搞领导的小动作！领导很恼火，随时可能爆发，就差一根火柴，甚至一颗火星，明白吗？所以要摩擦起火，一定要加大摩擦的力度，把京州中福班子不团结的风声造出去，造得越大越好，促使领导下决心拿下齐本安，早日派自己过来。

皮丹告诫说：老陆，一定记着，把闹摩擦当成伟大事业来干！

陆建设呼应：这是必须的，我肯定把这番事业干好，干出彩来！

打完电话，陆建设仰天长叹，又是一番感慨：皮丹不是号称佛系干部吗？怎么官瘾也这么大呢？这证实了他内心深处的看法，这世界就是由权、名、利构成的。人为财死，鸟为食亡，古今中外，概莫能外。

三十九

齐本安在一份会议记录上发现了湖苑别墅。记录上写着，长明集团赠送别墅一栋，所在地是湖苑小区，别墅标号87号，接收单位是京州能源公司。可齐本安让审计人员反复查找，也没能在京州能源公司的资产登记上找到别墅。问了牛俊杰才知道，原来是傅长明慰问劳模，送给程端阳的。牛俊杰说：当时公司也就是过了下手。齐本安质疑：田大聪明也是劳模，怎么没送上一套？牛俊杰没好气：田大聪明又不是林满江的师傅，人家凭啥送他！是啊，傅长明要讨好林满江。

根据湖苑小区的高档定位判断，当年这栋别墅应价值上千万，而且傅长明送别墅的时间又在京丰、京盛产权交易期间，这难免让人生疑。师兄妹三人北京聚会时，林满江说了，交易是市场行为，价格波动由不得个人的意志。而且决策程序合规——中福集团战略委员会研究，董事会拍板，不是他林满江的个人决定。至于十亿元的交易费用，钱荣成口说无凭，查无实据。现在这栋别墅不经意间浮出了水面，令坊间有关林满江和傅长明、中福集团和长明集团的传说露出了一线峥嵘。

在林满江的压力下，齐本安很不情愿地在交接审计报告上签了字，和靳支援完成了形式上的交接，但暗中的审计一直没停。随着审计深入，各种问题渐渐浮出了水面。最大的问题是，京州中福许多项目材料、审批手续都不完整。林满江和集团的指示批文缺失严重，签字拍板的大都是石红杏，一些项目违规、违纪，决策也超越了石红杏的权限。牛俊杰说老婆是林满江的白手套，此言或许不虚，小师妹十有八九被大师兄套住了。齐本安决定和石红杏深入地谈一谈，就从冒出水面的别墅谈起。为此，他悄然到湖苑小区走了一趟，找寻那座87号别墅。

湖苑小区是长明集团开发的，也只有这种强势开发商能在光明湖畔拿下如此黄金宝地。湖苑小区大门像皇城城门，气势非凡。别墅群背靠缓缓隆起的青灵山，面朝开阔的光明湖，浓绿的树荫将一幢幢造型别致的小楼遮掩起来。这里离市中心不算远，却又是一个僻静的世外桃源。

几乎没费什么劲，齐本安就在北山坡上找到了87号别墅。一个园林工人正在门前修剪绿植，没等他询问，就热情介绍起来。说是湖苑别墅没几家人常住，都是大款投资，等着房子坐地涨价。87号这家从没见到过主人，院子里荒草长得都齐腰高了。隔壁88号原先住着钢铁大王钱荣成，最近被法院查封，要成鬼屋了。工人说他进花园看过的，88号一池子锦鲤都死了，肚皮朝天，漂在水面上一大片……

齐本安看了看，旁边那幢别墅铁门上果然交叉贴着法院封条，也不知钱荣成流浪何方？不过，这位钢铁大王竟和皮丹做了邻居，引起了齐本安一点遐想——都跟傅长明有关系，别墅后面应该有故事吧？

绕着别墅转了两圈，齐本安顺鹅卵石铺成的小径登上了后山。山上有凉亭，他坐在石凳上休息。天气晴朗，放眼望去，灿烂的阳光洒满湖面，波澜起伏，反射出点点金色。湖湾柳树茂密，绿荫遮掩，居然浮游着几只白天鹅。齐本安以为自己眼花，错把农家肥鹅当成了天鹅。可是大鹅们起飞了，拍打着白色翅膀，脱离湖面冲上了蓝天，溅起水花朵朵，真是美不胜收。齐本安望着空中腾飞的天鹅，啧啧赞叹。

从湖苑小区离开，回到办公室，没等齐本安打电话找石红杏，石红杏倒径自来了，让齐本安劝劝师傅。石红杏说：师傅伤已经好得差不多了，近期要出院。矿工新村"九二八事故"后乱糟糟的，师傅的房子又倒了，她安排了中福宾馆宿舍，还安排了服务员照顾，可师傅非要回矿工新村住简易房。齐本安趁势说起了别墅：你让师傅去住湖苑嘛！那里有保安、物业，背靠青山面向大湖，还有白天鹅呢，我亲眼见了……

石红杏一时摸不着头脑，两眼直直地瞅着他：什么湖苑啊？

齐本安把一份发黄的会议记录从抽屉取出，拍放在桌子上。石红杏急忙拿起来翻阅，豁然醒悟：哦，我想起来了，这是傅长明来签京盛、京丰交易协议时，送给师傅的礼物。林董同意收的，所以我才记在本上了。齐本安问：林董有批示吗？你记录在案，却没有董事长的文字批示，谁能证明你请示过林董了？石红杏有点发蒙：哎，这样的情况多的是啊，我还能每件事都让林董签字画押吗？他指示我执行！

齐本安正色道：我在交接审计中发现的最大问题，就是审批手续不完整。许多违规违纪的事只有你和皮丹的签名，林董连一张字条都没有，这正常吗？石红杏说：批示都是有的，可是每到年底，林董就派人来收走了，你说我敢不给吗？再说了，我也不信大师兄会害我！

齐本安心里不由一惊，可觉得不便多说，又说起别墅：别墅我查了一下，房产证上的名字是皮丹，不是师傅。

石红杏说是不清楚，要不是他扒拉出来，她都忘了有别墅存在。还说当年两矿交易，她和靳支援都没具体参与，只是欢迎仪式、签字仪式由她主持，具体操作人都是皮丹，皮丹先是京州能源的总经理，后是董事长，还兼着党委书记，林满江直接指挥他，和他热线联系。所以，石红杏提醒他：真要是查湖苑别墅，最好不要亲自出马，别再惹恼了大师兄。

齐本安看着石红杏问：你觉得这座别墅是不是应该查一查？

石红杏一声叹息：还问我？我不让你查，你不是照样查吗？

齐本安苦笑道：我不敢玩忽职守啊，除非我哪天不在其位了！

石红杏这才说：其实，我心里也挺不安的，林满江每年都派人来收批条，现在想想，我也觉得不太正常，你这次查查清楚也好，真的。

齐本安话里有话说：咱们这边查清楚了，只怕大师兄就不清楚了！

钱荣成上门后，经过牛俊杰的反复提醒，估计小师妹心里也有数了。石红杏怔了一下，叹着气说：就是就是，所以，我一直挺纠结的。

齐本安故意问：纠结啥？怕大师兄掉队，还是怕他掉到坑里去？

石红杏却不说了：本安，要不这样，湖苑别墅的事，你让陆建设去查吧，他是党委代书记，现在还兼着纪委书记，反腐倡廉归他管。

齐本安皱起了眉头：让陆建设查还不如不查，算了，再说吧！遂又问起：这两天怎么不见陆建设的影子？石红杏苦笑说：去北京找林满江告状去了，这位代书记委屈大了，上任没讲上话，补充办公室面积补了间厕所。齐本安道：你不说我还忘了，厕所是你给吴斯泰出的主意吧？石红杏问：你怎么知道是我的主意？齐本安道：我能不知道你？你这小聪明也没少害过我！石红杏笑了：这次让你背锅了！齐本安道：就是，陆建设冲到我办公室大吵大闹。石红杏说：对不起！又说：陆建设的事还没完，还让办公室给他买车，说他正局级，应当跟你我一样配备专车。齐本安苦笑不止：京州能源工资都发不出来，哪来的闲钱给他买车？他想闹就让他闹，不行，就把我这辆车给他吧！

京州能源是齐本安的心腹之患。两万工人欠薪已近一年，他到任时欠薪是五亿，现在快六个亿了，工人们怨声载道。陆建设做了代书记以后，牛俊杰是真不想干了，非要辞职。齐本安一直做工作，也逼着石红杏和他一起劝，才勉强把这头任劳不任怨的老牛给留了下来。

牛俊杰留下来，坚守了岗位，但和陆建设一直明争暗斗，甚至故意和陆建设作对。就在前天，又有工人到能源大院讨薪，过去总是牛俊杰对付——牛俊杰接地气，处理这类事情有经验，连哄加蒙，从没让上面操过心。这次不然，老牛躲到医院打吊瓶，偏让上面操心。齐本安就让管政治思想的陆建设去做工作。陆建设倒也没推，也许是想露一手，显示一下自己的领导能力。到了现场，和工人对话时颐指气使，官话连篇，激起了工人们的反感。双方语言冲撞，擦枪走火，几个青工要揍他，幸亏被几位年长师傅劝止，才没闹出更大的事故。那日，几百号工人把陆建设围住，不让他走。天黑了，月亮出来了，工人声称，要和陆代书记一起赏月，一直围困至深夜。后来，还是齐本安无意中得知情况，亲自赶到能源公司，将代书记同志给解救出来。

然而，好心却没得到好报。陆建设获救后，立即指出：这是一起严重的政治事件！牛俊杰故意要他，借口打吊瓶躲进医院，让工人们以讨薪为借口，挑衅京州中福党的领导，背后是有主使者的！齐本安懒得理睬这个疯子，听了没几句，就不耐烦了，拿了一个废纸篓往陆建设面前狠狠一放，让这个疯子对着废纸篓说去，自己转身离去……

现在，陆建设到北京告状去了，也不知林满江会怎么发声。

大师兄会用人啊，在京州中福用了陆建设，在北京身边用了个皮丹，他面临的政治生态变得极其恶劣：别说在京州中福开拓进取，干一番大事业了，只怕一不小心还会中箭落马，他真是被逼上战场了。

现在想来，齐本安也有些后悔。范家慧说得没错，他在北京待着好好的，钱不少拿，责不多担，何必呢！这么多年过去，他还是太天真了，连身边的几个人都没认准。像林满江，不但是他大师兄，更是危险的政治动物，你敢触动他的虎须，他肯定让你死得很难看。像皮丹，过去的跟屁虫，现在成了和他作对的大太监——谁让他这么认真呢？一上任就要把皮丹拿下来。大师兄聪明啊，把皮丹带到北京，为己所用，还貌似给了师傅面子，帮了他的忙。他真是愚蠢！所以，现在对石红杏，他再不敢轻举妄动了，尽管审计中发现的问题都与石红杏有关，石红杏迷信林满江渎了职，他也不想深究了，一个班子三个人，他必须团结好石红杏，以对付老虎伸出的爪牙——陆建设……

四十

陆建设从北京回来当天，就要传达林满江的重要指示。一进齐本安办公室的门，把保温杯往茶几上一放，就夸张地深呼吸：齐董，还是你办公室空气新鲜啊，空间也大，不像我的办公室一股尿臊味！

石红杏说：所以齐董才要把办公室换给你嘛，是你坚决不要！

陆建设立即开战：我没说不要，齐董也没真想换给我！齐董，今天当着石总的面，我得把话说清楚，你可以不把我陆建设当回事，但你得把我这个党委书记当回事，我这个党委书记是集团党组任命的！

齐本安挂着脸：老陆，我不把你当回事，会听你扯淡？说事吧！

陆建设骨子里还是怕齐本安的，不敢再啰唆了，推了推鼻梁上的眼镜，干咳一声，打开了笔记本：好，那我就开始！老齐，老石，京州中福主要领导是我们三个，林董把这么一个大摊子交给了我们，是对我们极大的信任啊，我们绝不能辜负了林董对我们的信任……

齐本安不耐烦地打断了陆建设的话头：大话套话就别说了，你没必要在我们面前表忠心！表了也没人代你去传达，你就省点力气吧！

石红杏也说：就是，没让你做代书记，你天天骂林家铺子，一让你当代书记，就天大地大不如林董的恩情大了，这变化让人闪崩啊！

陆建设理直气壮：这有什么错？知恩图报是传统美德，老齐，老石，你们俩恐怕就是缺少这种美德吧？不瞒你们说，林董很伤心……

齐本安摆摆手：行了，说正事！你不说我说！现在我们面临的形势很严峻，短期内资金缺口很大，要筹措还债，不能让债券违约！我去求银行，想办法。石总坐镇主持公司日常工作。老陆，京州能源一万多人的劳动力输出，有大量政治思想工作要做，你可要重视啊……

陆建设叫了起来：哎，老齐，等等，我这听着怎么不对劲啊？

齐本安冷冷看着陆建设，显然很警惕：哪里不对劲了？你说！

陆建设小眼睛在镜片后面闪闪发光，神情有些亢奋：不是说我传达林董指示吗？这次到北京汇报，林董特别指出，要抓好反腐倡廉！

石红杏心里一提，本能地觉得，陆建设又要牵出她家那头老牛溜达溜达了。只是现在要遛牛的不仅一个陆建设了，只怕还多个林满江。

果然，陆建设看着笔记本侃侃谈了起来，说是林董指示，对牛俊杰同志违反中央八项规定精神的问题，不讲政治纪律的问题，不能视而不见，要敢于碰硬，要在调查落实的基础上进行严肃的组织处理！

石红杏一脸不悦，责问陆建设：老陆，林董怎么对牛俊杰突然这么感兴趣了？是不是你这次汇报时，添油加醋了？请你说说清楚！

陆建设似乎很诚恳：石总，别护短啊！牛俊杰的问题并不是我今天才追究的，他那个大食堂后面的小包间，猫腻多着呢！石总，这我也从来没瞒过你，我襟怀坦白和你说过，我给林董写过举报信的嘛！

没想到，这时齐本安挺身而出了，绷着脸说：老陆，牛俊杰请客吃饭的事，我调查过了，都是招待债权人，事出有因，也批评过了！

陆建设说：老齐，你的意思，我们就不必调查处理牛俊杰了？

齐本安说：没错，当时我是董事长、党委书记，我处理过了嘛！

陆建设强调：老齐，我提醒你一下，牛俊杰是林董要求处理的！

齐本安说：在这件事上，林董说了不算！老陆，我也说清楚了吧？

陆建设挑衅地问：你的意思，在京州中福，反腐倡廉不必搞了？

齐本安脸一拉：谁说不搞了？搞啊！不但要搞，还得搞好了，搞彻底了！有线索的腐败要一查到底！皮丹涉嫌收傅长明一幢别墅，价值人民币一千多万，怎么个情况啊？老陆，你好好查去，我等着！

这一招够狠的，别说陆建设没料到，就连石红杏也没料到。昨天齐本安和她交底谈心时，她虽提过让陆建设查，也只是说说而已，原

210

以为齐本安不会真的查，真的查了，不但得罪林满江，也牵扯师傅。

过了好半天，陆建设才回过味儿来，目光不再那么凶了，看看齐本安，又看看石红杏，近乎温和地说：老齐，老石，皮丹现在是中福集团的办公室主任，级别正局，又直接为林董服务，我们没权限查吧？

石红杏也不愿激化矛盾，跟着劝：齐董，这事是不是先摆一摆？

齐本安手一挥：摆什么？有线索的事就要查，就事论事嘛！说到权限，其实也很清楚，如果皮丹现在犯事，归张继英他们查，但在京州中福犯的事，在京州能源董事长任上犯的事，那就归我们查了！况且，这又是审计时发现的问题，我们必须弄明白！老陆，你说呢？

陆建设问：老齐，对你的话我应该怎么理解？这是命令我吗？

齐本安冷冷道：你把它理解为一个班子同事的意见和建议吧！

陆建设说：老齐啊，不是我批评你，即使是意见和建议你也是不妥当的！你凭什么认为皮丹犯事了？那幢所谓别墅是不是就存在啊？

存在！为慎重起见，我前天专门跑了一趟，已经眼见为实了！

好，好，老齐，就算存在又怎么了？皮丹一直炒房子！

这幢别墅价值千万，凭皮丹的收入，他炒不起！

太主观了吧？谁没有三朋四友？皮丹就不能借钱吗？

老陆，你不主观？你怎么知道皮丹借钱了呢？他借你的钱了？

老齐，你的意思，就是不愿放过皮丹，一定要查他，是吧？

是，一定要查一查，林董不是指示反腐倡廉吗？咱们得执行啊！

石红杏怕了：哎，哎，你们俩都冷静点，有话好好说……

陆建设没理睬她，大大咧咧地拨起了手机，在她和齐本安的注视下，和林满江通上了话：林董，我向您做个汇报啊！您和集团明令查处的牛俊杰违反八项规定精神的问题，老齐和老石都不让查处！他们要求我查处皮丹，说是在交接审计中发现皮丹收受了长明集团一幢别墅。对，交接后老齐还在背着您查账，我觉得这也是很不妥当的！皮丹目前是集团办公室主任，为您服务，未经您同意就查处，肯定会产生不良影响。但老齐非要查处不可，特向您和集团做个汇报，请您指示！

这一招同样出人意料，齐本安和石红杏一时都没反应过来。林满江那边说了些什么也不知道。只听陆建设唯唯诺诺地应着，最后，放下话筒才说：林董气得把电话都摔了！这下严重了，我们闯大祸了……

齐本安快要被陆建设气疯了，再也按捺不住，一声怒吼：散会！

陆建设把公文包一夹，抬腿走人。走到门口，又回过头说了一句：老齐，老石，要摆正位置，是林董领导我们，不是我们领导林董！

二人谁也没睬他。待陆建设出了门，石红杏关上门，才对齐本安说：本安，你真得冷静点，别意气用事！

齐本安颓然坐下，激动得端茶杯的手都颤抖了：陆建设这个混账东西，他竟然给我来了这一手！

石红杏掏出手机：要不，我给林满江打个电话吧？做个解释？

齐本安摇了摇头：不，红杏，别找他了，我没法和他对话了。想了想，齐本安在她的注视下，拨通了张继英的电话。齐本安要把问题公布出去，让中福集团其他领导知道。石红杏又怕又急，正想着怎么劝说齐本安先不要打这个电话，但是只片刻的迟疑就来不及了，齐本安已和张继英通上了电话，是用的座机——张继英书记吗？我要向你做个重要汇报！也许我和石红杏碰上大事了。在上任例行审计时，我意外地发现了不少问题，有些问题相当严重，涉及集团主要领导同志，可能还涉及巨额国有资产的流失……

这时，石红杏不知哪来的勇气，一把按断了面前的座机电话。

齐本安怔住了，看着石红杏：你——

石红杏眼中泪水夺眶而出：本安，你……你都想好了吗？

齐本安眼中也现出了泪水：想好了，林满江要动手了！

石红杏声音哽咽：他……他毕竟是你我的大师兄啊！

齐本安仰天大笑：哪还有什么大师兄？红杏，你别迷糊了！好好回忆一下吧，你主持工作的这些年，许多违规违纪的事情都是怎么发生的？林满江每年抽走的批条上都是些什么内容？以免被他们诬陷。

石红杏心里一紧：会这么严重？林满江能对我这样心狠手辣？

齐本安一声长叹：别忘了，林满江当年可是握着三角刮刀冲上仕途的，翻了脸，他是敢动刀子的！杏，你就丢掉幻想，准备斗争吧！

就在这时，齐本安的手机响了，来电显示是张继英……

四十一

林满江摔了电话后，立即让皮丹通知党组成员开会，解决齐本安的问题。他的确被气坏了，脸色灰白，好半天没能平静下来。天底下哪有这样的兄弟兼下级？做兄弟，不讲情义；做下级，这么不服用！京州中福的交接手续早就办完了，他暗地里还在查账，竟然查出了皮丹的一幢别墅！别墅怎么啦？人家关系单位给劳模送套房子还犯法了吗？又不是他们这些在职干部要了这幢别墅！想到这里，突然觉得哪里不对头——如果别墅在师傅程端阳名下，齐本安没多少理由查……

林满江这才把眼睛瞅向皮丹：皮丹，傅长明送的别墅登记在谁名下了？不会是你吧？皮丹哭丧着脸点了点头：哥，就是我。林满江怔了一下，压抑不住地抬手给了皮丹一个大耳光，厉声训斥：皮丹，你这个蠢货！混蛋！啥都往自己名下划拉，又给我惹事，你要想死就早说！皮丹吓得汗都出来了，忙说自己和京州房产局局长是好朋友，今天就回去一趟，想法把房主的名字改成他老妈程端阳。说罢，要走。

林满江没好气说：下午开党组会，你往哪儿去？明天再走吧，到京州中福去做董事长！皮丹怔住了，瞠目结舌看着他，似乎不敢相信他说的话——闯了一个大祸，却外放做封疆大吏了。现在火烧眉毛，林满江没时间，也没心情和皮丹解释，看着愣在跟前的皮丹又火了：还看着我干什么？赶快让靳支援过来，我和他通通气商量下午的党组会！

靳支援过来了，进门就说：林董，我今晚的飞机飞开罗！怎么突然开会了？离开京州中福后，靳支援的相印一颗不少——又兼任了非洲中福集团公司的董事长。那边的黑人兄弟不是省油灯，整天闹罢工。

林满江仿佛变了个人，乐呵呵的：哎，老靳，你坐，坐下说！

靳支援在沙发上坐下了：又怎么了？林董，下午党组会啥内容？

林满江似乎很随意：内容只有一项，就是解决你在京州中福遗留的问题，所以你不能走。你是京州中福的原董事长，现在齐本安还在暗中审计你呢，你往哪里走啊？你走了，谁替京州中福的事情做解释？

靳支援一下子跳了起来：什么？什么？京州中福的工作不是交接完了吗？他还暗中审计啥？齐本安想干什么？

林满江拍了拍沙发扶手：坐下，别叫，别叫！所以，老靳，我才下决心要把齐本安拿下来，让皮丹去京州中福接齐本安的董事长！

靳支援显然有些意外，想了想，斟词酌句说：让齐本安滚蛋，我支持，齐本安根本不具备一个企业管理者的素质！可让皮丹接任京州中福董事长？这是不是有些轻率了？林董，皮丹那可是佛系干部啊！

林满江承认说：皮丹的责任心是差些，但现在咱们临时抓谁呀？

靳支援牙疼似的吸着冷气：也是，也是！皮丹毕竟对京州熟悉！

林满江把话说透了：老靳，我把话和你说到底，比皮丹强的干部不是没有，但一时顶不上去啊！皮丹哪怕他是一坨屎，我们也得用他！

靳支援苦笑道：林董，你都把话说到这份儿上了，我还有啥可说的？听你的！

下午，中福集团五个党组成员聚集在小会议室开会。林满江开门见山，严厉指出齐本安的问题——不讲政治，不讲规矩，对集团闹独立性，不服用，而且班子很不团结。他得出的结论是：这样的干部在中福集团的历史上就从没见过！因此，建议撤销齐本安京州中福董事长的职务，重新安排力所能及的工作。派集团办公室主任皮丹任京州中福的董事长，主持全面工作。新的京州中福领导班子排名次序为：皮丹、陆建设、石红杏。陆建设的"代"字拿掉，正式任命为党委书记。

说完后，他威严地扫视着众人：如果没有意见的话，那么就……

这时，张继英举起了手，要求发言。这在他的意料之中。他微笑着，请张继英畅所欲言。张继英态度鲜明，表示反对。理由是，齐本安调京州仅两个月，刚熟悉了情况，因为同事间的琐事就动干部，不合适。让皮丹去接替齐本安就更不合适了。张继英担心京州班子出现逆淘汰。说是京州中福干部群众对皮丹和陆建设的底细都很清楚，现在拿下了齐本安，让皮丹这样的佛系干部去主持工作肯定不服众。

林满江玩弄着手上的红蓝笔，让大家也说说。靳支援立即开炮轰击，说是齐本安不讲政治，不听招呼，严重违反中央八项规定精神！说是他身兼云南公司董事长，齐本安上任后借口找他交接，竟然从京州追到昆明，追到西双版纳。其实是一路上游山玩水，而且有图有真相！齐本安是和他的办公室主任吴斯泰一起游的，吴斯泰在网上四处招摇，影响极坏。林满江故意做出一副意外的样子：老靳，你不说我还不知道呢，齐本安还一路游山玩水？公款旅游那可是顶风违纪啊！

张继英再次举手，要求就齐本安公款游山玩水一事做个说明，以免这件事情以讹传讹。张继英说，齐本安为这事写材料解释过，她亲自处理的。京州中福的办公室主任吴斯泰喜爱舞文弄墨，抄宾馆的旅游介绍写了两篇所谓的游记，发在朋友圈。其实，他们根本没有旅游，旅游图片都是吴斯泰从别处 P 来的！她希望大家消除对齐本安的误解。

林满江不动声色，温和而不失威严：继英同志，该说的都说了吧？

张继英脸色沉郁，欲言又止：就说这么多吧，希望同志们慎重！

好，有民主也要有集中，现在集中一下——同志们，我再次重申我的建议：撤销齐本安京州中福的董事长，建议皮丹同志任董事长，主持工作，相关任职手续按法律规定办理，现在我们就表决一下吧！

表决的结果完全在他意料之中，张继英一票反对，靳支援和他及另两位党组成员四票赞成，少数服从多数，通过。民主集中制再一次显示出被他强势把控的诡异。林满江随即起身：好了，同志们，散会！

张继英很沮丧，站起来问：满江同志，那么，齐本安怎么安排？

林满江根本不看张继英，大步向门外走：这个就不讨论了，我送皮丹上任时会征求他的意见，安排力所能及、符合他能力的工作！

四十二

秦小冲是在和前妻周洁玲会面喝咖啡时意外接到深喉电话的。

李顺东借给他的二十万，他一分不少地全给了周洁玲，没敢说是从讨债公司老板那儿借来的，只说是从黄清源那里讨回来的，还编了一段神话般英勇的故事，让前妻重新认识了一个能文能武的男人。前妻的态度开始转变，格外开恩，允许他和女儿进行视频通话。按前妻的剧本规定，他现在在美国留学，一边打工一边学习，是女儿的好榜样。然而只按这剧本演了一次，秦小冲就演不下去了。他太想女儿了，两年多没见，女儿长高了，长俊了，已不是当年那洋娃娃的样子了。他在视频上看着女儿就忍不住泪水直流，弄得女儿也哭着要他回来。

秦小冲渴望和前妻复婚，希望前妻给他一次机会，也给女儿一个完整的家。前妻看在到手的二十万上，答应考虑，但前提仍然是冤案平反。前妻有洁癖，说她家祖上三代都没人坐过大牢。秦小冲说：要是解放前坐国民党、日本人大牢，那是革命战士。周洁玲指出：你坐的是共产党的牢，你不是革命战士，是诈骗犯——当然也可能是冤案。

就在他和前妻讨论革命战士、诈骗犯时，深喉的电话打到了他手机上，这让秦小冲深感意外，又十分惊喜：深喉居然还记得他，而且是在他迫切需要证明自己的时候，深喉出现了！上帝啊，深喉这次的爆料更猛，人和事清晰具体，具有极大的杀伤力：林满江收受了长明集团一幢别墅，位于京州湖苑小区。傅长明还送了林满江一架飞机呢！

秦小冲兴奋，激动，一时难以遏制，拿手机的手颤抖起来。他屏着呼吸，满怀希望地问：深喉，我们也算是老朋友了，这次是不是可以见个面了？深喉一口拒绝了：我没有朋友。说完，就挂断了电话。

秦小冲疑惑了，为什么深喉不愿——或者不敢和他见面？这里有什么鬼？该不会又给他设套了吧？前妻也怀疑：给林满江或者哪个领导送别墅有可能，可谁送飞机啊？收了放哪里？让他别听风就是雨。

前妻说得是，他又当起了福尔摩斯。当天回到家，急急忙忙从抽屉拿出那张福尔摩斯破案图，挂到墙上，两手捧着滚烫的脸腮，盯着这张图久久沉思。他摸出一支签字笔，在林满江的名字上画了一个长方形框框。歪着头看了一会儿，又添上几道铁栅栏。这样大领导林满江就变成一只关在笼子里的老虎。他不赞成前妻的分析，认为林满江是中福集团董事长，弄架飞机玩一玩也不是不可能的！

会是什么飞机呢？直升机还是喷气机？傅长明的长明集团的确既有直升机，又有一架喷气机，莫不是都归林满江所有？买给林满江玩的？他会在啥时玩？

还有深喉。是不是当年的深喉？秦小冲找出当年的电话录音，反复对比着听，还让父亲来听。父子俩认为录音里的深喉是一个人，是同一个岩台人。这下子，秦小冲激动了，赶在下班前到了报社，向范家慧紧急汇报。老范不仅是报社领导，还是他卧底的单线联系人，另外她老公齐本安，是京州中福董事长，也能为他平反冤案助一臂之力。

范家慧听了他的汇报，惊得花容失色：秦小冲，你唯恐天下不乱是吧？腐败不是你这么反的！你说林满江收了湖苑别墅？别墅在哪儿？秦小冲说：范社长，我不是唯恐天下不乱，也不是非要反谁的腐败，我是要为我自己的冤假错案讨一个说法！我是冤枉的，我比窦娥还冤！今天爆料的那个深喉，就是两年前向我爆料的人。我出于职业习惯，都录了音。范社长，我放给你听，请你判断是不是同一个人。

范家慧很谨慎，把门倒插上后，才示意他开始。秦小冲打开第一个老旧手机，放录音，接着，又把今天刚录下的录音放了一遍。范家慧听了两遍之后，不得不承认，今天这个深喉就是两年前那个深喉。

秦小冲，看来你没说谎，你的确有可能是被他们坏人陷害了！

秦小冲眼中的泪水"哗啦"下来了：范社长，你到底相信我了！

范家慧亲切地拍打着他的肩头说：小冲，我一直就相信你，一个调查记者，怎么会没底线呢？就算受到不良风气污染，底线不能丢啊！

秦小冲一把抹去眼中的泪：就是，范社长，我可是您一手培养的！

范家慧对自己培养的记者很负责任，没让他催促，立即打电话给齐本安，把他汇报的情况和齐本安说了。不料，齐本安竟然不信，几句话就把范家慧打发了。齐本安在电话里说，送别墅是事实，但送的不是林满江，而是另一个人，是谁现在不能说，还要进一步调查。至于飞机，齐本安说：这不明摆着胡说八道吗？林满江会玩飞机吗?！

秦小冲想想也是：一个国企老总，怎么会去玩飞机呢？遂又想到，别是傅长明给林满江家的孩子送了一架玩具飞机吧？这才多少清醒了。不过，告别范家慧时，他再次重申：他是冤枉的，比窦娥还冤！

范家慧说：知道，知道，我现在心里有数了，一定帮你查清楚！

秦小冲本来还想和范家慧规划一下：这事怎么查清楚？从哪里查起？此前对牛石艳是个误会，对牛石艳的妈石红杏会不会也误会了？石红杏能十万收购李顺东的爱情，会不会收购他两年的自由？但范家慧不愿和他多谈，说是儿子从北京回来了，她得请儿子去吃毛肚……

四十三

齐本安想到了林满江会出手，却没想到林满江出手这么快，当天下午就决定了他的命运。当决定他命运的表决结果出来时，他正和老婆儿子在他们家小区旁边的一家火锅店涮毛肚呢。儿子在北京国际学校上学，难得从北京回来。一家人下馆子，父子俩口味相近，都爱吃毛肚。这家火锅店的毛肚片儿大，冰镇，又薄又脆，调料可口，堪称一绝。齐本安和儿子吃得满头大汗，扫光一盘又一盘，惹来了范家慧的嘲笑：瞧你们两个吃货，连吃相都一样，真是完蛋的节奏！

儿子瞅他妈一眼，扯出一个不该提起的话题——妈，你和爸都在京州工作了，干吗把我撂在北京读书？我还是回来吧！儿子一直惦记着京州那帮老同学，狐朋狗友鬼混好不热闹。范家慧说：不行，你老实待在北京，等我们前去会师吧！你爸爱得罪人，哪天混丢了官，摘了乌纱帽，还得回北京做他的宣传文案。到那时我也调北京，一切按原计划进行——买房子安家！齐本安敏感的神经被触动了，狠狠地瞪了范家慧一眼：老范，闭上你的乌鸦嘴，毛肚都让你说变味儿了……

范家慧换了个话题：我们报社那个记者秦小冲可能是冤枉的！

齐本安心里烦得很，没好气地说：行，那你让法院给他平反去！

范家慧不高兴了：哎，你这个人，怎么对自己同志这么没感情？！

就在这时，手机响起来，张继英的电话打了过来。齐本安本能地知道情况不妙，起身到餐厅外面接电话。然而，张继英说的情况还是让他吃了一惊。林满江简直是闪电速度，中福集团党组竟然当天下午就专门为他开了会，将他拿下，由皮丹接任！他要查处皮丹，林满江偏让皮丹来做京州中福董事长，而且还要亲自送皮丹到京州上任！两个月前，他到京州上任，林满江没来送，现在却亲自送皮丹！几个意思？宣战？示威？林满江手上的权力就是这么任性！齐本安听后，惊讶得叫出声来：我的天，林满江也太疯狂了吧，竟这么肆无忌惮！

是的，本安，你对京州中福的审计触犯了林满江的核心利益，让他和他的利益集团无法容忍了！其实，不是老同志朱道奇和国资委领导点你的将，林满江不会安排你去京州！他开始悔棋了，党组会上我也顶不住！我问你：本安，现在，你还能不能忍辱负重坚守在京州？

齐本安想了想，痛苦地说：张书记，我是他下级，你说守得住吗？

张继英鼓励说：要想法守住！敏感的事以后不要在电话里说，注意安全，我会尽快到京州来一趟，当面听你的汇报。你先争取留下！

齐本安说：张书记，这不是我考虑的事，看林满江的意思吧！从他这么不计后果下手的情况看，他真是急眼了！估计会把我踢走，如果林满江让我留在京州，我就留下，我既然上了战场就不会退却……

合上手机，齐本安陷入沉思，好，好啊，该来的都来了……

吃过饭回到家，儿子玩起了电脑游戏，齐本安把有关情况和范家慧说了。范家慧也很吃惊，觉得不可思议：林老大也太过分了吧？就这么让你下台了？他还民主集中制？齐本安苦笑：这是林家铺子里的民主集中制，林满江早就说过，领导做决策，会议走程序！范家慧叹息：所以，民主集中制就变成了弄权集权的那些腐败政客的阴谋手段了！不过也好，本安，你本质上不是政客，就下来吃碗本分的干净饭吧。林满江总得给你一口饭吃，也许饭还不错。齐本安说：你别把林满江想得太好了，这次不是上一次了，我得有充分的思想准备。

范家慧还想说什么，齐本安却抬脚出了门，说是到楼下抽烟。范家慧说：你不是早戒烟了吗？怎么又抽上了？齐本安说：没办法，这阵子烦，抽烟能缓解点压力。范家慧还想说什么，齐本安已下了楼。

楼下不远处有块三角地，百余平方米的样子，被建成了有紫藤架的开放式花园。齐本安站在紫藤架下，点燃一支烟，抽了起来。戒烟多年了，现在又抽，很让他沮丧。一阵冷风吹过，紫藤架上，几片发黄的紫藤叶飘落下来，不经意间沾在他头上和肩上。夜幕使天空变得很辽阔，星星也增强了亮度，竟然能隐约辨出北斗星座的长把勺形。

齐本安吐着烟圈，仰望夜空，心情渐渐平静下来。罢官免职虽说突然，也在预料之中。愤怒的阶段已然过去，现在他不愤怒了，也不激动，只有些许淡淡的哀伤，如烟如雾，在心间蔓延着、缭绕着……

思绪如脱缰的野马，不知怎么就窜回了遥远的青葱岁月。他啥时知道的林满江？十岁那年？好像还早些，九岁多吧？他听说新村三巷有个冷峻强硬的林哥。林哥目光矍铄，不声不响往对手面前一站，气势就压人一头。林哥练武术，学摔跤，扔石锁，举杠铃，同龄人全不是他的对手。他跟着林哥四处跑，童年在林哥的光环下悄然度过。更奇的是，林哥和京州著名的高干区庐山路有关系，时常会有着干部装的叔叔把他带走。许多年以后，齐本安才知道，林哥的外祖父叫朱昌平，是汉东省副省长，经常带走他的叔叔叫朱道奇，是林满江的舅舅。

中秋夜的那场惊天矿难以后，他和林哥、石红杏成了程端阳的徒弟。林哥还是那么优秀，打架一把好手，干车工也是技术能手，不愧为大师兄。他以大师兄为目标，亦步亦趋，学习追赶。有一天，他发现大师兄蹲在车间门口铁墩上，眯着眼睛，久久凝视西下的夕阳，晚霞映红了他英俊的脸庞。他悄悄凑过去问：大师兄你研究啥呢？太阳黑子？宇宙规律？大师兄斜了他一眼：旧时代过去了，得读点书了！

大师兄善于审时度势，先一步看见了新时代的曙光，是矿上第一个考进京州矿业学院的青工。他奋起直追，把全部工余时间用来泡图书馆，也在次年考入了京州矿业学院。他追着大师兄的足迹前进，在整个青年时代，没有谁比林满江对他的影响更大，也没有人更能激起他的斗志，促使他努力奋斗——这一点，他是永远要感谢大师兄的。

齐本安又点了一支烟，在鹅卵石小径上来回溜达。星空壮丽，浩浩渺渺，他发出深深的叹息：为什么和大师兄搞到这一步？除了党纪国法，是不是还有别的因素？应该说还是有的。最初的裂痕也许是在他做朱道奇秘书时形成的。他并不知道少年时代时常带走林满江的是朱道奇，更不知道长大成人后的林满江和朱道奇再无往来。疯狂的革命像把尖利的刀子，割断了他们之间的亲缘，林满江和朱道奇形同路人。

那时，齐本安已经知道中福集团的创始人是朱道奇的父亲朱昌平，众人口中的林家铺子实际上是朱家铺子，是三十年代朱昌平用出售祖宅的五根金条在上海法租界创办的，一直归汉东地下省委领导，系党营企业。这也许就让林满江从骨子里认为，自己和这个企业的每一个人都不一样，似乎这个企业在血统上是属于他的。所以，朱道奇时代，林满江尽管表面上本分谦虚，内心的张狂齐本安知道。林满江曾酒醉之后和齐本安说过，按西方产权制度，中福集团就是他们家族的。

诡异的是，朱道奇作为这个家族掌了权的重要人物却并不喜欢林满江，甚至断言林满江不可重用。这种话朱道奇在齐本安面前无意中说起过，让齐本安很吃惊，却也不敢多问。直到后来搞公司史时，齐本安才知道，创办了中福集团的这革命大家族有着太多太多的恩怨。

朱道奇离休后，林满江时来运转，三脚两步上来了。从总部投资三部的副总经理，升成投资一部的总经理，又外派上海。林满江在上海中福任董事长、党委书记时，齐本安是主持工作的副总经理。这时发生了一件事：重点项目部李玉石多吃多占，贪污了五万公款，林满江希望内部解决，在电话里和他说，当面和他说，道是李玉石是可用的人才，必须保下来，齐本安觉得不妥，走了司法程序。把林满江气得发疯。嗣后没多久，北京的调令来了，林满江升任中福集团副董事长、总经理，齐本安没能顺序接班，做上海公司董事长，反而在林满江的建议下，调到北京集团总部做了管后勤保障的办公室副主任。

从那时起，齐本安和他大师兄林满江不可避免地渐行渐远了。

现在，他们又一次狭路相逢了——这次任职审计，审出来的并不只有皮丹的一幢别墅，问题多多！像小金库，数额大，时间长，是专为集团领导家属办私事的。林满江的妻子连一双皮鞋、一个包包都在这里报销。靳支援是挂名董事长，好处也没少捞，下饭店的小票、住房的物业、水电费也在小金库里报销。倒是石红杏一笔账没报，但石红杏丧失原则，渎了职，为讨好各方领导，搞出了这么一本腐败账。

这是个炸药包，一旦拉响，谁也别想逃。本来他是有顾忌的，不想拉，甚至没和石红杏说起过小金库。现在他有一种拉的冲动——只有他打响了第一枪，张继英和中央有关部门才有可能及早介入中福集团进行全面调查！他被逼上了战场，那就只能选择做一名战士了……

四十四

　　吃过晚饭，林满江一直坐在书房翻看老照片。这一幅幅老照片是齐本安筹办集团八十周年大庆时，专门安排人给他复制的，装在一个又大又漂亮的相册里。齐本安干这种事还是很称职的。照片灰黄：当年的朱家祖宅、当年上海法租界的福记中西货品贸易公司，当年他那年轻的小开外祖父朱昌平和年轻漂亮的外祖母谢英子，还有儿时的舅舅朱道奇。旧照中没有他母亲。他母亲朱多鱼在战争年代就被这两个革命者当成多余的累赘送人了。多年后年轻的革命者掌了权，又过了许多年，想起战争年代的遗憾，才派人寻找失去的骨肉。他们找到他母亲的时候，他母亲纺织女工朱多鱼，已嫁给了京州煤矿工人林强柱，且有了他林满江。现在他成了副部级的董事长兼党组书记了，下一步就是正部。副部到正部是关键的一步，很多人奋斗一生止于副部。他革命的外祖父朱昌平，就止步于汉东省副省长，而他则很可能在几个月后就任汉东省省长，中组部的考察已经开始了，这时候太关键了。

　　林满江抬起头，把目光停留在对面挂着的书法上：天行健，君子以自强不息。是啊，君子当自强，他平生最大的一个梦想，就是在官职上超过抛弃了他母亲和他的外祖父。旁边还有一幅骏马图，骏骨铮铮似铁。飞扬的鬃毛、腾跃的马蹄，放射出蓬勃精神。这很像他，他从小到大就是那么蓬勃。可惜的是，这幅作品的技法不甚高明，作者不是别人，正是死党靳支援。靳支援喜欢画几笔，据说每尺上万，林满江不太相信。他也曾想过，找一位当代的大师名家画一幅精品，但碍于身份，怕被人非议，只得将就了。诗画言志，有这么个意思就成。

这时，林小伟笑眯眯出现在他面前：爸，我妈说，你要接见我？

林满江脸上现出慈祥：浑小子，到底回北京了，把老爸忘了吧？

林小伟忙道：没，没，爸，你看，妈一招呼，我不就回来了吗？！

林满江一把搂住林小伟的肩头：小伟啊，爸要好好和你谈谈！

儿子笑问：是老子和儿子的谈话，还是两个男人之间的谈话？

父亲笑答：当然是两个男人的谈话。所以我就没让佳佳过来！

林满江让林小伟在身边坐下，一手搂着儿子，一手指着相册说：儿子，老爸今天要和你讲点历史，也许对你未来的人生会有所启示。

林小伟看着相册上第一张历史照片：爸，我知道，中福集团就是从这里起家的，这是你们家祖上的老宅！当年把它卖了五根金条，想救一个共产党的大人物，没成功，就用它做资本——在这里，林小伟指向另一幅照片：创建了上海福记公司。

林满江感慨道：所以，儿子，这个中福集团从理论上说，是我们福记后人的，我外祖父朱昌平在他的革命回忆录《上海福记公司始末》里说得一清二楚，当时救刘必诚要十根金条，党组织的经费——也就是交付定金的那五根金条，实际上被执法处长收走了，后来又被抄家军警分赃了，真正创办上海福记用的就是朱家卖祖屋的五根金条！

林小伟说：爸，这个历史事实组织上是承认的吧？后来福记不是有一半的私人股权吗？回忆录里说，是朱昌平把股权给主动捐献了！

林满江叹息：是啊，捐献了，西柏坡会议后，党有个决定，不再搞党营工商业，决定私人退股，朱昌平这些革命者没接受，把自己的股份当特殊党费交给了党组织！这就让我们这些后人成了无产者。儿子，无产者不是一个简单的名词，是一种生活状态，你可能不会理解。

林小伟说：我理解！不就是穷嘛，当时都穷，也不是我们一家。

林满江点点头：你出生在九十年代，你懂事时，已经改革开放了。

林小伟说：爸，你是说你的童年、少年，在京州矿工新村的时候？

林满江道：是，矿工新村。两间平房和两张木床全是租公家的，吃饭的桌子是炮药箱改的。我们一家的全部家当不值一百元人民币！

林小伟说：那是惨了点！不过，这种情况棚户区现在也还有呢！

林满江一声叹息：是啊是啊，我知道，发展不平衡嘛！儿子，我继续说！老爸出生于一九六〇年，那是个灾难的年代，你奶奶月子里只吃了六个鸡蛋，弄出了一身病，后来死于肺炎，这想想就让我痛心！

林小伟说：我知道，我奶奶一出生就在战乱中被抛弃了……

林满江道：是啊，对第一代革命者来说，这是必然的选择。他们为了理想可以抛弃一切，不但抛弃物质财富，甚至包括自己的亲人。

林小伟说：爸，他们真了不起，今天像这种纯粹的人太少了！

林满江笑了笑：小伟，你有些像第一代革命者，家境富裕，不知贫困为何物。你如果生长在贫民区，对贫穷有刻骨铭心的记忆，就不会迷恋这种所谓的纯粹了，比如，对那个切·格瓦拉，我就从不迷恋！

林小伟争辩说：爸，我不同意你的看法！任何一个时代都要有精神力量，我们今天恰恰缺少这种精神力量，走遍地球村，到处都是利己主义的物质动物，财富成了衡量成功的主要标准，这是不道德的！

林满江注视着儿子，口气严峻起来：难道贫穷就是道德的吗？

林小伟说：贫穷当然是不道德的，邓小平早就说过，贫穷不是社会主义！但对财富的极度追求，无休止的占有欲，肯定是不道德的！所以，西方很多富人都写下遗嘱，把财富捐献给社会！我觉得朱昌平当年把福记的股权捐出来，除了政治因素，也有自己的道德要求……

林满江心里苦涩：儿子，你难得回来一趟，咱们不争论了！

林小伟也没再说下去：但是爸，你还是那么霸道，霸气十足！

林满江苦笑：儿子，我今天这么平等地和你对话，还霸气啊？

林小伟说：哎，我这不是贬义，是夸你！李达康也这么霸气！

林满江这才问："九二八事故"后，李达康还这么霸气吗？嗯？

林小伟滔滔不绝说了起来，道是他现在最服气的，就是自己这位倒霉的准岳父了！李达康说了，他可能要因为"九二八事故"下台，他下台后要做的一件事，就是京州棚户区的改造。他和李达康的女儿佳佳都成了李达康的助手，帮李达康搞棚户区调查，为下一步的棚户区改造提供决策的数据。李达康说了，人生在世是有使命的，不能只是吃喝拉撒睡！林小伟说：爸，我现在就特有使命感，天天快乐而充实！

林满江感慨起来：儿子，这么看来，人家李达康比我懂教育啊！

林小伟说：爸，你也懂教育，就是忙工作，很少谈心教育我！

林满江道：今天我就教育你！儿子，知道吗？使命是个很沉重的词，它并不像李达康说的那么轻松，也不像你所理解的那么快乐！

林小伟承认说：是，有些人能把自己养活了，就算完成了使命！

林满江自顾自说：对朱昌平、谢英子那些革命者来说，使命意味着奉献和牺牲，意味着用自己的肩担起一个国家和一个民族的苦难！

林小伟说：事实上，他们担起了，因此也赢得了我们后人的景仰。

林满江道：对李达康来说，使命意味着对一个地区、一座城市的无限责任，日日夜夜不敢掉以轻心，而获得的报偿几乎可以忽略不计！

林小伟说：但这个地区、这个城市的老百姓会记住他们，历史会记住他们！比如说李达康，许多年后，京州老百姓也许还会说起他……

林满江激动了：小伟，你先别说，听我说！说罢，动情地一把搂住儿子，眼中的泪水不禁落了下来：我的儿子啊，使命不是你的嫩肩能担起的！而且你也没必要去担。朱昌平、谢英子这代人牺牲了，林强柱、朱多鱼这代人牺牲了，李达康、林满江这代人又牺牲了……

林小伟困惑地看着林满江：爸，我不明白你这是什么意思？

林满江一声叹息，说了起来。让儿子和佳佳一起回美国去，尽快走，那里有他们的用武之地。牺牲的年代过去了，他们不必牺牲！他们这代年轻人应该去追求自己的幸福生活，不要被激情的词汇迷惑了。

林满江说着说着，不禁流下了眼泪：儿子，爸积劳成疾，没准哪天就会倒下，最不放心的就是你，你去美国会有一番大事业可干！我的长辈家庭为我做得太少太少，母亲一出生就被抛弃，死得又早，我的少年时代差点命丧街头，所以，儿子，我想为你尽可能多做一些！

林小伟动容地说：这我知道，爸，你已经为我做得够多了……

儿子，你一定要好好想想爸爸的话，别留在国内就业，留在国内，最好的结果是成为另一个李达康、林满江，这真的有意义吗？

林小伟讷讷说：可是，我真的很佩服李达康，还有老爸您……

林满江道：你看看李达康的遭遇，当这一切落到你身上时，你能安然处之吗？儿子，你受不了的！你既不是李达康，也不是林满江！

林小伟很倔强：可我会努力学习做一个李达康、林满江……

林满江问：儿子，当手握重权，决定芸芸众生命运的时候，你能保证不滥用权力，不被权力腐蚀，在物欲横流的时代做一股清流吗？

林小伟想了想：这个……人性都有弱点，爸，我……我不敢保证！

林满江手一挥，口气极其严厉：儿子，那你就将陷入万劫不复之境，共产党没有将功折罪之说！被杀头的张子善、刘青山就是例证！

林小伟也许看出了他心绪的烦乱：爸，你今天心情比较灰啊！

林满江承认说：是，京州碰到一堆烂事，我不得不处理！好了，不说了，今天是我们之间的一次平等对话，儿子，你好好想想吧！

林小伟道：好的，爸！你多保重，自己都知道积劳成疾了，就得多注意休息！爸，我和佳佳留在国内，其实还有个好处，能照顾你！

林满江心里又烦乱起来：小伟，我不要你照顾，如果你想让我多活几年，就和佳佳尽快回美国，佳佳如果不愿走，你就自己走！我再说一遍，你应该去追求自己的幸福生活，不要被激情的词汇迷惑了！

林小伟走后，林满江看着窗外的夜色，心情益发沉重：转眼间儿子已经长成了大人，儿子有思想、有抱负，再也不是当年骑在他脖子上朗声欢笑的小天使了。在丰富物质环境中长大的儿子追逐着精神，就像当年的朱昌平。他不知道，他为儿子所做的这一切是否值得？

四十五

这个夜晚注定不平静。张继英和齐本安通过电话，出门散步，鬼使神差就到了老领导朱道奇家。进门一见老领导，又觉得不妥，这么晚了，和老人家谈京州中福的烦心事很不应该。于是就说，遛弯遛到老领导家门口了，顺便来核实点历史情况：京州中福的煤矿是什么时候进入中福集团的？是不是解放前就成了党营公司的一部分？朱道奇是历史活字典，立即说了起来，道是京州中福的煤矿最早是民族资本家董万钧的。抗战胜利以后，国民党搞劫收，诬称董万钧资敌，董家为了保住矿权，就将矿产归并到了上海福记。西柏坡会议后，煤矿又还给了董万钧。一九五三年社会主义工商业改造，董万钧再次把煤矿交给了福记，进行公私合营。这时的福记公司是财政部的下属企业。

朱道奇谈兴很浓，说起了当年国民党的腐败：日本投降后，蒋介石和国民党政府的威望达到了一个难得的高点，可从高点下落的速度十分惊人，对沦陷区的大劫收激起了天怒人怨。结果，一场民族战争的胜利，因为极度腐败和胜利后的骄横，导致了一个政权悲剧性的终结，这历史的教训不可谓不深刻！今天重温历史，就不能不警惕……

张继英这才顺着老人的话题说起了下午集团的党组会：对齐本安的免职决定，佛系干部皮丹的上位，和京州中福的干部逆淘汰。她告诉老人，她在会上明确了态度，进行了抵制，投了反对票，但是

232

没用。

朱道奇听后，看着窗外，思索着，半晌无语，只让张继英喝茶。

张继英喝着茶，试探说：关于京丰、京盛矿交易的传言这么多，林董怎么还这么肆无忌惮？这么不顾一切？朱老，我担心林董出问题！

朱道奇这才说：继英，那我也不瞒你了，京丰、京盛矿的交易有关部门查过了，集体决策，程序合法，嗣后市场价格波动和谁都没关系。

张继英苦笑道：怪不得呢！可京州奸商钱荣成找上门也是事实！

朱道奇说：但没有证据证明钱荣成说的是事实啊，齐本安莽撞了！

张继英没敢接话，朱道奇毕竟是林满江的亲舅舅，还是谨慎点好。

倒是朱道奇又说了起来：继英啊，林满江成为现在这个样子，有个因素我一直想说又没和你说，他总认为我们这个红色家族伤害了他。

张继英心里有数：这次搞八十周年庆典我才知道，林董的母亲叫朱多鱼，被抛弃过，朱老，你是不是指这个？其实这当时也是无奈啊！

朱道奇说：可林满江不这样想！"文革"中他外婆被斗死，他从没在任何场合表示过同情，平反昭雪的追悼会他都不参加。一直耿耿于怀地认为，他外婆、外公，还有我，都对他和他妈没感情。他渴望感情的滋养，就顺理成章找到了传统文化中的一些消极因素，咱们中国又是那么一种特有的土壤，就让他历练成了圈子文化、帮派政治的高手！

张继英道：没错，是高手啊，林董不管说啥，都有人捧场！朱老，你就不该点名让齐本安去京州！

朱道奇说：让齐本安去京州，我是想给本安一个干事的舞台，也是为林满江好！林满江和长明集团的关系，社会上说法不少，我很担心啊！另外，林满江一直想着去做省长，继英，你知道这又是为啊吗？

张继英笑了笑：这还用问？人往高处走嘛，上正部嘛！

林满江还有个心结啊！他十七岁时就发誓要超过他外公！

朱道奇说了起来，道是父亲朱昌平解放后先任汉东省商业厅厅长，后做副省长。做了副省长后，入住了高干住宅区庐山路的一幢法式小洋楼，法式洋楼和矿工新村的工人区的差别给童年的林满江留下了刻骨铭心的记忆。两位老人的固执守旧，也伤害了孩子的心。在朱道奇的记忆中孩子第一次上门，不到五岁，见了电话好奇，把话筒拿起来把玩，被他外婆一把夺了过去：这是你外公的工作电话，不准碰的！

张继英苦笑说：难怪呢！这个当外婆的也有些过分了⋯⋯

朱道奇连声叹息，道是这些从历史硝烟中走出的老人，身上总或多或少带着火药味，天生缺少一些人情味。"文革"走到了极致，他母亲谢英子居然揭发他父亲朱昌平攻击无产阶级司令部，还叫他做证。他做了证，证明父亲议论过永远健康的副领袖，说副领袖手举小红书四处摇，不像一个好人。老革命的父亲就变成了现行反革命加国民党特务，在监狱一关就是八年。母亲谢英子下场更惨，一生追随革命，最后竟心脏病发作，死在汉东省的一场十万人的批斗大会上。改革开放后，朱昌平重新被起用，中央派朱昌平组建中福集团，要在香港训练内地干部。那年林满江十七岁，想去香港，但被讲原则的朱昌平回绝了。

后来的事张继英就知道了，林满江没去成香港，就进了京州矿山机械厂，跟全国劳模程端阳学徒，嗣后也成了省劳模，从京州基层一步步上来了。史料证明，那时的林满江真不简单，在职读完大学、研究生，大刀阔斧搞改革，搞股份有限公司筹建发电厂，电厂运营后又拿到上海去上市，为中福集团下属企业的上市之路树立了一个标杆。这让朱道奇感慨不已：那时候的林满江意气风发，真是令人骄傲啊。

说到最后，朱道奇像是突然想起来一样：哎，对了，继英，你和本安打个招呼，就说我说的，就让他留在京州中福帮着搞棚户区改造吧！党员干部能上能下嘛，退下来接一下地气，也许并不是啥坏事！

张继英觉得老人这话颇有深意，和她的想法一样——就是要让齐本安像钉子一般钉在京州中福。有这么一个认真负责的同志在那儿，不管是林满江，还是皮丹、陆建设都得悠着点。于是应着，告辞走了。

从朱家出来，夜色渐深，四处很安静，街边花园偶有三两行人遛狗，和她擦身而过。花园沿河展开，河岸上花草树木掩藏在黑暗中，隐隐约约能看得见轮廓。走近了，在路灯的映照下就看出了清晰的青葱和艳丽。现在，张继英的思路轮廓也开始清晰起来：林满江拿下齐本安，看似任性地乱来，肆无忌惮，实则颇有匠心：这个有志者不能容忍任何人阻止他走向正部，况且，还是汉东省省长的正部职位……

四十六

皮丹几乎不敢相信——他闯了这么大一个祸，领导气愤之下打一个耳光就算完事了。他还因祸得福到京州中福做了封疆大吏，这该不是做梦吧？然而，集团党组会召开了，表决通过了，任命文件连夜加班打印出来了。现在，又随领导赶赴首都机场，上了飞往京州的大飞机。大飞机拔地而起了，他以京州中福董事长的崭新身份回去了。功夫不负有心人啊，他和陆建设跟对了人，走对了路，积极闹摩擦，摩擦起火了，火还烧大了。他俩有血亲的大领导撑腰，就空前成功了。

领导为他立威，亲自带队，声势浩大地飞赴京州。京州这边自然不敢怠慢，石红杏、陆建设率领几乎全体高管到京州机场迎接。领导一边亲切地与他们握手，一边在人头中搜寻啥。皮丹知道领导在找谁，其实，他也在找他，四处看着，只是那个人已经不在欢迎的干部行列了。领导貌似漫不经心地问：齐本安呢？石红杏说：正忙着布置会场呢。领导笑了笑，很满意：好，这就对了，就应该站好最后一班岗嘛！

京州中福的会议室在顶楼，正规，气派，皮丹太熟悉了。会场像一个小剧场，主席台是大舞台，底下一排排软椅是观众席。过去他一直是观众席中的常客，现在随血亲的领导历史性地登上了主席台。上台后无意中一看，只见齐本安端坐在台下第一排中间。皮丹本能地扬起了手，想和齐本安打个招呼，转而一想，不对，自己是领导了，这招呼就不能随便打了。这位二哥太二逼，你对他客气，他就当福气。

倒是领导呵呵一笑，俯视台下，亲切地发问：本安，怎么在下边坐着？咋不上主席台？齐本安仰起脸回答：林董，我不被撤了吗？得摆正位置了！林满江板起脸孔：齐本安，你怎么知道你被撤了？谁告诉你的？在我没宣布之前，你的位置还在台上！给我上来！齐本安无权无势了，乖得像只猫，抱着一只保温杯，自己搬个椅子上了台。

陆建设主持会议。皮丹的这位摩擦盟友拍马屁功夫堪称一流。致辞肉麻，伟大的、敬爱的、英明的，把能想到的大词一股脑儿往血亲的领导头上套。好在大家都熟悉陆建设的马屁风格，当下中福集团流行的也是靓丽马屁风，与会者也就习以为常了。集团组织人事部刘部长宣布任命。刘部长在短时间内已经是第三次来京州中福了，现在他满面春风地出现在同一会场的同一位置，一脸庄严、有板有眼地宣读任命文件，行文和前两次一模一样：为了进一步加强京州中福投资控股集团公司领导班子的建设，经中共中福集团党组研究决定……

台上台下一片掌声。毕竟是摩擦之战中的血亲盟友啊，陆建设领掌很尽心，死劲鼓掌，久久不停。大家都停了，他还不停，最后又顽强地拍了几巴掌。在陆建设最后的掌声中，皮丹发表就职演说。皮丹注意到，就是在他发表就职演说时，被免了职的齐本安灰溜溜端起保温杯，下台坐着去了。这可悲可怜的齐老二，不他妈的查别墅了？！

最后，血亲的领导作重要讲话。领导重点强调：京州中福反腐倡廉成果是突出的，揪出了腐败分子王平安和李功权，实现了党风的好转。但在企业解困、国有资产保值增值等主要业务工作上，原地踏步甚至倒退，这是必须指出的，也是新班子应该注意的。皮丹发现，齐本安在台下认真地做笔记。偶然抬头之际，还与领导交流眼神，似乎赞同领导的批评。领导讲话结束，宣布散会，齐本安起身就往门外走。

领导让齐本安留一下。齐本安不敢不留，就地驻足站下。二人一个台上一个台下，隔空相望，沉寂良久。开会的人渐渐地走光了，皮丹和陆建设、石红杏三位新班子领导也在林满江的示意下走出了会场。

直到这时，齐本安才打破了沉默，对领导说：林董，请你下台吧！

林满江站在台上嘲讽：齐本安，我请你上台，你倒请我下台，好！

齐本安说：大师兄，你想哪儿去了？那我上台好了！

皮丹在会场门外注意到，领导步下台阶，边走边说：还是我下台吧，官当再大最后总要下台！现在，你委屈很大呀！就巴不得我立即下台滚蛋，是不是？但是，本安，你错了，你呀，就是不接受教训！

齐本安自嘲说：是，林董，你又赢了！教训深刻，很深刻！

会议室门半掩着，皮丹和陆建设、石红杏都不敢离去，三人站在走廊听他俩对话，心都悬着。皮丹心里最虚，就怕齐本安提起别墅。

领导猫玩老鼠似的瞅着齐本安，眼睛眯缝起来：说说吧，本安同志，你觉得你还能干点啥？齐本安语调倒也从容：你真让我说？这是在征求我的意见吗？

是啊，是啊，我和集团总还得给你碗饭吃啊，共产党的政策是给出路嘛！你看你哪一次犯到我手上，我没给你出路？

齐本安很严肃很认真地说：我觉得，我能做中福集团的董事长！

这话真让人吃惊！皮丹心里说：狂妄啊！领导只微微一怔，微笑着看着他二师弟：有点意思！齐本安，你是不是说，我得向你让贤了？

齐本安一脸的萌态：你高升啊！上正部，到汉东省任省长嘛！

领导脸一拉，严厉训斥：你以为你是谁？中组部领导吗？中组部领导也没这个权力！齐本安，你太放肆了，不知自己姓啥了吧？！

齐本安一下子老实了：你看，我不想说，你非要我说！我就知道一说就让你来气，你又得批评我，怪我不够谦虚、有点骄傲了……

领导冷笑不止，出口成章：齐本安，你不是不够谦虚、有点骄傲了，是比较猖狂啊！你是麻木不仁，顽抗到底，不知天高地厚……

齐本安马上把矛头指向了他和陆建设：我怎么不知天高地厚？皮丹一佛系干部都董事长了，陆建设闹摩擦也把"代"字闹掉，弄成党委书记了，我怎么就不能主持咱们中福集团的工作呢？你让我试过吗？

领导说：我倒想让你试一试，但中央和国资委不会同意啊！你也别认为皮丹、陆建设就一定比你差，我看不一定！我们共产党人讲唯物主义，讲辩证法，干部的好坏没那么绝对！关键是看什么人用，用在什么地方！比如皮丹、陆建设，用在京州中福就比你齐本安强！

齐本安说：因为他们都是你林家铺子的伙计，对大掌柜言听计从！

林满江手一挥：错了！因为他们是党的干部，对上级的决策能够坚决贯彻执行！不像你，自以为是，另搞一套，让我和组织非常被动！

齐本安明显激动起来：林董，你一口一个组织的，让我浑身直起鸡皮疙瘩！请问，全民所有制的中福集团啥时成了你林家的码头了？

瞧瞧，瞧瞧，你受了多大的委屈啊！领导头一偏，欣赏着自己愤怒的师弟，但不管你委屈多大，发什么牢骚，我都要请你走人！因为我不能看着你阻碍中福事业的发展，历史的教训我必须汲取啊……

齐本安又变得诚恳起来：我知道，我知道，林董，你对我不太满意！你几乎和我明说了，你要再进一步，要到汉东省当省长，希望京州中福不要出事。我呢，也不想让京州中福出事，我到任后也想把事情做好，可能是因为和你的工作方法不一样，让你再次产生了误会！

领导有了些欣慰：这就对了嘛，我们是同志加兄弟，遇到问题心平气和地谈嘛，不要动不动就来邪的，以致做出亲者痛仇者快的事！你比如说在上海公司，重点项目部的那个经理，就是多吃多占，贪污了点小钱，我不让你报案，你非要报案，有你这样不服用的部下吗？

齐本安苦着脸争辩：林董，问题是他真的贪污了呀，我又没冤枉他！还有个情况我一直没和你说，他还想到北京跑部行贿呢！为了批江南的电厂项目，他准备给国家有关部门的人送钱，吓死我了都……

领导道：对，这事我正要说，那个经理进去了，不行贿了，江南电厂项目就泡汤了，集团的经济损失高达几十亿，你知道不知道？

齐本安说：但后来国家有关部门的腐败大案就和我们无关了！林董，你知道的，那个腐败大案涉及好几家央企，咱们就幸免了！

领导一脸讥讽：我的天，你多高明！本安同志，我是不是还得给你发个大勋章？一个电厂项目让你搞完蛋了，你还有脸自吹自擂？那几家行了贿的央企，有哪一家的项目因为行贿停工下马了？愚蠢！

齐本安不得不承认自己的愚蠢：是，是，林董，我不就是因为愚蠢，才被你从上海调到北京眼皮底下看着的吗？你赏我一口饭吃，让我管理机关卫生！你认为腐败是经济发展的润滑剂，你迷信腐败嘛！

领导很有风度地摆了摆手：不对了！我迷信的不是腐败，是按市场规律、价值规律办事！当权力阻碍市场规律运行、阻碍价值规律发挥作用时，就顺时应变，根据情况采取必要的措施，这是一种担当！

齐本安又摆不正位置了，竟然敢和领导吵，而且口气大不敬：错了，林满江同志，你这是对党风、政风、世风的破坏！正是因为你这种腐败无害论信奉者的肆无忌惮，党风、政风、世风才坏到了不堪入目的地步！中央才不得不壮士断腕，刮骨疗毒，铁腕反腐！说起担当，你作为中福集团党组书记首先要担当的是反腐倡廉的主体政治责任！

听到这里，会议室门外的皮丹害怕了，这是火星撞地球的节奏啊，忙对身边的陆建设和吴斯泰交代：去，把住各个门口，别让闲人进去！

这时，会议室里，领导的声音阵阵传来：齐本安，你不简单，还是那么慷慨激昂，那么朝气蓬勃，那么意气风发，真是令人羡慕！你刚才怎么自荐中福集团董事长呢？你讲政治，应该自荐党组书记嘛！

齐本安似乎又软了：林董，我要真的做了党组书记，你可能就坐不稳董事长的宝座喽！算了，不说了，人在屋檐下，不能不低头！

领导说：好，知道低头就好，你低了头，我也不能揪住不放！那就说吧，能干啥别说了，你不太清醒，有些麻木，只说想干啥！也别再慷慨激昂了，组织上没安排你做党组书记，你的工作还得我安排！

齐本安心里似乎很明白：是，是，那我要求继续留在京州中福！

领导说：这就对了嘛，干部就是要能上能下嘛，朱道奇同志有个心思一直放不下，就是矿工新村棚户区的改造！今天一早张继英也打了电话给我。建议你到工会做个副主席，配合市里搞棚户区改造！

齐本安笑问，有点挑衅的意思：林董，你还敢让我留在京州吗？

领导也在笑：为什么不敢？齐本安，你当真以为我怕你？你给我记住，从今天开始，你不是董事长，也不是党委书记了，我绝对不会允许你干涉皮丹、陆建设这届班子的工作，你的办公室以后在棚户区！

皮丹觉得，领导就是体贴，自己和陆建设想到的，领导也想到了。

齐本安表态也不错：大师兄，请你放心，其实，我有义务做好棚户区的工作，矿工新村棚户区毕竟是我老家，是我出生成长的地方！

情况不错，齐本安到底服输认栽了！领导挺满意，看了看手表，最后说：好了，本安，不能和你扯了，皮丹还等着我谈工作呢！

齐本安却道：林董，我再耽误你几分钟，向你交一下班！

领导没当回事：你向我交什么班？回头向皮丹、陆建设交去！

这时，皮丹透过半开着的会议室门亲眼看到该死的齐本安从公文包里掏出一沓材料和一个U盘，对领导发起了突然袭击：林董，不交不行啊！京州中福在反腐倡廉问题上做得不够好啊！这个是京州中福六年来小金库违规违纪报销人员的名单和详细记录，请你收好了！

皮丹、陆建设、石红杏一下子全呆住了，这真让人想不到！

领导的脸也拉长了，声音都颤抖了：你……你什么意思？啊？

齐本安像变了个人，口气严厉，像是领导的领导：六年来，仅仅京州中福公司一家的违规违纪金额就高达六百多万，涉及你夫人童格华和中福集团上百位太太、秘书和关系人员。请问林书记，你中福集团党组和纪检组就不该好好查一查吗？京州中福如此，其他地方呢？

领导被这突然袭击搞怔住了，瞪眼看着齐本安，脸色难看极了。

齐本安的声音一阵阵传到了门外：……其他地方、其他公司有没有类似的问题啊？我们集团的反腐倡廉是做样子吗？林满江同志？

皮丹和陆建设、石红杏相互看看，都产生了天昏地暗的感觉。

石红杏最惨，像挨了枪击，身体摇晃着，勉强扶着墙才没倒下。

一向口若悬河的领导这时张口结舌了：好，齐……齐本安，你……你厉害！

齐本安说：林书记，不要意气用事，这不是谁厉害的问题，是涉及党纪国法的问题，我作为一个党员干部，有责任提醒你注意！

领导居然后退一步，向齐本安鞠了一躬：好，齐本安，我谢谢你！

齐本安手一摆，大大咧咧道：不必谢，这是我应该做的！说罢走了，把领导一个人晾在那里。出门经过皮丹面前时，还拍了拍他的肩头，别有用心地说了句：湖苑别墅不错，有天鹅！皮丹心里说，扯啥呢？湖苑别墅有天鹅他怎么不知道？难道齐本安去看过别墅了？皮丹这才发现，他和他血亲的领导，还有石红杏都被齐本安套住了。

四十七

石红杏坐在办公室窗前，像一座木雕纹丝不动。窗外的景色在她眼中化为林满江狂怒的脸庞，扭曲，抽搐，完全不是她所熟悉的大师兄。齐本安拉响了小金库这个炸药包，狠狠打了林满江的脸。林满江也不含糊，当着她的面和张继英通电话，发指示，要求张继英立即着手在当晚组织反腐倡廉电视电话会议，中福集团所属部门负责人和下属地区公司、行业公司负责人及纪检负责人必须都到会，不得请假！

结束和张继英的通话，林满江阴沉着脸，点着皮丹、陆建设的鼻子大骂不止。小金库的头名状元是童格华，名下报销四十多万，林满江不护短，命令皮丹打电话给童格华。陆建设想缓和一下，说这事总得核实吧，不能光听齐本安说。林满江一挥手，差点儿打到陆建设脸上：齐本安不会搞错，你以为他和你们一样无能吗？电话拨通后，林满江把童格华骂得狗血喷头，他要童格华立即到银行划账，把在京州中福小金库报销的四十几万全部退还到集团纪检组廉政基金账户上。

石红杏心里难受极了，也害怕极了，几次讷讷告诉大师兄，自己真不知道这件事情，齐本安查小金库没和她通气。林满江不理她，眼皮都不向她抬一下。林满江在电话里骂童格华想害死他，其实石红杏和童格华经常通电话，这些事都是她俩背着林满江办的。现在林满江骂童格华的每一个字，都像刀子一样直刺她的心，是她害了大师兄。

落地窗视野很广，远方一条小河清晰可见。那是金马河，从马石山上流下来，穿过市区，注入光明湖。为了保持河水清澈，河底河岸都砌了水泥。河岸上杨柳成行，柳枝婆娑，飘落的枯黄色柳叶像一艘艘小船，随着河水悠悠远去。她原先的办公室能看见光明湖，景色更丰富，后来让给齐本安了。这间办公室她只用了两个多月，还从来没有关注过窗外的景色呢。这当儿，一条小木船驶入她的眼帘，那是环卫工人在清除水面漂浮物。京州政府这些年在环境保护上下了大功夫，每条河都设了河长，以行政力量保持河水的碧波荡漾，为京州带来了水灵气。石红杏轻轻地叹一口气，努力从噩梦般的记忆中挣脱出来。

有人敲门，石红杏在椅子上端坐不动。她知道是齐本安，这已经是齐本安第三次来敲她办公室的门了。石红杏恨得牙根痒痒，这混账的二师兄为了打击大师兄，竟让她成了牺牲品！你发现了小金库，为啥不跟我通个气？我相信你，支持你，你呢？把我炸得粉身碎骨……

石总，石总！齐本安在门口轻轻敲着门，低声叫她。昔日京州中福的一把手被一撸到底，也够倒霉的，但他活该！齐本安说：我今天真不是冲着你来的！我刚知道小金库的事，折腾了一夜弄出了明细账目。而且账目上也没有你啥事，都是童格华他们的费用。所以……

石红杏走到门口，开了半扇门，不让齐本安进来，气狠狠地质问他：齐本安，那你也该找我核实一下，问问是怎么回事吧？你问了吗？

这不是没来得及吗？林满江突然就空降过来了，一把把我给撸了！

那你就不管不顾，拿我堵枪眼？齐本安，你故意的吧？这下子好了，你满意了？集团这么多高管家属被你套进去了，黑账是我记的！

齐本安一脸歉疚：是，红杏，怪我考虑不周，咱们进屋谈吧……

石红杏绷着脸，眼圈又红了，泪水直落：不谈了，齐本安，咱们这一辈子的恩怨都结束了！你真行，明里暗里和我斗了一辈子，最后还是你赢了，你到底把我将死了！说罢，身子退到门内，砰的一声，关上了房门。她关门的那股狠劲，让齐本安为之一惊……

当晚，中福集团反腐倡廉电视电话大会召开了，石红杏按林满江的要求，在京州主会场发言。全国各省区公司、港澳台、海外子公司几百号干部高管，在电视荧屏看到了她作深刻检讨。所谓深刻检讨，就是自己扇自己的嘴巴，挖根子，查动机，把一桶桶污水往自己身上泼。

其实，小金库是国企的普遍现象，谁都知道是怎么回事。前些年煤矿效益好，经理工人都大发奖金，最高者能拿到上百万元。京州能源下属各矿就给上级公司领导发奖金。其他公司也是这样，拿了承包奖或者年终奖，总不忘给总经理石红杏和董事长靳支援发一份。靳支援胆大，是兼职董事长，理直气壮把自己的那份拿走了——靳董兼职不兼薪，拿点奖金还不应该吗？！石红杏胆小，实在不敢拿，可又不能不拿，她不拿，靳董怎么拿？她就拿了，就一笔一笔放进了这个小金库。她爱面子，慕虚荣，用这些钱为总部高管解决生活问题，有事没事她都帮人家报销单子。每笔金额不大，像撒胡椒面似的，沾着一大片人。累计起来，金额却也相当可观。齐本安说有六百多万，应该差不多。现在她面对海内外几百号高管痛哭流涕，把所有责任揽在自己身上，那感觉就像"文革"中的批斗大会，自己罪该万死，遗臭万年。

分管纪检的张继英副书记在北京总部会场发言，分析批评了小金库现象，让下属各公司各部门引以为戒。宣布暂停她总经理职务，配合集团纪检组的调查。最后，林满江发表重要讲话。昔日的大师兄慷慨激昂，声色俱厉，犀利的话语在她耳边隆隆作响，仿佛炸雷一个接一个地不断爆炸。林满江具体说了些什么她都记不清了，但是，有两句话将使她此生再也不会忘记：石红杏，你这个人就是这样，长期欺骗领导，欺骗组织，一贯自作聪明！但是这一次，你休想蒙混过关！

一把锥子穿透了石红杏的心脏，锥尖滴滴答答淌下血珠。长期欺骗领导，欺骗组织？她啥时候欺骗过林满江和组织？啥没向林满江汇报过？她还自作聪明，蒙混过关？怎么靳支援六年拿走了六百万就没事？她用这些钱搞了个小金库，给高管家属报销就这么严重？这不公道！一阵强烈的晕眩袭来，她坚持不住了，浑身一软，从椅子上出溜下来，晕倒在地。这一幕情景，透过电视荧屏给与会者留下深刻印象。

事后才知道，是皮丹把她送进了机关医院。据皮丹说，林董对她还是很关心的，她到医院后，林满江的电话就跟了过来，仔细询问病情，让她不要想得太多，注意休息。石红杏嘴上没说，心里冷笑，又来这一套了，师兄师妹的，谁不知道谁啊?! 医生说她是低血糖导致的昏厥，吊了一瓶葡萄糖，缓过劲来，就让她回家了。她不想让皮丹送，皮丹却非要送，说林董交代的，得把她安全交到牛俊杰手上。

四十八

牛俊杰和女儿这日吃饭很晚，餐桌还没收拾干净，就听见了门铃声。打开房门，看见脸色苍白、虚弱不堪的妻子立在面前，牛俊杰不由吃了一惊。皮丹跟在后面解释，说是石总刚从医院回来，低血糖发作。这皮丹倒也识相，没进门就告辞离去。父女俩一连声地追问，石红杏才缓缓地说了小金库和反腐倡廉电视电话会议，道是自己被林满江和齐本安弄成腐败分子了。牛俊杰没听完就炸了，破口骂道：林满江这王八蛋，自己是腐败分子，居然还反你的腐败！石红杏无力地摆摆手，要他别胡说。女儿偏胡说：弄个小金库巴结领导，结果自己背了黑锅。妈，你就是这毛病，见领导一身的奴颜和媚骨！尤其是对林满江，包括对林满江的老婆、孩子……

住嘴！石红杏蓦地站起来，尖厉地叫了一声，整个人像是疯了。

牛俊杰和牛石艳吃惊地望着她，都不敢再多话了。石红杏眼睛里似乎迸出火星，一字一字地道：今后，谁在这个家里提到林满江，我立刻从阳台跳下去！你们信不信？真要我跳楼啊?！牛石艳赶忙道歉：对不起，对不起，妈，我就是随口一说！牛俊杰向女儿使了个眼色，批评道：奴颜和媚骨能乱说吗？那是鲁迅批判敌人的！你妈是敌人吗？

石红杏缓缓地坐下，讷讷重复道：你们都不要再提林满江，谁都不要再提这个名字了！

好，不提，不提，咱就当这个人死了……牛俊杰顺着妻子的话说，生怕刺激了她。

石红杏又补充：还有齐本安，也不是东西，也别提！牛俊杰皱起眉头：他也忒不像话，我找他算账去！

石红杏抹了把泪：行，你问问他也好！我这辈子，成也是这两个师兄，败也是这两个师兄！这一次我是帮齐本安的，没想到，他把我给卖了！我怎么这么倒霉，碰上了这两个混蛋！牛俊杰说：好，不说了，红杏，你别多想了，早点休息吧，我约齐本安见面，问问情况！

牛俊杰和齐本安是在小区附近一家茶馆见的，齐本安一见面就解释：老牛，你不找我，我也得找你！石红杏她误会我了！我怎么能拿她堵枪眼呢？我是一时冲动！老范教训了我一个晚上，让我痛悔不已！

牛俊杰苦笑说：齐本安，我现在也不敢相信你了，你到底怎么想的？咱们都是一条战壕里的战友，红杏一直配合咱们调查啊，该做的都做了，你这样干不伤害她吗？请你说清楚，你这是不是声东击西？

齐本安不认账：声东击西？什么意思？我……我是狗急跳墙！

牛俊杰说：狗急跳墙的该是林满江，怎么会是你？你故意的！

齐本安道：不是故意的，但我也惭愧，让林满江和她彻底翻脸了！

牛俊杰"哼"了一声：行了，你别假惭愧了，他们翻脸好！她以后就不会再上林满江的当了，"林满江"仨字在我们家成了禁语，被屏蔽了……

齐本安马上问：那……那我呢？我的名字只怕也成禁语了吧？

牛俊杰说：是，也成禁语了！本安，我知道，你对红杏是爱恨交加，经常会给她上点眼药！她对林满江的迷恋，也一直让你很受伤……

齐本安道：哎，老牛，受伤的是你，不是我，我对你深表同情！

牛俊杰说：我不要你同情，是和你说事！本安，你我都清楚，林满江很可能有极其严重的经济犯罪问题，正是因为我们两人紧紧抓住疑点不放手，才一步步激怒了林满江，才有了今天这种局面，是吧？

齐本安道：没错，要说被坑，我是被你坑了！我一上任，你就跑来和我嘀咕京丰、京盛矿的事，先是让我疑惑，后来也让石红杏疑惑！我们就开始了调查，是吧？结果没落实证据，却弄得我被人家撤职！

牛俊杰说：于是，你就一把拉响炸药包，打响了京州中福之战！

齐本安道：哪里呀，京州中福之战早打响了，是你开打的！我是被你拉上了战车，被迫应战，不小心误伤了石红杏！但也有一个好处：炸药包突然爆炸了，张继英书记和纪检部门就能顺藤摸瓜查下去了！

牛俊杰说：齐本安，这才是你的目的吧？怪不得红杏说你鬼！

齐本安道：我不信他林满江能把一切都做得严丝合缝！京丰、京盛的交易就既不严丝，也不合缝！下一步，你的位置就很重要了……

牛俊杰说：我什么位置？你都下台了，我撑得住啊？我得辞职了！

齐本安急了：哎，老牛，我是被撤了，让林满江一脚踢进棚户区了，想干没办法干！你可别主动辞职！你在京州能源的位置上，林满江、皮丹、陆建设他们对京丰、京盛动手就得小心点，你这都没看明白？

牛俊杰说：我担心他们把我套进去，他们一直对我耿耿于怀啊！

齐本安想了想：不怕，现在炸药包爆炸了，张继英、朱道奇，甚至包括国资委、中纪委都会注意到这起事件，我看谁敢轻举妄动？！

牛俊杰想了想：哎，这倒也是，估计他们一时也顾不上出击了！

齐本安思索着：皮丹的别墅张继英不会轻易放过，露出水面的东西肯定要去查。我们要注意的是水面下的东西！我拒不执行的那个集团决策，皮丹上台要执行了，老牛，你把牛眼瞪大了，看看皮丹怎么执行，怎么把京丰、京盛矿再十五亿卖给傅长明！看他们有多大的胆！

牛俊杰说：明白！我是京州能源董事，会在董事会上投反对票！

齐本安道：还有，钱荣成十个亿的交易费，要继续查，总是无风不起浪吧？钱荣成敢找到石红杏，找到我头上来，会是空穴来风吗？

怎么可能是空穴来风？！牛俊杰比齐本安更坚定地认为，这是林满江核心团伙的重要犯罪线索。分手告别时，牛俊杰心中想的已不是自己老婆石红杏的委屈，而是即将面临的一场生死大战。你们要将死人家，人家必然要置你们于死地。齐本安被一撸到底，石红杏被停职检查，这仅仅只是一个开始，下一步还会发生什么，只有天知道！

牛俊杰深知，在中国，一把手的权力太大了。对一把手的监督说起来容易做起来难，你有铁篱笆，他有翻墙术。如果一把手腐败了，这个地区或者单位的政治生态就完蛋了。眼下的京州中福就是活生生的事实，皮丹和陆建设竟然全上来了，奇葩啊……

心事重重回到家，石红杏还没睡，说是睡不着，想来想去都是事。牛俊杰让石红杏吃片安定，石红杏不愿吃，要和他聊天。牛俊杰怕老婆再骂齐本安，就打着哈欠说：别聊了，都困死我了。石红杏眼圈红了，继而呜呜咽咽地哭了，擂着他骂：牛俊杰，你是猪啊？就知道睡。

牛俊杰只好和她聊，说是替她狠狠骂了齐本安一通，齐本安后悔莫及，带话给她，向她道歉，请她原谅！其实，他真不想伤害你！

石红杏说：不想伤害我，他还这么干啊？我和他斗了一辈子，能不知道他？老牛，你别说了，我不会原谅齐本安的，他就是故意使坏！

牛俊杰也不想多解释了：行，杏，那我就不说了，你快睡吧！

然而，夫妻俩谁也睡不着，各自躺在床上想心事。下雨了，秋风夹着雨丝从窗户缝隙钻进来，打湿了窗台。牛俊杰披衣起床，把玻璃窗关严实了。窗外的夜空一团漆黑，不见星光，不见云朵，连漫天飘洒的雨丝也看不见。路灯光晕下，夜雨如雾，偶尔有卡车驶过，强大的光柱划破黑暗，雨丝就化作千万只银白色飞蛾，纷纷扑向灯火……

四十九

电视电话会议结束后，林满江压着心头的厌恶，在贵宾楼办公室和皮丹、陆建设谈话。不谈不行，这两个废物既没有领导能力，也没有业务能力，成事不足，败事有余，却还不能不用，真是深刻的悲剧。

陆建设时不时地看一眼笔记本，一脸庄严地向他汇报：林董，我刚才已经让办公室紧急通知下去了，明天上午召开京州中福党员干部大会，传达您今晚在反腐倡廉电视电话会议上的重要讲话，尤其是您讲到的五个重点，六大落实，七个做到，八项措施，九个必须，十个注意，组织我们京州中福各单位各部门干部群众进行深入的讨论……

林满江手一挥，没好气地说：讨论啥？光彩啊？不怕群众骂娘呀？

皮丹插话：也是，老陆，这个……这个确实有消极影响！

林满江敲了敲桌子：现在要抓经济，抓发展，抓企业解困！

皮丹连连点头：是，是，林董，我……我们也是这样想的！

皮丹实在是不要脸，心里也没点数，不是麻木不仁，就是恬不知耻，还以为他也和他们一样愚蠢呢——陆建设摇头叹气说：不过林董，齐本安可是给我们留下了一个烂摊子啊，实话说，够收拾的！

林满江冷冷道：陆建设，你说啥呢？这个烂摊子是齐本安给你们留下的吗？睁着眼睛胡说八道！这烂摊子是你们自己留下的！你、皮丹、石红杏！你们三个都是京州中福的老人，没一个是新调来的！

皮丹还赖皮：那主要是石红杏，这六年来都是她主持工作……

林满江说：石红杏不谈了，下一步撤职，你们俩说说，怎么办？

皮丹这才硬着头皮汇报说：林董，我是这样想的，首先要解决京州能源两万工人的欠薪，这个问题不解决，矛盾就随时可能爆发。

陆建设也说：没错，林董，我被工人群众包围过，我知道他们的情绪！而且，这里面还有个很危险的因素：齐本安也许是知道自己干不长了，就无原则地讨好群众，承诺和欠薪群众一样，只拿生活费！

林满江一怔：这怎么成危险因素了呢？老陆，请你说清楚！

陆建设说：林董，你想啊，齐本安是群众贴心人，却被撤了职……

林满江道：老陆，那你们就不能也成群众的贴心人吗？嗯？

皮丹和陆建设相互看了看，谁也不表态。真是两坨不能沾的屎！

林满江火了：怎么不说话了？好，你们不说我说，这也是我今天要和你们谈的，从下个月开始，你们两个主要领导也停发年薪，只拿生活费吧！京州能源一月不解困就拿一月，一年不解困就拿一年！

皮丹苦笑起来：林董，我就在北京拿了两个月的工资，这又……

陆建设也不愿干：林董，这事我没意见，就怕我老婆有意见……

林满江像没听见，继续说：京州能源干部的生活费每月一千，工人每月五百，你们呢，就按五百拿吧，一定要做得比齐本安还漂亮！

两个废物心里不情愿，嘴上也不敢再说什么，都点头答应了。

林满江却和他们没完，继续敲打教训：不客气地说，齐本安的工作方法、工作作风、做人做事的原则，你们都要学习！你们如果学到家了，有齐本安的本事，京州中福就有希望了，就不用我操心了！

皮丹、陆建设都被他吓着了，小心翼翼地做记录，大气不敢喘。

林满江这才说到了正题上：你们上来了，集团的战略决策必须执行了，京丰、京盛矿要继续向傅长明的长明集团转让，要抓紧抓好！转让价格呢，不是十五亿了，是四十五亿，你们去和傅长明好好谈吧！

皮丹停止了记录：林董，我……我没听清，您说的是多少亿？

林满江口气很随意：四十五亿，皮董事长，你这次听清了吧?!

皮丹急眼了：四十五亿? 林……林董，这……这不可能啊!

林满江脸一拉：这个世界上从没有什么不可能的事，好好谈去!

陆建设赔着小心说：对，皮董，咱们先去谈吧，谈了再说吧!

这时，师傅程端阳给林满江来了电话，开宗明义对林满江说，虽然她知道退休的老人不该干政，但这回涉及儿子皮丹，她就不能不说了：皮丹不堪重用! 林满江两只犀利的眼睛盯着皮丹，拿着手机对程端阳打官腔解释：皮丹的工作是中福集团党组织经过慎重考虑，集体研究，才安排的。组织上把皮丹同志安排在京州中福的位置上，自有组织上的道理，现在的京州中福需要皮丹来做工作! 说罢，挂了机。

谈话结束，林满江把皮丹一人留了下来，说起了别墅的事。

皮丹说，他已和市房产交易市场朋友谈好了，这几天就去更名换房产证。林满江说：不但要换证，还得有居住事实，得让劳模老太太赶快住进去。只要老太太住在别墅里，不论张继英他们怎么查，齐本安怎么说，都没啥大不了的。皮丹连连称是，最后，赔着小心说：但是大哥，您也得替我说说话。林满江没好气道：这还要你提醒吗?!

湖苑别墅不是小事，领导指示又那么明确，皮丹不敢怠慢，当晚赶到医院，看望老娘。老娘住着单间病房，门一关，说话方便，既不怕泄密，也不怕吵着别人。皮丹一见面就以领导的口吻批评老娘，责怪老娘不该乱干政，老同志的任务是好好休息，颐养天年，不是四处插手，干扰在岗领导同志的正常工作! 妈，你犯错误了，知道吗?!

程端阳一听就火了，指着他的鼻子说：皮丹，把你切切碎做个皮蛋瘦肉粥还行，让你干京州中福一把手，林满江真是瞎了眼。皮丹也来火了，不喊妈喊起了程劳模，号称他这京州中福一把手是集团党组慎重研究决定的！齐本安拒不执行集团决策，和组织分庭抗礼，犯了政治错误，石红杏私设小金库犯了经济错误，他就上来了！要程劳模看到他的进步！说自己在林满江身边工作六十二天，成长了，成熟了！

程劳模太不把领导同志当回事了，用痒痒挠很不礼貌地指点着领导的鼻子说：成熟了就完蛋了，苹果桃子成熟掉到地上就烂了！皮丹，我现在真是害怕了，你不要没有数！知子莫如母，你不是这块料啊！

皮丹烦了，夺过程劳模的痒痒挠扔到一旁：好，好，程劳模，我不和你说这个了，京州中福工作千头万绪！老太太，你这伤好得也差不多了，石总说让你到中福宾馆职工宿舍去过冬你不干，林董关心你啊，让我请你到你自己的别墅去静养，就是湖苑别墅，有天鹅……

程劳模怔住了：皮丹，你说什么？我的别墅？我什么时候在湖苑有别墅了？把话说清楚：别墅哪来的？我不信你能买这么贵的别墅孝敬我！皮丹说：不是我孝敬你的，是你大徒弟林满江孝敬你的！程劳模追问：林满江又是收谁的别墅？皮丹说：长明集团！人家长明集团世界五百强，送幢别墅给你住怎么了？你老对国家有大贡献啊！你就去住几天嘛，别让林满江骂我不孝顺！程劳模不睬他，摸出手机要打电话。皮丹怕了：哎呀妈，我的亲妈，你……你可别坏我的事啊……

皮丹怕啥偏来啥，老娘程劳模竟然当场和丢了官的齐本安通了话，说是明天出院，搬回矿工新村，就住政府给安装的那间简易房。齐本安也够坏的，又提起了别墅，说别墅他去看过，很高档，确实有天鹅。程劳模鼻子不是鼻子，脸不是脸说：那也不去，别被反贪局给赶出来！

合上手机，程劳模很严肃：皮丹，我劝你把湖苑别墅还给人家傅长明，你妈虽说是劳模，但没给长明集团做过贡献，咱无功不受禄！

皮丹火透了：我就没见过像你这样的妈，这么不相信自己儿子！实话告诉你吧，这幢别墅是我花钱买的，长明集团不过给了点优惠！

程劳模根本不信：行，别编了，赶快还给人家，别等别人举报！

皮丹说：谁敢举报？再说了，举报有用吗？这事林满江知道的！

程端阳也火了：皮丹，你记住，林满江不是天，不能无法无天！

皮丹悻悻离去：不和你说了，你现在病得不轻，还坚持错误立场！

直到这时，皮丹还佛性不减，既没从老娘的态度中发现自身的危机，也没看到林满江即将垮台的凶兆，他甚至根本就没找房产交易市场去设法换证，以为只要哄老娘去别墅住上几天，扛过风头就算了。

五十

陆建设看明白了，领导是不能得罪的，得罪了领导就完屎！领导是凶猛动物，决定你的仕途前程。像齐本安，的确是个正派的有本事的干部，现在一把撸到底，被踢到棚户区垃圾堆上看风景去了！皮丹呢，屁事不管的佛系干部，竟成了京州中福一把手，想想都觉得好笑。

然而，陆建设却不敢乱笑。皮丹老娘是林满江的师傅，皮丹又是经林满江一手调教的大太监。好在皮丹为人温和，人情世故都懂，又是佛系干部，皮丹当家也就等于他当家了，以后肥水就不流外人田了。

正想着肥水，老婆就喜滋滋地说：今天家里来了一个送礼的。陆建设有了些快乐：是一个姓刘的科长吧？送的啥？老婆说：两瓶五粮液，两条中华烟，还有茶叶。陆建设有些失望：怎么就是烟、酒、茶叶？哎，你都一一拆开看了吗？老婆说：看了，没有钱，也没有银行卡！陆建设觉得不可能，老刘想升副处，怎么也得送十万！这是有行价的，科升处十万起步。就问：送的东西在哪儿？我找找！老婆说：别找了，我已经找过了，里面真没有钱！陆建设想想也理解了：现在反腐高压，大家得小心，送的收的都不能那么张狂，以后会有的，一定会有的，没准儿还有人送别墅呢！皮丹就得了一幢别墅，现价值两千万。

京州中福的人事地震带来了又一次办公室调整。石红杏新装修的董事长办公室，齐本安使用不到两个月，现在换成了陆建设的盟友皮丹。陆建设到皮丹新办公室研究工作，进门就发牢骚：石红杏现在被停职，还是三把手，也该腾地方了吧？皮丹劝他大度，别小家子气。京州中福这艘大船现在掌舵人换了，咱们要多考虑大事，比如京州能源的解困。京州能源不解困，咱们也只能拿生活费，这可是林满江的最高指示！

陆建设这才想起解困的事，千般烦恼涌上心头：皮董，我总觉得哪里不太对头啊，咱俩可都是林董的人啊，林董这是和咱闹哪一出？

皮丹说：是啊，我也在想，咱俩是他的人，他不应该折腾咱呀！

陆建设心里直骂，最不应该的，就是不让他们俩拿年薪！五百块钱一个月的生活费能养人？养条狗现在也不止五百。当官不发财，请我都不来！五百块钱一个月，那他还不如当副书记呢，年薪也三十二万！于是，便把话撂出来：皮董，不行算了，我还是做我的副书记吧！

皮丹道：哎，老陆，你说啥呢？你可是咱血亲领导一手提拔的！

陆建设说：是，是，可我活不下去啊！我老婆要是知道我只拿五百块，能生吃了我！还有京丰、京盛矿的交易，怎么也变四十五亿了？

皮丹踱步思索着：是的，是的，老陆，我也正想呢，领导是不是虚晃一枪，让傅长明报个虚价，然后让京州中福拿四十五亿接过来？

陆建设说：这不就是牛俊杰齐本安的方案吗？领导坚决反对！

皮丹笑了笑：领导反对的是牛俊杰和齐本安，可不是咱们俩！

陆建设一想，觉得有道理：哎，这倒也是，咱们是领导的人啊！

皮丹说：老陆，看明白了吧？中国的事就这样，领导永远有理！

陆建设附和道：看明白了，早看明白了！但愿齐本安这次能接受教训。说罢，还是觉得四十五亿的交易价不可思议，就建议皮丹给傅长明打个电话，探个口风。皮丹想了想，用手机和傅长明通了个话。

从二人通话的口气中看得出，皮丹和傅长明不是一般的关系。皮丹口口声声感谢傅总，明确说：傅总，你那里边鼓不断地敲，我和老陆又十分努力，今天有志者就事竟成了，京州中福又是咱们的天下了！傅总，我们领导是不是也和你说了，京丰、京盛的那盘买卖又要启动了？说罢，皮丹及时按下了免提键。傅长明的声音和笑声立即从手机里传出：是啊，皮丹，我们让你过去干啥的？就是启动这盘买卖啊！

皮丹说：好的，我明白了！傅总，那方案你和我们领导定了吧？

傅长明的声音又传了出来：定了，皮丹，你就等着听招呼吧！

皮丹放下话筒，陷入沉思，不禁自语：这……这事奇了怪了……

陆建设也觉得奇怪：傅长明嫌钱多咬手？估值十五亿的矿产非要花四十五亿去买？就为了给他们领导林满江面子？林满江的面子值三十亿？皮丹思索说：领导该不是为咱们站了次台，敲了傅长明三十亿吧？傅长明有的是钱，听他身边人透露，都想买美国纽约的帝国大厦了！陆建设说：这事我听说了，也不知是真是假。还有人说，傅长明要买巴黎的埃菲尔铁塔呢，想把铁塔拆了搞房地产，这估计是假的！

皮丹一脸的深刻：老陆，你别说，这没准儿也是真的！你是不了解傅长明！人家傅总就没有办不下的事！他早就说过，改革时代就是一个奇迹的时代，只有想不到的，没有办不到的！傅长明既然想到了埃菲尔铁塔，我真的有点替埃菲尔铁塔担心了！老陆，你要是没去过巴黎，就尽快去一趟吧，晚了，埃菲尔铁塔拆迁了，你可就看不到喽！

陆建设乐了：好嘞，皮董，忙完这阵子，我就到巴黎去考察……

皮丹立即截断他的话头：哎，老陆，我随口一说，你还当真了？

陆建设很严肃：我能不当真吗？我几年没出国了，得安排一次了！

皮丹到底是佛系的，不喜争论，苦笑说：行，安排，那就安排！

陆建设一想到自己办公室的那股尿臊味就来火：还有办公室，领导和咱俩都说了，石红杏那是要撤职的，皮董，你得催她让办公室！

皮丹这才说了实情：石红杏心里很有数，已经让办公室的人帮她收拾东西了，让他不要急，也不要催，要有大将风度。皮丹拍着胸脯说：老陆，你放心，石红杏毕竟是我姐，我了解她，你等着吧，最多一两天，你就会有一个绝对没有尿臊味的空气清新的办公室了……

五十一

反腐倡廉电视电话会议召开的第二天，张继英就带着集团纪检组几个人来到了京州，分头找人谈话，头一个找的就是齐本安。虽然张继英知道，这会引起林满江的不满，但也没办法，问题暴露了，纪检部门就不能不查了，国资委领导有指示，谁要捂也捂不住。不过，她也保持着高度警惕，为了避免被人注意，没让齐本安到宾馆里谈，而是带着两个助手，在江边碰的头，这就使得双方见面，有了一些神秘色彩。

张继英告诉齐本安，国资委领导对京州小金库事件十分重视，批示彻查，在整个国资系统引起很大的震动。凡名单上出现的人都要作出交代，退回违规报销的款项。有些人的问题比较严重，比如靳支援，国资委有明文规定，高管兼职不兼薪，靳支援身挂八国相印钱没少拿。他现在人在非洲，国资委已要求他从非洲回来。接下来，张继英认真听取了齐本安的汇报：京丰、京盛矿交易的疑点。钱荣成以十亿交易费用做把柄，要挟京州中福为他做贷款担保的事实，还有皮丹在湖苑可疑的别墅……张继英和两个助手不时在笔记本上做着记录。

汇报结束时，齐本安感慨道：张书记，我真是被逼上战场的。其实你知道，我和林满江、石红杏，是一个师傅的师兄师妹，真不想和他们闹成这样，我甚至后悔到京州中福来。石红杏也说了，我不来，哪会有这么多事？和师兄师妹全闹翻了，也得罪了靳支援他们。

张继英鼓励说：本安，别想那么多，你一夫当关，万夫莫开呀！我和组织上得感谢你啊，感谢你在这么困难的政治生态环境中守住了法纪的底线，没有退让，虽千万人吾往矣，勇敢地做了一回诤臣。

齐本安情绪却有些消沉，叹息说：林满江是一把手，一把手搞权术，带头破坏政治生态，下面的干部就遭大难了，也只能且战且退！

张继英：也不能说是退，你不就没退吗？一直坚守京州阵地嘛！

齐本安道：快守不住喽！你也别万夫莫开了！京州中福就是逆淘汰！可林满江偏振振有词，谁拿他都没办法，这不，我也下台滚蛋了！

张继英苦笑不已：是啊，是啊，这现象真值得我们好好反思！

齐本安倾诉起来：逆淘汰是事物的表象，京州中福的逆淘汰，其实质是林满江利益集团对人民的财产的掠夺和侵吞，后果相当严重！张继英心里也有数，认为皮丹、陆建设都上位了，腐败分子们就更好下手了！腐败分子们都是谁，张继英没明说。齐本安却另类判断：林满江现在也许在退缩。这让张继英不解：怎么皮丹、陆建设上了位，林满江反而要退缩了？齐本安意味深长地指出，这就是林满江，打了一辈子交道，他太了解这位大师兄了，他大师兄从来都先对手半步。现在小金库的问题暴露了，炸药包爆炸了，林满江自然不会不小心的。

张继英疑惑地问齐本安：是不是又发现了啥？为什么会做出这种判断？齐本安也没说出啥，只道：一个直觉吧，应该不会错！张继英问：你这个直觉的根据在哪里？总得有一定的根据吧？齐本安说：据悉林满江已经指示皮丹以四十五亿的价格转让京丰、京盛矿。张继英眼睛一亮：这是好事啊，转让价一下子多了三十亿。

所以，齐本安判断说，如果这不是林满江虚晃一枪，如果这两座矿真的以四十五亿转让给长明集团，那就很反常！我只能认定为林满江在大踏步后退……

张继英推导说：当年傅长明的长明集团四十七亿卖出的，现在四十五亿收回，京州中福没吃什么亏，国有资产流失纯属无稽之谈？

齐本安说：是啊，十个亿的交易费，皮丹的别墅，也属无稽之谈了嘛！当然，能让他们以这种形式吐回三十亿不是坏事，我乐见其成。

张继英皱着眉头，思索道：不过，本安，我仍然觉得有些不可思议，长明集团怎么可能用四十五亿去吃进京丰、京盛矿啊？难道傅长明疯了？这个所谓佛系企业家我知道，那是无利不起早，很疯狂的！

齐本安笑笑：所以呀，我们等着瞧戏好了，人家已经报过戏牌了！

张继英想了想：除非有一种可能——长明集团也是林家铺子的！

齐本安心照不宣说：或者，是他们的合伙企业呢！查着看吧！好在牛俊杰还是京州能源的副董事长、总经理，会及时通报有关情况！

张继英提醒：本安，有些事只做不说，别再莽撞，打草惊蛇！随即又问：哦，对了，根据你的审计情况，石红杏有多大的问题啊？

齐本安说：迄今为止，真没发现她有经济问题，石红杏有缺点有毛病，但她个人倒不贪不占。而且，小金库也帮助了一些困难干部职工。比如田园的父亲田劳模，许多不能报销的医药费就是小金库出的。

张继英说：自身不贪不占就没问题了？渎职，不负责任，或者说不敢负责任，也是问题嘛！像京丰、京盛矿的重大产权交易，怎么能失控到这种程度？就让皮丹在林满江的直接指挥下做袖筒交易吗？本安同志，你不要护着她，石红杏责任也不小，负有不可推卸的责任！

齐本安苦笑起来：是，是，石红杏应该也有一份愧疚和痛悔吧！

张继英说：我本想尽快和石红杏谈谈，可听说她身体不是太好？

齐本安道：可不是嘛！林满江把她批惨了，我建议你晚些时候再谈，可能效果会好些，现在她谁也不理！我也挺内疚的，为了让你们重视到京州中福的问题，明知会炸伤她，还是把炸药包拉响了……

张继英想想也是，反腐倡廉会上石红杏当场晕倒在地，石红杏和林满江又是那么一种关系——除了师兄妹，不排除还有其他啥私密关系，这时候石红杏精神受到了严重刺激，的确难谈，等两天再谈也好。

五十二

长明集团的议事会很难说清是什么会。议事会说开就开，没有时间和地点上的限制。可以在京州总部开，也可以在北京、上海开，甚至在旅途中的宾馆。反正只要傅长明觉得需要，就随时随地开。议事会不光议长明集团的事——人间的俗事，也礼佛，议仙界的事。每次会议总以"阿弥陀佛"开场。傅长明和与会部下个个仙风道骨，不知道的人真会以为是哪家佛寺法师在主办法会。有时也真是法会，傅长明突然觉得悟了道，有了啥新鲜礼佛体会，也会召集部下开会布道。

这日，傅长明在京州长明大厦香烟缭绕的佛堂又一次召开了议事会。他手捻佛珠，和手下老总、经理们大谈佛家弟子的感恩之心。告诫老总、经理们要铭记天地间的每一缕阳光、每一滴雨露，记着它带给人间、带给大家每一个人的恩惠。他严肃深刻地批判了一些居士干部虚假礼佛、追求短期效益的俗人俗事，指出：事业越是做大，越是要知道敬畏。老总、经理们一个个跟着他的节奏，口称"阿弥陀佛"。

礼罢佛，傅长明说起正事：我佛慈悲，我辈真诚信佛礼佛，广种福田，企业就财源滚滚，有些看似不可能的事，就变得可能了！比如京丰、京盛矿产交易，六年前，四十七亿卖给了京州中福，今天又能十五亿收回来了！虽说好事多磨，可磨到最后总是成了，阿弥陀佛！

集团负责战略兼并业务的刘总有时缺乏信仰，礼佛不真心，正被罚抄《金刚经》，但刘总的业务能力很强，有狼性。傅长明让刘总谈谈这笔业务。刘总就一口一个"阿弥陀佛"地谈了起来，道是京丰、京盛十五亿拿下之后，拟立即增发股份，以四十亿至五十亿的对价，装入长明保险新近控股的上市公司电建股份，进一步做大长明保险表内资产。

傅长明点头称许：好，很好！赵总，你来说说证券市场的情况！

赵总念了声"阿弥陀佛"，说起股市情况。市场低迷不振，但对长明保险拿下三家目标公司极其有利。其中两家实现控股，一家持股临近百分之五举牌线，如果保险资金跟得上，可考虑尽快举牌，以免股价暴涨。

长明保险孙总立即汇报：傅总，赵总，本月长明财产保险保费收入七十一亿，人寿保险收入六百五十四亿，养老保险收入三亿，总计七百二十八亿！

傅长明心花怒放：好，准备五百亿分期调拨给赵总吧！在资本市场上要大胆进攻，我们一个月保费收入七八百亿，子弹会源源不断。对已经拿下的两家上市公司要尽快换马，董事会要掌握在我们手上！

这时，出现了一个坏消息。办公室主任说：有内线最新急报，钱荣成估计撑不住了。傅长明心中不由一惊，数着佛珠，念了声"阿弥陀佛"：怎么估计的？他为什么就撑不住了？钱荣成这个人我知道的，是只打不死的小强，就算上了绞刑架，他都能硬着脖子再挺上一阵子！

办公室主任说：现在这钱荣成啊，也和上绞刑架差不多了……

傅长明这才警觉了，数佛珠的手停下了：哦？说，怎么回事？

鑫鑫公司要钱荣成二十四小时内还清八千万高利贷的本金，驴打滚的利息，鑫鑫那边已经主动放弃了！鑫鑫的陈总威胁钱荣成，说是如果再不还钱，钱荣成六岁的儿子从此就会下落不明，所以……

钱荣成就急眼了？又给你打电话了？又要去中纪委了？是吗？

是的，是的！刚才钱荣成在电话里像发了疯似的，大骂我们……

傅长明一声叹息：孽障啊！想了想，觉得这事不可小觑。钱荣成四十岁得子，视子如命，为儿子钱荣成会不顾一切。于是，交代刘主任：去，你带上一张八千万的现金汇票去鑫鑫，把钱荣成的儿子赎出来交给钱荣成，让他好自为之！另外，安排一下，我要见他一面！

办公室主任应着：好的，好的，傅总，我这就去！说罢匆忙离去。

八千万了却一块心病还是值得的，傅长明想。况且钱荣成毕竟和他在杏园磕过一回头，他这次救钱荣成的儿子也是积德行善，善哉善哉！傅长明做了善事心情照例好了起来，继续开自己的议事会：这真是个奇迹的时代，财富在杠杆的支撑下一跃千里，让人眼花缭乱啊！

监理老钟提醒说：不过傅总，还是要小心，监管盯上我们了，现在在股票市场上我们太招眼了，上市公司老总都骂我们是野蛮人！

傅长明笑容可掬：阿弥陀佛，世上有我们这样佛系的野蛮人吗？

这时，秘书匆匆进来，递过手机：傅总，林满江董事长的电话！

傅长明笑了：我正说要找他呢，他的电话就来了！接了电话才知道，林满江在京州还没走，约他中午见个面。傅长明说：那就一起吃午饭吧！林满江答应了，让他一人来，任何人都不许带，地点安排在一家私人会所。他结束会议赶到时，林满江已独自一人等在那里了。

午饭很简单。吃饭时，傅长明汇报说：哥，我今天上午和大家议了一下，京丰、京盛咱们十五亿拿下来以后，就增发股份，以四十亿至五十亿的对价装入电建股份，进一步做大咱们长明保险的表内资产！

林满江啥都清楚：那个电建股份到底落进长明保险兜兜里去了？

傅长明乐了：哥，这是长明保险新近控股的一家能源企业！董事会刚改选，换上了咱们的人，总经理和董秘也换了！哥，你懂行，咱只要把表内资产增大了，又可以进行下一轮的抵押贷款融资了……

林满江略一沉思：长明，我提醒你一下，保监会和银监会已经注意到了金融杠杆问题，下一步可能会有大动作，你别怪我没吹风啊！

傅长明说：我知道，上有政策，下有对策嘛！我正让政策和战略策划部门认真研究呢，谋定而动，再说你在保监会、银监会都有人！

林满江不置可否，一声轻叹：长明啊，你还信佛吗？嗯？

傅长明说：信啊，每年大佛寺头炷香都是我烧的，十二年了！

林满江一脑门官司：那就慈悲为怀，别轻举妄动！长明，我告诉你，保监会也好，银监会也罢，人家的官不是为我当的！我不是天！

傅长明怔住了，看着林满江，一口鲍鱼含在嘴里，忘记了咀嚼。

林满江语重心长地说：人不能没有敬畏，人心不能没有止境，长明保险的疯狂步伐要慢下来了，股市上的举牌也要暂时停止，危险！

傅长明狐疑地问：哥，有情况？你……你是不是听到什么风声了？

林满江说：不少人在告你了，有些告状信直达中央和国务院！

傅长明明白了：好，哥，我听你的，都听你的！反正你掌舵！

林满江又说：京丰、京盛矿的交易继续进行，赶快和皮丹签合同！

傅长明点头应道：好的，我和皮丹沟通过了，他正等着我呢！

但是，林满江紧盯着他，对价不是十五亿了啊，是四十五亿！

傅长明呆了：哥，你说什么？四十五亿？这……这是为啥？

还债嘛，长明，你们集团拿出四十五个亿把京丰、京盛收回来吧！

傅长明一脸苦相：哥，咱啥时欠京州中福的债了？你弄错了吧？

林满江温和地说：长明啊，我会弄错吗？没有五年前的四十七个亿，哪来咱今天的长明保险？你增资扩股怎么完成的？要知道感恩！

傅长明不服气：可是，现在不是齐本安掌权了，掌权的是皮丹！

林满江说：皮丹一举一动没人盯啊？别忘了，齐本安、牛俊杰、张继英，还有社会上的人，一直虎视眈眈盯着我们！知道我这次为啥到京州中福来吗？就是为了应对可能的危局！长明，要居安思危了！

傅长明仍不死心：哥，你可是长明集团大股东之一，你也吃亏！

林满江手一挥：长明，别说我！我不怕吃亏，别人不知道，你还不知道吗？我是没有明天的人，你的日子还长着呢，一定要知进退！

傅长明可怜巴巴地问：哥，你这……这是命令吗？是个建议吧？

林满江语气缓慢而坚决：不是建议，是命令，长明，执行吧！

傅长明怔了半天，哭丧着脸说：好，那……那我啥也不说了！

林满江长长舒了口气：这就对了！好了，就到这里吧，长明，现在要止赢了！经验证明，大到一个国家，小到一个企业、一个人，都要懂得止赢。不懂止赢就难免将来面对止损，甚至要面对灭顶之灾！

五十三

石红杏期待与林满江谈一次话。无论从哪方面看，这次谈话都非常重要。且不说师兄妹多年的感情，作为林满江的得力干将，她主持京州中福工作六年，唯林满江的马首是瞻，如今惨淡收场，总得有个说法吧？私底下的安慰性质的说法。她有理由得到一些心理补偿。大会上冠冕堂皇的说辞，众人面前讲些领导必讲的大话套话，石红杏能理解。可暴风雨过去，大师兄究竟怎么想的？到底要怎样处置她这位忠心耿耿的小师妹，应该有一个明确的态度。她在焦虑地等待着。

石红杏一直以为林满江会打电话给她，或者让秘书来电约她，主动进行这场重要的谈话。然而，一直等到今天下午，林满江始终没召见她。她沉不住气了，给林满江打电话，林满江却不接。石红杏无奈，就一次次联系孙秘书——这位新调到林董身边的大秘，有望接替皮丹成为新管家。孙秘书谨慎委婉地和她周旋，一会儿说林董在与皮丹、陆建设谈话；一会儿又说林董与李达康书记商谈矿工新村改造问题……总是有事，总是不方便接电话。她坦率直言，让孙秘书告诉林满江，她一定要当面汇报一次。孙秘书连声应着，就是不做安排。

又一个白天即将过去，她渴望的谈话还没有影子。独自窝在家里的石红杏越等心越凉。蓦地，她看见了阳台上靠墙放着的林满江的油画像，林满江还神采奕奕地看着她微笑呢！石红杏觉得扎心，就从抽屉里找出一把剪刀，将油画像一把撕下，剪成了碎片。剪的时候没有激动，没有伤心，她像机器人一样完成了一连串动作。石红杏自己也奇怪，她竟然没有流泪。心像一口枯井，毫无波澜地粉碎了多年的情感偶像。她把碎布片扫成一堆，倒入垃圾箱里，竟如同丢弃一件碍眼的旧物。她捋着短发，长长地叹了一口气，有一种如释重负的感觉。

处理了油画像，石红杏决定去堵林满江，出门打的直奔中福宾馆的贵宾楼。林满江不在，她就坐在贵宾楼前厅沙发上等，现在她有的是时间，不怕等不到他。宾馆服务员谁不认识石总啊，贵宾楼领班立马就给她端来了一杯现磨的巴西咖啡和一碟小吃。石红杏向领班道了谢，看着面前璀璨的吊灯，木然地吃着喝着，漫无边际地遐想起来。

曾记得多年前的一个夜晚，她来找大师兄，也是这样等——她文化基础差，上课就犯困，想从干部班退学。等到半夜，大师兄疲惫不堪地从电厂检修现场回来，听她一说，马上火了，骂她训她，把她逼回课堂。后来，让她一步步成了京州中福的总经理，人们眼中的女强人。但这不是她想要的，在那个遥远的晚上，她就希望赖在大师兄身边，赖上一辈子。她不时地偷眼看着林满江挺拔的身躯，严峻的脸庞，心里潮湿了，他是她心中的白马王子啊！从那个晚上开始，这一辈子再没别的男人走进她心中爱的殿堂。如今岁月流逝，现实如厚土乱石，将昔日的爱情埋得严严实实的了。多么残酷的事实啊，在这一生中，她几乎是为大师兄活着的，她愿意为他做任何事，也真做了不少违规违法的事。这是火中取栗，她知道，可还是干了，都是命中注定的。

她不后悔，女人愿意付出的时候，连生命也在所不惜。可令她崩溃的是，她为之付出的男人竟这么无情！义正词严地批她，在集团高管的目睹下，一锤锤把她钉死在耻辱柱上！难道他心底就没有点柔软的地方？他难道真的不知她一生的痴情？答案是否定的，这说明了一个事实：他对她没有情感，视她若无物！她心凉了。当时让她晕倒在地的，不是因为检讨挨批，她是在为遥远的真情摔成碎片而伤心绝望。

石红杏渴望安抚，那个男人的安抚。当不当总经理无所谓，大师兄只要对她说一句好话就行。比如他说，在会上我没办法，只能让你委屈了。吞，其实，你为我做的一切，我心里都有数，我怎么会不感激你呢？你只不过暂时做一下牺牲品，等到风头过去，我对你自有安排，毕竟齐本安拉响炸药包，炸出了一个烂摊子，我不得不面对啊……

正浮想联翩呢，林满江在众人簇拥下走进了贵宾楼。石红杏慌忙站起来，举手和大师兄打招呼。大师兄没听见，也没看见。大师兄和孙秘书说着话，对孙秘书交代，让皮丹抓紧去和傅长明谈判。孙秘书却向大师兄汇报非洲公司的工潮。就这么从石红杏所在的沙发转角处昂然走过。他们两人和其他随行人员竟然没有一个人正眼看她！石红杏挺起胸，拿起沙发上的手袋，也跟着这群人走向林满江的办公套房。

进了办公套房，林满江才注意到她。她在屋子角落站着，默默地等待着。林满江这才让手下人出去，单独和她谈话。他指了指办公桌对面的椅子，让她坐。她魂不守舍地半个屁股坐下了。坐下后，她忽然哭了起来，满肚子的委屈、哀怨，化作滚滚泪水，如大雨滂沱而下。林满江皱起眉头，显得很不耐烦的样子。但这个男人隐忍着，由她哭个够。于是，寂静中只有石红杏的抽泣声，渐渐转弱，终于平息。

石红杏抹干泪，开口了，低低叫了一声：大师兄！林满江说：直呼其名吧，林满江！石红杏坚持喊大师兄：大师兄，你不要我了？林满江口吻冷漠：啥要你不要你？你是我什么人？莫名其妙！石红杏伤心了：我是你什么人，你不知道吗？林满江说：我不知道，我只知道我就是那个倒霉的东郭先生！石红杏惊愕了：你咋这么说？那我不成狼了吗？林满江逼视着她：石红杏，难道你是什么善良动物吗？小白兔？小松鼠？石红杏知道林满江有所指，辩解道：我哪儿不善良了？大师兄，你的恩情我一直铭记在心！刚才等你的时候，我还在想，是你逼我学习上进，教我处世为人！你不仅是我领导，也如父如兄……

林满江厌烦地挥挥手：又是这一套，石红杏，我真受够你了！石红杏诚恳道歉：大师兄，小金库的事情，我对不起你，但我真不是故意的！我怎么可能故意害你和嫂子呢？你知道的，我就是胆小，怕将来说不清。林满江乜斜着眼睛瞅她：所以，你就记黑账，然后故意让齐本安抓个正着？石红杏失声叫起来：不是这样的！我要记黑账，就不会摆在财务小账上了。林满江说：你还不如记个黑账呢，偷偷交上去还能立个大功！现在倒好，大功劳是人家齐本安的，你也被套进去了！童格华他们不利索了，你也得承担渎职责任，简直愚蠢透顶！

石红杏承认，大师兄训她有道理。她毕竟给他造成了伤害，不能推脱责任。谁能想到齐本安会突然来这一手呢？林满江激动起来，义正词严且大气磅礴地斥责她：石红杏，别人不知道我，你也不知道我吗？我一身正气，两袖清风，平生最痛恨贪污腐败！你倒好，把贪污腐败的罪名弄到我头上来了！

这情景语言不像师兄妹私下交谈，倒像前晚开会，似乎前晚的反腐倡廉会还没开完。由于入戏太深，林满江自己把自己感动了，眼睛里泛出些许泪光，这让石红杏在悲凉之中又觉得特别好笑。可她不敢说破，只讷讷着：你清廉，你清廉，真是太清廉了。林满江觉察到异味，出戏了：石红杏，你什么意思啊？讥讽我是吗？石红杏忙说：没有没有！林满江拉着脸训斥：石红杏，你胆大包天啊，关于反腐倡廉，我三令五申，你麻木不仁，我行我素！

这时，石红杏的心态发生了微妙变化，性格中那股倔强劲悄然抬头。林满江怎么搞得像真的一样？现在屋里只剩下他们师兄妹了，还有必要装×吗？石红杏觉得有必要提醒他一下：林董，这个小金库，还有不少违规违纪的事，我都是向你汇报过的！你也批过不少条子……

林满江像没听见她的话，喝茶，皱着眉头，好像茶太浓太苦。沉默片刻，这位领导缓缓地道：我批过啥条子？条子都在哪里啊？石红杏也不客气了：条子都让你收走了，你每到年底就来收条子，有时派秘书来，有时亲自来。林满江脸一拉，砰然一声，盖上茶杯盖：你又胡说八道了吧？我这人奉公守法，从来不为违纪违规的事情批条子！

石红杏震惊不已，这无耻超出了她的想象：林董，你……你……

林满江严厉地看着石红杏，如狼似虎，低声咆哮：你什么？啊？你有没有数？你是犯罪啊，经济犯罪！别以为你没拿钱就没你的事了！

石红杏一下子瞪圆了眼睛：大师兄，你还没完没了了？是吧！

你认为这事完了吗？中福集团的天都被你和齐本安捅破了！现在张继英和纪检组正日夜加班，一个个找人谈话呢！你的老搭档靳支援吓得都不敢从非洲回国了，石红杏，我就没见过像你这么蠢的人！齐本安是别有用心，你是愚蠢得让我伤心！你害了我，害了靳支援，害了大家，也害了自己！石红杏，你就是想作死，也不能死得这么愚蠢！

石红杏决定反击了，正视着林满江：是，我愚蠢，我一生追随一个聪明人，却使自己变得越来越愚蠢！我不愚蠢，能让你年年收回违规违纪的批条吗？！林满江，你说你平生最恨贪腐，我不服气！你可没少搞贪腐！你还说你一身正气，两袖清风，我觉得太不要脸了！

这话很重,石红杏说出口后,连自己都有些吃惊。林满江冷笑起来,一下一下拍着巴掌:好,石红杏,你到底要和我算总账了?石红杏眼泪直流:不!是你不给我活路了!我一生追随你,迷恋你,把你当成了神,你呢,把我当个渣渣!林满江,渣渣也是有尊严的!她像一只发怒的母豹,逼视林满江:你既然这么无情无义,那我也得把话说说清楚了!这个小金库,我向你汇报过,二〇一〇年春节前夕,你代表集团来慰问时我汇报的!我说下级奖励上级有问题,这种钱我不敢拿。你说,靳支援是兼职董事长,兼职不兼薪,再不拿点外快,就没积极性了。我这才想起建立一个小金库,为大家解决一些无法报账的项目,你当场认可了,说这主意好!既照顾了靳支援,又有利于工作。

林满江冲着她缓缓摇头:石红杏,我怎么一点印象都没有啊?

石红杏尽管无奈,却很固执,从包里拿出一个笔记本:好,林满江同志,为了加深你的印象,我再说一件事。二〇一〇年九月,就是在这间办公室,我向你汇报,长明集团刚和我们签订了京丰、京盛的交易合同,就送给我们一幢湖苑别墅,肯定不是太合适。你说,傅长明这是送给咱师傅的!照顾劳模。你让我别去过问,还要我难得糊涂!

林满江淡然看着她,已经完全冷静下来了:石红杏,你又弄错了吧?石红杏说:我哪里弄错了?湖苑87号别墅就摆在那里呢,齐本安亲自去看过!林满江说:反正我不知道!石红杏心头火又蹿了上来:林满江,你把我当傻子啊?你什么都不知道?我就算傻,你也不能这么无耻啊,今天你承认不承认我都要说!林满江似乎很无奈:你说,我洗耳恭听!她却不说了,哇的一声哭了——她做梦也没想到，一场渴望安慰的谈话会变成这样。林满江对她的厌恶明明白白摆在脸上，这个男人轻蔑地对她说：别哭天抹泪了，你这一套现在不灵了！

是的，过去的都过去了，她没必要在这种无情无义的男人面前哭泣了。石红杏使劲抹干眼泪：我不哭了，石红杏以后再也不会在你面前掉一滴眼泪了！我终于看清楚了，你到底是什么人！林满江阴阴地问：我是什么人？她再次爆发了：你是一个坏人，一个偷盗人民财产的贼！牛俊杰和齐本安怀疑你和傅长明勾结，可能收受了长明集团十个亿的贿赂！我从不相信，到半疑半信，今天我是全信了！这种事你林满江干得出来，你有胆！你当年是握着三角刮刀走上人生舞台、政治舞台的！林满江鼓起掌来：好，石红杏，那你立功的机会到了！

石红杏翻着笔记本，念出了林满江关于两矿交易的具体指示，一条又一条，时间、地点都有明确记载。长明集团旗下的长明保险实际上是在高价卖出了当年京丰、京盛矿权才奠定的规模。两座煤矿的高价转让，让傅长明一下子拿到了四十七亿现金，傅长明才有钱向长明保险增资五十亿，进入十大保险公司行列！傅长明和长明集团就是站在京州中福肩膀上发展起来的——难道不是吗？她抬起头追问道。

林满江拍了拍额头：天哪，石红杏，我真小看你了，你可真有想象力！石红杏说：不是想象力，是鉴别力！长明保险创始时，两个亿的注册资金有一亿是借京州中福的，是你批条子安排给我，让我经办的，当时我是管财务的副总经理！林满江手一伸：好啊，我批的条子在哪里？请拿出来给我看一看！石红杏摇摇头：林满江，你怎么这么不要脸啊？所有违规条子不都让你收走了吗？！石红杏克制着愤怒，继续说：二〇一〇年长明保险具有决定性意义的五十亿增资，其中四十七亿来自京州中福，林满江，这难道都是巧合吗？林满江笑了笑：这是齐本安推测的吧？你是替他当传声筒吧？石红杏说：不是！林满江，我没你想象的那么愚蠢！我早就看清楚了：你这么护着长明集团不是没原因的，你这么提拔皮丹也不是孝敬师傅，令人深思，耐人寻味！

林满江悲哀地看着她：石红杏，你今天真伤到我了！你说得已经够多的了，现在请听我说！石红杏怒道：林满江，我这一辈子就听你说了，笔记都记下了一百七十八本了，我听够了，不想再听了！今天就我们两个人，你都当面撒谎，都拒不承认自己批过的条子，林满江，你混账不混账啊？！林满江阴狠地看着石红杏：怎么是混账呢？我这是对你有预见啊！幸亏我及时收回了批条，否则要被你害死！石红杏，你害了童格华、靳支援和集团这么多人还不够吗？难道就一点都不内疚吗？石红杏说：内疚的应该是你，林满江！你对不起我，对不起中福集团！你就是一个坏人，小人，阴险毒辣的阴谋家，这辈子怎么让我碰到了你！林满江气得浑身直抖，讷讷着：疯子，你简直是个疯子！

石红杏站起来尖厉地叫道：林满江，你才是疯子！你该下地狱！

林满江也气坏了，颤抖的手指着门：滚，给我滚出去，滚！

石红杏最后轻蔑地看了林满江一眼，昂然出了门……

石红杏没料到会是这样的结局，无论如何都没料到。现在，她将面对无尽的灾难。不光一个小金库，京丰、京盛矿交易的黑幕，京州中福数不清的违法违纪，所有的黑锅统统得由她来背！林满江坏啊，在犯罪的同时就物色了替罪羊——小师妹不是现成的吗？如今，她成了落网的小鸟，再怎么扑腾也飞不出去了。牛俊杰说她是林满江的白手套，没错，她就是白手套，白手套脏了，让人家直接扔进了垃圾箱。

五十四

下班回家的路上，牛俊杰接到林满江秘书的电话，说是石总和林董吵了一架，生气走了，林董担心石总情绪失控，发生意外，要牛俊杰留心一下。牛俊杰开始没在意：意料中的事嘛，老婆认清林满江真实嘴脸了，开始反击了，很正常的！回到家再一想，觉得不对，偶像打碎了，大师兄变大仇人了，她别想不开！这才打了石红杏的电话。

电话响了几声，石红杏就接了：老牛，找我有事？牛俊杰问：你在哪儿呢？没啥事吧？石红杏的声音很平淡：没啥事，能有啥事？牛俊杰说：听说你和林满江大吵了一场？石红杏说：是，我现在扔下了包袱，也轻松了！我把该说的话都和林满江说了，和他彻底翻脸了！牛俊杰说：你一场大梦到底醒了！石红杏连声叹息：醒了，也晚了，一辈子就这么过完了！老牛，我对不起你！我自作自受，你这辈子不该陪绑，当年你就不该跟我参加南昌起义！牛俊杰心碎了：杏，别这么说，其实咱们这辈子也挺好！石红杏说：不，老牛，我对不起你，我这辈子欠了你一场爱情！说着，石红杏哽咽起来，声音变得凄怆而悲凉：老牛，你要是不嫌弃，下辈子我还来做你老婆，只对你一个人好！

牛俊杰觉得哪里不对头了，忙说：杏，你可别胡思乱想！石红杏却在电话里号啕起来。牛俊杰害怕了：别哭，你别哭啊，咱们这辈子还早着呢！你既然知道对不起我，就赶快回家，啊？我在家等着你呢！

然而，牛俊杰却再也等不到老婆了。老婆醒悟了，也迷失了，就此挂断了电话。牛俊杰抹着头上的汗，一遍遍拨打老婆的手机。老婆手机里却只有一个声音：您拨打的电话正忙，请稍后再拨……

后来牛俊杰才知道，在生命的最后时刻，石红杏除了和他通过电话，还主动给女儿牛石艳和齐本安打过电话，电话内容也都和他有关。

石红杏和牛石艳通话时说，她工作太忙，没有能好好欣赏女儿的成长，留下了许多遗憾，现在悔之晚矣！她要女儿多关心老爸，对老爸好一些，多陪陪他，让他少喝酒！女儿说，我和我爸是铁哥们儿！石红杏说：那就好，那就好，那我就放心了！说罢，挂了。女儿当时在报社，觉得不太对头，再打过去时，也变成了手机忙，正在通话中。

最后一个电话是打给齐本安的。齐本安对牛俊杰回忆说，他们二人通话时，石红杏很理智，怪齐本安不该到京州中福来，他不来哪有这么多的事？哪能让她和林满江闹到这一步！齐本安直道歉。石红杏这才说：齐本安，我现在也不恨你了，原谅你了！但你要对牛俊杰好一点！我们家老牛是好人，我这辈子没欠你的，没欠师傅的，更没欠林满江的，就欠了我们家老牛的！齐本安觉得不对头：哎，红杏，你怎么了？尽说这些干啥？石红杏哭喊起来：齐本安，你听见了吗？对我们家老牛好一点！齐本安忙说：我听见了，红杏，你千万想开点……

石红杏没想开，当晚在江桥跳江自杀了。尸体三天后才在下游一百多里的地方被人发现。公安局来了电话，牛俊杰和齐本安一起赶到现场去认尸。看到石红杏被江水浸泡得变了形的遗体和面孔，牛俊杰再也压抑不住心中的愤怒和悲伤，当着齐本安的面大哭起来，哭罢不管不顾地大骂林满江。齐本安也泪流满面，悲伤得不能自已……

为石红杏守夜那晚，女儿偎依在牛俊杰身边，给了牛俊杰些许温暖和安慰。女儿抹着泪对他说：爸，其实，你当初就不应该参加我妈的南昌起义！她对你根本没有感情，她是拿你和林满江赌气的！

牛俊杰说：艳，看你这话说的，我要不参加你妈的南昌起义，哪来的你？再说了，你不知道当年你妈的那个风韵，真的挺迷人呢！女儿问：你被我妈迷住了？牛俊杰承认说：是！我当时心里就说，这个林满江，真是长了一双狗眼，这么好的女人他竟然看不上！我当时兴奋不已，有一种乘人之危的感觉！哦，不准确，有点，像捡洋落吧！女儿说：可她这一辈子迷恋的还是林满江。牛俊杰红着眼圈说：但是最终，她认的是我牛俊杰，并不是林满江，女儿，我赢了！女儿眼里落下了泪水：爸，你是赢了，但赢得太痛苦了！牛俊杰抹了把泪，讪讪起来：谁说不是呢，我赢了，你妈却走了，只能来世再见了……

守灵之夜，牛俊杰和女儿静静看着石红杏的遗像——那是一张侧面照片，黑白效果，透射出淡淡的哀伤。特别是她那双眼睛，神情忧郁，仿佛对人生深感失望。牛俊杰和牛石艳都不知道石红杏是何时何地照了这张照片，牛石艳选出来做遗像，牛俊杰觉得十分恰当。其实牛俊杰认识的老婆不是这样的。她表面上开朗泼辣，敢爱敢恨，骨子里却胆小保守，一辈子对他蛮不讲理，而现在这一切都变成了追忆。

那晚，陆建设代表组织登门慰问。一进门就恭恭敬敬地面对石红杏的遗像三鞠躬，还装模作样地抹了抹眼睛，似乎流了泪的样子。礼毕，陆建设大人物似的和牛石艳、牛俊杰一一握手，要他们节哀顺变。

牛俊杰懒得和陆建设啰唆，希望这个让他和石红杏都讨厌的家伙完成形式上的慰问后，赶快离开。陆建设却在沙发上坐下了，而且夸夸其谈，似乎对他们很有感情：老牛，实话说，我和石总还是大事讲原则，小事讲风格的！主要是咱俩有些误会！可咱俩虽说有时磕磕碰碰，但还是互相佩服的，是吧？你佩服不佩服我，咱另说，我可是佩服你的！你是从井下一线上来的干部，是咱工人阶级的杰出代表……

牛俊杰说：停，打住，老陆，你给我致悼词还早了点。陆建设坚持致悼词：哎呀，你这个牛总，就是幽默！老牛啊，你工人出身，大碗喝酒，大块吃肉，性格豪爽，快意恩仇，路见不平，拔刀相助……

女儿插嘴了：陆书记，你说的这是我爸呢，还是梁山好汉？陆建设说：小牛，你爸就是梁山好汉啊！路见不平一声吼，该出手时就出手！我刚当代书记时，你爸对我有点误会，一时想不通，就受了齐本安指使，做了块党委代书记的办公室牌子钉到我们门上了，你说谁做得出来？也只有咱老牛——牛俊杰同志，好家伙，那工人阶级的脾气！

牛俊杰平静地看着陆建设说：老陆，说两点：其一，齐本安没挑拨过我！第二，我直到现在也还是没想通，你怎么就上来了呢？陆建设说：好，想不通就说，我给你解释，做思想政治工作！老牛啊，你呀，耿直，太耿直！你以为官场也这么耿直吗？不是啊，官场那叫一个黑……突然发现说漏了嘴，随即改口：官场就是另一回事了。牛俊杰实在听不下去了，绷着脸下了逐客令：好，老陆，你别说了，你忙我也忙，这么晚了，你就别在我这儿泡了！我代表红杏谢谢你和组织了！

陆建设被迫起身告辞：好，好，老牛，节哀顺变，节哀顺变……

这时，陆建设似乎突然想了起来：对了，有个事忘说了！石总有一批工作笔记本是不是让你拿回家了？牛俊杰一听就来火：是她自己拿回家的！你占了她办公室，她不把自己东西拿回自己家里，难道送你们家去？陆建设说：看看，又误会了吧！这批工作笔记本可不是简单的私人物品啊，涉及许多工作上的事！石总走了，我们活着的人一方面寄托哀思，一方面还要继续工作，开拓京州中福的新局面……

牛俊杰这才发现，陆建设的登门拜访不简单，不只是代表组织进行形式上的慰问，可能另有目的，便问：老陆，你什么意思？直说好了！陆建设一脸严肃说：老牛啊，把石总这些笔记本找出来，明天我让办公室吴斯泰主任开车来拿！好，就这样，走了，这回是真走了！

女儿牛石艳拦了上去：哎，别呀，陆书记，请你留步！陆建设在门口回转身：你这小牛，又怎么了？牛石艳说：陆书记，你千万别让人来拉笔记本！你不知道吧？我妈有个遗嘱，生前笔记本全留给我了，让我好好看，将来写文章用！陆建设怔住了，问牛俊杰：老牛，还有这事啊？牛俊杰说：有这事，我女儿是记者，你不知道吗?！陆建设退了一步，觍着脸，赔着笑，开始和牛石艳交涉：牛记者，那你看这样行吗？我从你这里借一部分笔记本，用过以后还你！女儿不愧是干记者的，马上敏感地追问：你们要借的是哪一部分笔记本？陆建设脱口而出：就是二〇〇九年年初到今天为止的这六年期间的笔记本！

牛俊杰心里有数了：陆建设想借笔记本了解石红杏主持工作的情况。陆建设也没否认，说是他和皮丹与石总前后手得有个接续，了解一下石总当年的思路、领导的指示，才能把工作顺利过渡。牛俊杰心道，你们这伙坏东西是怕石红杏用笔记下了你们啥坏事吧？尤其是林满江，只怕会更害怕吧？于是，就对陆建设说：私人物品，概不外借。

陆建设仍是纠缠：老牛，又杠上了吧？我不和你说，我和牛记者说！牛石艳道：陆书记，你和我说不着，我不归你管，归我们范社长管！陆建设没办法了，说是要让林满江找他们说。牛俊杰大怒：林满江敢进这个门，我就把他踹出去！你信不信？陆建设慌忙离去：你这个老牛，又来了，工人阶级脾气又上来了！好吧，再见，再见……

陆建设走了，牛俊杰马上意识到，老婆留下的这一百七十八本笔记里大有文章，可能会涉及林满江犯罪团伙的犯罪线索，已经让林满江坐不住了。陆建设应该是奉林满江之命而来。女儿牛石艳也想到了这一点，担心林满江软的不行会来硬的，当即找出了陆建设重点讨要的母亲最近六年间的工作笔记，连夜装箱打车送到了报社自己办公室。

五十五

陆建设的确是奉命追讨，不过不是奉林满江之命，而是奉皮丹之命。石红杏自杀的消息传来，林满江深受刺激。除了师兄妹之间复杂的感情，政治因素也是刺激林满江的原因，石红杏的死使林满江进一步陷入被动。林满江当即召见刚到北京的皮丹，作了几点指示——

第一件事就是笔记本。让皮丹立即回去，找到这些笔记本，就地销毁。林满江忧心忡忡地说：石红杏在京州中福主政六年，不知会埋下多少雷，这些笔记本要是落到齐本安手上，麻烦就大了。

第二件事是石红杏的遗体告别仪式的安排，要办得隆重，但规模要控制，不要定性自杀，要定失足溺水，因公殉职。这得与公安沟通一下，京州中福适逢多事之秋，公安方面会理解。皮丹认真地在笔记本上逐条记录。

再有就是别墅的事了。程端阳至今未搬进去住，实在是皮丹的失职！林满江责问：这点事都办不利索，你还能干点啥？皮丹苦着脸辩解，说老娘就是不听他的。林满江不悦地说：那你就问问她，死了一个石红杏还不够吗？难道还要再逼死一个林满江吗？让我和齐本安也拼死掉吗？有这样当师傅的吗？！皮丹连声应着：好，好，我去和她说！我怀疑齐本安又忽悠老太太了！林满江说：齐本安会忽悠，你就不会忽悠吗？你去告诉老太太，让她知道政治斗争的残酷，这种斗争有时候就是你死我活，根本就没什么人味！林满江让皮丹回京州，把这些该办的事办了。皮丹不想回，推辞说：傅长明这几天在北京，他要和傅长明谈京丰、京盛矿的交易。林满江说：我让他到京州去和你谈！说罢，让孙秘书为他订了当晚的红眼航班，要他连夜飞回京州。

天气忽然转冷，似乎来了寒流。阵阵劲风，透骨透肉地凉，把皮丹冻得浑身直抖。在北京街头等了半天，才拦下一辆出租车。上了车暖和多了，皮丹就给陆建设打电话，传达领导的指示，毫不犹豫地把最重要的、也是斗争性最强的活儿派给了陆建设，让他立即到牛俊杰家讨要笔记本。陆建设叫苦不迭：牛俊杰最恨的人就是我，你还让我找他去要笔记本？皮董，这几乎是不可能完成的任务！倒是你，口口声声称石红杏姐姐，该你上门去要！皮丹开口就是一个谎：老陆，我在北京办事呢，三五天都回不来！你一个老政工，擅长做思想工作，就不能承担点责任吗？就不能有点担当吗？陆建设无奈之下，只得答应去试一试。

在机场过了安检，皮丹又拨通媳妇的电话，要她明天就把老妈搬到湖苑别墅去。媳妇嚷：你说梦话吧？老太太那倔劲，谁能搬动她？你从北京回来，自己去找你妈说！皮丹说他正和傅长明艰难谈判，涉及几十个亿呢，实在回不了京州！这件事是林满江亲自布置的，十分重要，你就对妈说，住不住别墅是一场严峻的斗争，搞不好要死人的！

媳妇一贯乌鸦嘴，马上问：谁死，皮丹，是你死还是你妈死？皮丹气了：你死！林满江说了，亲口和我说的：死了一个石红杏还不够吗？难道还要再逼死一个林满江吗?！你就把这话向妈传达，说现在的形势就像当年"文革"似的，是一场尖锐复杂的阶级斗争！林满江、齐本安谁死都有可能！我佛系，不能往这危险的旋涡中搅，老婆，请你多加理解！媳妇叹息说：你可真有出息，都当一把手了，还这德行……

下了飞机已经是夜里一点多了，他怕烦故意没回家。笔记本的事交了陆建设去办，逼老娘住别墅的事交给了媳妇，皮丹指挥着来接他的司机，驾车驶往一栋新建高层公寓，那里有他一套两居室房子。房子已经挂卖了，但一时还没成交，正是临时藏身的好地方。

房间里一股子霉味儿，皮丹打开窗，秋风扫过，片刻换了新鲜空气。他简单洗漱一下，打开电脑，玩起了游戏。说起来挺奇怪，皮丹某些方面还保持着童心，对游戏的着迷程度不亚于一个中学生。他贪婪、任性、不顾规则，游戏世界是他理想的生活空间，可以让他躲避现实中的种种矛盾。皮丹的佛系特征是，喜欢当官，不喜欢掌权，怕权力给他带来无穷无尽的麻烦。齐本安、陆建设、牛俊杰，哪有一盏省油的灯？他怎能斗得过他们？索性一躲了之，痛痛快快玩游戏吧！

不知不觉玩到黎明，困得实在不行了，才上床睡觉。一觉睡到大中午，陆建设的电话打来了，怪他关机不接电话。皮丹说：正和傅长明谈判呢，大家都关机。陆建设号称汇报，唠唠叨叨诉起了苦。道是他昨晚到了牛俊杰家，软缠硬磨，废话说了几箩筐，笔记本人家就是不给！皮丹说：你别说废话，得多说好话嘛！陆建设说：我把能说的好话都说了，我恨死老牛了，一心想反他的腐败，把他弄成腐败分子，可我昨晚一直违心夸他！最后实在没办法了，我抬出了领导。牛俊杰却说，林满江敢进这个门，他就把林满江踹出去！吼得那个响啊，我觉得自己的屁股已经挨了他的踹……

媳妇更不让他省心，非但没把程劳模逼进湖苑别墅，自己倒被程劳模吓个半死，结结巴巴地在电话里汇报，道是程劳模说了，让他赶快从北京回来，到京州检察院去自首，说清湖苑别墅的来龙去脉。是否和京丰、京盛矿的交易有关？还特别交代了党的政策：坦白从宽，抗拒从严。这操蛋的程劳模，肯定是被齐本安洗脑了！

皮丹挂了电话，张开四肢躺在床上，做了一个大字。人生怎一个难字了得！做人难，做男人难，做当官的男人更难，再摊上一个被人洗过脑的劳模老娘更是难上加难！还是玩游戏吧！他又打开了电脑。

林满江的一个电话，把皮丹从网络溺水状态中打捞出来。领导说他要参加石红杏的遗体告别仪式，让皮丹做好准备。皮丹心里不由一惊：领导亲自来京州，石红杏遗体告别仪式的规格就得提高了。电话里的林满江嗓音沙哑，仿佛一夜没睡觉。皮丹听得出领导声音中的悲凉，乖巧地说：哥您放心，我会把事情办得体面漂亮，对得住我姐！

这一来，皮丹就不得不潜龙出山，出现在京州中福办公楼，一下子冒到了陆建设面前。陆建设惊问：你不是正在北京和傅长明谈判吗？怎么不声不响突然回来了？皮丹并不解释——做一把手的好处就是，不论做了啥，都不必向二把手解释汇报。只道：老陆，赶快赶快，领导突然起意，要来京州参加石红杏遗体告别！想想，咱们应该怎么办吧！

陆建设原来没把石红杏当回事，准备就当一般丧事办。现在不行了，原先在殡仪馆订的厅太小，要另订大厅；花圈花篮也得添加，林满江和中福集团其他领导的，还有下属各部门的，得大批订购。皮丹一项一项亲自落实，凡领导参与的事，他从不敢掉以轻心。陆建设本来要自己主持遗体告别仪式的，见这架势不得不谦让：皮董，你是一把手，又从北京回来了，明天就你主持吧。皮丹感叹说：我这资历哪够啊，在林满江、齐本安、石红杏三人面前算是小屁孩！得请齐本安主持。见陆建设不服气的神态，皮丹又补充说：老陆，他们三师兄妹之间的事情复杂得很，你不懂，就大度点吧，这不是级别的问题！

齐本安当仁不让，次日一大早就到了殡仪馆，把准备工作仔细检查了一番。皮丹倒是服小，跟在齐本安后面二哥二哥地叫着，十分恭顺。齐本安却阴沉着脸，问他湖苑别墅现在怎么样了？自己住还是让老娘住？或者是趁行情好卖掉它？齐本安说这话时，面前并无别人，皮丹还是紧张地四下里张望了一下，而后恳求道：二哥，你可别拿我开玩笑，我哪敢住别墅？更不敢卖了，这是人家长明集团慰问劳模我妈你师傅的。齐本安笑了笑：那田劳模是不是也有一幢？皮丹不敢言声。齐本安叹了口气，压低声音说：皮丹，今天张继英也来参加吊唁，你主动点，找个机会把该说的事和她说说清楚！我是为你好。

齐本安会为他好？皮丹相信，这位下台干部恨不能把他剁剁碎，做碗皮蛋瘦肉粥喝到肚里去。皮丹却也不恼，和气地应道：好，好，二哥！

五十六

齐本安注意到，林满江是在石红杏遗体告别仪式正式开始前赶到的，在吊唁大厅待的时间很短，围着石红杏遗体转了个圈，深深地鞠了一个躬，就带着随行人员离去了。看得出来，林满江脸色憔悴，神情哀伤，仿佛得了一场大病。齐本安相信，对于石红杏的死，林满江是和他一样内疚伤心的。见面后，林满江简单和他寒暄了两句，也没深入交谈。他想，林满江来得早，走得急，估计也怕见到牛俊杰。后来，师傅又说了个原因：林满江既是为师妹来的，也是为她来的，说是这次要替她做回主，让她一定搬到别墅过冬，让谁也挑不出毛病！

师傅有政治头脑，儿子媳妇没做通的工作，林满江也没做通。师傅非但没同意去住别墅，还关切地追问起了大徒弟和长明集团的关系，提醒大徒弟，瓜田李下要谨慎，免得让群众和组织上生疑。林满江郁郁告辞要走时，程端阳却又拦住了他，说是她也做一回主，师徒三个一起给杏儿送行。师傅当即给齐本安打了电话，林满江想阻拦也没拦住。这样，齐本安就在主持完告别仪式后，赶到程端阳家——其实也不是家，就是政府临时安装的一间简易房，和林满江又一次见了面。

共同的忧伤和不同的忧虑充斥心头，两个人见面后都不知该说什么，一时竟是无语。

师徒三人围桌坐定，一起吃中饭时，程端阳把满满一杯酒洒在地上，眼泪也哗哗地流了下来，呜呜哭了：杏儿，今儿，师傅和你大师兄、二师兄给你送行了，咱心里有再大的委屈也得放下，你一路走好！

林满江和齐本安也跟着洒酒祭奠自己的师妹，气氛悲伤沉闷。

这样的场合，俩师兄弟对话很难进行，只有师傅一个人讲，讲石红杏不是她闺女胜似她闺女；讲这些年他们哥儿俩远在北京、上海，京州只有石红杏无微不至地照顾她；讲杏儿给她梳头，陪她说话……

师徒三人由此进入对往事的回忆，这是最好的话题。回忆总是从苦难开始，苦难的记忆是如此深刻。齐本安讲起砸石子，铺铁路用的，卖给工地可以挣些零钱。"文革"时没学上，都去砸石子挣钱。砸呀砸，手掌都磨出血泡。他们最喜欢抢炮眼石，炸药震酥的石头，好砸，省许多力气。孩子们跟着几个老人，守候在放炮的石坑前，等炮声响过，一窝蜂拥上前，把酥碎的石块捡出来。有一次遇到哑炮，等了半天没动静，大家小心翼翼地往前凑，刚刚凑到炮眼跟前，炸药又爆响，当场炸死了一个老人一个孩子。那时人真穷啊，一条人命不值几个小钱。

林满江对贫穷的记忆比齐本安还深刻，他出生于一九六〇年，挨过饿。那些年农村闹饥荒，有的地方整村子人饿死！城市算好的，有粮食计划，但吃不饱，整天饿得头昏眼花。天上麻雀饿晕了，掉到地上，他捡起来，把毛撕巴撕巴就放在暖气片上烫。矿上缺粮不缺煤，暖气片温度倒足够高，烫一会儿，就把半生不熟的麻雀填进嘴里，嚼嚼咽下肚去。大师兄眯起眼睛，凝视屋子一个角落，仿佛那里藏着苦难的昨天。大师兄还掏过炭，在矸石山上掏，这活儿很危险，矸石塌方会压死人！班上两个同学被煤矸石压在下面，一个死了，一个成了瘸子。

齐本安说：大师兄，其实，你当时可以到庐山路你外婆家去。

林满江说：是，我妈送我去过外婆家。我死也不去，不肯离开咱们矿工新村！我妈拽我，我两只手死死扣住门框，指甲都断了！庐山路是汉东省的高干住宅区，住着特权阶层，十三级以上的干部每月发肉票、奶票，叫"肉奶干部"；十七级以上的发豆粉票、蛋票，叫"豆蛋干部"。生活比一般老百姓好多了。可我就是不肯去，我妈硬把我送到外婆家，我最多待一晚上，第二天起床我就逃回家，再也不回去……

齐本安说：大师兄，那时你就暗下决心，要超过你外婆外公了？

林满江警惕地瞅了他一眼：本安，讽刺我是吧？

齐本安呷着酒：不，那时你就是有志气，我从心眼儿里佩服你！

林满江似乎很动情，用茶水和齐本安碰杯，喝干了茶水：红杏走了，咱俩别再互相伤害了。你也别和我赌气了，回集团做外事部副总吧，恢复你的级别！大半辈子走过来了，我们要珍惜生命的每一天！

齐本安感觉出林满江有和解的意思，心软了一下，一口喝干了杯中酒，说自己心领了，可棚户区改造不能放弃。这是他们三兄妹共同的家园，是他们青少年时代生活成长的地方，他真心想看着它变个样！

林满江点了点头：那也好！又对程端阳说：师傅，我也有个好消息要告诉你！皮丹这个董事长不简单啊，新官上任三把火，昨天和傅长明达成交易，以四十五亿的价格，把京丰、京盛两个煤矿又卖给长明集团了。这样一来，京州能源一举走出困境，可以打个翻身仗了！

程端阳笑了笑，淡然道：满江啊，我的儿子我知道，皮丹炒房子行，当董事长真不行！他要是能做成了这个交易，肯定是你的力道！

齐本安嘴上没说，心里想，师傅真是心明眼亮，到老都不糊涂。

这时，齐本安的手机突然响了，牛俊杰打来电话，说是他离开殡仪馆后想来想去，决定做一件事：实名举报林满江！并说这是血仇，让齐本安别劝他！碍着林满江在面前，齐本安不好多说什么，哼哈两句挂机了。

为石红杏送行的聚会就这么结束了。师傅程端阳扶着门框，眼巴巴地看着两个冤家徒弟出门而去。在门口，齐本安和林满江握手告别。林满江突然动了感情，握住齐本安的手，久久地不肯松开。二人就在矿工新村走了走，想找一找童年的感觉，找一找过去的影子。

天边飘过乌云，要下雨了。雨将下未下，风却先停了，四下显得十分安谧。低垂的枯柳纹丝不动，地面上的落叶安然静卧。他们穿过简易房，转到小区北边。这里隔迎宾大道很远，只震碎了玻璃，房子还保持原样。齐本安和林满江一栋一栋楼看着，数落着，谁谁谁当年住在此地，谁谁谁的孩子和他们玩耍打架，旧时的记忆全复活了……

走到矿工新村中心地带，俱乐部兼青工宿舍的老楼依然耸立。林满江和齐本安同时站住脚，久久凝视一个又一个的窗户。他们想起石红杏，她活泼的身影，似乎还在顶楼晃动——她为林满江搓背，她用湿毛巾抽齐本安，她那银铃般的笑声似乎还在老楼里回荡！两个男子汉的眼睛湿润了。青春往事如一张张老照片，渐渐地变黄、褪色……

然而，一样的历史情景，却给他们带来不一样的感受。他们试图寻找的人生原点早就移位了，再也无法回到过去了。过去的永远过去了，这话说得没错……

五十七

钱荣成怎么也没想到，傅长明会这么义气，竟悄悄掏出八千万帮他还上了鑫鑫公司的高利贷，把儿子替他赎了回来，今天还主动召见他。钱荣成因此陷入了误判，以为傅长明是他杏园三结义的大哥，又是个虔诚信佛的人，要带领他共同富裕呢！于是，钱荣成冒着被天使们捕捉入笼的风险，带着两个保镖及早赶到长明大厦，等候大哥接见。

接待他的是一位颇有仙风道骨的师爷，也不知什么来路，反正此前没见过。师爷把他领进佛堂外边的一间雅致的接待室，亲自为他沏了一杯龙井茶，似乎对他很重视，估计是傅长明交代过的。钱荣成问东问西，说了一大堆恭维话，企图探寻些有用的信息，可师爷是老江湖，口风甚紧，脸上挂着神秘兮兮的笑容，毫不透露老板的心思。

不过，师爷告诉钱荣成，今天访客多，几间接待室都坐满了，恐怕要耐心等一段时间。钱荣成趁机问：大哥正接见什么人呢？师爷说吴市长在老板佛堂里打坐将近一个小时了，应该是向咱老板讨教缓解本市紧张经济形势的妙招吧？说罢，师爷退出接待室。钱荣成看着师爷离去的背影，陷入沉思：傅长明这哥们儿就是厉害，和中福集团老大林满江称兄道弟，和京州市长吴雄飞也割头不换，得道高朋遍满域内。

接待室不大，放着几把仿明红木椅子，铺着苏绣椅垫。红木茶几上有果碟、小吃，还有师爷刚泡好的热腾腾的明前龙井茶。墙上挂着几幅佛教内容的木刻画，挺有味道。拈花微笑，菩提觉悟，还有舍身饲虎。那位以自己身体喂饿虎的菩萨，舍身时容貌安详，全不顾张牙舞爪扑上来的猛虎。钱荣成看着菩萨发呆，情不自禁联想到傅长明。

傅长明若有一点菩萨精神，自己也就得救了。吴雄飞市长在和他谈什么？只谈经济？会不会谈政治？"九二八事故"后，大家都在传，说吴雄飞做了李达康的替罪羊要撤职。最近又听说，中央要追查李达康的渎职责任，吴雄飞倒有可能留下来戴罪立功。如果李达康走人，吴雄飞留下来那就太好了，荣成集团就能多点想头了。吴雄飞毕竟和傅长明熟悉，上次开银企座谈会，吴雄飞也按傅长明的嘱托，关照过荣成集团的。这次说不定吴市长也会反过来劝傅长明和长明集团出手拯救京州的民营企业吧？这不是不可能，长明集团毕竟世界五百强了！

秋阳灿烂，照亮万里晴空。这座长明大厦面对京州市最大的公园——人民公园，翠绿的草坪像一张巨大的地毯绵延展开。所谓城市绿肺，就是指这样的大片草地吧？公园东部有人工湖，游人划着小船，蚂蚁似的缓缓穿梭爬行。一群鸽子从草坪展翅腾飞，朝这边飞来。它们达不到长明大厦的最高楼层的地方，就在低几层的位置盘旋，那灰蓝的脊背和花花点点的翅膀，就在钱荣成眼皮底下晃动。一会儿工夫，鸽群又向远方翱翔，一阵阵听不见却能想象到的鸽哨声，渐飞渐远……

钱荣成为眼前的景色陶醉，突然觉得一切又都变得美好吉祥了。

老和尚大哥有点意思啊，现在要做救苦救难的活菩萨了！先是替他付了八千万，让他儿子再无生命之虞，现在又要花四十五亿吃回京丰、京盛矿，又会亏三十亿。傅长明为什么肯吃三十亿的亏？背后的逻辑，估计和给他八千万元救命钱一致！他虽然感激大哥，却更确信自己抓住了大哥的软肋。中福集团这个庞然大物被他点中了命门，他找石红杏、找齐本安做担保，那是找对了！现在石红杏自杀了，齐本安被林满江撤职了，傅长明终于害怕了，再不想为他担保也不行了，傅长明捏着鼻子也得和他筹划一下未来了，荣成集团又可以活下去了。

又等了好一阵子，终于轮到他觐见。在佛堂门口，钱荣成就听到傅长明在厉声训话：……给欧盟的史密斯先生打个电话，再次确定一下今晚宴请欧盟贵客的菜单，不要触犯欧盟那边的禁忌！像上次那种吃熊掌的恶劣事件，绝对不许再出现了！我们现在已经不是土豪了！

是的，是的，傅总，上次犯错误的李总还在抄经书呢！

傅长明继续说——根本不看他这位已经进门的客人：还有礼品问题。欧盟官员对清廉要求很高，礼品不得超过十欧元！十欧元也买不了啥，一人送他们一幅中国画吧，比较体面，也不好计算真实价格。

好的，好的，傅总，我马上去落实！办公室主任退出办公室。

钱荣成有点萎，赔着笑脸说：傅总，没想到，您还愿意见我……

傅长明自己呷着茶，却让他干坐着：有什么办法呢？你四处大讲杏园三结义，现在京州人都知道你们是我的把兄弟，我否认不了啊！

是，是，傅总，我暂时失败了，给您丢脸了！钱荣成想了想，又补充道：傅总，谢谢您借我八千万，救我儿子，您是我们的大救星啊！

傅长明皮笑肉不笑：大救星也救不了你，钱总，你身子太沉了！拉你进天堂拉不动，一不小心呢，还怕被你坠进地狱里，你猛人啊！

钱荣成心里一惊，脸色变了：您……您是不是对我有啥误会了？

误会？误会什么？没误会！咱们是杏园三结义的弟兄啊，不愿同年同月同日生，但愿同年同月同日死！钱荣成，你活得不耐烦了，这马上都是要死的人了，非要拉着我和黄清源一起死，不是题中应有之义吗？也合情合理嘛！阿弥陀佛——傅长明双手合十，低下头去。

钱荣成吓呆了：傅……傅总……我……我，阿……弥陀佛……

傅长明根本不看钱荣成，呷着茶漱口，漱口水直接喷吐到昂贵的波斯地毯上。他肆无忌惮的举止，俨然生杀予夺的帝王：不过呀，我征求了黄清源的意见，他还不愿意死，还想活下去，你看这事闹的！

钱荣成明白傅长明话里隐藏的杀机，吓得浑身哆嗦起来。

哆嗦了半天，钱荣成突然扑通一声，跪下了：哥，大哥！

傅长明任他跪着，自顾自说：得知你把儿子押给鑫鑫公司作为人质，钱荣成，你知道我是怎么想的吗？我想把你拉过来碎尸万段！老天造人不造鬼，世上怎么还有你这种不要脸的人渣？你还说你信佛？

钱荣成笔直跪着，泪水长流：傅总，我当时实在是没办法了，我被逼得走投无路了！我创办荣成集团不容易，企业想活下去，我无权无势，除了四处忽悠，就是把能押的都押上！我是狗急跳墙啊我……

傅长明讥讽：对，你不说我还忘了，你把你八十多岁的老娘也押上了，让你老娘一天跑几个法庭当被告！还有，京州所有法院都让你坑了吧？你硬是当场累死人家一名法官，你在京州都成一大传奇了！

钱荣成心里不服，抹了把泪，争辩说：傅总，这世上欠债的不止我一个，其实您是知道的，京州许多大小国企的负债比我们荣成集团高，像京州能源，负债就比我们高多了。但因为他们是国企，就有办法活，我真是啥办法也没有了！找了政府，吴市长亲自出马都没用啊！

傅长明猫玩老鼠似的看着他：有困难找市场，不能找市长，这么多年了，怎么连这点认识都没有？你把政府当啥了？当你保姆啊？

钱荣成苦笑：知道，我都知道！可是市场上实业的日子不好过啊！

不好过就破产嘛，都到我们长明保险来卖保险好了！黄清源四处躲债，还不忘替我们卖保险呢，今年业绩不错，光奖金就三十几万！

钱荣成努力挣扎：傅总，我们都替您去卖保险了，实业谁来做？

傅长明眼一瞪：钱荣成，你还实业？这些年，你不野心勃勃地做实业也死不了！当年黄清源还知道留后手，用卖矿的钱买了点长明保险股权，现在怎么样？把他救了！你呢？和你的实业一起死翘翘了！

钱荣成叫了起来：不，傅总，还没到那一步！我还能活……能活！

傅长明轻蔑地撇了撇嘴：你也就是苟延残喘罢了！说着，在钱荣成面前踱起了步。钱荣成仍跪着，不敢抬头：能活就好，好死不如赖活着！傅长明在钱荣成跟前弯下腰，声音放得很轻，威胁的意味却更重了：但是，你可别影响别人活啊！你要影响了别人，那人家就不会饶了你，也不会让你活下去的。这个道理我想你应该明白，是吧？！

钱荣成笔直地跪着：傅总，您是我结义大哥，您没让我求您，就主动借出八千万救了我儿子，您对我钱荣成恩重如山，我谢谢您了！

你别谢我，去谢佛吧！傅长明回到椅子坐下，语气也缓和了许多，你我都是心中有佛的人，我佛慈悲，你面临如此困境，我能伸手拉你一把吗？我一直和你说，我得感恩啊！一个不知道感恩，只有怨恨的人能做大做强吗？不能的嘛！你起来吧！老跪在这儿像什么样子？

钱荣成满面泪水：大哥，您不原谅我，我不敢起来！大哥您对我恩重如山，我怎么敢害大哥呢？我就是想活，想为企业留一口气！大哥，现在胡子霖行长帮我联系好了，您只要在汉东银行开个账号，做点小业务，汉东银行就会扶持我，就给我滚动发放流动资金贷款……

傅长明脸一拉：钱荣成，你怎么还做这个大梦啊？这是不可能的！

钱荣成哀求说：怎么不可能啊？大哥，您能掏出四十五个亿收购京丰、京盛，为什么就不能花点钱收购我们荣成集团呢？我们还有铁路线，还有其他优良债权啊，您只要援之以手，我们就活过来了……

傅长明很冷漠：去死，别活了！破产清算，这是你唯一的出路！

钱荣成叫了起来：不，不，我挣扎到今天，就是为了不破产！他显露了真性情，一昂脑袋，从地上爬起：傅总，不管怎么说，您救了我孩子，我谢谢您的大慈大悲！说罢，把事先准备好的八千万借条双手捏着递给傅长明。傅长明接过借条，看都不看，一点点撕碎，而后手往空中一挥，天女散花似的撒了一地。有些纸屑落到了钱荣成头上。

谈话就此结束。双方已没什么可说的了。钱荣成清楚，傅长明不会相信他了，他的信誉破产了，这八千万傅长明根本没指望他还。信誉破产后果严重，无论怎么求，怎么装孙子，傅长明是一个铜板也不会再给他了！然而，走到门口，他却又被傅长明叫住了：你等一下！

钱荣成木然站下，回转身问：傅总，您还……还有事吗？

傅长明走到钱荣成身边，拍拍他肩膀：我佩服你的顽强，再和你说几句！第一，永远记住，不要失信，一个人最宝贵的财富就是信誉！

钱荣成点了点头：我明白，但现在明白已经晚了，太晚了……

傅长明伸出两根手指，晃动着：第二，别把翻本的希望寄托在任何朋友身上，朋友不是你的赌注，更不是替你挨刀、上屠宰场的猪！

钱荣成直视傅长明的眼睛：是的，这个，我今天终于弄明白了！

还有最重要的一条——当你威胁别人的时候，一定要想到后果！傅长明眼露凶光，竖起三根手指，比如说，你下决心要去中央纪委做客了，就得考虑进去后怎么出来？出来后又会碰到什么？会不会碰上车祸啊？会不会在浴缸里心脏病发作啊？我真不知道你怎么对十个亿的交易费用那么感兴趣？现在我四十五亿又把它收回来了，你怎么说？阴谋论破产了吧？要是哪天煤炭价格上去了，京丰、京盛价值上升到百亿，你该不会又认为我给皮丹、陆建设或者谁行了贿吧？

钱荣成不卑不亢地与傅长明握手：傅总，您别说了，我有错，我有对不住您的地方。但是，我毕竟在江湖混了那么多年，生意上虽然做败了，但怎么做人，怎么做事，心里还是有数的！您放心就是了！

傅长明这才挥了挥手：那就好，荣成，好自为之吧！阿弥陀佛！

五十八

易学习主动登门，让李达康喜出望外。在他和吴雄飞的分歧上，易学习是支持他的，上次的民主生活会上已表现出了鲜明的倾向性，后来，双方也交换过看法。今天，在常委会召开前夕，易学习过来和他沟通，也在情理之中。这么多年了，如此渴望见到一位班子里的同事，而且又是这么一位有主张不太听话的同事，这在李达康是少有的。

这日是周末，易学习上门时，女儿和准女婿都在家，李达康就指着易学习，乐呵呵地介绍：佳佳，小伟啊，这就是我和你们说过的你易叔叔，我当年的领导！我主持集资修路，闹出了一条人命，你易叔叔当时是县委书记，他冒着枪林弹雨，掩护我撤退——达康同志，你快走，我掩护！哎，我就活到了今天！

李佳佳、林小伟恭恭敬敬地齐声和易学习打招呼：易叔叔好！

易学习被他弄得有些不好意思：没这么夸张，还枪林弹雨呢，你就瞎吹吧！我当时是没办法！整个工程全面铺开，要钱没钱，要人没人，让你下台走人，烂摊子谁收拾？我没你李达康那么大的本事！

李达康开起了玩笑：哎，小的们，你易叔叔的话听明白了吧？这是中国做官的一个秘诀啊：尽量把摊子铺大弄烂，让谁都不敢接手！

易学习叫：哎，李达康，你能不能教孩子们一些好的中国经验？

李达康道：这还用你说？好的中国经验我教得更多，不过，我要让这两位海外游子读懂中国这本大书，就不能光吹正面，不讲负面！

两个孩子走后，二人对酌时，李达康很感慨：老易啊，真没想到你还会来找我李达康喝酒！易学习说：达康，我也没想到，在泰山压顶的情况下，你会认下棚户区这笔欠账，而且想还账！老伙计，你还是那么有担当！李达康说：你这么夸我让我不踏实！你真的假的？易学习吃着喝着：真的，达康，我和你还能说假话吗？李达康说：那民主生活会上我说吴市长要炸平庐山，你还说庐山游人如织呢！易学习笑道：事实如此嘛！也帮你掌控一下会场。来，达康，为咱们的当年喝一杯！喝罢，又说：达康，那天一进会场，看到桌上那份《京州时报》记者的调查，我就明白你的意思了，当时别说吴雄飞市长，我也有所警惕，心想：我的达康书记啊，在这种被动情况下，你还在谋求进攻啊？找死不成？所以，你也别怪吴雄飞发难，人家责问很正常！

李达康用筷子指点着易学习：知我者老易也！老易，现在的问题是，吴雄飞他不想干事啊！易学习说：那咱们想办法让他干事嘛！不过，吴雄飞有一点并没说错：必须依法行政，在24号文件没废止之前，的确不能盲目乱动。李达康说：所以明天常委会，就讨论废止24号文件，让棚户区民众有获得感和幸福感……

易学习半天没接话，呷着酒，吃着菜，不知在想啥。李达康敲了敲桌子：哎，老易，想啥呢你？易学习这才掏心掏肺地问：达康，有一个问题你想过没有？24号文件真让常委会废止了，会不会给你和吴雄飞带来新的被动？甚至有可能加重上面对你们的组织处理呢？

李达康心里明白，易学习是为他和吴雄飞考虑：既然这个24号文件能废止，京州市委、市政府为何早不废止？为何一直拖到今天，以致让"九二八事故"发生？如果这样推理，京州市委、市政府就罪加一等了。从这个角度看，他的确应该理解吴雄飞，吴雄飞有他不干的道理。

然而，这已经不重要了，重要的是，要为群众解决实际问题，无非一个下台嘛，告别演出总得有点精气神！李达康知道，这次他和吴雄飞十有八九是在劫难逃，吴雄飞下台是肯定的，他估计也会下台。

沉默片刻，李达康问：老易，你知道像矿工新村这样的棚户区我市有多少？住了多少居民吗？易学习是个明白人：这我当然知道，连片棚户区十四个，居住人口为五十八万六千人。李达康放下酒杯，感慨不已：五十八万六千人啊，占了我们京州六百三十万人口的近十分之一啊！这部分群众没有获得感，没有幸福感，我们就没有尽职尽责！如果我们继续熟视无睹无动于衷的话，还配当共产党的官吗？

易学习看着他，怔住了，那张熟悉的脸上现出了几分激动神色。

李达康真诚道：老易，哪怕罪加一等，我也不抱怨！就算下台滚蛋，到时我也会向上面要个官，做京州老城改造总指挥，利用三至五年时间，全面改造棚户区，让五十八万六千人全部住上新楼房。

易学习酒杯一蹾，明确表态：好，达康，我支持你，投你一票！

然而，仅有一个易学习的支持是不够的，接下来的两天里，李达康和包括吴雄飞在内的每个常委一一沟通，通报情况，推心置腹畅谈改造棚户区的设想。但情况不容乐观，吴雄飞和常务副市长老刘坚决反对废止 24 号文件，吴雄飞建议暂时不要召开这次专题常委会。

这怎么可能呢？班长定下的事，岂能因为市长的不同意见就不干了？常委会如期举行，李达康主持会议，开宗明义告诉到会的十四名常委：这次常委会只一个议题，是否废止二〇一一年制定的一个关于棚户区拆迁的 24 号文件？这个议题与会常委都不陌生，他也在民主生活会上提出了，但反复沟通都没能达成一致意见，所以要讨论研究。

李达康大义凛然：没达成一致意见怎么办？一团和气等下去？我们可以等，但老百姓等不起啊，冬天马上就要来了，矿工新村这么多老弱贫困群体怎么过冬啊？万一电路超负荷，引发重大火灾怎么办？

会议气氛沉闷，让他的声音在孤独中带上了悲壮的色彩。

同志们，我这一次绝不是霸道，我是在恳求你们啊！恳求大家好好想一想，在老百姓的痛苦面前，到底应该做出怎样的选择？怎么为官，怎么做人！怎么做一个共产党人！我和易学习，和赵东来，还有吴市长、刘市长，我和你们沟通时都说过这个话：古人尚且知道做官要讲官德，为官一任要造福一方；当官不为民做主，不如回家卖红薯。何况我们这些改革开放时代的共产党领导干部呢？今天我把这个话在这里再说一遍，同志们，请大家站在老百姓的角度多想一想！

会场上鸦雀无声，只有他一个人的声音，连支持他的老战友易学习都没说话。当然，现在也轮不到易学习说话，按党内排位，下面发言表态的应该是市委副书记、市长吴雄飞。

围坐在会议桌前的常委们齐刷刷把目光投向了吴雄飞。

吴雄飞心平气和地开始了自己的发言：同志们，我觉得没必要再多说了吧？关于是否废止这个拆迁文件，我们在座十五名常委会上会下做过多次沟通，反复讨论和争论过，应该说意见已得到了比较充分的交流！所以，达康书记，我建议节省一点时间，大家举手表决吧！

李达康说：好，如果没别的意见，我们举手表决！会前我和吴市长沟通过：24号文件的废止属于敏感的重大决策，须有三分之二以上的常委通过！好，我们现在表决！赞同废止文件的同志请举手！

易学习第一个举起了手，赵东来跟着举起了手。李达康冷峻的目光追踪着面前一个个常委。吴雄飞是明确的反对派，没举手，把脸转到了一边，这就使得吴雄飞身边的赵副市长手举到半截又放下了。这让李达康有些意外：本来沟通时，赵副市长是被他说服了，支持他的。

这时，十五名常委中已有八人举手，赵副市长这一票就相当关键了，加上赵副市长这一票，就是九票，最后加上他自己这一票就是十票，赞同的常委数就过三分之二了。李达康把火热的目光投向赵副市长。吴雄飞也把严厉的目光投向赵副市长。赵副市长在吴雄飞和李达康的共同注视下，迟疑着。最终，赵副市长既没看他，也没看吴雄飞，眼睛看着天花板，缓缓地举起了手。李达康带着欣慰，最后一个举了手。

会议继续进行，李达康力求程序完美：反对的请举手！

吴雄飞和另外两个常委高高举起了自己的手。

好，反对三人！弃权的同志请举手！

又有两名常委举手。一个是统战部长，一个是开发区主任。

李达康最后宣布会议表决结果：本次常委会到会十五人，十人赞成，三人反对，两人弃权，赞成人数达到表决人数的三分之二，决议获得通过！说罢，他眼中噙泪，带头鼓起了掌。与会者也跟着鼓掌。

掌声平息后，李达康又对众常委说：同志们，感谢你们，不管今天你是举手赞成，还是举手反对、弃权，我这个班长都要深深感谢你们！赞成支持的同志，给我信心；仍然反对的同志，让我警醒。因为我知道，这个决议不是一致通过的，所以我就更不敢掉以轻心了！

众人都盯着李达康看，每个人的目光都很复杂。

李达康继续说：这种情况在京州党的历史上比较少见，过去我们太在乎一致通过了，正常的工作争执也往往会被一些同志误解为人事纠纷。今天很好，真正地践行了集体领导，民主决策！吴市长等五位同志虽然有保留意见，但我相信他们一定会遵循党的民主集中制原则，少数服从多数，认真去执行会议决议！好了，同志们，散会！

走出会议室时，天上飘起了小清雪，这是今年第一场清雪。浓厚的云块裂开一道大缝，仿佛沉重的门缓缓打开，一道阳光瀑布似的泻下，构成奇观。细碎的雪片犹如千万只小蛾，在光柱中翻飞起舞，反射出星星点点的金光。李达康深深地吸了口气，突然莫名泪流满面。

五十九

齐本安觉得陆建设是个奇葩，在他的印象中，陆建设是个不起眼的小人物，属于那种扔到大街人流中就再也找不到的平庸之辈。现在不得了，抱上林满江粗腿，做了京州中福党委书记后，俨然封了圣，显得比大人物还大人物。看着他的眼光，仿佛大象看蚂蚁：……老齐，你怎么来了？要请示啥？快说，你看我这忙的，你们留下的烂摊子啊！

齐本安在陆建设对面坐下：老陆，估计你也听说了，市里把24号文件给否了，矿工新村棚区拆迁要启动了，我这边工作也得启动了！

陆建设批着文件，头都不抬：好啊，老齐，好好干！说着摸起电话：老吴，过来一下，我找你！放下电话，又说：老齐，说，你说！

齐本安继续说：我聘请了两个拆迁协理员，得发些工资补助啊！

陆建设仍批文件，一副日理万机的样子：这别找我，找皮董去！

这时，办公室主任吴斯泰匆匆进来了：陆书记，您……您找我？

陆建设当着齐本安的面大骂吴斯泰：老吴，你看看你，还能干一点人事吗？还作家呢，还吴尔斯泰呢！我的这份辅导报告材料出现了六个错别字！六个啊！这样啊，一个字罚一百元，一共罚六百元！

吴斯泰苦着脸：陆……陆书记，这……这报告不是我写的……

陆建设道：这我不管，我就罚你，你该罚谁就去罚谁，不能再像过去那样松松垮垮的了！你们过去的好日子过完了，永远过完了！

齐本安冷冷地在一旁插话：没那么绝对，也没啥永远的事！

吴斯泰似乎这才看见他，谨慎不安地打招呼：哦，齐书记！

齐本安自嘲说：你还敢喊我"齐书记"？小心老陆再罚你六百！

陆建设没好气：行，行，老吴，你走吧，老齐正向我请示呢！

吴斯泰偷偷看了他一眼，扮着可怜的笑脸，唯唯诺诺地退了出去。

齐本安夸张地拍着手，讥讽陆建设说：老陆，现在你很威风啊！

威风啥？为人民服务！哎，老齐啊，说事，说事，说你的事！

皮丹和你说了吗？得给我们拆迁协理办事处批五万办公费！

陆建设一脸的糊涂相：办公？老齐，你上哪办公？你是工会副主席吧？工会有你一张办公桌吧？就算要经费，也不能找我要吧？你得找工会主席老刘去！老齐啊，你可别为难我了，我这儿谢谢您了！

说罢，陆建设离开办公桌，郑重其事地向齐本安鞠了一躬。

齐本安泰然受之：老陆，你看你，这么客气！平身，平身！

陆建设像没听见，走到门前，拉开门：老齐，你请回吧，不送！

齐本安稳稳坐着，根本不动：老陆，你难道不知道我的工作是协助矿工新村棚户区拆迁吗？我要的就是办公费用，得给两个协理发补贴！这块经费不属于生产经营性支出，皮丹说，得从党政口子上出。

陆建设说：对不起，老齐，党政口你得去找李达康、吴雄飞！

齐本安火了：陆建设，刁难我是吧？皮丹就没和你说过这事吗？

陆建设摇头：没有！老齐，你别在我这儿泡了，你看我这儿忙的，你和石红杏扔下的烂摊子啊，一个死了，一个走了，都坑死我了……

齐本安只得起身走了，上楼找到皮丹办公室。皮丹刚上班，正在泡茶，见了他，笑着迎上来：齐书记，这么早就来了？辛苦辛苦！

齐本安自嘲说：没齐书记了，我下台了！皮丹仍口称"齐书记"：齐书记，有事吗？齐本安说：当然有事，办公经费没落实啊！你们还乡团实在太威风了，连口饭都不给我吃了！皮丹生气了，不像装的：财务没给办？大胆他们！齐本安说：是陆建设没给批，皮丹，这是不是打击报复啊？皮丹退避三舍：齐书记，你别多想，我来批吧！要多少？齐本安道：不是说好五万吗？皮丹说：那我先给你批五万，不够你再来！齐本安乐了：哎哟，我们皮董就是大方，到底是有大别墅的人！

皮丹苦起了脸，声音低了下来：二哥，别和我开玩笑行不？我求你了！齐本安声音也低了许多：不开玩笑！你找张继英谈过了吗？皮丹煞有介事：谈过了，做了些说明。我妈的别墅，和我有啥关系？齐本安说：可师傅不承认有这幢别墅，这事恐怕糊弄不过去！皮丹说：你抬抬手，我就过去了！齐本安说：我抬什么手？我都下台了，现在归你和陆建设管。你知道吗？我天天提心吊胆，就怕你们打击报复。皮丹说：哪能啊，石总走了，我眼前就二哥你了，你有啥事只管找我！

从皮丹那里批了五万元，齐本安给两个下岗的部下一人发了两千元工资。两个部下也不是外人，一个三喜子，一个高小朋，都是当年老同学家的孩子。两个孩子对他也挺热乎，三喜子叫他"老板"，高小朋称他"齐叔"。齐本安让他们公事公办，一律叫他"齐主任"。办公地点设在矿工新村街道办事处的一间杂物房，桌椅沙发都是新买的——本来倒想从京州中福公司搬点旧办公家具过来凑合用，但陆建设偏不准许，齐本安只得从五万办公经费里掏了七千元，让三喜子当天去置办。

现在，一切就绪，棚户区改造指挥部的钉子户名册也送来了。齐本安和两个部下开始办公，决定先来一个重点突破。头号重点不是别人，正是三喜子的爹老喜子。齐本安就分派任三喜去动员他爹，从他家开始签拆迁合同。齐本安许诺，事成后给三喜子五百元特别奖金。

三喜子双手直摇：不行，不行，齐主任，别说五百元，你就是给五千元我也办不成这事！三喜子夸张地说，他爹拳脚功夫扎实，他这个跆拳道黑带根本不是老爹的对手，搞不好要挨揍的。老爹家里刚搭了三间房的违建，弟弟结婚就住在里面。拆迁给的补偿款太少，新房根本买不起！三喜子说：我爸就是我师傅，他的厉害我最清楚。老东西一个扫堂腿就能扫倒我们三个，咱不知深浅切莫下水！高小朋赞同说：齐主任，柿子得拣软的捏，我看，还是找一个好说话的下手吧！

齐本安挨着花名册往下看，第二名是老寡妇。寡妇肯定不会扫堂腿，但很钉子，据说，街道干部就没人能进得了他的家门。齐本安不信这邪。高小朋提醒：寡妇门前是非多啊。齐本安说：三人从众，不怕风言风语。

关上简易房门，齐本安一行沿着小街七拐八弯去寻寡妇。

进入一处阴暗的过道，墙壁四处贴满小广告，盖着广告章。齐本安看着小广告，不无惊异：我的天，这没人管？任三喜说：谁管？每栋房子都这样！齐主任，这里只有你想不到的，没有办不到的！瞧这面墙，专办各种证件，从哈佛大学毕业证，到身份证、军官证；这一堵墙呢，美女代孕，上门服务；要打野炮，找小三呢，您这边请！想抓小三，请这里看：各类私家侦探，不捉奸在床，分文不取。齐本安道：城管都干啥吃的？高小朋说：城管不敢来这里，来了就回不去了！

这时，三喜子轻车熟路走到一户人家门前，敲起了一扇生锈的防盗门。齐本安问高小朋：老寡妇就住这儿？高小朋扯了扯他的袖子：小声点，别"老寡妇"了，人家是男的！齐本安不免诧异：男的？那怎么叫……

就在这时，门打开了，一个女声女气的老男人问：找谁呀，你们？任三喜招呼道：祁大爷，我们齐主任找您老呢！齐本安满脸笑容走上前去：老同志，你好啊？老男人脸一拉：不好！砰的一声关上门。

任三喜啥都明白：齐主任，看来您得破点财了！齐本安心里也有数，给了高小朋一张百元大钞：你去门口小店买桶油吧！

待得高小朋买了桶花生油回来，任三喜又去敲老寡妇的防盗门：祁大爷，组织上来给你送温暖了！

门又开了，老寡妇再次露出了婆婆脸，一眼看到了高小朋手上的油桶。他脸上现出了笑意，赶紧移步，让开用身体堵着的防盗门：哎哟，这多少年没人来送温暖了，难为组织上还记得有我这位老同志！他握着齐本安的手探问：你是街道新调来的主任吧？

齐本安也不解释：老同志，"九二八"家里损失怎么样啊？老寡妇扳着手指头数落：损失不小，摔坏了俩暖壶，两个碗，三个盘子。说自己屋子刚翻修过，花了三万多块钱呢！他坚决反对拆迁：领导，你别和我谈拆迁！我们上个月投过票，都反对拆迁！政府不能为了政绩就不管老百姓的利益，这房子是我买下的房改房，你钱再多我也不卖！

齐本安迁回道：是，你不卖，目前也没人来买，你就放心好了！

老寡妇瘪了瘪嘴：这里多方便，要啥没有？齐本安讥讽说：是啊，我看到了，你这过道的广告栏里啥都有。老寡妇炫耀：就是，还有替人报仇的，打断一条腿才五千块，便宜！齐本安苦笑：老同志，你这该不是吓唬我吧？老寡妇说：不是，领导，你给我送温暖，我吓唬你干啥？我也想温暖你呢，让你接上点地气，多了解这里的情况。别像李达康，尽想着搞政绩工程，将来被人唬了，在这里弄个折沙沉戟！

任三喜笑了：哟，哟，祁大爷，你学问见长啊，都知道折沙沉戟了！是折戟沉沙！意思知道不？就是你的老戟吧，断了，沉到沙子里了！老寡妇眼皮一翻说：你的小鸡巴才断了呢！折戟沉沙，我能不知道？我现在上网，地球村里的事知道得不比你少！高小朋直咂嘴：听听，听听，地球村，地球啥时变成村，连我这种消息灵通人士都不知道！祁老头，请教一下，地球村村长是哪位啊？老寡妇眼皮一翻：连这都不知道啊？联合国秘书长嘛，是吧，领导？齐本安摇头：你考住我了，老祁，你学问大，你说！学问学问，就是要学会问！老寡妇摇头晃脑地说：你不知道，就得问我呀！领导，我告诉你，地球村的村长是联合国秘书长，咱中国呢，是联合国的常任理事国，这个，就相当于地球村的一个村委！要说这村委，也有大有小，比如美国……

齐本安扭转话题，不让老寡妇乱开无轨电车：老祁，如果棚户区赞成拆迁的居民总数超过政府文件规定的百分比，那你怎么办？现在24号文件废止了，只要百分之七十赞成就行！老寡妇瘪瘪嘴：我才不管它啥百分比呢，我的房子我不拆，怎么的了？它铲车敢往我屋里开？李达康吹牛×，我等他吹炸！齐本安劝道：老祁啊，你不能光想着自己，也得考虑大家的利益！老寡妇说：大家的利益你们去考虑，关我屁事！棚户区拆迁上面有补贴，让政府赶快把补来的钱分了，让大家自己修房子，这比啥都好！领导，请你把我这意见带给李达康，就说我说的！

两个小伙子有点恼火。任三喜说：哎呀，你脸真大，你说的？你以为你是谁？高小朋也道：就是，祁老头，你对着镜子照照，看看自己算老几！老寡妇火了：我算老几？我算人民！任三喜乐了：也不怕风大闪了舌头，你还人民呢，人民没你这样的！齐本安劝道：都不要吵了。老祁啊，这我得说一句了，人民是个复数，知道复数是啥意思吗？就是指一个很大的集体，你一个人不能代表人民，知道不？老寡妇没好气地说：所以我们一个个的都让你们这帮家伙给代表了！齐本安笑道：让我们代表，总比让那些贪官污吏代表好吧？老寡妇哼了一声：谁知道你会不会也是个贪官污吏？现在当官的有几个好东西？！

高小朋叫了起来：祁老头，你敢说我们领导是贪官污吏！老寡妇说：我说了，怎么了？小兔崽子，我就知道你们俩不安好心，你们是俩汉奸啊，带着鬼子进了村！任三喜也火了：祁老头，看来你是一个很反动的家伙，敢骂齐主任是鬼子，还敢骂我们是汉奸！行，温暖不送了，咱们走人！老寡妇双手赶鸡似的轰他们：滚，滚，赶快滚！哎，三喜子，把你手上的油给我留下！任三喜推开防盗门：祁老头，你做梦吧，我们汉奸的油，得留给鬼子炒菜！老寡妇欲上前夺油桶：这是领导送我的油，把桶放下！

任三喜根本不睬，一把推开老人，夺门而出。齐本安哭笑不得，出门时，连连向老寡妇抱拳：对不起，实在对不起！老寡妇气哼哼的：领导，你钓鱼是吧？见鱼不上钩，你就把鱼饵撤走了？齐本安冲着任三喜和高小朋背影喊：快把油拿回来！

两个部下谁也不听他的，提着油桶走远了，这弄得齐本安实在狼狈不堪。齐本安出了老寡妇的门，追上二位不听招呼的部下，批评道：你说说你们俩，啊？这叫什么事？咱这是送温暖啊，不是钓鱼！一桶油也就几十块钱，给我送回去！任三喜脖子一梗：送啥送？齐书记，就是钓鱼嘛，说吧，下一户去哪儿钓？咱这里就这样，该钓鱼就得钓！

生活就是这么油腻，这么无可奈何！齐本安真没想到，他自以为了解的老家竟然变成了这种样子。整整一个下午，他和两个部下提着油做鱼饵，跑了三家钉子户，一无所获，还另搭进去两桶油，白扔了两百二十多元。最离奇的是一王姓钉子，违建开了个小店，非要政府还他三间门面商业房，当着齐本安的面，把鱼饵油给卖掉了……

外部环境不好，内部也很腐败。筋疲力尽回到办公室，齐本安突然想起来，家具办公用品让任三喜办的，任三喜垫了七百多，就让任三喜把账算一算，把钱付给他。不料，任三喜却说：齐叔，你别给我钱了，家具办公用品花了四千多，我开了七千多的发票，替你挣了三千！说罢，掏出发票，还有三千元现金，递给他：留着你喝酒吧！

齐本安接过钱，勃然大怒：任三喜，你敢贪污啊！任三喜被骂愣了。高小朋说：齐主任，别大惊小怪，咱这儿就这样！过手不沾油，谁给你过手？齐本安不理高小朋，再次重申：任三喜，这是贪污，性质很严重！任三喜这才火了：齐本安，我要贪污就不和你说了！没见过你这样的领导！齐本安一拍桌子：我今天让你见一回，任三喜，明天别来了！任三喜说：你啥意思？为这点事把我开了？齐本安道：这事还小？贪污腐败！任三喜顶嘴说：你小题大做，无事生非！

高小朋赔着笑脸劝说：哎呀，齐主任，三喜子不能开啊，他可是您的人啊！任三喜说：就是，齐本安，你不用自己人，换了别人，贪了你三千你还不知道呢！不说了，固得您那个拜吧！齐本安仍在气头上：固得您那个拜，你明天别过来了！高小朋恳求道：齐主任，三喜子是跆拳道黑带，您的保镖啊！我武功不行，不如三喜子……

从棚户区滋生出来的腐败分子任三喜就这么被他赶走了。临走还顺走了一卷没用完的糊墙纸，说要回家封窗户，冬天到了，窗户透风。

任三喜走后，齐本安对高小朋发狠说：你们这里的坏风气，我非得好好整整！高小朋说：整啥呀，你都下放劳动了，别太认真了！齐本安斩钉截铁说：必须认真，大家都不认真，这腐败就没法反了！高小朋叹息说：那我也固得您那个拜吧！实话说，你让我置办这些办公用品，我肯定也会帮你省钱，没准省得比任三喜还多！咱这地儿就这样！齐本安怔了一下：高小朋，难为你暴露活思想，发人深省啊！

回家吃晚饭时，齐本安对范家慧说了今天发生的事，不由得大发感慨：老范，你说这叫什么事?! 一个下岗工人，只要有机会也学着腐败！触目惊心啊！范家慧说：啥触目惊心？贫穷的情况下，人的思维和行为方式都会发生极端变化。贫穷会引发认知和判断力的全面下降，导致人格的不完善！这不是我说的，是专家研究出来的结论。齐本安说：你别给我扯这个，别管什么人，都得清正廉洁，所以我把任三喜给开除了！

范家慧怔住了：什么？你把人家开除了？齐本安，你真是个彻底的完蛋分子！让林满江弄到这种鬼地方了，还张牙舞爪，你活腻歪了是吧？连保镖都不要了？老牛还说呢，石红杏走了，让你小心！齐本安说：我小心着呢，但我再小心也不用腐败分子！范家慧说：行，那你好自为之吧！说罢，碗一推，出了门，去为秦小冲开复盘平反会。

六十

秦小冲是在组织关怀下成长起来的，知道组织的重要性。一件事只要组织上重视，离解决也就不远了。像他的冤案，范家慧代表组织重视了，郑重其事开出《京州时报》的公函给光明区公安分局了，加上朋友从中协调，人家当年办案的同志就到报社来复盘了。这晚到场的有范家慧、牛石艳，有矿上的王子和，当然还有他和他的老板李顺东。

范家慧是领导，也是召集人，待得大家在会议室一坐下，就笑容可掬地先表示感谢。四五个单位的人，凑到一起不容易，尤其是公安分局刑警大队的同志，手上的事情那么多，也都来了，很好，很好。

秦小冲激动不已，冲着众人抱拳：谢谢，谢谢！谢谢大家繁忙之中赶来为我申冤！牛石艳皮笑肉不笑说：秦小冲，别那么客气，如果你不冤呢？范家慧立即提醒：牛石艳，别开玩笑，我不管你和秦小冲过去关系怎么样，你都要对自己的同志负责任！这事必须弄清楚……

牛石艳说：是，是，范社长，你别说了，我负责任！又对秦小冲说：秦小冲，今天范社长出面，让我把该请的人都请到了，咱们就复

313

一次盘！不过，是不是能平反昭雪，这还真不好说，得让事实说话！

秦小冲侃侃而谈：同志们，朋友们，事情很清楚，这是一场严峻的反腐败斗争，我因为积极参加这场伟大斗争，被陷害了！我手上有两个电话录音，现在放给在座各位同志听一下，请大家判断。

用手机放过录音之后，范家慧首先发言：同志们，我认为秦小冲没说假话，录音大家刚才也听了，小冲同志很有可能是在醉酒的情况下，被坏人算计了！秦小冲去接深喉的爆料材料，掉进一个圈套里！

秦小冲随即表示，不管谁给他设的圈套，只要今天承认了，把事情原委讲清楚，还他清白，他都会原谅，秦小冲拍着胸脯说，他不是小气之人！李顺东也附和说，他们秦副以后的日子还长，不能留案底。牛石艳仍然捣乱，说是该留的案底也得留，它不以人的意志为转移。

范家慧恼火透顶，大声警告：牛石艳，你哪来这么多话？啊！

李顺东也说：就是，艳，得饶人处且饶人，秦副虽然误会过你，后来也向你道歉了。牛石艳说：好，好，我不说了，那继续复盘吧，还是让事实说话！哎，王大眼，该你们说了，你们不是复查过了吗？！

按刑警王大眼的说法，秦小冲敲诈勒索案的报案人是京隆矿矿长王子和，报案有确凿证据。当秦小冲把敲诈电话打给王子和时，王子和正在矿生产调度室处理事故，王子和当着五六个调度员的面，和秦小冲进行了一次关键通话。王大眼把这个要命的通话播放了一遍——

……哎呀，秦大记者，你消息真灵通啊！我们这边刚处理了事故，你那边就知道了！这次不麻烦你了，小事故没死人，处理完了，真的！

不是小事故吧？还没死人？听说掉水淹死了五个人吧？

哪来的五个人？一个都没有，真的！秦大记者，你就放心吧！

我可不敢放心，我准备做一个深度调查，请你们配合一下！

行了，行了，老朋友了，那你说个数，给多少钱你就不调查了？

这个，总得十万吧！五条人命啊，每条人命两万不算多吧？

这……这个，这个，不多，不算多，秦记者，你真太善良了！

秦小冲听罢苦笑：我主动敲诈十万元？这可能吗？有证人吗？

王子和说：我们五个当时在场的调度员做过证的，都有证词！

秦小冲说：你们的人自己做证，我在法庭上就提出，不可采信！

王子和说：对，秦小冲，你还提出。牛俊杰为了自己女儿牛石艳上位，故意陷害你，是不是？那我今天再说一个事实，决定报案抓你的人是皮丹董事长，并不是牛俊杰，人家牛俊杰根本不知道有这事！

秦小冲挺意外：怎么会这样？你们怎么向……向皮丹汇报呢？

王子和说：因为我知道牛俊杰是你爹的徒弟，怕他阻止我！我向皮丹董事长汇报后，皮丹董事长也生气了，难得负了一回责任……

秦小冲说：这么说，我真搞错了？我一直以为是牛俊杰害我！

刑警王大眼道：秦小冲，你搞错的多着呢！王矿长，请继续。

王子和继续复盘敲诈勒索事件：当晚九点二十六分，也就是在当事人秦小冲接到深喉电话的十一分钟之后，又接到王子和打过去的第二个电话，这个电话也是有录音的。

王大眼又放录音给大家听——

　　……哎，秦大记者，你要的那十万封口费我们准备好了，想连夜就交给你，你看你到我们京隆矿外的小树林来一趟好吧？

　　好，好，不……不……不见不散，王矿长，你……你亲自来啊！

　　我亲自来，亲自来！秦大记者，你也亲自来啊，别带其他记者了！

　　那……那……那当然！王矿长，咱……咱们谁跟谁？你既然掏……掏了十万，我哪能再……再吃大户！实话说，许多媒体对你有……有……有兴趣，我……我打死都不说！咱……咱……咱小树林见……

范家慧听完这个录音，脸色变了：秦小冲，你好像喝多了吧？李顺东也发现大事不妙了：秦副总，听听这声音，酒意十足，你醉得可不轻！

是，是，我当时确实在喝酒，和黄清源他们一起喝的。秦小冲一脸痛苦地回忆说：那天我喝了两场酒，一场是中午喝的，喝到了下午三四点，接着黄清源来接我，又到他的点上喝了一场！那天是星期天，我因为房贷的事和周洁玲吵了一架，情绪不太好，所以借酒浇愁。但是我没打过敲诈电话呀，真没打过，我是一个有底线的人……

王子和说：你喝多了，记不清了，我们矿调度室五个人都能做证！

牛石艳说：就算五个人做证都不可靠，九点二十六分的电话录音应该可靠吧？现在我才弄明白了，你和周洁玲吵了架，喝多了，自己干下的勾当，自己竟全忘了，还口口声声受了冤枉，没人冤枉你啊！

秦小冲益发痛苦：不对，不对，这事有点乱，让我再想想！第一个电话，王矿长，你说我是什么时候打给你的？你……你重复一下！

王子和看了看自己的笔记本：就是那天下午的四点十六分！

秦小冲努力回忆着：四点十六分？第一场酒已经散了呀？让我想想，我当时在哪里？吵了架，没回家，我不会回家的！哦，我想起来了，我靠在和平公园一棵大树下睡着了，后来就啥也不知道了……

秦小冲絮叨时，范家慧、李顺东脸上都现出了焦虑和不安的神情。

范家慧安慰秦小冲说：小冲，你别急，慢慢回忆，好好回忆！

李顺东也对牛石艳说：后来你在报社办公室，也帮着回忆一下！

牛石艳瞪了李顺东一眼：我当时为啥在办公室？李天使，你不清楚吗？！我不用回忆，当时我一直在哭，秦小冲怎么和王矿长通的电话，电话里都说了啥，我不清楚，只恍惚听到说小树林和十万啥的！

秦小冲盯上了牛石艳：牛石艳，我真说小树林和十万了？不会吧？我一门心思反腐败，想揭出一个大案要案来，我肯定地说，我是去和深喉接头的！当时，他说的接头地点是京州中福西门小饭店……

王大眼出示一组树林里的接头收钱照片：但你却去了小树林！

牛石艳说：是，是，秦小冲，我也同意你是想着去反腐败的，想去京州中福西门外小饭店的，但遗憾的是，你的腿没听大脑指挥，你的肉身和灵魂分离了！你正义的灵魂去京州中福西门外的小饭店参加了深喉的那场反腐斗争；肉身呢，却去了京隆煤矿外的小树林，敲诈勒索了人家京隆矿十万元封口费，被我公安干警一举拿获……

真相大白，范家慧、李顺东等与会者不禁一阵唏嘘。

秦小冲精神完全垮了，木呆呆的：我……我还真敲诈勒索了？这不可能啊！我在大学学的是新闻学，不是敲诈勒索！我追求真理与真相，范社长你知道我的，我的新闻调查，那……那是得过大奖的……

范家慧说：是，小冲，我一直说，你是个人才呀，太可惜了！

秦小冲道：我承认，我要养家糊口，要买房交按揭，每天眼一睁就想钱，我收点红包啥的，那是可能的，可这开口就是十万，还主动问人家讨要，这……这还是我秦小冲吗？这……这不是我啊……

范家慧叹了口气：不是你，那又是谁呢？记住这个教训吧！

李顺东说：就是，就是，秦副，这个教训可真够深刻的啊……

秦小冲的福尔摩斯生涯就此结束，残酷的生活又给他开了一个残酷的玩笑！他竟然没被冤枉，推理和实际背道而驰，他竟然是个货真价实的敲诈犯！他成啥了？都不知道自己是谁了！他从哪里来的，要到哪里去？去过哪里，又做过什么？简直就像一场梦！还是噩梦……

李顺东挺够朋友的，怕他一下子适应不了梦醒以后的现实，开车送他回家，一路上做思想政治工作：秦副，现在噩梦醒了，就好好活着吧，起码别再去犯法了。秦小冲讪讪问：李总，你说我到底算什么人？好人还是坏人？李顺东想了想说：秦小冲，你呀，既不是好人也不是坏人，你和我一样就是人，普普通通的人！我们为了自己和家人活得好一些，就难免不犯错误……

秦小冲补充说：甚至犯罪！活着还是死去，这真是一个问题！

李顺东感叹起来：深刻，秦小冲，生活让你变得深刻起来了。这时，秦小冲看到路边的一个小酒馆——"西门饭店"，突然一声叫：哎，停车！

李顺东停下车问：又怎么了，你？秦小冲推开车门，下了车：李总，你先回吧，让我一人静静心！李顺东劝说：过去的就过去了，你别多想了！秦小冲哭丧着脸说：我心里过不去啊，走吧你，让我静静！

这时，飘起了雪片。比起入冬头一场小清雪，这算得上鹅毛大雪了。门楼灯光下，雪片像棉絮，一朵朵在夜空中飞扬。没有风，落雪的速度缓慢，洁白的棉絮飘飘摇摇，悠然自得，仿佛上了慢镜头……

秦小冲摇摇晃晃，走进了饭店门，准备喝个透，来一场大醉。

六十一

门铃响了，在静夜显得有些刺耳。牛俊杰以为女儿回来了，放下手上正看着的材料过去开门。门一开，进来的却是齐本安——这阵子齐本安成了他家常客，说来就来，连电话都不打，怕被谁窃听跟踪。

因为林满江这一共同对手的威胁，他们成了相互依恃的挚友。

石红杏的死，让齐本安很内疚。齐本安自责说，石红杏最终的绝望，虽说是因为林满江，但与他也有关系。炸药包炸出了中福集团腐败案的一角，也炸伤了师妹的感情。师妹一辈子就两个师兄，他们却都有意无意地伤害了她。说这话时，齐本安喝多了，一时间泪流满面。

牛俊杰要齐本安别太自责，说自己更惭愧。事实上，这局面是他造成的，他对林满江不但有公仇，也有私恨，炸药包一直埋在那里，迟早要爆炸，他就带着公仇私恨引爆了。现在，不但石红杏自杀身亡，还弄得齐本安也被贬到棚户区。牛俊杰觉得，林满江让齐本安到棚户区协助拆迁纯属扯淡！棚户区改造是京州市里的事，怎么协助？京州中福既没有制定政策的权力，也不能做主答应哪个拆迁户什么条件。

齐本安虽说下了台，消息还是蛮灵通的，在沙发上一坐下，就问他：老牛，怎么听说能源公司工人又群访了？牛俊杰苦笑一声说：可不是嘛，得知京丰、京盛卖了四十五亿高价，就排着队讨欠薪了。齐本安说：长明集团的钱如果到了，该发的欠薪就得发了。牛俊杰一下子跳了起来：发啥？我一问皮丹才知道，这交易有问题！齐本安不了解内情，便问：能有什么问题？不是四十五亿了吗？傅长明反悔了？

牛俊杰说：不是反悔，是付款方式有问题——这四十五亿，长明集团每年付百分之十，分十年付清！本安，现在市场的融资利率都不止百分之十啊！这等于借了我们四十五亿元，每年只给利息，十年以后，连本钱也不用还了。皮丹、陆建设还自吹做了一笔漂亮生意，赚了天大的便宜，其实还不如把十五亿一次给我呢！一帮乌龟王八蛋！

齐本安明白了，判断说：估计又是林满江的手笔！我原以为他叫价四十五亿是心虚退却，是要把上次交易中暴露出来的漏洞堵死，现在看来，又低估这位对手了，局势危急如此，他竟然还敢玩儿资本运作！

不说这个了！牛俊杰拉着齐本安走到电脑桌前，激活休眠中的电脑，让齐本安看网上流传的一张照片：林满江与一位美女在香港中环合影，背景建筑物一目了然。牛俊杰介绍说：有好事者人肉搜索，发现美女是香港玛丽医院的一名护士，相传她长期跟着林满江，可能是秘密小三。

齐本安觉得不太可能，林满江在生活作风上还是比较严谨的。不过，齐本安还是把照片资料传到了自己的手提电脑，扔进了一个电子档案里。这个档案里全是林满江动态及背景资料。齐本安自嘲说：现在，研究我的这位大师兄，已经成我生活的主要内容了！牛俊杰说：本安，你别光研究，得实名举报！齐本安说：有你举报就行了，我还是找找证据吧！

林满江不是那么容易对付的，这一点牛俊杰也知道，石红杏教训深刻。但他仍坚持对林满江实名举报。他告诉齐本安，今天他又给集团纪检组发了一封电子举报信，是发到张继英个人信箱里的，对京丰、京盛这次交易的付款方式提出了质疑。张继英回了个短信息，透露说，她和纪检组也收到了不少匿名举报信。对石红杏留下的笔记本，张继英也和林满江一样关心，要他注意保管。

齐本安这才问起了笔记本的事，问牛俊杰笔记本上又有啥新发现。

牛俊杰来劲了，从书柜里抱出一摞笔记本，告诉齐本安，他把有问题的笔记都给折页找出来了，让齐本安抽空自己看。许多违规违纪的事，都让石红杏记下来了，有时间有地点。牛俊杰觉得，石红杏可能是故意的，他们俩过去对她的判断可能是错的，她也许并不蠢。也许她做了件最聪明的事！她崇拜林满江，但真的胆小，把啥都记下来也正常，本能的自我保护吧？

齐本安问：关于当年的交易费用，笔记里有没有蛛丝马迹？

牛俊杰说：没有，这事是钱荣成说的，你还得去找钱荣成查。

齐本安这才透露说：我已经找过了，钱荣成一直没照面。现在的问题是，我们都清楚林满江做了什么，也知道林满江是怎么做的，却苦于没有直接证据，没有完整的证据链，上面很难把林满江怎么着！

牛俊杰叹息说：是啊，林满江还说要到咱们汉东省当省长呢！

齐本安道：当省长是林满江的梦想，一个传闻而已，官场上从来不缺这种传闻，我不相信中央敢把这么一个经济大省交给他林满江！

牛俊杰说：这种事难说，林满江做省长的传闻不是今天才有的！

齐本安道：就算他做了省长又怎么样？今天上任，次日下台的又不是没有！中央反腐倡廉壮士断腕，刮骨疗毒，发现问题肯定处理！再说，林满江这么肆无忌惮地破坏政治生态，下面不会没有反映的。

牛俊杰说：但是，本安，我们要提供关键证据啊！钱荣成为担保的事找过你，找过石红杏，这条线索清楚明白，你可千万别放弃了！

齐本安道：我怎么会放弃呢？可钱荣成现在四处躲债，让我上哪里找去？而且，我还有个担心：你说，钱荣成会不会被什么人弄死？

牛俊杰怔了一下：哎，这还真没准儿！京州想弄死钱荣成的人恐怕不下一打！这还不包括林满江和傅长明！而且，他也有可能会自杀！

齐本安讷讷道：是啊，是啊，可我们现在只能守株待兔啊……

六十二

兔子到底出现了。是突然出现在齐本安面前的。来时连个电话都没打。齐本安正在办公室看文件，钱荣成夹着公文包走了进来，后面跟着他的保镖毛六和毛七。齐本安见了钱荣成，不禁一怔，以为是幻觉，直到钱荣成叫着"齐书记"，在他面前的沙发上坐下了，齐本安才认可了这一事实。寒暄一番之后，齐本安让硕果仅存的唯一部下高小朋出去。钱荣成也让毛六、毛七出去了。二人心照不宣地开始谈话。

钱荣成说：齐书记，我就知道，你还会来找我的！齐本安道：我也知道，你会配合我把林满江和十个亿交易费弄清楚！钱荣成说：知道他们的厉害了吧？窃珠者贼，窃国者侯，林满江就是个监守自盗的大贼。齐本安道：钱总，别绕弯子，说事实。钱荣成说：其实事情很清楚，傅长明为当年京丰、京盛矿的交易，向林满江支付了十个亿的交易费，还送给经办人皮丹一幢别墅，这是傅长明亲口和我说的！

齐本安问：你有什么证据？傅长明说的话你录音了？钱荣成冷冷一笑：我不但录了音，还录了像呢！这在齐本安预料之中：钱总，你可够有远见的，当时就防着傅长明了？钱荣成道：那是，一旦游走到法律底线下面，我对谁都防一手！齐本安追问：这么说，你手头还有不少这样有趣的录音录像喽？钱荣成出奇地坦率：是啊，前几天吕州法院执行局的两位法官，就让我顺手送进去了！为了执行落入天使李顺东手中的一台劳斯莱斯，这俩执行法官要了我十万块钱，够黑吧？

齐本安不解：钱总，人家俩法官既然给你帮忙了，你怎么还举报人家？钱荣成说：他们两人后来又收天使的钱，反过来执行我和黄清源了。真是有钱能使鬼推磨！黄清源被吕州法官弄进去关了十五天，差点落个拒不执行生效判决罪。司法腐败必须反。

齐本安本想说，司法腐败其实也是你们这帮无底线的奸商参与造成的，想想却又没说。

钱荣成一副真诚的样子：齐书记，我还是挺佩服你和石总的，你们没收我的钱！所以，我今天才有可能过来见你！实话告诉你吧，我已经去过北京中纪委了，可最后没敢进那门，怕不能掐住林满江他们！

你的录音录像就是证据啊，怎么会掐不住他们呢？你多虑了吧？

也不是多虑，我怕掐不死他们，他们置我于死地！他们黑啊！你看石总，命都送掉了！还说是不幸失足落水，鬼才信呢！还有你，齐书记，你现在被贬到这里只是第一步，下一步没准儿就是车祸……

哎，哎，我说钱总，你今天该不是专门过来吓唬我的吧？

不，不，是和你合作：把录音录像材料交给你，让你去举报！

齐本安爽快答应：可以啊，录音录像你带过来了吗？

钱荣成摇了摇头：没有，齐书记，没和你说好，我不敢啊！你知道的，现在很多人要搞我，从讨债的天使公司，到林满江、傅长明。

齐本安有点失望，但也明白，这事不可能一蹴而就：钱总，我得说，你的确是个危险人物！你看你，当年靠行贿起家，后来靠行贿开道，只要遇到事，你首先想到的就是行贿送钱，完事后一言不合，又把人家给送进去了，比如吕州执行局的两位法官，这不是太缺德了？

钱荣成笑了：我也不想缺德，也想做一个高尚的人，纯粹的人，脱离了低级趣味的人，可这得是活下来之后，酒足饭饱了，剔着牙才能考虑的目标！我消受不起啊！齐本安说：做人总要有道德底线嘛！

但办事有办事的规矩！齐书记，你不是天外来客，你是中国人，不会不知道，在中国无论经商、就业、升学、工作，啥都离不开送礼托关系啊，生老病死都要送礼托关系，这是咱中国社会的普遍现象！

是啊，送礼行贿托关系，大家见怪不怪，人人都想使用不正当的手段，为自己谋取利益，这其实是中国社会公平发展的一个大忌！

钱荣成说：这个道理谁不懂？都是一边骂腐败，一边搞腐败嘛！

齐本安感慨道：所以有人说，雪崩发生时，没有一片雪花是无辜的！你钱荣成和荣成集团走到今天这一步，也就别总去怪罪别人！

钱荣成说：我不怪别人，但我也不饶恕那些收了钱不办事的人！

齐本安趁机重回主题：哎，傅长明和林满江也收过你的钱吗？

钱荣成振振有词：傅长明没收过我的钱，但傅长明为富不仁，自己发大了，就不认杏园三结义的老弟兄了！林满江那叫无耻，做着中福集团老总，和傅长明勾结，出卖国家利益，侵吞人民的财产！长明保险增资扩股五十亿，四十七亿来自中福，林满江不要太黑哦……

齐本安说：钱总，咱们别跑题，我不管你主观动机如何，只看事实，所以我要证据！说吧，啥时把你手上的录音录像资料交给我？

钱荣成却又迟疑了：齐书记，我这人喜欢把丑话说在前面，你不会拿着我的证据去和林满江谈判，做一笔交易吧？比如说，要挟林满江给你官复原职？你们过去毕竟是一个师傅的，你要是把我卖了呢？

齐本安火了：你以为这个世界上每个人都像你一样下流吗？

钱荣成又激动起来：我怎么下流了？我这都是被逼的！我也想上流，上流得了吗？请问，齐书记，这个世界啥时公道地对待过我？公道地对待过我这种无权无势的草根民营企业家，我不送钱送礼行吗？

所以，这种不公道不也是你和你们这些行贿者参与造成的吗？

是，我不否认！可我找傅长明站台帮忙，那是有充分理由的！

哎，我咋听说傅长明为救你儿子，已经掏了八千万啊？！

但傅长明现在手里掌握着几千个亿、上万个亿啊！

几千亿、上万亿，那都是人家傅长明的，并不是你的钱！

那是傅长明利用我们早期的血本赚来的！杏园三结义时，我们三人一起集资买下的京丰、京盛矿，他后来利用林满江的关系以四十七亿高价卖给了你们，又用这笔钱扩股增资长明保险，把你们京州中福排挤出局，里外通吃，我和黄清源也就是喝了口汤，你说这公道吗？

齐本安激动起来：当然不公道！但是，受到不公道侵害的并不是你钱荣成和荣成集团，而是国家！国家的钱被你们密谋偷走了，人民的财产变戏法似的装进你们的兜兜里去了，这才是最大的不公道！

钱荣成说：齐书记，你别这么一本正经，谁有机会不这么干？

齐本安一声长叹，苦笑道：好，说得好！我明白了，你是没机会这么干才抱怨不公的，是吗？不说这个了，钱总，请相信我好了！

钱荣成略一沉思，表态说：齐书记，我相信你，你等通知吧！

钱荣成走后，高小朋进门向齐本安汇报说：就在他和钱荣成谈话期间，钱荣成的两个保镖鬼鬼祟祟，躲在黑影里打手机，嘀咕了好半天！而且，高小朋说，毛六、毛七他认识，是黑社会刘老大的人，让他小心，说是闻出味儿来了，黑道上的家伙已经包围过来了。高小朋强烈建议重新召回既会扫堂腿、又会跆拳道的那位壮士部下任三喜。

齐本安呵呵一笑：共产党的天下，还怕他们这几个毛贼不成？我就在这儿坐着，看他们敢怎么着！想想，又觉得不对——钱荣成的保镖是黑社会？黑社会有奶就是娘，万一有人出个高价买通钱荣成的保镖，把钱荣成给杀害了，他和牛俊杰企盼的关键证据可就没指望了！

他心里不由一惊，当即给钱荣成打电话。然而，电话没打通——就是从那时开始，钱荣成的电话关机，再也打不通了。更让齐本安惊疑的是，当天夜里，他这间老旧的办公室竟然进了贼，四处被翻个底朝天。贼在找什么？该不会是钱荣成手上的录音录像吧？齐本安马上报警。公安接警后过来查看，发现了两个隐藏的针孔摄像头，一个对着沙发，一个正对着他的办公桌。这着实吓出了齐本安一身冷汗，齐本安这才重新起用了既会扫堂腿、又会跆拳道的任三喜……

六十三

谁也没想到，钱荣成生命的最后时光会在天堂度过。据李顺东回忆，临死前三天，钱荣成带着保镖毛六和毛七来到天堂，说是幡然醒悟，要投案自首。李顺东立即生疑，围绕钱荣成转了一圈，细细打量着未捕自到的老对手，没有获取猎物的欣喜，却发现了麻烦：钱荣成的资产全被冻结，几路债主对其逼债围追堵截。吕州执行局

327

两位法官被抓后，赃友们对钱荣成已极为警惕，信息共享，不断发出警报。这时候接受钱荣成自首，无疑是找不自在。何况，钱荣成还带来了两个保镖，在天堂安营扎寨住下来，得花多少生活费？谁替他们掏腰包？

钱荣成似乎看透了李顺东的心思，说是费用自理。包天堂两个房间，住宿费、伙食费按市场价支付。李顺东仍然不干，声称天堂招待所不对外营业，没有执照，不能非法经营。钱荣成讥问：你这里啥不非法？李顺东振振有词：非法已成为过去！警察来过几次了，夸我们整改不错！钱荣成被迫说了实话，道是他被债主追逼着四处逃窜，连自己的工厂都无法安身了，恳求天使公司收留几日，让他歇歇缓口气。

秦小冲觉得钱荣成的请求可以考虑。老话说，留得青山在，不怕没柴烧。留钱荣成在天堂待着，就是留一座青山。将来有了转机，也许能先还上天使的债。况且，人家也不是白吃白住，招待所有点进项也不错。李顺东采纳了秦小冲的意见，这才接受了钱荣成的投案自首。

据秦小冲嗣后回忆，钱荣成进来后很满意，曾在聊天时不无自得地对秦小冲说过：这是灯下黑呀，谁能想到他躲债竟躲进了京州最著名的讨债公司呢？更有趣的是，这里的天使威武依然，事实上也都成了他的保镖，让他的安全有了充分的保障，他再不怕那些赃友的杀戮暗害。食堂老朱做饭炒菜就像做猪食，谁吃谁骂，钱荣成不骂，还夸奖，直说好吃，比他在空荡荡的工厂吃了上顿没下顿啃干面好多了。

对天堂的环境，钱荣成也很满意，毕竟是别墅区啊，虽说装修没完成，选址却不错。早晨起来到院子里遛一圈，远眺光明湖，看朝阳跃出水面；晚上出门散步，看月牙儿挂上北山树梢。钱荣成觉得，这像是住疗养院，养生保健，休闲度假。钱荣成和秦小冲不止一次说过，他相信天无绝人之路，相信一切矛盾都可转化，寒冬过后是春天，黑暗前面是光明——要看到光明，光明就在前方不远处，最多十米远。

直到死亡的阴影降临，钱荣成仍没死心，仍然认为，只要假以时日，他终会走出困境，一天一天好起来。他甚至热烈地和秦小冲讨论过网上债务平台的建设和海外上市的可行性。甚至希望逃出债务重围后入股天使债务平台，和天使们一起并肩战斗。秦小冲觉得，这不是一个病入膏肓者的回光返照，而是一个不言放弃的奋斗者抑或是挣扎者的灵魂闪光。秦小冲私下对李顺东说，入职抓荣成项目，和钱荣成斗了这么长时间，现在他竟有点敬佩钱荣成了：这是一个悲剧英雄！

临近生命的终点，钱荣成异常亢奋，时常涌现出莫名幸福感。这生命的最后三天，钱荣成总是天没亮就起来爬山，走出高墙铁门，兴致勃勃地去后山。据门卫反映，这三天有两天是毛六陪同爬的山，一天是毛七陪同。两个保镖都怕冷，勾头缩颈，双手插在裤袋里，不时地打着哈欠，老大不情愿地跟着钱荣成走，还不时地小声骂钱荣成。

天使公司后面，是山势平缓的向阳坡，种着一大片苹果树。沿小径穿过果园，可闻到隐隐约约的水果芬芳。摘苹果的时节刚过去，紫红色的落叶铺满地面。偶尔还有一两个遗漏的果实，颤颤巍巍挂在枝头，在晨曦中露出娇艳的脸蛋。钱荣成驻足观望，总是不忍摘下。山顶是连片的岩石，岩石缝隙处钻出几棵倔强的老松，枝干嶙峋，风骨凛然。松针上挑着晶莹的露珠，变化出迷人的光彩。钱荣成上山后总会在石头上坐坐，等待太阳跃出光明湖面，他内心强烈地渴望那灿烂瞬间。

据毛七交代，就是在钱荣成第三天在石头上坐下，等着看日出的时候，他接到了刘老大的指令，让钱荣成去自杀。按照事先的设计，也真是自杀。人生走到这种绝境上，钱荣成没理由再活了，早死早托生。理由早就编好了，说是有人想买荣成集团的专用铁路线，铁路线是荣成集团所剩不多的优质资产，只要有人买，就有希望把棋走活。钱荣成兴冲冲跟毛七走了，这就非常遗憾地没看到人生的最后一次日出。

据食堂师傅老朱回忆，钱荣成吃完简单的早饭，和毛七一起回房间换西装时，发现摆在窗台笼子里的小仓鼠肚皮朝天死了，再也不会欢快地蹬转轮了。钱荣成阴着脸提着笼子出屋，让老朱帮他埋葬仓鼠。还不无悲哀地对老朱说，这不是普通的老鼠，这是仓鼠，是有灵性的动物，是他这两个多月躲债路上唯一靠得住的朋友。毛七听了，在一旁翻白眼说：你唯一靠得住的朋友是小老鼠，那我们俩算啥？钱荣成说：你们是我花钱聘的保镖，每人每月一万，再难也没少了你们的钱！

钱荣成的老婆唐小媛回忆，就在毛七带着钱荣成到钢厂时，她带着孩子从广州回来了，飞机十一点三十五分在京州降落。本来钱荣成说要接机的，结果没来，她就打了钱荣成最新的一个手机。钱荣成在手机里说：他突然有一位客人要谈生意，不能去接机了，让他们娘儿俩打出租。唐小媛说，钱荣成有点怪，突然泛出一股柔情：媛媛，我想死你们了！你让儿子和我说几句话。儿子就和钱荣成通了话。爷儿俩在电话里笑闹了半天，后来，钱荣成说要陪客人上高炉看铁路线就挂了机。唐小媛据此分析：一个正陪客人看铁路线的商人绝不可能自杀。

毛六和毛七在被捕后交代说：他们把钱荣成骗上高炉后，试图劝钱荣成去自杀，劝告失败后，才被迫动了手——毕竟人家为钱荣成出了二百万高价！在高炉上，他俩一前一后，把钱荣成夹在中间。钱荣成意识到了自己的危险，声音颤抖地问：你……你们骗了我，是吧？

毛六说：钱总，你活得多累啊，就没想过死？毛七说：就是，看看，连你的老鼠都累死了！毛六恳切地劝说：钱总，跳下去吧，免得咱们伤了和气！钱荣成身体瘫软下来，可怜巴巴地说：你们俩可是我聘的保镖啊，我这么难，你们每人每月一万的工资，我一分不少。毛六也实话实说：人家为你出的可是二百万，一百万定金都到账了！你那一万保镖费还经常拖欠呢！钱荣成说：你们是我花钱请的保镖，让我去死，这太不道德了吧？毛七说：你不也是一边对人家行贿，一边举报人家吗？咱们彼此彼此！毛六说：你能不能有点责任感？多少像你这样的人都以身殉债了，你咋还好意思活着？真要逼着我们动手？

毛七和气而恳切地规劝道：钱总啊，还是你自己跳下去吧！这也挽救了我们两个人的灵魂！你去升天，我们升华，互惠互利啊！

钱荣成语调凄切地恳求他们放他一马，甚至出价四百万，以求保命。毛六毛七对钱荣成已是知根知底，知道这位失败的民营企业家根本拿不出四百万，即使能拿出也不会拿。他们今天放了钱荣成一马，钱荣成脱身后就会报案，把他们两人抓捕归案。于是，二人交换了个眼色，心一横，三把两下把钱荣成掀下高炉，摔死在一堆钢锭上，脑浆迸裂……

六十四

　　就在钱荣成离开天堂的那天上午，秦小冲的手机突然响了，来电显示是周洁玲。秦小冲想接，但迟疑了好半天，终于没接——冤案不冤，他不知该怎么和前妻解释。过了一会儿，手机再次响了起来。秦小冲看看来电显示是父亲，就接了电话。父亲说：周洁玲等你呢！赶快回家吧！秦小冲有些蒙：她等我？她没出啥事吧？父亲说：我也担心她出事啊！

　　秦小冲这才清醒了，匆忙回家，进门没见到前妻周洁玲，却见到几个不认识的男女在他家写标语——至诚财富，还我血汗钱！至诚财富跑路，天理良心何在……秦小冲看着客厅桌上的讨债标语，一下子怔住了，还以为自己回到了天使公司哪个项目的业务现场呢。

　　这时，周洁玲扑了上来：秦小冲，你可回来了！秦小冲问：怎么？你们也干上讨债了？周洁玲眼泪汪汪地说：我们被P2P至诚财富坑惨了！你给我的那二十万，我全投给P2P至诚财富了！本来说好的，年息二分，按月支付，可至诚财富只付了一个月利息，就跑路了！一位男债主凑上来说：他们就是一伙骗子啊，坑了十几万人！一位女债主说：就这样的一伙骗子，政府也不给咱管好，真不知政府是干啥吃的！

　　秦小冲觉得可笑：这也怪政府？这怪你们自己！却也没说，只问周洁玲：你们准备去哪儿讨债？周洁玲擦干泪说：我们今天就去吕州至诚财富总部堵门，要不回钱就不回来！闺女我是顾不得管了，交给你了，你别忘了放学去接她！秦小冲说：不说我在美国留学吗？怎么和女儿解释啊？周洁玲说：好解释，就说你学成回国了，给她一个意外的惊喜好了。秦小冲苦笑不止：还意外的惊喜呢，意外的灾难吧！

周洁玲明显心虚，不敢正眼看他，有意无意扯他的陈年旧账：我们老百姓活得容易吗？为了跑赢通货膨胀，千方百计地想把手里的钱多弄点利息，没想到骗局一个接一个地等着你，总有一款适合你！小冲，你看，你不也上了你同学黄清源的当吗？秦小冲摆了摆手：周洁玲，你别扯我，黄清源的债我肯定能讨回来，我现在是这方面的专家了！倒是你，你盯着人家的利息，人家盯着你的本金，真有那么高的利息的好项目，大资金早就过去了，哪轮到你们！但凡鼓动你们老百姓去投资的项目，都是高风险的，换句话说，基本都是骗你们钱的！

男债主叫道：可不是嘛！秦总到底是天使讨债公司的专家，一张口那就是真理啊！女债主恳求说：秦总，你能不能教我们几招？秦小冲直皱眉：天使公司经常游走在法律边缘，你们别学了，还是依法讨债吧！灾难既出了，一定要冷静处理！别头脑一热，又去犯法！周洁玲，好在你只损失了二十万，等我讨回黄清源的债，再给你二十万。

周洁玲又哭了：小冲，你真是大好人，还……还给我钱！秦小冲叹息：别说了，毕竟咱们做过一场夫妻嘛，我再给你二十万，你就假装没损失，这样一想心里就好受了。周洁玲号啕起来：我哪止二十万啊！我把我妈的二十万、我姐的三十万也借来投进去了，一共是七十万啊！我姐的三十万是前天才投进去的！我……我怎么这么倒霉啊！

秦小冲惊愕得瞪圆了眼睛：我的天，周洁玲，你可真有胆啊！

周洁玲哭得益发伤心，一把鼻涕一把泪，引得那个女债主也跟着呜咽起来。秦小冲烦透了：好，好了，别哭了，咱们再想办法吧！你千万想开点，别把这事看得太重，七十万不算啥，钱就是王八蛋！

钱虽然是王八蛋，但未来的日子还离不开这王八蛋！周洁玲和那几个同病相怜的倒霉蛋收起标语，一起去吕州讨债。秦小冲望着空落落的房间，一时间有些伤感，不知不觉中竟泪流满面。这可真是黄鼠狼专咬病鸭子，不过也好，病鸭子被咬了，他就能见着自己闺女了！

当天下午，秦小冲在学校门口接到了放学出门的女儿。女儿见了他既意外又惊喜：爸，怎么是你？我妈呢？秦小冲冲动地一把抱起女儿：你妈留学去了，以后爸来接你！女儿在他身上挣扎：爸，你快让我下来，同学们看了笑话！秦小冲恋恋不舍地放下女儿：对，对，女儿长大了，不要爸爸横着抱了！女儿悄声说：爸，回家还要横着抱！

回到家，女儿问：爸，我妈怎么突然留学去了？也是美国吗？秦小冲看着女儿笑：不是，爸和你开玩笑呢，你妈出差去了！女儿又问：你怎么突然从美国回来了？还回去吗？秦小冲说：这得看你妈的意思了，她要经常出差呢，我就不回去了！女儿乐了：爸，那就别去美国读书了，现在人家都说，读书不能改变命运了，挣的钱租不起房，更买不起房……秦小冲一愣：哎，哎，这都是谁给你说的？胡说八道！女儿说：才不是胡说八道呢！爸，你在国外这两年，变化很大！秦小冲说：再怎么变，都得好好读书！赶快做作业！正因为我们是穷人才不能输在起跑线上！爸妈已输在了起跑线上，你不能再输了！女儿一脸的茫然：爸，原来咱们是穷人啊？秦小冲说：你以为咱们是富人吗？当然，我们也不算太穷！我和你妈这辈子好好努力，争取活出个人模狗样来，你呢，好好学习，等你长大了，考上了好大学，有了好工作，也许我们就会变成富人了！不说了，快做你的作业去……

这时，手机响了，李顺东来了电话。秦小冲怕影响女儿学习，走到另一个房间接，还没等李顺东开口，抢先告诉李顺东，他家里出事了，前妻不在家，他每天得按时接送孩子，天使公司的副总怕不能干了！李顺东很沮丧，说他要不干，天使可能就得关门。秦小冲说，那也没办法，前妻被 P2P 坑了七十万，去讨债，他得看孩子了！李顺东说：命运堵掉一个门，总会给你开一扇窗！你们俩干脆复婚吧，周洁玲栽了这么个大跟头，估计不会嫌弃你了！秦小冲说：我也这样想！

李顺东真有责任感，趁机做工作：秦副总，就算冲着周洁玲这样的人民群众，咱天使公司也得开下去啊！现在，咱们俩只怕也得换个班了，我准备到北山喝汤，你来守这摊子吧！秦小冲吓了一跳：怎么了？又出事了？李顺东问：秦副总，你想先听好消息，还是先听坏消息？秦小冲说：当然是好消息了。

李顺东说起了好消息：黄清源找到了，在吕州卖保险时被清源项目组同志一举抓获，扭送京州法院执行局。他名下三千万股长明保险股票被司法冻结，即将公开拍卖。秦小冲乐了：太好了，这么一来，我借给他的钱能回来了？李顺东说：差不多吧，根据长明保险目前的市价估算，拍卖款能全面覆盖债务。秦小冲说：那借你那二十万我就能还了，还能余下些孩子的教育费用。

李顺东又说起了坏消息：负责线下工作的田副总追讨一个老赖鸡老板的债务，和同是受害人的养鸡场工人、饲料供应商打起来了。鸡老板欠债面广泛而深入，这是田副总和李顺东都没想到的，这就闯了大祸。田副总及其手下浴血奋战，抢了三车抵债鸡，鸡还没来得及处理呢，公安干警从天而降，把田副总和五名天使抓进了局子，还让李顺东去自首。更要命的是，已被判刑的女老板也在狱中起诉了他。

秦小冲本能地出了个馊主意，让李顺东赶快逃，起码避过风头。

李顺东却不愿逃，说欠下的债迟早得还，他准备去公安局自首，争取在北山少喝几天汤！李顺东说，据公司法务初步分析，像他这种情况，如果主动自首，刑期五年以下，估计也就两三年。说这话时，李顺东还不知道钱荣成已命归西天，还认为钱荣成又成功逃跑了。让秦小冲学习钱荣成这种打不死的小强精神，嘱咐秦小冲别忘了在钱荣成的账单上加上钱荣成和两个保镖三人三天的住宿费和伙食费……

三天以后，周洁玲一脸憔悴回来了，七十万一分钱没讨回来，还被吕州公安抓了，在局子里蹲了大半天。秦小冲一问才知道，周洁玲到市政府门口群访，和警察发生了冲突。三天没正式吃过一顿饭。他弄好了饭，周洁玲也不吃。说是吃不下，这七十万说没就没了，泪眼看着秦小冲问：你天使公司能帮我们讨债吗？秦小冲问：债务额多大？涉及多少债权人？周洁玲说：我走时登记是一百二十多亿元，十八万人左右吧？秦小冲苦笑不已：这单业务量太大，我们吃不下！

周洁玲说：你们不是做债权平台吗？就不能考虑把我们做进去？

秦小冲煞有介事：下一步研究吧，P2P是新业务，恐怕得等李顺东从山上下来再考虑了，我现在只做无雷的传统业务，维持运营……

周洁玲热情鼓励：小冲，你接了李顺东的班，做了天使公司的老总，就得有份进取心！没准儿人家以后就不唱李顺东了，都唱你"京州出了个秦小冲"……

秦小冲叹气说：别唱了，哪个救星也救不了你十八万债权人！

这几天天气转暖，气温急剧升高。白日的太阳晒得残雪融化，屋檐滴滴答答如下雨一般。秦小冲看着窗外路灯下泥泞破败的街道，心里不禁一阵凄凉：手头没有王八蛋，只怕连这破地方也住不起了……

六十五

牛石艳接到李顺东打来的电话，祝她二十七周岁生日快乐。近日事多，整天忙活，她自己把生日忘了，这魔鬼居然能记得！李顺东顺势提出晚上请牛石艳吃饭，共切蛋糕，为她庆生。牛石艳心里有些温暖小感动，却冷冷地谢绝了，说报社同志已为她组织了派对，请李顺东别瞎操心了。牛石艳嘴上说得硬，心里却犹豫，被范家慧看了出来。

接这个电话时，牛石艳正在总编办公室，和范家慧谈秦小冲。

翻案失败，铁证如山，秦小冲无比沮丧，臊眉耷眼的。让范家慧感到失落，甚至觉得失职——自己的部下，领导责任总是有的。她没想到事情的真相会是这样，秦小冲竟然真的犯下了敲诈勒索罪。早知如此，都不如不帮秦小冲复盘，让秦小冲糊涂一点，把自己想象成为一个好人，一个不畏强权的反腐勇士，这对秦小冲的人生具有积极意义。范家慧觉着，她实在不该破坏一个奋斗中的年轻人的奋斗信念。牛部下和她范上级的想法恰好相反。牛石艳认为，那肯定更糟，秦小冲不认清自己本来的丑恶面目、犯罪嘴脸，就会对社会有怨愤，会恨及很多人，现在把事情弄清楚了，就消停了，就算不忏悔也安生了。

她们还谈到了深喉。这个岩台口音的神秘爆料者倒是真的，在这一点上，秦小冲没说假话，两个电话录音不会是假的。可这位深喉也太神秘了。他是谁？后来又怎么样了？他是不是又找过报社的什么人？牛石艳问遍了报社每一个记者，甚至看门老头儿，可没谁知道有这么个深喉。范家慧就让牛石艳别找了，反腐倡廉不缺一个深喉。牛石艳不甘心，总觉得这事有些怪：深喉两年多前就向秦小冲爆过料，秦小冲出来后，深喉还说要爆料，他手头到底有多少猛料要爆？范家慧富有政治智慧，最终推断，深喉并没想象的那么重要，也许只是一些道听途说而已。牛石艳说：但这个人很执着啊，两年多来一直没放弃。范家慧认为，这正是让人欣慰之处：说明反腐败斗争深得民心。腐败分子们的日子越来越难过了，老百姓的眼睛盯着他们，让他们不敢腐，这是好事——只可惜让秦小冲空欢喜了一场！范家慧说。

范家慧思忖，秦小冲毕竟是在报社犯的事，是报社老同志，还是得让他感到组织温暖。就征求牛石艳的意见，是不是由她出面，请秦小冲和李顺东喝一场酒，安慰一下？牛石艳很敏感，听出范上级话里有话。马上问：老范，你什么意思？你是关心秦小冲，还是关心魔鬼李顺东？范家慧笑了：都关心。李顺东呢，我发现人还不错，对你很上心，也算是有追求的青年。你这老漂着也不是事儿，是不是重新考虑一下呢？真的，你看李顺东对秦小冲，尤其是对你，不像魔鬼呀……

说起来还真是有些缘分——李顺东的庆生电话就是这时候打过来的。牛石艳冷冰冰地应付乃至回绝，都让对面的范领导看在眼里了。范领导便忘记了秦小冲，热情建议牛石艳去参加李顺东的庆生约会。

牛石艳下班离开报社，在大街上漫无目的地行走。各色汽车鱼贯而行，速度跑不起来，缓慢而有序，行人稀疏，大都行色匆匆。牛石艳仰望天空。晴朗的好天气，阳光正艳，衬得苍穹瓦蓝无际。她脑子里翻腾着有关李顺东的种种难忘细节，对自己的人生又举棋不定了。

凭良心说，李顺东一直在想方设法弥补自己的过失。前阵子还给报社送来几十只鸡，是收来的抵债品，说要给人民的好记者牛石艳同志补补身体。鸡飞啼鸣，闹得报社一片喧嚣。同事们好奇，问牛石艳哪儿弄来的鸡。她只好搪塞是拉来的赞助，把鸡们分给大家每人两只。

李顺东一次次表示痛悔，求牛石艳再给他一次机会，牛石艳绷着脸声称永不宽恕，宁愿嫁只二哈都不嫁给他！母亲石红杏去世，让她塌了天，李顺东就天天来电话安慰。这厮的语言也有技巧，一口一个"咱妈"。牛石艳禁止他这样叫：什么咱妈？是我妈！李顺东就改口，却也不称"你妈"，只是妈、妈地叫着，牛石艳心中不由荡起一丝暖意……

手机响了一声，李顺东的微信进来，献上了一大排玫瑰花，又一次提醒她在约定的西餐厅见面。牛石艳看看时间快到了，仍拿不定主意去不去、原不原谅这个坏家伙。她心里仍有抗拒——这个无耻之徒十万块就出卖了爱情！脚步却不知不觉向西餐厅所在的街区走去。

在装潢华丽的店门前站住，牛石艳踌躇许久，最终轻轻叹了一口气，踏上了台阶。是的，这厮起码比二哈高强一点，算条金毛吧！

进门坐下，牛石艳发现李顺东神色凝重，失去了往日的神采，有些意外。便问：怎么了你？李顺东叹息一声说：命运不济啊！天使公司到底出事了，扫黑扫到我们头上了！牛石艳愕然一惊：你不是守法经营了吗？李顺东沉着脸说：以前没守法呀，田副总和五名员工都被公安抓了。我可能也得进去。牛石艳焦虑地问：具体犯了啥？李顺东说了起来：非法拘禁，还有伤害罪。他们乱告！美丽食品用地沟油做食品的女奸商和黄清源也跟着告我！欠债总是要还的，我现在也算想明白了！本来我已经决定去自首了，可想到今天是你的生日，咱妈，哦，你妈，妈又不在了，就改了主意，今晚给你庆生，明天一早去自首。

牛石艳低头喝咖啡，心情郁闷难受：天使公司以后怎么办呢？

李顺东说：我和秦小冲说了，已经让他接手，也只能他接手了！倒是想过你，天使的名儿都是冲你起的，可我知道你不会干！说罢，李顺东打开生日蛋糕：艳，这是我最后一次给你过生日，今晚过后，你把我忘掉吧！牛石艳眼里突然汪上泪：李顺东，像你这种坏人我忘得掉吗？

《祝你生日快乐》旋律响起。

蛋糕上的烛光映照着李顺东和牛石艳的泪脸。

沉默良久，李顺东抹干泪，大口大口喝着干红，开始倾诉。他的语调时高时低，时缓时急，仿佛在说给牛石艳听，又似乎是自言自语。他回忆起石红杏把十万块钱一摞一摞摆在他面前的时刻：他被击溃了，鬼迷心窍了，这是他一生最痛悔的瞬间。李顺东说，真正使他动心的并不是十万元钞票，而是开创一份事业的机会。他承认石红杏说得有道理，自己和牛石艳之间的差距实在太大了。如果抓住这个机会，开一家自己有把握的公司，他就能一举翻身，填平与牛石艳之间的鸿沟。

　　天使公司办起来了，京州出了个李顺东，他终于站起来了。他开始重新追求牛石艳，想在一个新的起点上恢复两人之间的爱情。可是他错了！钱能买来商业成功，却买不回爱情！他内心的痛苦、焦虑远胜过牛石艳当初的失恋。他拼命努力，一边追求牛石艳，一边力图把事业做大做强！可是他太急于发财成功，又怎能守住底线呢？于是在法律边缘游走，朝错误的方向越滑越远。事到如今，公司也败了，除了天堂那两座被公安查封的烂尾别墅，他几乎没赚到什么钱，人也要上北山喝汤了。当初期望以一番事业换回爱情，现在又泡汤了。李顺东痛哭流涕，难受得像个孩子：……艳，我后悔呀！当初一个错误的选择，把我的人生搞得狼狈不堪！他咕咚咕咚喝光瓶中的红酒，往桌上一蹾，仰天长叹：今天，一切都明白了，可是一切都晚了……

　　牛石艳默默地看着李顺东，心中五味杂陈，感慨万千。她平静地看着这个大孩子般的男人问：你可能被判几年？李顺东愣了一下，摇摇头：不知道。我们公司的法律顾问说，主动去自首，最多三四年吧？

牛石艳让服务员再开一瓶红酒，为李顺东和自己的酒杯斟满。我等你。她擎起酒杯，对李顺东说道。

李顺东像被电击似的，一下子挺直身子：别，别，艳，我不能坑你！牛石艳说：不就三四年吗？我等你。你啥都懂，喝着汤好好反思吧，就像你经常对进天堂的欠债人说的，进去时是鬼，离开时是人——灵魂得救了！来，大魔鬼，干杯！

偏在这时，七八个警察从天而降，霹雳般出现在他们面前！警察也太夸张了，对一个已准备去自首的讨债鬼竟像对待恐怖分子，一身警服，荷枪实弹，几支枪的枪口指着李顺东。牛石艳冲着警察叫道：哎，你们别动手，李顺东要去自首的，和我吃过这顿饭就去自首……

然而，警察们没理睬她的呼喊，李顺东被戴上手铐押走了。

嗣后的事情令牛石艳十分伤感。李顺东虽有自首动机，却因为为她庆生，没有自首事实，失去了从轻发落的根据。一审以伤害罪、非法拘禁罪、行贿罪数罪并罚，判刑十五年。李顺东不服，当庭提起上诉，牛石艳和范家慧四处奔波，找到最好的刑事律师为之辩护，二审改判有期徒刑十二年。牛石艳觉得这真是黑色幽默：法律顾问说的三四年原来既不是三年，也不是四年，而是三四一十二的十二年……

六十六

程端阳固执地坐在董事长办公室门外的长条椅上，等待皮丹的接见。她已经连续三天上班时间坐在这里等了，可总也候不着儿子的踪影。走廊上来来去去的员工都挺惊奇，老太太可是林满江、齐本安、石红杏的师傅，现任董事长的母亲，她等啥呢？莫不是被皮丹的媳妇赶出家门了？皮丹佛系，一边是老娘，一边是媳妇，对付不了，就躲了？估计是这样。老太太脸色憔悴，神情忧郁，一对眸子黯淡无光。

陆建设对此颇为不屑，把吴斯泰叫到自己办公室，查问皮丹的去向。吴斯泰说是不知道。陆建设就敲着桌子说：你不知道我知道！皮董躲起来了——他娘一来，皮董事长就像老鼠钻进地洞！昨天他在这里和我正讨论奖金分配呢，从窗口看见他妈。脸色顿时变了，找了个借口就躲起来！哎，你说，当儿子的怎么会这么怕自己的亲娘啊？

吴斯泰赔着小心说：这我也不太明白。也许是婆媳闹矛盾了？

陆建设冷笑一声：什么婆媳矛盾？估计是湖苑别墅出麻烦了吧！

吴斯泰一听，来了兴趣：别墅？陆书记，皮董在湖苑有别墅啊？

陆建设也不相瞒：早几年，傅长明送给皮董一幢别墅，名义上说是送给他妈程端阳的，实际是送他的。为别墅的事，我和齐本安、石红杏还干了一架，林董才把齐本安免了！哦，这事不要和别人说啊！

吴斯泰连连应着：是，是，那是！陆书记，我什么都没听见！

陆建设说：那就好，找到皮董告诉我，我有急事找他商量！

吴斯泰迟疑了一下，这才说：陆书记，皮董在……在我办公室！

陆建设一听，没恼，反倒笑了：你这个吴斯泰啊，咋不早说？！

吴斯泰苦着脸：皮董不让我说，这三天皮董常往我这里躲！

陆建设起身就走：现在你把他卖了，躲不成了，走，会他去！

哎，哎，陆书记，别，我先过去，你假装不知道，来敲门就是……

吴斯泰回到办公室时，皮丹正坐在沙发上喝着功夫茶，翻看着吴斯泰的一本散文集，见吴斯泰进来就说：吴斯泰，你文笔不错嘛！以后想出书就找我吧！吴斯泰苦笑说：我不敢出书了，陆书记都要反我的腐败了！皮丹说：这个老陆，不重视企业文化建设嘛，我得重视！

正说着，陆建设来敲门。吴斯泰按约定把陆建设放了进来。陆建设演戏是把好手，把一沓文件往桌子上一放：老吴，你这些材料写得不好！得重写！皮丹知道躲不了了，从沙发上站起来说：就是嘛，老吴，把你文学创作的热情和才华挪过来，写材料还不妙笔生花啊？陆建设假装刚看见皮丹：哎哟，皮董，我找了你一上午，原来你在这里呢！皮丹把手指头按在唇边，嘘了一声：老妈来找麻烦，暂且避避。

陆建设皮笑肉不笑道：皮董，这我得批评你了。刚才我在走廊看见程师傅了，真是怪可怜的！我请她到我办公室坐一坐，还给她泡了一杯茶，她死活就是不肯离开长条椅子。老妈来了，这么躲，传出去不像话啊！吴斯泰似乎脱口而出：皮董，你是怕你妈问你别墅是吧？

皮丹怔了一下：吴斯泰，什么别墅？谁说的？吴斯泰立刻天真无邪地把陆建设卖了：陆书记刚刚告诉我的，说是长明集团送给你妈一幢别墅。陆建设怒道：吴斯泰，你胡说八道啥呀？出去，回避一下！

吴斯泰走了，皮丹立即批评说：老陆，你和吴斯泰瞎说啥呢？你不知道他爱打听领导的私生活，乱写匿名信吗？林董再三提醒我们！

陆建设装 × 一流：人正不怕影子歪嘛！我可是为了你的别墅才和齐本安、石红杏翻脸的！不说这个，说奖金，皮董，得发点奖金了！

自从四十五亿卖了京丰、京盛矿，陆建设一直认为皮丹应该发笔奖金。立了那么大的功劳，为京州中福赚回三十亿啊！作为公司的大当家、二当家理当论功行赏。按陆建设的意思，一人分二百万奖金也不为过。磨了几天，磨到后来，皮丹同意发一百万，最后也没敢发——四十五亿要分十年付清，明显是个坑，牛俊杰闯到办公室和他大吵了一场，吓得皮丹像又做了一回贼似的。没法办，只能躲起来。既要躲老娘，也要躲陆建设和牛俊杰。佛系同志实在斗不过世间各路豪强。

陆建设抓住别墅软肋，要求兑现奖金：皮董，你不缺钱，有那么多房子，还有别墅，我可是穷人啊，就靠这点工资奖金！我也不怕丢人了，得知我每月只拿五百块钱生活费，我老婆都不让我上床了，整天睡沙发，休息不好，影响身体健康，也影响工作情绪！你说是吧？

皮丹只得让步：那这样，咱就四十万吧！陆建设不满意：你可真有气魄，从一百万一下子退到四十万！皮丹说：四十万也不能说是奖金，得说是借支，你老陆借的！我都不能借！你不知道牛俊杰盯着我不放啊？昨天在我这儿大闹天宫！陆建设说：要借那就多借点，借一百万吧！皮丹拉下脸说：老陆，咱们是同志加兄弟，你能别这么心狠手辣吗？你权当做一回慈善行吗？陆建设说：我慈善，那借五十万！

就说到这里，又有人敲门，皮丹让陆建设去看看是谁。门一打开，却见程端阳闯了进来。后面跟着吴斯泰，吴斯泰一脸无辜无奈的神情。

程端阳逼视着儿子：皮董事长，你看咱们的事在哪儿说啊？是在这里说呢，还是你跟我回家去说？你以为你能躲到天上去吗？啊？

陆建设扮着笑脸劝：程师傅，要是别的事，就别在这儿说了！

皮丹立即软了：妈，咱……咱们还是回家说去，家丑不可外扬！

回到程端阳的简易房，皮丹冲着母亲难得大发雷霆：妈，你这是怎么了？非要害死我，害死林满江吗？你是我亲妈，不是我的冤家对头！程端阳指着特意找出来的劳模奖状奖品：看看，好好看看，你忘了，你妈没忘！你妈是党组织培养的全国劳动模范，一名共产党员！

又来了又来了，老同志！你真病得不轻！还显摆？这茶杯，这暖壶，这毛毯，这被单，最贵重的一件就是这个了吧？红灯牌收音机！你这个劳模都不值一万块钱，现在我随便炒一套房都能赚几十万！

皮丹，你是个混蛋！组织上给我的荣誉是金钱可以买到的吗？！

当然买得到，荣誉是有价值的！老同志，咱们能不能与时俱进？

向哪儿进啊？向腐败的泥潭进，还是向北山的监狱进？皮丹，你是我的儿子，林满江是我徒弟，你们现在都很危险了，怎么还这么麻木呢？林满江不去说了，该说的我都说了，他是领导，他不听，我没办法。皮丹，你是我一把屎一把尿拉扯大的，你六岁就失去了父亲，我得对得起你，对得起你死去的父亲，不能眼看着你在大牢里度过余生！

我怎么了？我怎么了？程劳模，你……你咒我啊？

皮董事长，傅长明送你的别墅当年价值千万，现在价值三千万，我问了，能判你十五年以上了！连你们那位陆建设书记都替你担心了！

皮丹大发其火：陆建设这个王八蛋，他……他是不安好心！

程端阳问：你的同党都不安好心了，你还不警觉？缺心眼儿？

皮丹怔了一下，这才软软地仰倒在身后的木床上。片刻，又从床上坐了起来，对程端阳哀求：妈，你……你让我再好好想几天成吗？

程端阳口气非常严厉：不成！皮丹，我必须把话和你说清楚：如果今天你不去京州市检察院自首，我就大义灭亲，去检察院举报你！

皮丹苦着脸耍赖皮：妈，我是京州中福董事长，单位一大摊子事呢！我今天突然跑去自首了，万一被人家检察院留下了，工作受影响啊！这样好不好？你让我现在到单位去一趟，我把工作交代一下……

程端阳冷笑说：皮董，你怎么又不懂事了？我堵你容易吗？在你办公室门口守了整整三天！不是人家吴斯泰看不下去，良心发现，我现在还在你办公室门口守着呢！哎，你说我还敢再放你回去吗？

皮丹道：正因为你来堵我，我……我才让陆建设、吴斯泰盯上了！

程端阳说：所以，我不举报你，陆建设、吴斯泰也会举报你！她停顿了一下，又温和起来：皮丹啊，妈真是为你好，早自首，早解脱！

皮丹沮丧地低下头，想了好半天，长叹了一口气说：妈，我早自首早解脱，只怕林满江麻烦就大了！甚至会……会送掉一条命！

程端阳似乎啥都有数：送命不至于，麻烦不会小！老人思忖了好半天才说：皮丹，这样，我让齐本安马上过来，你先和齐本安说吧！

皮丹想了想：这也好，反正别墅的事齐本安查过，啥都知道……

六十七

　　齐本安接到师傅程端阳的电话，匆匆赶往师傅家，一进简易房的门，就被异样的气氛包围了。程端阳、皮丹母子两个端坐在对着门的旧方桌两边，陌生人似的僵硬而呆板。没等齐本安开口问怎么回事，程端阳就把她这几天怎么找儿子、怎么逼儿子自首的过程匆匆说了一遍。

　　皮丹苦着脸抱怨：二哥，湖苑别墅的事，你也知道，你一直劝我说清楚。现在我妈又非逼我去自首，我弄不过你们，惹不起你们，我去自首说清楚！我承认，傅长明是因为京丰、京盛矿交易才送我别墅的。

　　齐本安问：傅长明为什么要送给你？怎么不送给石红杏呢？

　　皮丹说：我负责京丰、京盛矿交易谈判，石红杏不具体管。其实说我负责也是假的，都是林满江和傅长明说定了，把合同拿来让我签字。

　　齐本安苦笑一声：那你就签了？啊？把你卖了还帮人家数钱？

　　皮丹说：齐书记，你知道的，我……我佛系的，啥都不争……

　　程端阳立即开骂：你这不是混蛋吗？你不争，国家利益，人民的财产，就轻松地落到他们这些腐败分子口袋里去了，你渎职啊你！

　　齐本安继续追问：那十亿交易费又是怎么回事啊，你知道吗？

　　皮丹说：这我不知道。我只知道傅长明本来也要送林满江一幢别墅的，林满江没要，后来，傅长明就替他买了那架"长明号"公务飞机！

齐本安深感疑惑：傅长明为什么要替林满江买公务飞机呢？难怪外面有传言，我一直以为是道听途说，不靠谱，没想到还是真的！

皮丹长叹一声，道出一个惊天秘密：林满江早就得癌症了！傅长明是为了方便林满江到香港看病才买的飞机，香港治疗癌症成活率和治愈率远远高于内地。皮丹感慨不已，夸傅长明对林满江够意思：人家义气啊，二哥，这一点你不服还真不行！傅长明能发起来，不是没原因的！傅长明和钱荣成太不一样了，他讲信誉，讲义气，讲……

程端阳厉声喝止：行了，别吹傅长明了，说林满江！

齐本安盯着皮丹追问：林满江得癌症是啥时候的事？

皮丹想了想：这个？大约是二〇一一年秋天吧？对，二〇一一年秋天！

齐本安益发惊异：我的天，这么说，林满江患癌症已经四年了？

是的，是的。这四年，林满江就靠干扰素和进口药维持着生命！

齐本安讷讷道：身体都这种样子了，还想做省长，疯了吗他？

程端阳叹息说：可不是疯了吗？官迷心窍了，把自己当成神了！

皮丹继续揭秘，道是林满江得的是骨癌，要常年注射杜冷丁。有时候神情太憔悴了，还要化妆。林满江四年来上交的体检报告，都是内部关系人帮他造的假，其中，有两年是皮丹一手安排的。皮丹并没觉得这有什么错，反而挺感动的，认为林满江有一种铁人精神、拼搏精神，就像当年把自己奖金拿来买彩电分给大家一样，光荣而伟大。

齐本安嘴上没说，心里却想：林满江这是精心欺骗中央啊！中央如果真把他派到汉东省做了省长，他能对中央、对八千万汉东人民负责任吗？林满江太可怕了，为了自己个人意气，罔顾党纪国法……

程端阳全听明白了，沉默了好半天，抹着泪说：本安，你说这叫什么事啊？红杏自杀了，满江又这样，我后悔死了，当初真不该让你们仨这么上进！你们仨都老实学门技术谋生活，今天这一切就不会发生。

齐本安叹息说：师傅，也不想想，这怎么可能呢？时代潮流浩浩荡荡，一个东方大国在巨变中崛起，九百六十万平方公里土地上哪里还有一个平静的角落啊！要我看，关键还在于我们每个人怎么选择。

程端阳真不简单，曾经那么爱护自己大徒弟，就怕这位大徒弟出事，现在真出事了，老人不管心里有多疼痛，还是守住了底线。谈话结束后，陪同皮丹到检察院去自首，齐本安也郁郁不安地离去了。

初冬还暖，有一种小阳春的感觉。虽然黄昏已近，阳光仍如此明媚，沁人心脾。阳光在这个寒冷季节里显得格外珍贵。棚户区化了雪的路面一片泥泞，齐本安一边走一边沉思，脚底发出叽咕叽咕的声响。

林满江的政治生命即将结束，肉体生命也快完结了。一贯强势的大师兄竟然是个癌症患者，这简直让他目瞪口呆。这样的结局令人感叹。一个人得骨癌四年，靠杜冷丁抑制剧痛，竟然还这么贪腐，还要往更高的官位上爬！这得多么强的意志力、多么巨大的野心支撑才做得到啊！齐本安不得不承认，大师兄林满江总是令人吃惊。只有你想不到的，就没有他做不到的——他能做到极致！然而，这有意义吗？

现在，齐本安终于弄清了大师兄贪腐的完整拼图——他通过傅长明，打造了一个资本帝国。认识和选择傅长明是第一步棋——皮丹说得没错，傅长明出手大方，为人仗义，还特别讲信誉。据说这个奸商和钱荣成、黄清源一起倒卖煤炭，赚的钱全都用来行贿了。其中很可能就有一个叫林满江的受贿者。林满江主持上海中福时，让傅长明的房产公司拿下一块黄金地段的宝地，并为傅长明担保贷款，建成一座商务大厦。上海中福把这座大厦长期租赁作为总部，丰厚的租金抵贷款及利息绰绰有余。长明集团的房地产业也由此在全国各地开花。中福集团成了傅长明的跳板和起飞跑道，让他成就了一个个资本奇迹。

关键的一仗是进军保险业。长明保险最早的控股股东是京州中福，傅长明最早的出资也是从石红杏手上借了京州中福的资金，再抵押股权完成的。后来京丰、京盛矿的高价转让，就是为了长明保险的大增资。林满江以加强煤炭主业为借口，让出第一大股东的位置。表面上看，一切无懈可击：京丰、京盛矿两次转让都是中福集团战略委员会的决策，程序合法。傅长明空手套白狼，也没违规违法，双方愿打愿挨。长明保险现在是赢了，如果输了呢？傅长明股权不要了，没有损失啥，所有损失都是中福的！齐本安还了解到一个情况，保监会的一位领导是林满江党校同学。正是在这位领导支持下，长明保险开始了疯狂的扩张之路。傅长明一路绿灯，夺营拔寨，驰骋天下，引起资本市场阵阵惊呼，齐本安甚至怀疑：林满江和傅长明联袂演出了一场漂亮的双簧戏。进入世界五百强的长明集团，也许就是他们共同的私有财产！

然而，齐本安被一个问题困扰：林满江这么做究竟为什么？想当省长，想超过前辈朱昌平尚可理解；如此煞费心机，冒险敛财，又是为了什么呢？尤其是最近几年，他一个骨癌晚期的病人啊，还能在这个世界上挥霍多少金钱呢？这生命的动力难道只源于原始本能吗？

小巷背阴的雪积得很厚，尚未融化，一踩一个脚印。齐本安鞋底踩在积雪上发出吱吱的声响。不远处就是他的协迁办公室，院中一棵老槐树落光了树叶，枯枝嶙峋，老皮皲裂。高小朋和任三喜正站在门前和一个陌生年轻人说话。走到近前，高小朋向他介绍说，这年轻人叫林小伟，是他的小学同学，从美国留学回来，正在棚户区搞社会调查。

林小伟？这不是林满江的孩子吗？这孩子眼睛特别明亮，一对眸子射出暖人的光彩，招人怜爱。眼前这小伙子像谁呢？这么眼熟，他好像在哪里见过？蓦地，他想起来了！在筹备中福公司八十周年大庆时，他常与历史照片打交道，朱昌平的形象深深地印在他的脑海。这位早期上海福记的创始人，也长着这样一双热情的眼睛！虽然年代久远，齐本安盯着照片看时，仍会感到内心暖意融融。林小伟的眼睛不像林满江——林满江眸子里透露出的冷硬，是一般人所没有的。林小伟像他的太外公朱昌平，遗传基因总是让人意想不到地发挥着奇特作用。

齐本安找到了答案：林满江打造的资本帝国，是想传给自己的儿子！那么，林小伟又会如何对待父亲传给他的财产呢？他真想和林小伟好好谈谈：关于财产，关于人生，关于历史和现实。他想和他并肩漫步，在棚户区狭窄的街巷里找寻过去的故事：在这片凋敝的破旧老房子里，曾经有一个师傅，带着三个徒弟，共同度过了一段漫长的岁月。他们一起学技术，学做人，一步一步走向不同的人生。现在，他们因为信仰和财富分道扬镳了，这里面有多少不可言说的疼痛啊！

352

然而，当他把手向这个晚辈伸出去时，林小伟却淡然一笑，转身离去了，甚至没叫他一声"齐叔叔"。这不禁让齐本安一阵怅惘⋯⋯

六十八

死亡的阴影悄无声息而又不可阻挡地压了过来。香港私立医院的权威专家向林满江宣布了最后的生存时间——现代医学竭尽所能，也只能维持他三个月的生命了。这真是悲哀。从香港看病回来，林满江坐在"长明号"飞机上，靠着宽大松软的沙发打了一个盹儿，梦见儿子林小伟前来告别。儿子似乎要去一个遥远的地方，也许是非洲。他忽然有了一种生离死别的感觉，悲从中来，伸手去抓儿子的胳膊，却抓了个空，儿子的面容渐渐隐去⋯⋯

从梦中醒来，林满江额上和脸上布满了一层细密的汗珠。

坐在对面的傅长明为林满江斟了一杯浓茶，让他提提神，心情复杂地告诉他一个消息：刚才机长接到通知，北京空中管制，飞机要在京州机场备降。林满江愕然一惊：怎么备降京州呢？出什么事了？就近降落也不应该在京州啊，因为空中管制备降，过去不都是天津吗？

傅长明也明显紧张了：哥，要不，咱⋯⋯咱们返回香港吧？

林满江想了想，苦笑道：回得去吗？是福不是祸，是祸躲不过！

傅长明力图缓解气氛：那会不会是福呢？你的省长调令下来了？

林满江连连摇头：长明，你可真敢想！沉默片刻，又叹息说：荣成集团资不抵债，钱荣成以命相抵了！我只怕也要以命相抵了！四年病魔缠身，我还拼争不止，我尽心尽力了，可终是不昧因果啊！

傅长明眼圈红了：哥，你可别这么想，你生命顽强，你是神！

林满江缓缓摇头：长明，世间没有神，我也不是神！今生今世把我当神的有两个人，一个是石红杏，一个就是你了。共产主义我是不信的，但我信唯物主义。我身患绝症，来日无多，你不能莽撞啊！

傅长明恭顺地点着头：是的，哥，我知道！您拼将自己一生，用尽生命蛮荒之力，助我创建了长明集团，我不敢乱来的……

林满江道：长明，那我问你，钱荣成当真是自杀吗？说实话！

傅长明说：应该是吧？绝望了嘛，不过也难说。我把钱荣成狗急跳墙，举报朋友的警报发了出去，所以，不排除钱荣成被哪个受过他重贿的猛人做掉！但是，哥，请你放心，这个猛人绝对不是我。我知道轻重，我想弄死他，就不会掏出八千万救他儿子了，你说是吧？

林满江不置可否：但是，在京丰、京盛矿的交易上，你又做手脚了吧？四十五亿分十年付清，让京州能源和牛俊杰他们又叫了起来！

傅长明赔着笑脸：哥，可我没违反你的指令，总价是四十五亿嘛！

你……你这个傅长明啊，就……就是个奸商！这话有气无力地刚说完，林满江突然感到一阵眩晕，身子一歪，软软地倒向沙发一侧。

傅长明慌忙扑过去，小心地扶住林满江：哥，你……你怎么了？

林满江努力支撑着，坐正了，喝了口茶水：没……没事，长明啊，时间不多了，咱们抓紧，继续说！还有，你是不是盯上齐本安了？

傅长明怯怯地看了林满江一眼，没敢作声。

林满江明确警告：不要乱来啊，你是信佛的人，手上不能沾血！

傅长明道：哥，你放心，我交代过的，对齐本安掌握分寸，一般不会要他的命！实话说，齐本安不太好对付，我让人安在他办公室的针孔探头，没派上用场就让他找出来，他报警后，公安部门插手了。

林满江气喘吁吁地说：所以，要小心啊，你要保住咱们的资本帝国啊！对齐本安就住手吧，事已至此，就不要再搞任何动作了，危险！

傅长明讷讷道：好，好吧！可齐本安太可恨了！不仁不义……

林满江又问：在开曼群岛注册时，那十亿股份不在我这边吧？

傅长明说：哦，不在。本来在小伟名下，是你让转到我名下的！

林满江很欣慰：那就好。在你名下好，他们就找不到碴了！

傅长明说：哥，你就放心吧！二〇〇一年开曼政府就颁布了法规，公司主要负责人、股东、受益人和授权人的所有资料，都受《保密关系维护法》管辖。披露该信息或试图获取该信息都触犯开曼刑律。哥，我向您发誓，属于小伟的财产，我傅某和傅家后人一分都不会贪！

林满江两眼蒙泪，把头靠在沙发背上，感慨地说：长明啊，今生今世，我最信任的是你，最不放心的是小伟！现在有了你，我也不替小伟担心了，我相信你！正是因为你为人诚信，我们此生才走到一起来了，才在这个了不起的时代共同创造了这么一个伟大的资本奇迹！

傅长明说：哥，这奇迹是你创造的，你总是先人一步！不是你给我筹资，让我在上海买地盖楼，哪有今天遍及北上广深的房地产？也是你让我从保险入手，安排资金让我创建了长明保险公司，否则我一个倒卖煤炭的个体户哪有今天？我不是钱荣成，就是黄清源啊……

林满江自顾自地说着，声音虚弱：小伟不听话呀，非要到非洲当义工，还迷上了李达康和京州棚户区的那一摊子烂事，不省心啊……

傅长明劝慰说：不急的，现在小伟年轻，过几年他就会醒悟了。

林满江泪水长流，一滴滴落下，打湿了衣襟。他紧紧地握住傅长明的手，就像在风高浪急的大海上抓住了救命的船板：长明，我……我的好兄弟，哥从今以后，就把我家小伟托……托付给你了，啊？

傅长明眼中噙泪，也紧紧握住他的手：哥，我会把小伟当儿子！

林满江说：还有，我是要死的人了，审查时瞒不了的事都推给我！

傅长明抹了把泪：那哪能啊，哥，我好汉做事好汉当……

林满江睁大泪眼：愚蠢！在法律面前充什么好汉啊？我这几年在香港治病花掉的六千多万，你就说是我逼你长明集团出的！估计你会以单位行贿罪什么的，进去判个十年八年吧，绝不会超过十年的！

傅长明说：真这样，我出来后就去找小伟，不管他那时在哪里！

这时，京州机场已经出现在舷窗下了。"长明号"飞机从空中呼啸降落，在跑道上滑行。透过舷窗，林满江看见，公务机停机坪停着几辆警车和一辆救护车，车旁站着医务人员和许多便衣人员。飞机在指定机位停稳，机舱门打开，林满江最后握了握傅长明的手，率先走下舷梯。尽管内心恐慌，但他还是从容地微笑着。就在这时，林满江在便衣人群里看到了张继英和齐本安。他挥手向两位熟人招了招手。两名熟人没向他招手，只冲着他点了点头，是的，他们没给他最后的尊重。

几名年轻而陌生的便衣迎到舷梯下，在他一只脚踏上这块土地的片刻，即将他挟持控制住了，一切都在预料之中。其实，这时他已经挺不住了，两个架着他的年轻有力的手臂，成了他生命的支撑。他将生命的全部重量压在挟持者的手臂上，绵软的双脚不知不觉离了地。这时，一阵痛彻心扉的眩晕袭来，他不行了，这次是真的不行了。生命在坍塌，哗哗作响，骨架碎裂，血肉迸飞。他眼前的人影一个个模糊起来，齐本安和张继英好像陪着一个官员走过来了？那位官员好像在说什么？是宣布"双规"吗？不知道，听不清。眼前一黑，他的世界消失了。失去知觉前，他想起了一句话：权力是最好的春药。他怀着对权力的极度渴望，撑起了这口气，居然能撑这么久，也算是奇迹了。

六十九

齐本安独自站在病房窗前，不时地看一眼窗外，心情忧郁。病床上，林满江在昏睡中。大师兄闭着眼睛，眼窝深陷，两腮只剩一张蜡黄的脸皮，紧紧贴着颧骨。昨天一直在下雪，京州飞北京的飞机差点儿停飞。现在雪停了，太阳钻出了云层，染得积雪泛出胭脂红色。不远处有一个不知名的小湖，湖面已经结了冰，一些孩子在冰面上嬉戏。

林满江病入膏肓，被中央"双规"后住进了北京的医院，直接在重症急救室抢救。张继英代表专案组出面，专程把齐本安请来做林满江工作。道是林满江随时有生命危险，所以什么都不愿说，组织上希望他和林满江谈谈，看能不能谈出一些情况。齐本安表示，他谈不出啥，还可能适得其反——林满江现在最恨的人就是他。张继英坚持让他谈，说是谈不出啥也比啥都不谈强，只要林满江开口说话就成。立案审查都十天了，林满江竟然没说过几句话。张继英打了几次电话说服齐本安，齐本安才从京州过来了，走进病房，坐到了林满江的病床前——毕竟是自己大师兄，在世不多的日子里，他也愿意陪一陪他。

林满江对他非常抵触，一直闭着眼睛不瞅他，视他为无物。齐本安静静地凝视着病床上这张熟悉而陌生的脸，一坐就是几个小时。那张脸已经憔悴不堪了，面孔泛出黄中带灰的颜色，让他看着心痛。他耐心地等待着，他坚信，林满江不管对他有多仇恨，最终会和他复盘进行一场人生的长谈。他们的人生是那么极端，就像地球的南北极。

林满江的眼睛又一次睁开了。齐本安再次开口：大师兄，我知道你最不愿见的人是我，但张继英希望我和你谈谈，我也想来陪陪你！

林满江终于说话了，声音很虚弱：没大师兄了，只有林满江！

齐本安仍坚持称"大师兄"：大师兄，我们劝你别对抗组织审查了！

林满江说：齐本安，我不用你来劝。你夙愿已偿，我们今生已无相欠，只愿来生不再相见！你是勇士啊，拉响了炸药包，炸死了石红杏，炸翻了林满江和皮丹，炸晕了程端阳，你大义灭亲，令人敬佩！

齐本安激动起来：大师兄，怎么是我炸死了石红杏，炸晕了程端阳呢？是你，是你逼死了红杏，带坏了皮丹，伤了师傅的心啊……

林满江也激动了，主动坐起来，精神一时间得到了奇迹般恢复——此前那个威严的董事长、党组书记又回来了：齐本安，你上任时我就和你说过，我们不是生活在真空中！这个世界很复杂，在中福集团我是一把手，要审时度势，我说不查的事可以不查！你倒好，不管不顾，把炸药包拉响了，逼着我非查不可，这才造成了一场大悲剧……

齐本安道：看看，权力没有监督是多么可怕！大师兄，你说不查就不查了，遇到我这么一个认真的，炸药包就爆炸了！这个炸药包可不小啊，靳支援等一大批高管在下属单位拿钱，甚至伸手要钱，你知道情况有多严重吗？涉及了上百干部，几亿资金，许多单位烂掉了！

林满江说：齐本安，你知道靳支援他们创造了多少利润吗？远的不说，就说最近这五年吧，中福集团创造的利润高达一千二百多亿！

齐本安苦笑道：创造了利润，就该伸手去拿不该拿的钱了吗？大师兄，你是了解我的，我真想不明白，当初你为啥要派我去京州呢？

林满江承认，他也后悔。不是张继英和朱道奇先后力荐，他不会想到用齐本安。上海中福的教训让他记忆犹新，然而——林满江感慨地说：你也太会装了，中福八十周年大庆的筹备，你兢兢业业，还想着给我做了一个精美的大相册，我以为你已经转变了。没想到你是韬光养晦啊，就像一只猫把爪子缩在绒毛里藏起来，等着一个出击的机会。

齐本安动容地说：不是！大师兄，我从来就没改变过，更没想过要对你出击。我本还以为你改变了！这七年我在集团总部搞文宣，亲眼看到你日日夜夜呕心沥血辛勤工作，我没想到你同时也在利用自己的聪明才智下一盘私家大棋！大师兄，你让我惊异，也让我痛心……

林满江冷冷一笑：你还痛心？齐本安，别用这种胜利者的口气和我讲话！别忘了，我是你大师兄，你这一辈子都是我的跟屁虫！你厉害啊，动机高尚啊，你手握正义，所有亲人朋友都可以随意牺牲掉！

齐本安一时无语。大师兄就是大师兄，一番诛心之言把他引向了道德困境。没错，从少年时代他就追随他，没书读，听他讲故事，讲武松传，杀人者，武松也；讲梁山好汉，板斧抡开，杀人无算。后来他就想：怎么就没人站在倒在武松、李逵这帮侠义好汉刀斧下无辜者的立场上想想呢?! 传统的侠义文化有其可疑的一面，侠义不是真理。

这么想着，齐本安艰难地开了口：是的，大师兄，也许我缺少一点侠义，客观上对不起你，但是大师兄，党纪国法摆在那里，我必须遵守！传统的侠义文化和梁山忠义堂的规则对我没有约束力！我们曾经争论过信仰是什么。信仰就是确立一个伟大的奋斗目标，用整个灵魂和身心去追求伟大，不能让平庸和贪婪把我们推向琐碎和渺小！

所以，你就是个教条主义者！我再强调一下，齐本安，我们处在一个复杂的社会时期，这个时期此前没有过！一方面，我们背负着几千年的文化和文明传统，一方面，面对着不可预测和预知的未来⋯⋯

不，不是不可预知！大师兄，我们面对的是一个民族千古未有的伟大变局，一个美好而充满希望的未来！我们是这个历史大变局的参与者，我们今天的所作所为，不但肩负着我们祖先的期待，还要经得起后人的检验！所以，大师兄，请恕我直言：每当像你这样的功利主义的腐败无害论者出现在我面前的时候，我总是保持着充分的警觉。说实话，让我到京州当一把手，我很激动，毕竟是我生平第一次做一把手！我真的想尽量避免和你发生冲突，可正常的交接不能不做，钱荣成找上门后，我也无法回避。你已经把事情做下了，蛛丝马迹迟早要暴露。石红杏的笔记清晰地记载着你一言一行，我看她潜意识也在觉醒了。若要人不知，除非己莫为。还是那句话：你为什么要选择这条道路呢？为什么要和傅长明勾结在一起，出卖国家和人民的利益呢？

林满江闭上了眼睛，不肯继续对话了——齐本安注意到，他眼皮在微微颤动。于是，继续说：大师兄，我知道你身体很不好，有些吃不消，你不说我说，你闭着眼听吧。林满江像具木乃伊，毫无反应。

齐本安自顾自说：咱们再说说红杏吧！红杏迷恋你，这一迷就是一生！我和师傅唤不醒她，推不醒她，甚至打不醒她！可你又是怎么对她的呢？你对不起红杏啊！红杏自杀就是因为看穿了你，石红杏到死才发现，她这辈子亏了牛俊杰，如果有来生，还要到牛家做媳妇！

林满江木然听着，脸上毫无表情，但眼中隐隐现出了泪光。

大师兄，我知道，对石红杏留下的一百七十八本笔记，你耿耿于怀，忐忑不安。你让陆建设去要，让皮丹去乞讨，你猜对了，红杏的笔记本里记下了你大量违法违纪的事实。我认真看了一下：她从早期对你盲目崇拜，到后期对事实的冷静记录，已经在不自知的情况下，完成了从一个狂热少女到现代企业干部的成长过程。这个炸药包我不去拉，红杏也会在某一天主动拉响，你信吗？大师兄，人在做天在看啊……

这时，林满江睁开了眼：别说了，本安，过去的都回不来了，我对不起红杏，红杏自杀后，我背着人痛哭过好几次。不过，有句话我还是要说，其实这不是我的话，是恩格斯的话——恶是推动历史发展的原动力，人类的贪欲和贪婪实际上一直在有力地推动社会的发展!

齐本安说：但是，我们是否还懂得爱？是否还有对自己同类，对这个世界的真正的悲悯情怀？对财富的疯狂掠取和对权力的无限追逐，以及由此产生的焦灼和痛苦，真的是我们所需要的吗？大师兄？

林满江道：这都不是我们要考虑的事，我们这一代人注定是开拓者，不管承认不承认，我们事实上遵守的是丛林法则。就像当年美国西部的牛仔们，没有他们的血腥掠夺，他们的后代又何以坐而论道？

齐本安说：所以，大师兄，你把坐而论道的机会留给了林小伟？

林满江一怔：别……别提林小伟！我……我的事和林小伟无关！

齐本安知道自己犯忌了：儿子是林满江内心最柔软的地方……

过了好半天，林满江才说：我们今天的奋斗就是为了让下一代不再囿于物质生活的困扰，能有些时间去思考你所说的灵魂问题嘛！

齐本安点了点头：这话有些道理！但林小伟的困惑可能在于不知道为什么而活吧？他有什么要去奋斗的？你就不怕密不透风的爱杀死孩子的渴望，让他失去人生的激情吗？大师兄，我是为小伟着想！

林满江眼中难得有了温暖：也是！两年前，小伟就闹着要去非洲做义工，我喝止了他，忽略了孩子内心的声音！所以，这次他非要跟着李达康去搞棚户区拆迁，我虽然内心里很不情愿，但也不去阻拦了。

齐本安道：大师兄，既然你愿意听，我就多说几句：你该和组织交交心了！你可以恨我，但不该恨组织。组织上没有对不起你的地方。

林满江又沉默了，脑袋偏向一旁，空洞的眼睛看着窗外雪景发呆。

齐本安说：是你愧对组织的培养和期望啊，你让组织无地自容。

林满江把目光从窗外收回，一声沉重的叹息后，终于低下了高贵的头：本安，去传个话吧，明天我……我向组织汇报检……检讨！

齐本安问：为什么是明天？今天不行吗？中纪委的同志在等着！

林满江说：明天是我入党的日子，四十年前在京州矿山机械厂！

齐本安一下子想了起来：对了，你入党介绍人是咱师傅程端阳！

林满江点了点头，苦涩地讷讷道：是啊，是啊，师傅……

齐本安轻声问：你……你还有什么话要带给师傅吗？

林满江摇了摇头：没啥要说的了，我不是师傅的骄傲了。停顿了一下，又说：谁说的呢？忘记了。但是很有道理：我们曾如此渴望命运的波澜，最后才发现，人生最美好的风景竟是内心的淡定和从容……

齐本安追问道：大师兄，你现在内心真的淡定从容了吗？

林满江苦笑说：本安啊本安，你现在还不相信我的感悟吗？

齐本安和林满江对视片刻，终于说：大师兄，我……我信了！

林满江又说：本安，咱们纠缠了一辈子，现在我承认：你赢了！

齐本安一怔，眼圈突然红了：我赢了？我赢了吗？你……你说我赢了啥呀？我……我的大师兄、小师妹都……都没了，全都没了！

伴着一声沉重的叹息，齐本安嘴角一阵抽搐，泪水缓缓落下……

七十

十二天之后，林满江在审查期间因病去世，审查终止。十亿交易费事出有因，查无实据，仍为悬案。嗣后，傅长明以单位行贿罪、非法经营罪，被判处有期徒刑十年，并处罚金人民币一百二十亿元。

林满江的倒台，引发了中福集团的一场反贪风暴。靳支援等六高管涉嫌腐败被立案审查，各地区公司和分公司十八名局级干部和上百名涉嫌者受到追查。风暴发源地京州中福更是风声鹤唳，传言四起。

陆建设成了焦点人物。干部群众纷纷质问：像他这种人是怎么上来的？他是共产党的党委书记，还是林满江林家铺子的家丁？集团巡视组抵达京州当晚，就有几拨群众冒着风雪严寒到宾馆巡视组驻地反映情况，劝都劝不回去，搞得巡视组全员连夜接待。陆建设也是忙昏了头，林满江亲切接见陆建设同志的大幅相片仍公然挂在他办公室。

这张照片是吴斯泰当初帮他选的。他做了正式的党委书记，就想起了挂在石红杏办公室墙上的林满江的油画像，要吴斯泰画一张更大的挂上，以显示自己比石红杏更加忠于林满江。吴斯泰赔着万分的小心提醒说：齐本安反对挂林董的像，连石红杏那儿都不敢挂了。陆建设一声冷笑：他不反对我还不挂呢！吴斯泰甚是滑头，既不愿得罪齐本安，也不愿得罪他，就建议挂上一张林满江接见的大相片。陆建设觉得也好，这显得有创意，不雷同。相片是林满江考察京州中福时照的——和他及石红杏等人谈话，吴斯泰把石红杏等人全给P掉了。石红杏见了相片，还讥讽过他。齐本安从没进过他办公室，不知道这事。

现在，林满江倒台了，巡视组过来了，要肃清林满江流毒了，让流毒赫然待在他的办公室，还亲切接见，就显得不合时宜了。陆建设发现这一问题，立即处理，叫来吴斯泰，让吴斯泰赶快把林满江的大相片取下来，以免造成消极影响。吴斯泰变了副模样，不再服从他的领导，自称很忙，没空帮他解决这种等闲小事。陆建设心里很气，却也不敢发作，只道：再忙也得有个轻重缓急吧？不了解情况的人还以为我也和林满江一样腐败了呢！吴斯泰冷笑不止：你腐败没腐败我不知道，但林满江的像是你让我挂上去的！你还要挂他巨幅画像呢！

陆建设急了：哎，吴斯泰，你别信口雌黄！哪来的巨幅画像？你少夸张！我和林满江做过坚决斗争！林家铺子是我最早叫出来的。吴斯泰脸上的冷笑顷刻化作冰霜：你还斗争？京州中福干部群众谁不知道你是林满江的人？

好，算你狠，你给我找个梯子来总可以吧？

梯子你自己找去，杂物间有！

什么叫世态炎凉，陆建设终于知道了。

这日，陆建设自己到杂物间找到梯子，自己把梯子扛到办公室，自己爬上梯子，把林流毒从墙上请了下来。请下来后，陆建设痛心不已，盯着流毒凝神看，流毒先生模样依旧，笑容生动而傲慢，陆建设一时间泪流满面。这叫什么事？突然间，林满江就倒台了，就从中福集团董事长、党组书记变成必须肃清的一个流毒了，他的政治资源一下子就变成负资产了，这太惊心动魄了！陆建设锁上门，强忍着悲哀，把大相片点火烧了。不料，相片燃烧又引发了烟雾报警，整个办公大楼警铃大作。吴斯泰等一帮家伙提着灭火器过来了。巡视组的人因此怀疑他销毁犯罪的罪证，当即将他请到驻地宾馆去说清楚……

从巡视组说清楚回家，已经十点多了。夜空黑暗无际，星月全无。恶劣天气在肆虐，寒风呼啸，天冷得让人想哭。按说，他有专车待遇，在没被撤职之前，专车司机应该送他回家。但专车司机小赵和吴斯泰一样势利可恶，没来接他。他打电话过去，让小赵出车，小赵竟说上床睡觉了，来不了。陆建设只好迎着寒风，深一脚浅一脚地踩着厚厚的积雪徒步回家，一路上竟然摔了两三个跟头，差点儿没把腿摔骨折。

还是老婆好啊，不势利，不欺心。见他深夜不归，焦虑不安，一直守在客厅等他，桌上的饭菜早凉透了，也没先吃一口。陆建设一进门，见到如此温暖的景象，心里一酸，不禁搂住老婆痛哭流涕。

老婆安慰他说：就当做了一回梦吧，和皮丹比，咱算强的，毕竟没到牢里吃牢饭。皮丹都被他六亲不认的劳模老娘送去吃牢饭了。陆建设说：这怎么好比？皮丹收了傅长明一幢别墅，我收了啥？就收了刘科长两瓶酒、两条烟，科升处十万起步，他太小气！老婆忙道：别说了，幸亏咱没收他十万，真收了，你现在也在北山喝汤了！你就感谢反腐倡廉吧！

陆建设想想也是，反腐倡廉还真是把他救了呢！中央铁腕反腐，壮士断臂，吓得人家都不敢送，他就清廉了，幸运幸运！

既然他是清廉干部，那么，他怕什么呢？林家铺子是他最早叫响的，他和林满江及其党羽石红杏等人做过坚决的斗争——包括齐本安，林满江的小师弟啊，也是林满江的党羽啊！于是，陆建设理直气壮地继续找齐本安研究工作，还督促齐本安向张继英和纪检组说清楚。齐本安坏啊，就借着配合调查的机会勾结张继英做他的文章，竟然指责他违反中央八项规定精神，拉帮结派，失职渎职等等。张继英上报集团新党组，拟将他撤职开除党籍，以国企普通员工的身份提前退休。

这算怎么回事？世上还有公道吗？陆建设从林满江的同情者——组织人事部刘部长那儿第一时间得到这个消息，立即进京上访！他冲进张继英办公室，实名举报腐败分子牛俊杰，斥责张继英和纪检组伙同林满江长期包庇牛俊杰，在办公室大闹了一场。接着，又找到集团新领导办公室，害得新领导从后门躲了。党组会上新领导就息事宁人了，让他以原副局的待遇提前退休。陆建设这才暂消了心中的怨气。

就在他办退休时，皮丹一头白发从公安看守所出来了。事实证明，反腐倡廉救了他陆建设，皮丹的劳模老娘程端阳也救了皮丹。皮丹自首后主动交出受贿别墅，积极举报他人，有重大立功表现，被判刑三年，缓刑五年。只可惜，他们俩壮志未酬，掌权的好时光梦一般过去了。当年袁世凯做了八十三天皇帝梦，他和皮丹闹摩擦，搞阴谋，且折腾，万般努力啊，却只做了二十七天的掌权梦，悲剧，实在悲剧！

现在，陆建设开始考虑一个新问题：既然他能以副局退休，为何就不能以正局退休呢？偏在这时，刘部长又透露了：新领导不是齐本安的政治资源，京州中福班子的矛盾是工作争执。说严重点，也不过是个人之间的纠纷。刘部长认为，他这个正局级是经过集团党组集体研究，民主决策，才任命的，不是林满江的个人行为。无故降级不符合党的干部任用规定。刘部长暗中鼓励陆建设继续找新领导解决。老婆则坚决反对继续找，让陆建设见好就收，别再弄得偷鸡不成蚀把米。

找不找呢？一时拿不准。活着，还是死去，是哈姆雷特先生的问题。找还是不找，这是前京州中福党委书记陆建设同志的问题……

七十一

当齐本安接到调令走进中福集团大厅时,已经是春节后了。漫天飞雪渲染出一片银白世界,室外异常寒冷,屋里却热得让人穿不住毛线衣,这就是北京,这就是集团总部。齐本安又回到总部了,总部景状依旧,物是人非。风暴尚未过去,自上而下的整顿,让许多人和事脱离了原有的轨道。林满江时代过去了,曾经的林家铺子灰飞烟灭,他这位林家铺子的叛逆者,也被集团新班子从京州中福调回来了。实话说,他很不情愿回来,想继续留在京州中福一展身手。他在京州中福仅仅待了四个多月啊,连五个月都不到,除了一场反腐遭遇战,他啥事都没能干成,就这样灰溜溜地走了,简直是个笑话,他于心不甘。

范家慧也不赞同他重回北京。范家慧认为,这个时候回北京非常糟糕,现在高管层肯定恨死他了,他触动的不仅仅是一个林满江,或者靳支援,而是一个盘根错节的利益集团!这个集团盘根错节的程度让齐本安有些想不到:京州市长吴雄飞竟然也被牵扯了,他竟然收受了傅长明十万股长明保险股票,被撤职移送法办。这个利益集团的势力不可能因为面前的这一场反腐败的遭遇战就被肃清,他明里暗里面对的敌手不知会有多少,未来的路上布满荆棘。完蛋专家想到危险的前程,又满嘴完蛋完蛋,气得齐本安临走也没给专家老婆一个好脸色。

齐本安的新职务是集团纪检组副组长,享受正局级待遇,算是平调。和他进行任职谈话的不是新来的集团董事长、党组书记，而是张继英。张继英还是党组副书记、纪检组长，代表党组和他谈话也属正常。

张继英说，新领导忙得不可开交，本想和他谈谈，哪怕先见一下呢，可实在抱歉，新领导一上班，就被国资委领导一个电话叫去了。

齐本安表示理解，新领导日理万机，以后有空总会见的。他在张继英对面的沙发上坐下，说起了林满江：张书记，林满江又回京州了。

张继英不太明白：林满江又回京州了？怎么个事啊？

齐本安情绪低落地说了起来，最后一次见林满江时，林满江向他提了一个要求，把骨灰安放在京州矿工陵园，陪伴他父亲林强柱和母亲朱多鱼。他和林小伟，还有林小伟的女朋友李佳佳，就把这事办了。

张继英随口问了一句：安放骨灰时，他亲家李达康去了没有？

齐本安摇了摇头：没有，李佳佳说了，她家达康书记爱惜羽毛。

张继英一声叹息：可以理解，况且，李达康也刚刚受了处分。不过，林满江的儿子林小伟倒是让我刮目相看！上周我和他谈话，他表了个态：林满江贪来的钱财如果有一天找到了，他一分都不会要的！

齐本安想，林满江真是个悲剧！在矿工陵园，看着密密麻麻的墓碑犹如一支庞大的人形队伍，走向无际虚无，让他把啥都想开了，人最终的归宿与权力和财富都无关，林满江这辈子怎么就是没悟透呢？

张继英说：林满江机关算尽，但漏算了一步：他寄予厚望的儿子林小伟选择了做朱昌平！哦，本安，不说这些了，说你的新工作吧！

齐本安只得面对现实，进行最后的抗争：张书记，我真不想回总部做纪检工作。我从来就不是党务纪检干部，一直从事业务工作！对京州中福我做了四个月深入调研，一盘改革大棋已经在我心中了……

张继英打断他的话头说：行了，本安，你现在不是京州中福董事长了，是集团纪检组副组长，事实证明，你是干党务和纪检的一把好手嘛！

齐本安苦笑不已：还一把好手？张书记，没听人家骂我啊？！白眼狼，忘恩负义，逼死了师妹，害死了师兄，林满江就不该用他！

张继英说：风言风语我也听到过，但怎么办呢？本安，你在这场反腐遭遇战中碰到的道德困境，也是我们纪检监察干部经常要面对的。亲朋好友，老师故旧，触犯了党纪国法，就要对他们相爱相杀。这是撕心裂肺的，这种内心的疼痛难与人言，可我们又不能不忍受。

齐本安一声叹息：是的，道理我都懂，可真落到自己身上，还是觉得难。林满江深谙国情和圈子文化，很会笼络人心，深得咱们中福集团那些高管的拥护和支持！我和林满江一遭遇就激起了众怒啊……

张继英坐近了一些，掏心掏肺地说：但是本安啊，我们都是共产党人，共产党人就是要有忧患意识。要忧党、忧国、忧民，这是一种责任，更是一种担当，是我们各级领导干部必须扛起的政治责任啊！

齐本安心里仍别扭着，情绪低沉。当初派他去京州中福，张继英提醒过，让他到老同志朱道奇那里告个别，他老实听话去了，以为拿到了底牌，身后有了靠山，现在却感到不得要领：朱道奇毕竟是林满江的亲舅舅，尽管他们甥舅间老死不相往来，但是朱道奇希望他这个外人从自己红色家族里挖出一个腐败分子吗？就像林小伟，完全不认同其父的作为，但也绝对不会和他这个忧国忧民的党员干部握手的。

也许朱道奇提名建议他到京州中福，仅是为了安置个家族瞭望哨吧？在京州中福发现了什么情况，及时向老人家汇报。然而，他却一次也没去汇报，就直接和林满江交上火了。所以朱道奇老人说到京州来，也一次没来，甚至没和他打过一个电话。据张继英说，林满江出事以后，朱道奇在老同志民主生活会上痛心疾首，热泪盈眶，大骂林满江是他们这个革命家族的叛徒。赞扬齐本安有原则、有底线，值得大家学习。然而，值得大家学习的同志想继续留在京州中福却不可能——齐本安向老同志求过援，想留在京州中福好好干一番事业。老同志却再也不愿对新领导张口了，尽管老同志是新领导的入党介绍人。

还有牛俊杰。为京州中福这场反腐遭遇战出力不小，几乎是他唯一的过命战友，结果却令齐本安目瞪口呆。集团新班子非但没有表扬肯定牛俊杰，反而因为请债权人吃喝的旧账，给了牛俊杰一个警告处分。牛俊杰一气之下，干脆辞职。这回没人再挽留牛俊杰了。京州中福新班子的党委书记来自上海，董事长来自深圳，总经理来自加拿大合资公司，谁也不需要他这么条从矿井下钻出来的犟牛了。齐本安打电话找张继英，为牛俊杰据理力争，反倒被张继英一通批评。张继英说：反腐倡廉没有特区，也没有什么特殊人物，不管谁违纪违规都要给予处理，我们不处理，人家就不服气，就会无休止地告状纠缠。听张继英一说才知道，这头倒霉的老牛又被陆建设拉出来四处遛了……

谈话继续进行。张继英仍在说，表情真挚诚恳又不无凝重，从责任担当，说到了眼下尚未完结的案子——靳支援赖在非洲不回来，而且已经失踪，要成立追逃小组，拟让齐本安到位后即参加追逃工作……

落地窗外的天气出奇地好，难得见到这样的晴空。雪白的云朵映衬着湛蓝高远的晴空，晴空中没有一丝污染，就像被上帝之手刚刚清洗过。齐本安却听得了神，在苍穹白云之间又真切地看到了大师兄林满江、小师妹石红杏、师傅程端阳以及自己昔日的面容和人生场景。

有些人生场景是永难忘怀的！比如，第一次去见师傅。那是个秋风萧瑟、落叶满地的夜晚。京隆矿工会老主席把他和林满江、石红杏三个半大孩子带到了矿工新村程端阳家。老主席拿出一沓包在条格手绢里的十元一张的钞票共三百元，递到程端阳手上，哽咽着对程端阳说：程师傅，党组织把这三个孩子交给你了！他们都是孤儿，父亲和你家老皮一样都在这场瓦斯爆炸事故中牺牲了。你是车工大王，替组织把他们养大，教他们一门技术，让他们这辈子有碗饭吃，也让他们父亲在地下安心，啊？程端阳搂着年幼的小皮丹，含泪答应着，颤抖着双手，去接那三百元钞票，不料一个失手，钞票落得一地都是……

心中一阵酸楚难忍，齐本安不禁泪流满面，失态痛哭起来……

图书在版编目（CIP）数据

人民的财产 / 周梅森著 .—北京 : 作家出版社，2021.3

ISBN 978-7-5212-0450-6

Ⅰ.①人… Ⅱ.①周… Ⅲ.①长篇小说－中国－当代

Ⅳ.① I247.5

中国版本图书馆 CIP 数据核字（2019）第 052694 号

人民的财产

作　　者 : 周梅森

特约策划 : 矫　健　章德宁

责任编辑 : 省登宇　周李立

装帧设计 : 金　山

出版发行 : 作家出版社有限公司

社　　址 : 北京农展馆南里 10 号　　　邮　　编 : 100125

电话传真 : 86-10-65067186（发行中心及邮购部）

　　　　　　86-10-65004079（总编室）

E-mail:zuojia @ zuojia.net.cn

http://www.zuojiachubanshe.com

印　　刷 : 三河市北燕印装有限公司

成品尺寸 : 145×210

字　　数 : 330 千

印　　张 : 11.75

印　　数 : 001–100000

版　　次 : 2021 年 3 月第 1 版

印　　次 : 2021 年 3 月第 1 次印刷

ISBN 978-7-5212-0450-6

定　　价 : 52.00 元